# La Silla del Águila

# La Silla del Águila

Carlos Fuentes

ALFAGUARA

LA SILLA DEL ÁGUILA
D. R. © Carlos Fuentes, 2002

ALFAGUARA <sup>MR</sup>

De esta edición:
D. R. © Aguilar, Altea, Taurus, Alfaguara, S.A. de C.V., 2003
Av. Universidad 767, Col. del Valle
México, 03100, D.F. Teléfono 5420 7530
www.alfaguara.com.mx

- Distribuidora y Editora Aguilar, Altea,Taurus, Alfaguara, S.A.
  Calle 80 No. 10-23. Santafé de Bogotá, Colombia.
  Tel.: 6 35 12 00
- Santillana S.A.
  Torrelaguna, 60-28043. Madrid.
- Santillana S.A.
  Avda. San Felipe 731. Lima.
- Editorial Santillana S.A.
  Av. Rómulo Gallegos, Edif. Zulia 1er. piso
  Boleita Nte. Caracas 1071. Venezuela.
- Editorial Santillana Inc.
  P.O. Box 5462 Hato Rey, Puerto Rico, 00919.
- Santillana Publishing Company Inc.
  2043 N. W. 86th Avenue Miami, Fl., 33172 USA.
- Ediciones Santillana S.A. (ROU)
  Javier de Viana 2350, Montevideo 11200, Uruguay.
- Aguilar, Altea, Taurus, Alfaguara, S.A.
  Beazley 3860, 1437. Buenos Aires.
- Aguilar Chilena de Ediciones Ltda.
  Dr. Aníbal Ariztía 1444.
  Providencia, Santiago de Chile. Tel.: 600 731 10 03
- Santillana de Costa Rica, S.A.
  Apdo. Postal 878-150, San José 1671-2050, Costa Rica.

Primera edición: febrero de 2003
Segunda reimpresión: marzo de 2003

D.R. © Diseño de cubierta: Leonel Sagahón / La Máquina del Tiempo

ISBN: 968-19-1202-0

Impreso en México

# Índice

*A los compañeros de la Generación "Medio Siglo",*
*Facultad de Derecho de la UNAM:*
*La esperanza de un México mejor...*

*L'águila siendo animal*
*se retrató en el dinero.*
*Para subir al nopal*
*pidió permiso primero.*

Me he de comer esa tuna,
*Esperón / Cortázar*

# 1
# María del Rosario Galván
# a Nicolás Valdivia

Vas a pensar mal de mí. Dirás que soy una mujer caprichosa. Y tendrás razón. Pero, ¿quién iba a imaginar que de la noche a la mañana las cosas cambiarían tan radicalmente? Ayer, al conocerte, te dije que en política no hay que dejar nada por escrito. Hoy, no tengo otra manera de comunicarme contigo. Eso te dará una idea de la urgencia de la situación...

Me dirás que tu interés en mí —el interés que me mostraste tan pronto nos miramos en la antesala del secretario de Gobernación— no es político. Es amoroso, es atracción física, incluso es simpatía humana pura y simple. Debes saber cuanto antes, Nicolás querido, que para mí todo es política, incluso el sexo. Puede chocarte esta voracidad profesional. No hay remedio. Tengo cuarenta y cinco años y desde los veintidós he organizado mi vida con un solo propósito: ser política, hacer política, comer política, soñar política, gozar y sufrir política. Es mi naturaleza. Es mi vocación. No creas que por eso dejo de lado mi gusto femenino, mi placer sexual, mi deseo de acostarme con un hombre joven y bello —como tú...

Simplemente, considero que la política es la actuación pública de pasiones privadas. Incluyendo, sobre todo, acaso, la pasión amorosa. Pero las pasiones son formas arbitrarias de la conducta y la política es una disciplina. Amamos con la máxima libertad que nos es concedida por un universo multitudinario, incierto, azaroso y necesario a la vez, a la caza del poder, compitiendo por una parcela de autoridad.

¿Crees que es igual en amor? Te equivocas. El amor posee una fuerza sin límites que se llama la imaginación. Encarcelado en el castillo de Ulúa, sigues teniendo la libertad del deseo, eres dueño de tu imaginación erótica. En cambio, ¡qué poco te sirve en política desear e imaginar sin poder!

El poder es mi naturaleza, te lo repito. El poder es mi vocación. Es lo primero que quiero advertirte. Tú eres un muchacho de treinta y cuatro años. En seguida me atrajo tu belleza física. Te diría, para no envanecerte, que no abundan los hombres deseables y guapos en la antesala de mi amigo el señor secretario de Gobernación don Bernal Herrera. Las bellas mujeres también brillan por su ausencia. Mi amigo el señor secretario apuesta a su fama de asceta. Las mariposas no acuden a su arboleda. Más bien, los escorpiones de la traición anidan bajo sus alfombras y las abejas de la ambición acuden a su panal.

La fama de don Bernal Herrera, ¿es merecida o inmerecida? Ya lo averiguarás. Una tarde helada de principios de enero, sin embargo, cruzan miradas en la antesala del secretario en el viejo Palacio de Cobián una mujer aún apetecible —tu mirada lo dice todo— de casi cincuenta años y un bello joven, igualmente deseable, que apenas rebasa la treintena. La chispa se enciende, querido Nicolás, las hormonas se remueven, los jugos vitales corren rápidos.

Y el placer se aplaza. *Se aplaza*, joven amigo.

Lo admito todo. Tienes la estatura que me gusta. Ya viste que yo misma soy alta y no me complace mirar ni hacia arriba ni hacia abajo, sino directo a los ojos de mis hombres. Los tuyos están al nivel de los míos y son tan claros —verdes, grises, mutantes— como los míos son de una negrura inmóvil, aunque mi piel es más blanca que la tuya. No creas que en un país mestizo, racista, acomplejado por el color de la piel (aunque jamás lo admita) como México, ello me ayuda. Al contrario, me atrae ese vicio nacional, el resentimiento, que es rey mezquino con su corte de enanos envidiosos. Al mismo tiempo, mi apariencia física me otorga la superioridad indecible, el homenaje implícito que le rendimos a la raza del conquistador.

Tú, mi amor, tienes la ventaja de la verdadera belleza mestiza. Esa piel dorada, canela, que tan bien le va al mexicano de facciones finas, perfil recto, labios delgados y cabellera lánguida. Observé cómo jugaban las luces en tu cabeza, dándole vida propia a una hermosura varonil que muchas veces, ay, sólo esconde un inmenso vacío mental. Me bastó hablar contigo unos minutos para darme cuenta de que eras tan bello por fuera como inteligente por dentro. Y para colmo tienes la barba partida.

Te seré franca: también estás muy verde, también eres muy ingenuo. Muy ciruelo, como dicen en mi tierra. Mírate nada más. Conoces todas las palabras-talismán. Democracia, patriotismo, régimen de derecho, separación de poderes, sociedad civil, renovación moral. Lo peligroso es que crees en ellas. Lo malo es que las dices con convicción. Mi tierno, adorable Nicolás Valdivia. Has entrado a la selva y quieres matar leones sin antes cargar la escopeta. Me lo dijo el secretario Herrera después de hablar contigo:

—Este chico es sumamente inteligente, pero piensa en voz alta. Aún no aprende a ensayar primero lo que va a decir más tarde. Dicen que escribe bien. He leído sus columnas en los periódicos. Aún no sabe que entre el periodista y el funcionario sólo puede haber un diálogo de sordos. No porque yo, secretario de Estado, no lea al comentarista y me sienta halagado, indiferente u ofendido por sus palabras, sino porque, para el político mexicano, es regla de oro no dejar nada por escrito y mucho menos comentar las opiniones que se vierten sobre uno.

¡Deja que me ría!

Hoy, no nos queda más remedio que escribirnos cartas. Todas las demás formas de comunicación se han cortado. Claro, nos queda el recurso de la conversación privada. Para eso, hay que perder un tiempo considerable en darse citas e ir de un lugar a otro, sin saber de verdad si lo único que aún funciona es el micrófono escondido donde menos lo pienses. En todo caso, lo primero se presta a una indeseada intimidad. Lo segundo, a los más temibles accidentes de la circulación. Y no hay más triste definición de la vida que la de ser un mero accidente de la circulación.

Querido Nicolás, yo desafío al mundo. Yo voy a escribir cartas. Yo me voy a exponer al peor peligro de la política-polaca: dejar constancia por escrito. ¿Estoy loca? No. Simplemente, confío tanto en mi poder de convocatoria que lo asimilo a mi poder mimético. Cuando la clase política de este país sepa que María del Rosario Galván se comunica por escrito, todos me imitarán. Nadie querrá ser menos que yo. ¡Mira nomás qué macha es María del Rosario! ¿Seré yo menos que ella?

Me estoy riendo, mi joven y bello amigo. Verás cómo mi ejemplo cunde porque mi valentía sienta jurisprudencia. ¡Qué gracia! Ayer, en Bucareli, te digo:

—No escribas nunca, Nicolás. Un político no debe dejar huella de sus indiscreciones, que eliminan la confianza, ni de su talento, que alimenta la envidia.

Pero hoy, tras la catástrofe de esta mañana, ya lo ves, tengo que desdecirme, traicionar mi pequeña filosofía de toda la vida y pedirte:

—Escríbeme, Nicolás... Estás ante una mujer apostadora. Por algo nací en Aguascalientes durante la Feria de San Marcos. Mis primeros vahídos se confundieron con relinchos de caballo, cantos de gallo, navajazos de palenque, barajar de naipes, sones de guitarrón, falsete de cantadoras, trompetas de mariachis y gritos de "¡Cierren las puertas!"

No van más apuestas. *Les jeux sont faits.* Ya ves, ayer le aposté toda mi confianza al silencio. Tenía presente la manera como lo escrito en secreto se vuelve públicamente contra nosotros un día. Recordaba la fascinación psicótica del Presidente Richard Nixon por dejar grabadas todas sus intrigas e infamias en el más soez lenguaje imaginable en un cuáquero. Te lo digo a boca de jarro: todo político tiene que ser hipócrita. Para ascender, todo se vale. Pero hay que ser no sólo falso, sino astuto. Todo político asciende con una cauda de desgracias amarradas, como latas de Coca-Cola a la cola de un gato a la vez rebelde y espantado... El gran político es el que llega alto despojándose de amarguras, rencores y malos ratos. El puritano como

Nixon es el político más peligroso para los demás y para sí mismo. Cree que todo el mundo tiene que soportarlo porque él viene de muy abajo. Su humildad cabizbaja alimenta su insolente soberbia. Eso es lo que perdió a Nixon: la nostalgia del fango, la desesperada vocación de regresar al albañal de la nada para purgarse del mal, sin darse cuenta de que sólo volvía a bañarse en el lodo de sus orígenes, al precio de recobrar, lo admito, la ambición de salir del hoyo y ascender de nuevo.

*La nostalgie de la boue*, dicen los franceses (y entre paréntesis, esa es otra cosa que me encantó de ti, que seas francófono, que hayas estudiado en la École Nationale d'Administration de París, que estés a tono con los que abandonamos el inglés por haberse convertido en *lingua franca*, devolviéndole al francés el prestigio de la comunicación casi elitista, secreta, entre políticos ilustrados).

Nixon en los USA, Díaz Ordaz en México, Berlusconi en Italia, acaso Hitler en Alemania, Stalin en Rusia, aunque estos dos últimos conviertan el mal en grandeza y aquellos lo revierten a la miseria... Estudia estos casos, querido Nicolás. Conoce los extremos si deseas ubicarte en el virtuoso medio, amor mío.

Bueno, recuerdo la fascinación psicótica del Presidente Nixon por dejar grabadas todas sus intrigas e infamias, salpicadas de vocablos indecentes, a veces propios de un chiquillo enojado con el mundo, a veces dignas de un endurecido criminal callejero. ¿Y qué decir de nuestros caciquillos tropicales, que filman sus peores hazañas y se deleitan comprobando el horror impune de sus asesinatos? Qué temblor casi erótico deben sentir cuando ven caer sangrando a un puñado de campesinos inermes balaceados por la tropa del señor gobernador.

México está teñido de ríos ensangrentados y cavado de barrancas fúnebres y sembrado de cadáveres insepultos. Ahora que debutas en política, mi bello, deseable amigo, jamás pierdas de vista el desolado panorama de la injusticia que es la sagrada escritura de nuestras tierras latinoamericanas. El secreto priva, es cierto, pero basta una revelación para convertir la ufana impunidad de un gobernador o un Presidente en vergüenza colectiva que el cinismo del poderoso no alcanza a someter.

Nada me preparaba para un giro tan radical como el que hoy nos da la bienvenida al Año Nuevo. Si no funcionan los sistemas de comunicación, si no hay teléfono, ni fax, ni e-mail, ni siquiera el humilde telégrafo de antaño, vaya, ni palomas mensajeras (envenenadas todas como por arte de brujería) y sólo nos quedan las señales de humo de los indios tarahumaras agitando sus cobijas de colores, y todo esto sucede no por el cambio de milenio como entonces se esperaba, el paso del calendario dominado por el 1900 al instalado en el 2000, sino por este extraño seudocapicúa del año que vivimos, te confieso que mi vida cambia más allá de mis fuerzas hundiéndome en un estupor del cual, como siempre, saco fuerzas para decirme:

—María del Rosario, presta atención a tu amigo Xavier Zaragoza, el llamado "Séneca", el consejero áulico del señor Presidente Lorenzo Terán, cuando dice que, en ausencia de todos los oropeles y parafernalias de este mundo traidor, el as de la baraja, la carta escondida en la manga, bien puede ser la que todos desprecian como ilusoria y poco práctica: la figura noble que con su dignidad redime la abyección de todos los demás. El hombre puro que quizá salve al sistema.

Ese hombre, ¿eres tú, Nicolás Valdivia? ¿Tan equivocada estoy cuando lo pienso? ¿Tan débil se me ha vuelto mi reputada intuición? ¿Tan afásica me ha vuelto la política cotidiana que la mitad de mi cerebro —la mitad moral— ya no funciona? ¿O es que tú, mi bello amigo, eres quien la revive? ¿Milagrosamente?

Bueno, de manera que si la regla de la discreción se vuelve imposible, quizá las de la hipocresía, la corrupción y la mentira se desvanezcan con ella. De tal manera, te digo, que haré virtud de necesidad y me entregaré, con absoluta imprudencia, a la indiscreción.

Esta carta que te escribo, Nicolás Valdivia, es prueba de ello. Ya no hay otra manera de comunicarse, salvo la verbal, la presencia inmediata que es demasiado peligrosa, o la mediata, menos arriesgada pero al cabo la única que nos queda. La cuestión, mi muy deseado galán, es saber cuál de las dos maneras —la escrita o la oral— es la que, fatalmente, apresurará lo que ambos deseamos, sólo que a ritmos diferentes. El camino a mi lecho no está despejado, mi querido Nicolás. Hay mil puertas que deberás abrir antes de llegar a él. Es casi como en un cuento oriental, ¿recuerdas? Te pondré a prueba día con día. La recompensa depende de ti. Sé que te bastaría mi cariño carnal para sentirte satisfecho. Yo admito que deseo tu cuerpo, pero aún más tu éxito. El sexo puede ser inmediato y luego quedarse en un triste e insatisfactorio *quickie*.

En cambio, la fortuna política es un largo orgasmo, querido. El éxito tiene que ser mediato y lento en llegar para ser duradero. Un largo orgasmo, querido.

Ve abriendo las puertas, mi niño, una a una. El último umbral es el de mi recámara. El último candado es el de mi cuerpo.

Nicolás Valdivia: yo seré tuya cuando tú seas Presidente de México.

Y te lo aseguro: yo te haré Presidente de México. Por esta cruz de mis dedos te lo juro. Por la santísima Virgen de Guadalupe, te lo prometo con santidad, mi amor.

## 2
## Xavier Zaragoza "Séneca"
## a María del Rosario Galván

No pretendo que me hagan caso. Un "consejero áulico" cumple con su deber *aconsejando* con buena
voluntad —no basta— y buena información —no
se nos da—. Si logro sobrevivir esta desgracia será,
precisamente, porque en esta ocasión el señor Presidente, desgraciadamente, sí me hizo caso.

Como es mi costumbre, dilecta amiga, invoqué
los principios, que para eso tengo la oreja del Presidente. Soy el Pepito Grillo de su conciencia. Saco del
armario mi colección de principios éticos. Acaso mi
esperanza secreta, María del Rosario, es que mi conciencia quede a salvo aunque la *realpolitik* se vaya por
el lado del pragmatismo. La *realpolitik*, sabes, es el
culo por donde se expele lo que se come —caviar o
nopalito, pato à l'orange o taco de nenepil—. Los
principios, en cambio, son la cabeza sin ano. Los principios no van al excusado. La *realpolitik* atasca los ino-
doros del mundo y en el mundo del poder tal como
es, no tienes más remedio que rendirle tributo a la
madre naturaleza.

Pero hoy, por una vez, vencieron los principios.
El Presidente decidió, quizá como regalo de Año
Nuevo 2020 a una población ansiosa, más que de

buenas noticias, de satisfacciones morales, que pediría en su Mensaje al Congreso el abandono de Colombia por las fuerzas de ocupación norteamericanas y, de pilón, prohibir la exportación de petróleo mexicano a los Estados Unidos, a menos que Washington nos pague el precio demandado por la OPEP. Para colmo, anunciamos estas decisiones en el seno del Consejo de Seguridad de la ONU. La respuesta, ya lo viste, no se hizo esperar. Amanecimos el 2 de enero con nuestro petróleo, nuestro gas, nuestros principios, pero incomunicados del mundo. Los Estados Unidos, alegando una falla del satélite de comunicaciones que amablemente nos conceden, nos han dejado sin fax, sin e-mail, sin red y hasta sin teléfonos. Estamos reducidos al mensaje oral o al género epistolar —como lo comprueba esta carta que te escribo con ganas de comerla y tragarla—, ¿por qué demonios me hizo caso el señor Presidente y puso los principios por encima de la cabrona realidad? Ahora me doy de cabezazos contra el muro y me digo:

—Séneca, ¿quién te manda ser hombre de principios?

—Séneca, ¿qué te cuesta ser un poquito más pragmático?

—Séneca, ¿por qué vas en contra de la mayoría del gabinete presidencial?

Pues aquí me tienes, mi querida María del Rosario, aquí tienes a Séneca el cabezón dándose de cabezazos contra la pared de la República —nuestro eterno muro de las lamentaciones mexicanas.

Menos mal, querida amiga, que el muro no es de piedra. Está acolchado, como en los manicomios, que es donde debería estar tu amigo Xavier Zaragoza, bien llamado "Séneca" por excelentes y pésimas razones. Natural de Córdoba, el filósofo del estoicismo (aprende si no lo sabes y aguanta con paciencia si ya lo sabes pero aún me quieres), acabó suicidándose en la corte de Nerón. Sus principios no se avenían con la práctica imperial. En cambio, hasta el día de hoy "Séneca", en su nativo solar andaluz, significa "sabio", "filósofo".

¿Cuál crees que sea mi destino en la corte presidencial de México, querida María del Rosario? ¿La vida del encanto o la muerte del desencanto? Pues mira que tenemos motivos de desaliento en nuestro país al debutar este año del Señor del 2020 —comunicaciones cortadas, aislamiento mundial, alzamientos aquí y allá, alarmas de fractura social y geográfica... y un Presidente bueno, bien intencionado, débil… y pasivo.

No me culpes de nada, María del Rosario. Tú sabes que mis consejos son sinceros y a veces hasta brutales. Nadie le habla a nuestro Presidente con la franqueza que tú me conoces. Creo apasionadamente que el país necesita por lo menos una voz desinteresada cerca del oído del Presidente Lorenzo Terán. Tal es nuestro acuerdo, querida amiga, el tuyo y el mío. Yo estoy para decir:

—Señor Presidente, usted sabe que yo soy su amigo totalmente desinteresado.

Lo cual no es totalmente cierto. Mi interés es que el Presidente se sacuda la fama de abúlico que en sus casi tres años de gobierno se ha venido creando, falazmente convencido, como lo está, de que los problemas se resuelven solos, de que un gobierno entrometido acaba creando más problemas de los que resuelve y de que la sociedad civil debe ser la primera en actuar. Para él, el gobierno es la última instancia. Ahora habrá que darle la razón. Quién sabe qué bicho le picó para iniciar el Año Nuevo invocando principios de soberanía y no intervención, en vez de dejar que los frutos se desprendieran del árbol, así cayesen descompuestos. ¿Qué nos va ni nos viene Colombia? ¿Y por qué no atender a que el trabajo sucio del mercado del petróleo lo hagan, como siempre, Venezuela y los árabes, en vez de solidarizarnos con una pandilla de jeques corruptos? Siempre hemos sabido beneficiarnos de los conflictos ajenos, sin necesidad de tomar partido. Pero uno nunca sabe por dónde va a salir el tiro de la escopeta cuando se andan dando consejos y a mí, lo admito, esta vez me salió por la culata.

—Suelte ideas, señor, antes de que se las suelten a usted. A la larga, si usted no tiene ideas, será arrollado por las ideas de los demás.

—¿Como las tuyas? —me dijo con cara de inocente don Lorenzo.

—No —tuve la osadía de contestar—. No. Como las de su lambiscón Tácito de la Canal.

Le pegué al amor propio, ahora me doy cuenta, y acabó haciendo lo contrario de lo que le aconseja su valido, el jefe de Gabinete Tácito de la Canal, que no es un simple lacayo, sino el hombre que inventó el servilismo.

Un día, querida amiga, te sentarás a explicarme por qué un hombre inteligente, digno, bueno como nuestro Primer Mandatario, tiene a la vera de la Silla del Águila a un siervo adulador como Tácito de la Canal. ¡Basta ver cómo se restriega las manos y las junta humildemente a los labios, con la cabeza inclinada, para ver, con transparencia, que se trata de un vicioso cuya hipocresía sólo es comparable a la ambición que la falta de sinceridad malamente oculta!

Ve nada más, amiga mía (la más dilecta), qué paradoja: mis buenos consejos acarrean malos resultados y los malos consejos de Tácito nos hubieran evitado los desastres. Y es que me había adormecido, María del Rosario, acostumbrado a dar buenos consejos con la convicción de que, una vez más, no serían atendidos. Mis palabras, lo sé, acarician el ego moral del Jefe del Estado y ello basta para que él piense, sólo porque me oyó y se sintió muy "ético", que le ha pagado su óbolo a los principios y ahora puede actuar con buena conciencia siguiendo los consejos, opuestos a los míos, de Tácito de la Canal.

Dime si no es como para desesperarse y sentir ganas de arrojar el arpa. ¿Qué me detiene?, me preguntarás. Una vaga esperanza filosófica. Si yo no estoy allí, con todos mis defectos, alguien peor, mucho peor, ocupará mi lugar. Soy el Simón Peres de la casa presidencial. Por graves que sean mis derrotas, al menos puedo dormir tranquilo: aconsejé con honestidad. Si no me hacen caso, no es mi culpa. Demasiadas voces reclaman la atención del poderoso. Pero algún sedimento, un ápice de mi verdad, debe anidar en el ánimo del señor Presidente Terán. Sólo que en ocasiones como ésta, querida amiga, pienso que hubiese sido preferible que el Presidente escuchase, no a mí, sino a mis enemigos…

# 3
## María del Rosario Galván
## a Nicolás Valdivia

Insistes, querido y guapo Nicolás. Veo que mi carta
no te convenció. Me duele menos tu falta de inteligencia que mi falta de persuasión. Por eso no te cul-
po. Debo ser espesa, muy lerda en verdad, muy
inarticulada. Te digo directamente mis razones y tú,
un muchacho tan listo, no me entiende. La falta, te
repito, ha de ser mía. Admito, sin embargo, que tu
pasión no me es indiferente y me mueve a desdecirme. No, no creas que con tu ardiente prosa has de-
rrumbado los muros de mi fortaleza sexual —si así
puedes llamarla—. No, el puente levadizo sigue elevado, las cadenas de la puerta tienen candado. Pero
hay una ventana, hermoso y joven Nicolás, que se
ilumina todas las noches a las once.

Allí, una mujer que tú deseas se desnuda lenta-
mente, como si la observase un testigo más carnal y
cálido que el frío azogue de su espejo. Esa mujer no
es vista por nadie y sin embargo se desviste con una
sensual lentitud que su imaginación puebla de testigos. Es delectable esa hembra, Nicolás. Y para ella es
delectable desnudarse ante un espejo con la lentitud
de los artistas de la escena o de la corte (una caprichosa evocación, lo admito), imaginando que ojos

más ávidos que los del propio espejo que la refleja la están mirando con deseo —ese deseo ardiente que tu mirada comunica, niño malvado, chiquillo travieso, objeto tan deseable de mi deseo *sólo porque eres objeto aplazable*. Pues el deseo consumado, ¿todavía no lo sabes?, nos condena a la virtud subsiguiente o, lo que es peor, a la indiferencia.

Dirás que una mujer de casi cincuenta años se defiende —con derecho, admítelo— de la pasión juvenil, ardiente, pero acaso pasajera y frívola de un *garçon* que apenas rebasa los treinta. Piénsalo si así lo deseas. Pero no me detestes. Estoy dispuesta a aplazar tu odio y alentar tu esperanza, mi casi pero ya no imberbe amiguito. Esta noche, a las once, procederé a mi *deshabillé*. Dejaré abiertas de par en par las cortinas de mi recámara. Las luces estarán prendidas —con sabiduría, recato e insinuación parejas, te lo aseguro.

Asiste a la cita. No puedo ofrecerte más por el momento.

## 4
## Andino Almazán
## a Presidente Lorenzo Terán

Señor Presidente, si alguien se ve afectado por las recientes restricciones a la comunicación soy yo, su seguro servidor. Sabe usted que mi costumbre inveterada ha sido la de consignar por escrito mis recomendaciones. Opiniones, las llaman algunos miembros de su Gabinete, mis colegas, como si la ciencia económica fuese materia de mera opinión. Dogmas, las llaman mis enemigos dentro del propio Gabinete, muestras de la insufrible certeza pontificia del secretario de Hacienda, Andino Almazán su leal servidor, señor Presidente. Pero, ¿es una ley un dogma? ¿Es dogmática la manzana que le cae en la cabeza a Newton, revelándole la ley de la gravedad? ¿Es una mera opinión de Einstein establecer que la energía es igual a la masa por la velocidad de la luz en el vacío elevada al cuadrado?

De la misma suerte, no es una ocurrencia mía, señor Presidente, que los precios determinen el volumen de los recursos empleados o que las ganancias dependan del flujo monetario o que la productividad de un empleado determine el límite de su demanda en el mercado de trabajo. Pero usted ya conoce eso que mis enemigos —quiero decir, mis colegas— llaman mi "cantinela" y sin embargo, señor Presidente, hoy más que nunca, dada una situación que nos castiga y que usted ha decidido, sin duda sabiamente, abordar con medidas populistas (que sus críticos, se lo advierto, llamarán meros desplantes y sus amigos, como yo, concesiones tácticas), hoy más que nunca, digo, yo le reitero mi Evangelio para la salud económica del país.

Primero, evite la inflación. No permita que se pongan a funcionar las maquinitas de billetes so pretexto de emergencia nacional. Segundo, aumente los impuestos para sufragar la emergencia sin sacrificar los servicios. Tercero, mantenga bajos los salarios en nombre de la emergencia misma: más trabajo pero menos sueldo es, si así lo sabe presentar usted, la fórmula patriótica. Y por último, precios fijos. No tolere, castigue severamente a quien se atreva, en situación de emergencia, a aumentar precios.

Una vez me dijo usted que la economía nunca ha detenido a la historia y quizá tenga razón. Pero que la economía hace historia (si no *la* historia) es igualmente cierto. Usted ha decidido adoptar dos políticas que le aseguran apoyo popular (¿por cuánto tiempo?) y conflicto internacional (con la única gran potencia mundial). En cuanto al apoyo popular, vuelvo a preguntarle, ¿por cuánto tiempo? En cuanto a la tensión internacional, pues para que vea que no soy tan dogmático como proclaman mis enemigos, no voy a decirle que durará más que el fugaz apoyo patriótico que siempre nos será dado si nos enfrentamos a los gringos, sin calcular las consecuencias. Pondré la otra mejilla y le diré, señor Presidente, bajo pena de cinismo, que México y la América Latina sólo avanzan si se dedican a crear problemas.

La importancia de México y de Latinoamérica es que no sabemos administrar nuestras finanzas. En consecuencia, somos importantes porque les creamos problemas a los demás.

Espero con impaciencia su informe al Congreso mañana y quedo, como siempre, a sus órdenes.

## 5
**Nicolás Valdivia**
**a María del Rosario Galván**

No sé qué admirar más, señora, si su belleza o su crueldad. La belleza sólo tiene un nombre y no hay sinónimo que valga. ¿Con qué puedo comparar lo incomparable? No me juzgue usted inocente ni ciego. He visto a muchas (¿demasiadas?) mujeres desnudas. Y sin embargo, viéndola a usted, por primera vez vi de verdad a una hembra plenamente despojada de ropa.

No me refiero sólo a su belleza, señora —de eso tendré tiempo de hablar—, sino a la totalidad obscena de su desnudez. Tampoco quiero jugar con las palabras (usted me atribuye más inteligencia de la que mis años acumulan apenas: una torrecilla corta de referencias cultas), pero cuando digo que su desnudez es ob-scena, fuera de escena, incomparable e invisible, inimaginable si no apareciese *fuera del escenario* de su —mi— habitual existencia, de su —nuestra— vida cotidiana, de la manera como usted se viste y se muestra en el mundo, desnuda, fuera del escenario, ob-scena y de mal augurio, repito, es usted otra, la misma, ¿me entiende?, pero *transfigurada*, como si al despojarse de la ropa anticipase usted, señora, una hermosura final, la de una muerte eternamente viva.

Una adorable paradoja. Como la estoy viendo, así será siempre, incluso en la muerte.

No, permítame corregirme. Debí decir *Hasta en la muerte* o *Sólo en la muerte*. Intuía en usted desde que la conocí el placer exaltado, la sensualidad mayor de mi vida, en nada comparable a mi experiencia ni a mi imaginación anteriores. El premio inmerecido de verla desde un bosque mientras, en el único cuadro iluminado de la casa, se despojaba usted del vestido negro de coctel y enseguida, con los brazos retraídos hasta la espalda, desabrochaba el *brassiere* negro también con un movimiento sombrío y audaz para desenganchar el sostén y en seguida, cupo de las copas, póker de copas, retirar la parte frontal del sostén y liberar los senos con una doble caricia para quedar sólo con las pantimedias negras también, retiradas cuando se sentó al borde de un lecho que imagino —perdón— demasiado frío, solitario, absurdo, irguiéndose en seguida, usted, señora mía, con todo el esplendor de su madurez sexual, blanca toda, rosada dos veces, negra una sola, dándome la cara y enseguida la espalda para admirar las nalgas de la Venus calipígea, la Venus admirada hasta hundirse en la tierra con glúteos temblorosos y lograr lo que me dijo el otro día: la visión del placer que debo conquistar a un precio —me río de mí mismo, señora— acaso inalcanzable.

Sí, no me haría falta nada más. Guardaría para mí solo el obsequio que usted se dignó hacerme, María del Rosario, porque me dije:

—Es sólo para mí. Esta escena de medianoche, desde la única estancia iluminada en una casa escondida en medio de un bosque de pinos, ella me la ofrece a mí…

¿Por qué, señora, por qué crueldad infinita, por qué resabio del mal, me obligó usted a compartir la visión que juzgué incomparablemente mía, con otro mirón, otro *voyeur* como yo, apostado unos cuantos metros más adelante de mí, descubierto por un crujir de ramas, imperceptible normalmente, pero estruendoso para mi finísimo oído enamorado? ¿Por qué, señora? ¿Por qué ese intruso en una visión que creía sólo mía, o sólo de nosotros dos, usted y yo solos?

¿Quién era el segundo *voyeur*? ¿Era sólo un azaroso intruso? ¿Conoce sus costumbres, mi ama? ¿Acudió, como yo, a su cruel cita —perdóneme el insulto— de cortesana profesional, de puta de lujo? ¿Puede decirme la verdad? ¿Puede salvarme, al menos, de la sucia y triste condición de mirón, de enfermo psíquico, de amante burlado?

# 6
## Bernal Herrera
## a Presidente Lorenzo Terán

Te escribo, señor Presidente, para desearte el mayor de los éxitos en tu informe anual al Congreso, adelantado a principios de enero para dar la cara a la emergencia nacional y anticipándote así, con valor que admiro, al propio mensaje sobre el Estado de la Unión de la Presidenta de los Estados Unidos. Tus decisiones de Navidad y San Silvestre —mantener los altos precios del petróleo y pedir el término de la ocupación norteamericana de Colombia— han provocado una reacción de la Casa Blanca que sólo puede ser considerada como un castigo. Te recomiendo que no la califiques como tal en tu informe, sino que aceptes el pretexto de una caída del sistema internacional de comunicaciones. Bueno, no digas "se cayó el sistema", primero porque trae malos recuerdos de los superados y arcaicos fraudes de la "dictadura perfecta" del PRI. Y segundo porque el verbo "caer" tiene la mala costumbre de convertirse en profecía que acaba por cumplirse (*self-fulfilling prophecy* dicen nuestros primos del Norte). Yo te recomiendo pasar por alto cualquier crítica al gobierno de los USA, aceptar que se trata de una falla técnica pasajera del sistema global de comunicaciones vía satélite que afecta a todo el mundo y tiene que ver con la imprevista reacción a los dígitos duplicados —el año 2020—. Algo así como una reacción retardada pero explicable al fenómeno temido en 2000, cuando todas las computadoras del mundo —personales, oficiales, de bancos y aeropuertos, públicas y privadas— iban a volverse locas al abandonar la referencia al "19" sin saber cómo pasar a la nueva capitular del "20". No importa que mañana no te crean si hoy se tragan ese anzuelo. Úsalo. Nada pierdes. No menciones al gobierno norteamericano, Presidente. Habla de una simple falla técnica. Perdona mi insistencia. Más que un recordatorio a ti, son memos que me dirijo a mí mismo, tú me conoces. Tu confianza sabrá comprender y perdonar a tu amigo de siempre. Sigo: refiérete sólo de pasada a los temas de Colombia y los precios del petróleo y céntrate en nuestros problemas internos. Sé que algunos miembros del gabinete —sobre todo los que se dicen "técnicos"— me culparán como secretario de Gobernación. Quiero llevar agua a mi molino. Me posiciono —perdona la franqueza, para eso somos no sólo superior e inferior, Presidente y empleado de confianza sino, así lo tengo siempre presente, viejos amigos—, me posiciono, digo, para la sucesión presidencial dentro de (menos de) tres años, etc. Tú me conoces y sabes que siempre te he aconsejado en virtud de dos consideraciones. Soy tu colaborador leal y pongo por encima de todo los intereses de México. No sería secretario de Gobernación si no confundiese, por lo demás, las dos obligaciones. Lealtad a México y lealtad al Presidente. En ese orden de cosas, me permito reiterarte con la máxima convicción que los verdaderos problemas que debemos atender con celeridad y buen juicio son las tres huelgas pendientes.

Primero, la de los estudiantes que se niegan a pagar matrícula o a pasar exámenes de admisión en las universidades públicas y que en protesta están ocupando las instalaciones de la Ciudad Universitaria.

Segundo, la de los trabajadores en la fábrica de inversión japonesa mayoritaria en San Luis Potosí.

Y tercero, la marcha de los campesinos de La Laguna pidiendo restitución de las tierras que les dio la reforma agraria del Presidente Cárdenas, y que, poco a poco, les han sido arrebatadas por caciques corruptos del norte de México.

Mis recomendaciones, señor Presidente, son las siguientes:

A los estudiantes, no hacerles caso. Que sigan adueñados de la Rectoría y de las instalaciones universitarias hasta el Día del Juicio Final. Con los estudiantes, todo menos la represión. Recuerda siempre la matanza de 1968 en la Plaza de las Tres Culturas y cómo, creyendo haber triunfado, el sistema se suicidó, provocó la repulsa pública, el llanto colectivo y, al cabo, la desaparición del autoritarismo y del partido único, amén de la desgracia eterna del Presidente en turno y la obligación de sus sucesores de diferenciarse del carnicero de Tlatelolco, aun a costillas de la racionalidad económica. Resultado: rodamos de crisis en crisis por andar matando estudiantes. Deja que la situación se pudra. Son más los estudiantes que, por solidarios que sean hoy con sus compañeros, más fieles serán mañana a sus propias carreras y a la necesidad de entrar con buena preparación al mercado de trabajo.

Calma, señor Presidente. Más impasibles que Juárez.

En cambio, con los obreros huelguistas de la automotriz que piden exagerados aumentos de salarios y se atreven a comparar sus sueldos con los de sus pares en Japón, rompe la huelga por la fuerza y dile al mundo que México recibe con los brazos abiertos la inversión extranjera. Tenemos mano de obra abundante y barata, todos salimos ganando y a los obreros descontentos que les pongan una sala de cine gratis y un hospital decentón.

Podrías argumentar que una intervención de la fuerza pública en San Luis Potosí jugaría a favor del eterno cacique local, Rodolfo Roque Maldonado, pero yo argumentaría que el mero despliegue de fuerza nuestra intimidaría a Maldonado y pondría de nuestro lado a los sagaces nipones. Es una apuesta. Considérala, señor Presidente. Y recuerda que con lo de comer no se juega. ¿Te acuerdas de la vieja canción de Pedro Infante, "Mira Bartola, ai te dejo esos dos pesos, pagas la renta, el teléfono y la luz"? Qué nostalgia de nuestros tiempos preinflacionarios. Bueno, más vale ganar poco que nada y las propias familias de los operarios en San Luis pondrán en orden a los paterfamilias que no traen el gasto a la casa. Las compañías extranjeras verán que aquí hay autoridad en defensa de la inversión. ¿Prosperaron de otra manera los tigres de Asia? Pregúntaselo al ánima de Le Kwan Yu. En Singapur hay seguridad porque le cortaron las manos a los ladrones. Además, querido Presidente, la presencia de la fuerza pública en la región potosina serviría a un segundo propósito, que es el de someter a los pequeños caciques que se aprovechan de los va-

cíos de poder regional creados por nuestra prolonga-
da transición democrática. Sé que estoy repitiendo
algo que ya dije líneas arriba. Perdona que sea ma-
chacón. A menudo, donde hemos dado democracia
hemos perdido autoridad, hemos creado huecos de
anarquía que llenan, propiciados, los eternos caciques
y sus "fuerzas vivas" —Maldonado en San Luis, Félix
Elías Cabezas en Sonora, "Chicho" Delgado en Baja
California, José de la Paz Quintero en Tamaulipas...—.
Y por último, señor Presidente, y en respaldo a mi
anterior consideración, atiende a los campesinos de
La Laguna. Aprovecha la situación para recuperar banderas agraristas que hemos dejado, por mero pragmatismo, caer. Dale a tu gobierno el apoyo de la masa
campesina que nuestros enemigos, empezando por
los multicitados caciques, siempre han manipulado a
partir del aislamiento y la ignorancia, contando con
que la vecindad fronteriza con los USA nos ata las
manos, como si democracia y autoridad no se lleva-
ran. Ya conoces mi consigna: autoridad sí, autoritarismo no. Aprovecha la situación para darle en la torre
a los caciques. Te lo agradecerán los empresarios nacionales del norte de la República, porque ellos sí saben que la pobreza es la peor inversión y que el
campesino muerto de hambre no compra en el supermercado ni se viste en la sucursal de Benetton.

En cuanto al tema que secretamente preocupa a
todos, el asesinato de Tomás Moctezuma Moro, te
aconsejo que siga donde está, en el secreto que nos
conviene a todos.

Señor Presidente, espero que consideres mis consejos con el espíritu de patriotismo y apoyo a tu gestión con que los ofrezco. "Esto", dijo un filósofo

alemán, "Esto", la palabra "Esto", es la más difícil de decir. Pues bien, señor Presidente yo te lo digo: Haz ESTO. Di, atrévete a decir ESTO.

Bernal Herrera
Secretario de Gobernación

Posdata: Te adjunto el memo que le encargué a Xavier Zaragoza para explicar la parálisis de las comunicaciones.

## MEMORÁNDUM

Nuestro sistema de comunicaciones moderno ha sufrido de una grave paradoja. Por un lado, hemos querido integrarnos al más vasto sistema global. Por el otro, monopolizar el acceso a la información en beneficio del gobierno. Para alcanzar lo primero, cedimos el manejo de los medios televisivos, radiales, telefónicos, así como la red, los aparatos móviles, etc., al Centro Satélite de la Florida y a la llamada "capital de Latinoamérica", Miami. Nuestra esperanza fue que esta decisión asegurase nuestro acceso global a las comunicaciones. Cedimos nuestras operaciones mundiales a compañías privadas como la B4M y la X9N en busca de la máxima eficacia con el máximo alcance. No sabíamos que estas empresas privadas de las cuales dependíamos dependían a su vez de la infraestructura controlada por el Departamento de la Defensa de los EEUU de América y que el Centro Satélite de Florida era gobernado por el Pentágono, el cual modulaba la eficacia, la ineficacia, las crisis actuales, potenciales o programadas del sistema entero, mediante un acceso exclusivo a las órbitas sincrónicas ubicadas en satélites fijos a cuarenta mil kilómetros sobre el nivel del mar. El antecedente fue el llamado Y2K del Año Nuevo 1999-2000, el llamado "bicho milenario" que pudo provocar el caos del sistema global de comunicaciones si la computación acostumbrada a partir del número "19" pasaba súbitamente a la ordenación del número "20". La alarma no pasó de ser, lo sabemos hoy, una advertencia del Pentágono y su capacidad de descentralizar la información en caso de un ataque a la infraestructura o de desestabilizar voluntariamente el sistema, pero arguyendo un ataque (inexistente) contra el mismo. El error nacional mexicano consistió en entrar con los ojos cerrados y la esperanza de globalizarnos rápidamente a un sistema que no controlábamos en tanto que, internamente, politizamos las comunicaciones para evitar su uso pluralista y democrático. El gobierno del PRI Restaurado (2006) optó por la modernidad externa vía la Florida y la anacronía interior mediante el monopolio oficial de la red. Los gobiernos tienen organización vertical. La red, en cambio, funciona horizontalmente. El Presidente César León decidió verticalizar todas las operaciones de comunicación interna, arrebatándole el acceso a los sindicatos, los caciques, las universidades, los gobiernos locales y la sociedad civil en general y admitiendo la comunicación horizontal sólo a las empresas favoritas del Estado y, fatalmente, al entretenimiento. Mucho Hermano Mayor. Ninguna Huelga Mayor (que de hecho no hemos evitado, aunque las declaremos inexistentes de derecho; lo importante es que ninguna huelga se sienta apoyada o emulada por otra huelga). Pero el hecho es que mientras los sistemas mundiales empezaron pequeño, escalaron rápido y entregaron valor, el gobierno mexicano empezó grande, escaló lento y entregó basura. Internamente, nos restringimos a un portal estrecho. Internacionalmente, nos abrimos a un portal inmenso. De allí nuestra doble vulnerabilidad. Los EEUU nos han cerrado el portal grande afectando la totalidad de las comunicaciones no sólo internacionales sino nacionales, dado que éstas también dependían, por minúsculas que fuesen, del Centro Satélite de la Florida. El hipotético "bicho" del milenio 2000 fue simplemente sustituido por el bicho 2020 para efectos exclusivamente mexicanos, castigándonos por nuestra política adversa a la ocupación de Colombia por las fuerzas armadas de los EEUU y favorable al aumento de precios del petróleo determinados por la OPEP. Es la llamada "Operación Cucaracha". Y como usted sabe, señor Presidente, la cucaracha sólo camina dependiendo de lo que fume, marihuana, mota, chocolate de Fu Manchú… *Veinte / Veinte*, por lo demás, es la manera como los gringos designan como claridad de la mirada a una distancia de veinte pies. Pero lo que nos separa de ellos es una frontera de dos mil kilómetros. Saque usted, señor Presidente, las debidas conclusiones. Y piense por cuánto tiempo podemos mantener tranquilos a los japoneses de Coahuila, aunque se dice que ellos tienen maneras secretas y propias de darse a entender.

(por la transcripción: Xavier Zaragoza)

# 7
## María del Rosario Galván
## a Nicolás Valdivia

¿Te molestó mucho mi cita antenoche? ¿Te sentiste humillado de que te colocara en situación de *voyeur*? No seas impaciente ni corajudo. Más dulzura, cariño, más equidad, más simpatía hacia tu pobre amiga. Tengo una vida anterior al día en que nos conocimos, ¿sabes? Y tú, mi buen Nicolás, eres como la letra del bolero, quieres imaginar "que no existe el pasado y que nacimos el mismo instante en que nos conocimos". Pues no, figúrate. Yo te llevo una ventaja de once años antes de que no sólo nos conociéramos, sino de que siquiera nacieras. Si vas a reprocharme la vida que viví antes de conocerte, te expones a varias cosas. Primero, a muchas sorpresas. Algunas desagradables. Otras un poco más amenas. Segundo, vas a incendiarte de celos hacia los hombres que han sido mis amantes. Y tercero, vas a impacientarte con los plazos que te he puesto para ser tuya.

—¿Por qué ellos y no yo?

De las tres posibilidades, sólo la segunda me agrada. A una mujer —y yo no soy excepción— le encanta provocar celos. Atizan la pasión. Le ponen fuego a la espera fría. Aseguran gloriosas culminaciones eróticas. Pero voy al grano. Vas a ver. Ahora seré *voyeuse* contigo. Nos vamos a sentar juntos, lado a lado, aquí en la sala de mi casa, a ver y comentar mi propia versión del Informe Presidencial de anoche. Mandé filmar el evento, con énfasis, no tanto en las palabras del señor Presidente de la República como en los rostros de los asistentes, a fin de que conozcas mejor al personal político que nos gobierna.

Perdona si mis comentarios son un tanto acerbos. Prefiero que conozcas a esta fauna sin maquillaje. A veces el que parece George Clooney es apenas Mickey Rooney y la que da un aire de Minnie Driver en realidad no pasa de Minnie Mouse.

Permíteme despachar sin muchas consideraciones al presidente del Congreso que dio respuesta al Informe Presidencial. Se llama Onésimo Canabal y es menor en todo: pasado, presente y futuro; tamaño físico, estatura política y altura moral. Es uno entre mil, pero hoy se siente único. ¿Cómo sabrá la verdad? Nadie se la dirá. Tendría que darse un porrazo para enterarse de su propia estupidez. Pero hay idiotas —la mayoría— que mueren sin enterarse de que fueron pendejos.

Vamos con el Gabinete, sentado en las primeras filas del Congreso.

El señor secretario de Gobernación, Bernal Herrera, es mi amigo y confidente. Tiene experiencia, serenidad y sentido práctico. Es consciente de que el orden tiene límites, pero el desorden carece de fronteras. Su política de equilibrios consiste, pues, en evitar el desorden endémico y los males extremos que lo alimentan (valga la paradoja): el hambre, la desmoralización, la desconfianza pública. Herrera sabe muy bien que el desorden provoca las acciones irracionales y protege las aventuras —que pronto se revelan como desventuras— políticas. La amargura abre muchas heridas y otorga escaso tiempo para cerrarlas. Herrera promueve leyes de tres clases: las que pueden practicarse, las que jamás se pondrán en práctica y las que le dan esperanza a la gente, practíquense o no, sean más para mañana que para hoy. Es nuestro más excelente ministro y político.

El secretario de Relaciones Exteriores, Patricio Palafox, sentado al lado de Herrera, es otro hombre experimentado, idealista pero práctico. Entiende que somos vecinos de la única gran potencia y que podemos escoger a nuestros amigos, pero no a nuestros vecinos (ni, dicho sea de paso, a nuestros familiares, que tan incómodos pueden resultarnos a veces). Palafox colabora dignamente con los gringos pero es muy hábil para hacerles entender que México también es una democracia y debe hacerle caso a su propia opinión pública. A veces, les explica, no podemos ir en contra de la opinión pública, igual que ustedes, entiéndanme. Lo malo es que ellos se pliegan sin consecuencias a esa verdad. Los gobiernos norteamericanos navegan con las encuestas, la oposición en el Congreso, los editorialistas de la gran prensa y el Ejecutivo sólo se sale con la suya en la medida en que se compone con todos estos factores.

Nosotros, a veces, pagamos caro nuestras decisiones independientes, como ahora en el caso colombiano. Nos vimos obligados a apoyar al nuevo Presidente Juan Manuel Santos pidiendo que salgan las tropas yanquis de Colombia. No nos bastó ceder en tratos comerciales, apoyos contra el terrorismo, votos de respaldo en organismos internacionales, desprotección de mexicanos agredidos, injustamente encarcelados y aun condenados a muerte en los USA. Bastaron dos botones rojos —Colombia y petróleo— para provocar esta cruel y extrema reacción de Washington: dejarnos incomunicados, en una especie de desierto de la globalización.

No verás, sin embargo, signo alguno de preocupación en el rostro del señor secretario Palafox. Desciende de una muy vieja familia que ha atestiguado tres siglos de turbulenta historia nacional. Nada lo altera. No tiene nervios. Es un profesional. Aunque no faltan las malas lenguas que dicen:

—La serenidad inmutable del canciller Palafox no se debe a su sangre azul, sino a su bien ganada fama de jugador de póker.

Parece que no son los salones de Versalles la escuela del señor secretario, sino los salones de juego, las piezas llenas de humo de cigarrillo, luces pardas y tapetes verdes. El reino, digamos, del azar. Y dime tú, mi bello aprendiz, ¿cómo conciliar la necesidad con el azar? Es la gran pregunta irresuelta de todos los tiempos, me indica mi gran amigo Xavier Zaragoza, a quien no sin error han motejado "Séneca" y de quien, debes saberlo, he aprendido más que en la Sorbona, donde estudié Ciencias Políticas. Lee, al respecto, el gran artículo de ayer de don Federico Reyes Heroles. Son sus reflexiones al cumplir 65 años.

Ahora empezamos a degenerar, mi querido discípulo Nicolás Valdivia. Al contralor de la República don Domingo de la Rosa le dicen "El Flamingo" porque no sabe sobre cuál pierna pararse, la derecha o la izquierda. Como el gobierno del señor Presidente es de Unidad Nacional, a veces hay que favorecer a los conservadores y a veces a los progresistas. Lo malo es que unos y otros sólo son honrados en la oposición. Apenas llegan al gobierno, fraternizan y se confunden en el antiquísimo mandato del pintoresco personaje de nuestro truculento pasado, el llamado "Tlacuache" Garizurieta:

—El que vive fuera del presupuesto, vive en el error.

De él te digo que quien busca ganarse la amistad de todos haciéndoles concesiones, nunca tendrá bastante dinero. ¿Él no, pero la República sí?

Tienes razón, mi querido Nicolás. El secretario de Educación Ulises Barragán es un desastre. Dicen que es más mentiroso que un dentista y que su perpetuo e interminable monólogo tiene una sola virtud: vuelve catatónico a cualquier auditorio, cosa útil tratándose del Sindicato de Trabajadores de la Educación y sus dos millones de temibles adherentes cuando se reúnen en el Auditorio "Elba Esther Gordillo". Lo malo del señor secretario Barragán es que su discurso es tan aburrido que no sólo pone a dormir a quienes lo escuchan. Se duerme a sí mismo. Se conoce el caso de salas de conferencias sorprendidas en pleno sueño al terminar de hablar el señor secretario. Durmió a los asistentes y se durmió a sí mismo. El prolongado silencio atrajo por ello una vez al conserje de El Colegio Nacional, quien encontró perfectamente dormidos a todos: los sesenta y seis asistentes y el propio conferenciante, el secretario Barragán.

El secretario de Salud, Abundio Colmenares, lleva con cierta galanura y hasta fantasía su puesto. Es un cachondo bien hecho y se aprovecha de su función para gozar con el pretexto de curar. Todo un caso, bien simpático a veces. Dicen que es duro y ardiente: no se le escapa ni un hombre que odia ni una mujer que desea.

La señora secretaria del Medio Ambiente, Guillermina Guillén, brilla por sus buenos deseos. Es tan fantasiosa que le basta hacer lo contrario de lo que piensa para ser realista. Protege los santuarios de aves fumigándolos hasta matar cualquier cosa que vuela. Se hace taruga dando concesiones de tala de bosques porque así ya no hay bosques que proteger. Problema resuelto. Acaba de divorciarse de su marido porque descubrió que el buen señor sólo se ponía la dentadura postiza cuando visitaba a su amante.

El señor secretario del Trabajo, Basilio Taracena, es todo lo contrario de lo que parece ser. Mira sus ojos de criollo tapatío: claros, pero no serenos. Encapotados, velados, brumosos, y si algo le da trabajo es su propio cuerpo. Observa la serie interminable de sus tics, su constante rascarse los costados, el cuello, las axilas, la entrepierna, como si lo asediasen las ladillas…

El señor secretario de Agricultura, don Epifanio Alatorre, anda en la política nacional desde tiempos de López Mateos y es famoso por sus predicciones sobre las cosechas y el clima:

—Dependiendo de las lluvias, las cosechas este año pueden ser buenas, pueden ser malas o pueden ser todo lo contrario.

Como lleva más de medio siglo en la política, algunos le preguntan cómo ha sobrevivido tanto cambio, de López Mateos a Fox a Terán. Entonces don Epifanio se moja el dedo índice con saliva y lo levanta para indicar que él sabe siempre por dónde sopla el viento. Nunca te metas en un argumento con él. Es cómo discutir con una banda de mariachis.

Desconfía también del señor secretario de Comunicaciones Felipe Aguirre. Fíjate que su cara es del mismo color que sus calcetines, signo inequívoco de bajeza. O de falta de imaginación. Lo comprueba su famoso dicho conyugal:

—¿Quieres hacerte viejo? Entonces vive siempre con la misma vieja.

Si el consejo es amoral, su conducta no lo es. El señor secretario se ha hecho viejo con la misma vieja, una voluminosa señora que inspira pavor porque camina con los ojos cerrados, como un gordo vampiro cegado por el sol. Prueba de que el encargado de las comunicaciones se comunica mejor en silencio, a oscuras, y expidiendo, como lo hace, concesiones y contratos mediante jugosas comisiones. ¿Por qué lo tolera el señor Presidente, a sabiendas de que el señor secretario no ve nada para robarlo todo? Singular y antiquísima teoría, mi querido Nicolás: no hay gobierno que funcione sin el aceite de la corrupción.

La corrupción lubrica, pero mira nada más la cara compungida del director general de Petróleos Mexicanos, don Olegario Santana. Se da entrada al capital norteamericano sin desnacionalizar la industria, pero a la hora de defender el precio del petróleo, el gobierno de los USA nos sanciona, sancionando a sus propios inversionistas. Es la perpetua contradicción de Washington entre sus proclamas internacionales y sus pequeños intereses locales: el textilero de Carolina del Norte siempre le ganará al textilero brasileño y a la Organización Mundial del Comercio, dado que éstos no votan… ¿Qué cara pones? El director general, como podrás observar, pone cara de violador de niñas de diez años. ¿Cómo puede aparecer en público con ese semblante de culpable? Tenle compasión.

Ahora dirige tu mirada a los dos militares sentados lado a lado. El secretario de la Defensa se llama Mondragón von Bertrab y parece precisamente eso, un *junker* prusiano. Se formó en la escuela militar alemana, la Hochschule, lleva una relación magnífica con el Pentágono y ha leído y se sabe de memoria las campañas de César en Galia y la correspondiente de Bonaparte en Italia, te recita a Von Clausewitz y no hay página de la *Germania* de Tácito o de las *Historias* de Livio que no haya cursado. Es el fruto más acabado del mando culto y responsable, serio y leal, que la Heroica Escuela Militar lleva generaciones formando. Pero no te apresures a meter la mano en el fuego, mi querido Nicolás Valdivia. Precisamente por su formación y seriedad, Von Bertrab es un autómata disciplinado que cumplirá al pie de la letra sus obligaciones: lealtad al señor Presidente mientras juzgue que el señor Presidente es leal a las instituciones de la República, pero más lealtad al espíritu de la Patria —*whatever that means!*— que al propio Presidente si, a juicio del general, el Presidente no le cumple a la Patria —*exactly what that means!*—. Pero nuestro admirable *junker* local no se mancha las manos nunca, Nicolás, eso se lo deja al torvo individuo que ves sentado a su lado, el general Cícero Arruza, jefe de la Policía Federal.

Mucho cuidado con él, te lo digo en serio. Von Bertrab es la cara amable de la fuerza. Arruza es la cara odiosa. Su lema es *Sangre, Muerte y Fuego*. Es un lobo con piel de lobo. Su única barrera es Von Bertrab, quien ha dicho de Cícero:

—Darle el poder a Arruza es como poner un pirómano al frente del cuerpo de bomberos.

Pero nadie —te digo que *nadie*— duda de que Arruza puede ser indispensable en un momento dado. Él lo sabe y propicia ese momento con el sigilo de una pantera en la selva. Dicen que el general Cícero Arruza hubiese sido capaz de hacerle confesar a Benito Juárez que era agente de los franceses. No deja de ser constructivo, sólo que para él ser constructivo es hacer obra de intimidación pública.

Me despacho con una o dos frases al señor secretario de la Vivienda, Efrén Iturbide. Dicen que es el idiota mejor vestido del mundo. Se ufana de descender de aquel emperador de burlas que tuvimos a principios del siglo XIX, Agustín I. No es cierto. Nuestro Efrén se aprovecha de la buena facha para crearse un *pedigree* falsario. Claro, no se puede tener una piel tan translúcida sin ser "gente decente". ¿Decente, amigo mío? La voz popular dice de él y de su cargo:

—Efrén Iturbide es el secretario de Estado para la Vivienda de Efrén Iturbide.

Así es. Sólo ha construido una casa: la suya.

Ese tipo con cara de pasmado es Juan de Dios Molinar, secretario de Información y Medios, hoy despojado, por obra y gracia de nuestros poderosos vecinos, de toda capacidad informativa o mediática, salvo, como lo he decidido yo (y que cunda mi ejemplo), por la vía epistolar. Míralo, qué mal distribuido el pobre. Aire saturnino, ojos de tigre, sonrisa tímida, manos de carpintero y busto de tenor italiano. ¡Qué cabrona puede ser la naturaleza! Y para colmo, la boca cerrada como candado. Es el retrato del estupor idiota y me da pena. Mi amigo Herrera dice que mejor así. Como el secretario de Información no informa, la Secretaría de Gobernación maneja a su antojo las noticias.

En cambio, mira a su lado al sonriente procurador general de Justicia Paladio Villaseñor diciéndole a todo el mundo "qué bueno, qué bueno". Con razón lo llaman "Don Québueno", pero yo creo que es más astuto de lo que parece y que su fama de zonzo lo salva de tomar decisiones tajantes o de ofender públicamente a los que jode bajita la mano. Tiene, ya verás, sus usos y virtudes. No en balde, de acuerdo con las circunstancias, es anguila o es molusco.

Y ahora, mi querido Nicolás, viene lo grueso. El secretario de Hacienda, Andino Almazán, es un tecnócrata de fierro indispuesto a mudar una pulgada de sus convicciones sobre la economía. Es un teólogo de la Economía con E gótica y mayúscula. Para Andino, devaluar la moneda es como tener una hija prostituta. Lo que el pobre no sabe es que su mujer, llamada "La Pepa" es, en efecto, una puta que lo cornamenta el día entero. Pero más sobre esto más tarde, querido.

Quiero llegar a lo peor, culminar mi repaso con el horror mismo, la más inexplicable voz de éste coro republicano: el jefe del Gabinete del señor Presidente Lorenzo Terán. El lambiscón, miserable, despreciable Tácito de la Canal. Velo bien: no debía mostrarse a la luz. Su cara es como una sola cicatriz, del mentón al occipucio, rodeados uno y otro de unas púas pilosas que mal disfrazan su cabeza de huevo pelón. Míralo sobándose las manos en actitud de humildad perfecta. Cultiva el aspecto de un perpetuo necesitado, a punto de regresar a la mendicidad. Es el *doormat*, el *paillason*, el tapete de entrada del señor Presidente, en todos sentidos. Controla el acceso a la oficina del Ejecutivo y se ofrece para que el Presidente se limpie las suelas de los zapatos antes de pisar el despacho de despachos. Tácito de la Canal es un tipo que da la impresión de no haber respirado aire fresco en su vida. Eso dicen de él. Yo sé que no es cierto. Tácito de la Canal es el hombre que me espía desde el bosque todas las noches mientras me desvisto. Es el *voyeur* que se te anticipó, el despreciable mirón que tú miraste anoche...

Este es el reparto de la película. Dejo para mejor ocasión a otro elenco singular, el de nuestros Solones de rancho, los señores diputados y senadores que, pulverizados en partidos minúsculos, dejan la conducción del Congreso en manos de un inepto que ya te presenté, Onésimo Canabal, pero impiden, en virtud de su atomización misma, que pasen las leyes indispensables, dejándole al Presidente y al secretario Herrera la obligación de actuar "por la libre", es decir, con un pragmatismo a veces legal, a veces no, pero a veces, como ahora (Colombia, petróleo) obligado a lucir legitimaciones de principio para compensar un pragmatismo obligado, por la fragmentación del Congreso, a ser pan nuestro de cada día.

Y ahora la buena nueva, mi galán de noche. Mi amigo íntimo el secretario de Gobernación Bernal Herrera le ha pedido como favor personal al señor Presidente que te nombre asesor de la Oficina Presidencial de Los Pinos, donde estarás a las órdenes, ni más ni menos, que de Tácito de la Canal.

¿Te doy un regalo envenenado? No. Te ofrezco la oportunidad de devolverme, amor profeso, una manzana de oro desde el corazón del Edén subvertido. Aprovecha, Valdivia. ¿Qué más, Nicolás?

# 8
## Xavier Zaragoza "Séneca"
## a Presidente Lorenzo Terán

¡Ay, señor Presidente! ¿Cómo se me va a olvidar lo que usted me dijo a las veinticuatro horas de tomar posesión?

—Asumes la Presidencia, "Séneca", te ponen en el pecho la banda tricolor, te sientas en la Silla del Águila y ¡vámonos! Es como si te hubieras subido a la montaña rusa, te sueltan del pináculo cuesta abajo, te agarras como puedes a la silla y pones una cara de sorpresa que ya nunca se te quita, haces una mueca que se vuelve tu máscara, con el gesto que te lanzaron te quedas para siempre, el rictus ya no te cambiará en seis años, por más que aparentes distintos modos de sonreír, ponerte serio, dubitativo o enojado, siempre tendrás el gesto de ese momento aterrador en que te diste cuenta, amigo mío, de que la silla presidencial, la Silla del Águila, es nada más y nada menos que un asiento en la montaña rusa que llamamos La República Mexicana.

Desde el momento en que me dijo usted esto, señor Presidente, ambos —usted y yo— entendimos que me había llamado a su lado para hablarle con franqueza, para aconsejarlo con desinterés, para ayudarle a disimular el gesto de estupor que le produjo saberse arrojado al vacío por la empinada cuesta de esa atracción de carnaval llamada "La Presidencia de la República".

—Te eligen, Séneca. Dejas de tener contacto con la gente. Ni tus mejores amigos te critican.

Pues bien, yo he tratado de ser digno de su confianza y aunque mis consejos quizá no sean los mejores, usted tiene derecho de contrastarlos con opiniones opuestas a las mías —¡y mire que no faltan en los cartones y páginas editoriales!—. Mi deber (al menos así lo entiendo) es decirle con absoluta franqueza lo que pienso. Han transcurrido pocos días de sus primeros tres años en la Presidencia y mi crítica sincera, señor Presidente, es que usted es percibido como un hombre un poco abúlico. No se le ve hacer. Se le ve *dejando hacer*. Conozco su filosofía. Ya pasó la época del autoritarismo, cuando sólo la voluntad del Presidente contaba, de Sonora a Yucatán, como los sombreros Tardán que se han vuelto a poner de moda, ¡la de vueltas!

Ya sabemos que esto nunca fue totalmente cierto. La dictablanda del PRI era suavizada por un cierto margen de tolerancia hacia las élites mexicanas, sus críticas, burlas y opiniones generalmente poco informadas. Poetas, novelistas, uno que otro periodista, los cómicos de carpa, los caricaturistas, nuestros inefables muralistas, podían decir y dibujar más o menos lo que quisieran. Eran críticas de la élite intelectual a la élite gubernamental, o necesarios escapes de vapor, como los cómicos de Soto a Beristáin a Cantinflas y Palillo. Ellos gozaban de esta graciosa concesión. Pero los cineastas no, la mayoría de los periodistas no, los sindicatos independientes ni hablar. En cambio, ¿qué tal los gobernadores, los alcaldillos, los militares de provincia, las fuerzas policiales en general, hasta los pinches aduaneros? Toda una caterva de poderes locales, señor Presidente, que actuaban con impunidad corrupta y caprichosa. Sólo los corruptos eran libres. Creamos una cultura de la ilegalidad, hasta cuando el Presidente obraba legalmente o lanzaba "cruzadas morales".

¡Por Dios, señor Presidente! Si desde la Colonia española se hablaba en Madrid del "unto mexicano", es decir la mordida, la corrupción, la coima, la transa, como curso legal de "las influencias". Ya sabe usted, "el que no transa, no avanza".

¿Qué ha sucedido con usted, un hombre puro que llega de la oposición a limpiar los establos de Augias? Sucede que es usted un Hércules demócrata que confía en la fuerza de la sociedad para hacer la limpia que el Hércules mítico hizo a base de trancazos, igual que ese divino Heracles, Jesucristo, limpió a fuetazos el templo de mercaderes.

Es usted moralmente admirable, señor Presidente. Que la sociedad se limpie a sí misma. Que los impuros sean purgados por los puros —o que se purguen a sí mismos—. Perdone, nuevamente, mi franqueza y permítame, señor Presidente, mitigar mis críticas. Usted mismo se ha dado cuenta de que hay zonas tan oscuras de la vida mexicana que sólo gente con manos sucias puede controlarlas. Al mismo tiempo, se esmera usted en elevar a funcionarios probos que le dan la cara bonita del régimen al público. Prueba de esto último es su secretario de la Defensa, un militar de honorabilidad comprobada, el general Mondragón von Bertrab. Prueba también es el secretario de Gobernación, Bernal Herrera, un profesional honesto que cumple con la ley pero que conoce bien la máxima latina *dura lex, sed lex*. La ley es dura pero es la ley. En cambio, tanto usted como Von Bertrab saben perfectamente que el jefe de la policía, Cícero Arruza, es un matón brutal que no se anda por las ramas para reprimir con o sin razón.

¿Un mal necesario? Quizá. Pero hay otro caso, señor Presidente, que usted se niega a contemplar y es el de su jefe de Gabinete Tácito de la Canal. Ya sé que me expongo terriblemente: acuso sin pruebas. Está bien. Me remito a una simple observación moral. ¿Puede ser honesto un hombre tan zalamero como Tácito? ¿No sospecha usted que detrás de tanto servilismo tiene que haber un pozo de hipocresía? ¿No cree que Tácito de la Canal merece una mirada más acuciosa de parte suya? ¿O debo imaginar que usted se hace el ciego por conveniencia y deja que Tácito sea su cancerbero servil y antipático sólo para que usted viva en paz, halagado por su esclavo y defendido por su perro? Le juro que entiendo la necesidad de tener a un enano mal encarado a la puerta del castillo para librarse de los latosos, los indeseables, los ambiciosos. ¿Ha pensado usted que su mastín de utilería le ahuyenta también al honrado consejero, al amigo leal, al técnico útil, al intelectual preocupado, sólo porque en ellos Tácito ve, con mayor razón que en los sinvergüenzas, a sus peores rivales por la atención presidencial?

Le repito señor Presidente, perdone la franqueza a veces brutal de mi análisis, pero para eso me dio usted función: para decirle la verdad. Se lo advertí desde el primer día. El político puede pagarle al intelectual. Pero no puede confiar en él. El intelectual acabará por disentir y para el político esta será siempre una traición. Malicioso o ingenuo, maquiavélico o utópico, el poderoso siempre creerá que tiene la razón y el que se opone a él es un traidor o, por lo menos, alguien dispensable.

# 9
## María del Rosario Galván
## a Bernal Herrera

Comprendo, Bernal, que debas efectuar un chequeo completo de seguridad antes de admitir en el centro neurálgico de la Presidencia a un desconocido como Nicolás Valdivia. Leo con detenimiento la ficha que me envías. Nacido el 12 de diciembre de 1989 en Ciudad Juárez, Chihuahua. Padre mexicano, madre norteamericana. Ambos trabajando en El Paso, Texas, pero domiciliados en México. Registro de Nicolás consta en Archivos de Ciudad Juárez. Padres muertos en accidente de carretera cuando Valdivia tenía quince años.

Luego hay un gran hueco hasta que Valdivia aparece estudiando en París en la misma escuela que tú y yo. Lo he sondeado. Conoce bien las materias y los maestros. Conoció en la Embajada de México en Francia al general Mondragón von Bertrab, entonces *attaché* militar de la Misión. Von Bertrab utilizó al joven estudiante de la ENA para hacer informes, recabar datos, etc. Él lo trajo de vuelta a México, donde Valdivia permaneció cinco años dedicado a estudiar por cuenta propia en su nativa Chihuahua.

¿Qué fue de su vida entre los quince y los veinticinco años? Le he pedido información al ahora secretario de la Defensa, Von Bertrab. Sonrió. ¿Quién conoce en realidad la vida de un adolescente huérfano obligado a ganarse la vida?

Von Bertrab me tranquilizó. Habla con él si quieres rubricar lo dicho. Nicolás vivió una vida andariega, en buques-tanque mexicanos, cargueros holandeses, tocando regularmente el puerto de Tampico, leyendo mucho, estudiando a tropezones, presentando materias a título de suficiencia, hasta lograr el ingreso a la ENA gracias a una solicitud del general con la documentación que comprueba la difícil educación de Valdivia, su empeño, su desvelo. Vaya, una juventud a la Jack London o Ernest Hemingway…

¿Quieres recomendación mejor, Bernal? Quizás haya una que otra travesura en una vida así. Confía (una vez más) en mi intuición femenina. Nicolás Valdivia me mira con cara angelical. Dice que me quiere. Lo dejo quererme. Pero yo sé mirar la otra mirada, la furtiva, la de este joven cuando cree que yo no lo miro. Esa mirada "flaca y hambrienta" descrita por Shakespeare en *Julio César*. Es la mirada de la ambición. ¿Un pequeño demonio con cara de ángel? ¿Qué queremos sino esto, querido amigo, para vencer a Tácito de la Canal? Que Valdivia nos lo deba todo y nos lo entregue todo. La intuición me dice que es nuestro agente *ideal*. Tú me indicas que en política la sangre nueva es necesaria pero peligrosa.

Déjame, querido, que sea yo quien corra el riesgo y, en su caso, pague el precio de los daños si es que los hay. Tú y yo estamos en un juego de política realista. Idealista a ratos, como lo ha comprobado desastrosamente nuestro Presidente este 1º de enero. Pero finalmente, por fuerza, realista, así sea debido a la respuesta *de facto* que provocan nuestros desplantes *de jure.* Lo bueno de la *realpolitik* es que la puedes revertir en un instante, dejando intactos los principios permanentes. Nicolás Valdivia es un accidente de la *realpolitik* tuya y mía. Como lo recogimos, igual lo echamos a la basura.

Imagínate, yo he ido al extremo lúdico de decirle que seré suya sexualmente cuando él llegue a la Presidencia. ¡Creó que me lo creyó! O en todo caso, que mi propuesta le encendió la imaginación y le acicateó el deseo.

Sea como fuere, necesitábamos un operador nuestro en la cueva donde habita la tarántula. Si nuestra hormiguita Valdivia se deja picar y muere, *tant pis pour lui.* Lo sustituimos. Por el momento, él es nuestro hombre en Los Pinos. Déjame a mí engañarlo y manipularlo. Ten la seguridad de que, si es inteligente, nos servirá puntualmente.

Cuando le dije

—Tú serás Presidente de México,

el joven Valdivia no se inmutó. No demostró asombro. Acaso pensó, como tú,

—¿Qué tal si nos traiciona, qué tal si revela nuestro plan, por indiscreción o por ambición?

Creo que este chico es muy inteligente. Sabe leer miradas. Leyó la mía:

—Si me traicionas, nadie te creerá. Creerán que eres sólo un pequeño ambicioso y quizás hasta un gran tonto. No me haces falta como víctima. Te necesito como aliado. Un Luzbel como tú me hace falta.

Es tan astuto como vanidoso. Cree en mí. El problema va a ser cuando se desengañe. Puede reaccionar como víctima vengativa. Hay que asegurarse de que nuestras víctimas no tengan armas para la venganza.

# 10
## "La Pepa" Almazán
## a Tácito de la Canal

Amo mío, mi peloncito de oro, mi huevo salado, dime nomás si a mí me va a importar escribirte cartas si no he hecho otra cosa desde que nos hicimos novios y tuve el cuidado, ahora más que nunca, amorcito, de no mencionar tu nombre santo. Tú lo sabes: quiero que un día, pasado mucho tiempo, sí, descubran en el baúl de mi abuelita yucateca el paquete de mis cartas de amor, que para entonces ya no serán cartas de casada infiel, sino de apasionada y romántica amante, que es exactamente lo que soy para ti, mi panzoncito pelón, mi peor-es-nada dirán las malas lenguas porque no conocen tu buena lengua tan sabrosa, larga y templada cuando me recorres a besos mi cuerpo ideal de Venus alabastrina, como acostumbras llamarme... Pero basta de placeres, amorcito anónimo, y vamos a lo que te truje, que es la cercanía cada vez mayor de la intrigante MR con tu rival el secre BH. A veces te pasas de bueno, cariño santo, y por tu lealtad al P no miras a quienes quieren hundirte pintándote como un lambiscón sin escrúpulos. Esa es toda la tirada de la parejita infame, hacerte aparecer como un ambicioso lameculos sin moralidad cual ninguna que se aprovecha de la cercanía del

P para escalar y llegar a ser, tú también, P en la siguiente vuelta. Porque no nos hagamos pes, mi querido T, ya pasó el tercer año del "periodo" (y no me refiero a mis divinas hormonas) y lo único que importa en P es la sucesión del P.

Verás cómo miro las cosas. La MR está aliada con BH. La fuerza de BH es su cacareada serenidad y equilibrio. Su fama de honrado en país de ladrones. Deja que la intriga sucia la maneje doña MR, quien tiene la oreja del P porque el P, ya lo sabes, es un hombre agradecido y cuando no eran naiden MR fue su cariñosa y le enseñó los trucos elementales de la polaca. Lo malo y lo bueno del P es que es un hombre agradecido. Pues ve la manera, monada, de que te agradezca más a ti que a nadie, lindo hermoso. La cosa está pelona (ay, no es alusión a ti, mi divino calvo) y más nos vale, a ti y a mí, si queremos lo que queremos, encontrarle la falla a la parejita diabólica. Tenemos una ventaja que también es desventaja. Mi admirable marido es como la roca de Gibraltar. Nada lo mueve, es aburrido pero seguro. Bastaría que él supiera de alguna movida chueca de la parejita para que se la presentara al P, como dicen que se presentó Moisés en la montaña, armado con las de la ley.

Mi esposo es un genio para hacer que la gente se sienta culpable. Sabemos que el P no tolera sentirse culpable. Basta con que mi marido denuncie un paso en falso de BH para que el P *dude*. Créemelo, mi panucho adorado, el mejor camino para ganarse al P es ponerlo a dudar. Tú sabes que él es un hombre que requiere seguridad, seguridad y más seguridad. No nos hagamos tarugos. Incluso tolera la corrupción siempre y cuando sea segura, es decir, predecible y confiable. Toma el caso del señor secretario de comunicaciones, Felipe Aguirre. Todos sabemos, y lo sabe el P, que se lleva tajadas más sabrosas que una nalga de rumbera en cada contrato que autoriza. Lo sabe el P y no le importa, con su teoría esa de la corrupción lubricante, que es como coger por el chiquito (¡supongo, bosh!). El secretario de Comunicaciones es un pillo. Sabido, aceptado, asimilado, lo que tú gustes.

¡Pero BH! De él se espera (o espera nuestro inefable señor P) rectitud, honradez, moralidad y todo eso que no se come. Por lo tanto, mi potente pelón, bastaría coger a BH o a la haragana MR en una movida chueca para darle shish a las ambiciones de poder del susodicho. El P ya te tiene una confianza bárbara, por otros motivos. Lo dice a voz en cuello. ¡Bomba! Sin Tácito no doy un pásito. O doble bomba: Para lo que necesito, me sobra y basta Tacito. Y hasta acá en Mérida se sabe lo que se dice en Los P:

—T es mi más leal servidor, no podría dar un paso sin T, confío en T como en mí mismo, T es el hijo que nunca tuve...

Y etcétera, etcétera.

Mi panuchito precioso, tenemos que ser más águilas que la que se subió al nopal sin pedir permiso primero. ¡El águila que adorna la silla presidencial!

¿Que qué ventajas tenemos? Nuestra discreción, para empezar. No hay mejor entrenamiento para la política que el adulterio. Secretitos, secretitos. Sorpresotas, sorpresotas. Nadie sospecha de nosotros ni nos relaciona para nada. Yo vivo acá en la tierra del faisán y del venado, pues, y nuestras citas de amor en Cancún ni quién se las sospeche. ¡Qué barbaridad! Con esa peluca de jipiteca que te pones, ni quien te reconozca en el hotel, y me lo perdonas, lindo hermoso, pero la última vez que fuimos a la playa un par de gringos jóvenes me invitó a bailar en una disco, diciéndome:

—Ya deja solo a tu papá, no hace más que dormir la siesta.

Perdón perdón perdón papacito, pero si te digo esto es para que entiendas que hemos sabido ser discretos, discretísimos, y que por allí no hay cola que nos pisen. Tú, por tu parte, siempre has sido profesor de Civil en la UNAM, probo diputado del partido difunto PRI, fiel *campaigner* y luego *headhunter* del ayer candidato y ahora P. Ajeno a toda trácala. Te podrán acusar, con razón, de cachondo, cariño santo, pero eso no es pecado, ni siquiera venial. Pero de ratero no. Y no me digas nada sobre esto. Veo cómo vives. Un apartamentito de una sola recámara en la Colonia Cuauhtémoc. Ese espantoso olor a cocina, basura y meados que sube por el cubo de la escalera. ¡Si ni a elevador llegas! Tus tres trajecitos de Sears, tus seis pares de zapatos tan relicarios que son de *El Borceguí*, tus dos boinas vascas para protegerte la calva en enero. ¡Dios mío! ¡Si eres un asceta, mi panucho! Lo que no saben es que la calvicie es signo —secundario, dicen, pero signo al fin— de virilidad, y si eres en todo lo demás tan modesto como pareces, tus dotes masculinas, mi macho incontenible, no tienen rival. Es como si Dios Nuestro Señor te lo dio en chiquito todo menos lo que tú sabes, esa tripa de Tarzán, esa picha de Popeye, ese chile de chimpancé que será muy tuyo, mi vergonzoso, pero que también es lo mío, de tu P que te adora y te pide, piensa bien, pon a trabajar el coco, porque ya no nos quedan más que dos añitos para fregar.

Te adoro, mi T, dime cuándo nos volvemos a ver y te repito: Manos limpias y espina doblada, pero sobre todo, vidrios, mi amor, mucho ojo y a veces, ojalá, un poquito de ojete…

# 11
## Nicolás Valdivia
## a María del Rosario Galván

Gracias por dejar que te hable de tú, María del Rosario. Es un regalo, sobre todo porque me compensa de la posición en la que me has colocado. Ya sé que es decisión del señor Presidente. Ya sé que a él, a través de ti, le debo estar hoy con escritorio en las oficinas del Ejecutivo. ¡Pero qué precio me haces pagar, mujer! ¡Tener que ver el día entero a Tácito de la Canal! Cuanto me dijiste de él se queda corto ante la tenebrosa realidad. Si lo soporto es sólo porque te amo y te agradezco tu solicitud para conmigo. Respeto, asimismo, tus razones. Mi primer puesto en la Administración Terán es muy cerca del Presidente, en la oficina que es como el corazón de la Primera Magistratura y a las órdenes del secretario de la Presidencia, Tácito de la Canal.

Debo disciplinarme y aceptar la diaria compañía de tan repugnante sujeto. Obedecerlo. Respetarlo. Si esto no es prueba de amor, María del Rosario, no sé cuál pueda darte mejor y más cierta, más acá de un romántico suicidio a lo joven Werther. Tú dices que por algún lugar se empieza y yo espero que mi paso por esta oficina sea veloz y pedagógico. Me repugna la obsequiosidad del licenciado De la Canal, la manera como se inclina ante el Presidente, su posición perpetua al lado del Jefe como la del Cardenal junto al Rey, su veloz movimiento de criado para acomodarle la silla al Presidente cada vez que Terán se para o se sienta. ¿Es indispensable que sea Tácito quien le despliega y tiende la servilleta al Jefe a la hora de la comida? Con lo campechano que es Lorenzo Terán, que come en mangas de camisa y arrojándole pedacitos de carne a su mastín El Faraón... No sé si el *Chief-of-Staff* quisiera ser él quien alimentase al perro, o si en realidad preferiría él mismo ser el perro y recibir las sobras de la mesa presidencial en cuatro patas.

Si has querido, María del Rosario, darme una muestra inmediata de las bajezas a las que conduce el servilismo político, no pudiste escoger mejor lugar o actor más consumado. Llevo apenas una semana en esta oficina, pero ya puedo ofrecerte un mínimo análisis. Tácito de la Canal es el maestro del disimulo, audaz en la sombra, humilde en el sol, generoso cuando le conviene, pero mezquino por naturaleza. Basta ver cómo trata a los inferiores. Parecería tener una mezcla de temor y resentimiento porque ya no es inferior pero podría volverlo a ser.

Hay una secretaria cohibida por el extraño disfraz con que se presenta al trabajo. Tiene unos cuarenta años —se le notan— pero anda vestida de niña chiquita. No de jovencita, María del Rosario, sino estricta, realmente, de niña. Bucles de tirabuzón y un moño azul celeste —*baby-blue*— coronándola. Trajes de tafeta azul o rosa, tobilleras blancas con angelitos bordados y zapatos de charol *mary-jane*. Su única concesión a la edad adulta es la abundancia de polvo en la cara para disimular las arrugas, el carmín descarado de los labios, las cejas depiladas y las pestañas embadurnadas de rímel.

Apenas la vi, decidí que esta mujer tenía un secreto y que lo discreto, lo humano, era respetarlo.

Imagina mi repugnancia, mi horror, cuando ayer apareció una muñeca Barbie sentada en la silla giratoria de la secretaria-niña que primero se turbó y luego leyó la tarjeta prendida con alfiler al pelo rubio de Barbie.

No sé qué decía la tarjeta, pero la secretaria la leyó, se soltó llorando y arrojó la muñeca al cesto de la basura. Quise averiguar y Penélope, que es una secretaria madura, maciza y directa, me explicó que el licenciado De la Canal se entretiene humillando a Doris —es el nombre de la mujer-niña— enviándole regalos propios de una muchachita de diez años y recriminándole con frases como:

—¿Qué diría tu mamá? Que no eres una niña aplicada. Que el profesor te castigará.

Entonces Doris entra al despacho de Tácito y media hora más tarde sale llorando pero tratando de disfrazar el llanto, desarreglada, con el moño en una mano, ajustándose el corpiño…

Penélope dice que el licenciado De la Canal no puede vivir sin una empleada que sea su "puerquito", y en Doris ha encontrado a su víctima ideal. María del Rosario: yo siempre llamo primero o toco a la puerta antes de entrar a la oficina de Tácito, pero ayer no me aguanté y entré sin más cuando Doris se encontraba a solas con De la Canal. Tenía apresada a la mujer-niña, acariciándole un seno con la mano derecha y la izquierda introducida en la pantaleta de olanes de Doris, mientras le murmuraba al oído:

—No le digas nada a tu mamá o te va a castigar muy feo. Sé buena conmigo y te regalo más muñecas. Tenle miedo a tu mamá y obedécela en todo —menos en esto que hacemos juntos, putita.

Te digo, María del Rosario, que las crueldades de Tácito de la Canal son peores que sus perversiones. Hace cosas tan pequeñamente odiosas como recorrer cada semana los almacenes de la papelería de la oficina, contando el número de lápices, hojas membretadas, hojas bond sin membrete, clips, gomas de borrar, tijeras, fólders, plumones, y tal. Ayer, la astuta Penélope se le adelantó y repuso los artículos de oficina faltantes.

—Yo llevo la cuenta exacta, señor licenciado. Si quiere, revisemos juntos y verá usted que no falta nada.

—¿Las devolvió usted a tiempo, señorita Penélope? —dijo el arrogante De la Canal.

—Nunca las sustraje, señor licenciado.

—¿De manera que usted anda esculcando mi escritorio, señorita Penélope?

—Mi deber es que no le falte nada, don Tácito.

¿Sabes qué hice, María del Rosario? Tomé a Doris del brazo, la llevé a la tienda *Fratina* y la vestí toda de negro, traje sastre negro, medias negras, zapatos estiletos, bolsita Chanel, ándale, y de la mano la llevé a casa de su madre en la Colonia Satélite, petrificada de miedo la niña Doris, y se la presenté a su madre, una vieja agria con la mirada perdida y una bola de estambre entre las manos, sentada en silla de ruedas, con una jarra de limonada y un arsenal de analgésicos al lado. Ah, y un gato feo en el regazo. Sólo le dije:

—Así va a ir Doris a la oficina de ahora en adelante.

—¿Y usted quién demonios es?

—Su jefe, señora, y si quiere que su hija traiga el sueldo a la casa y se ocupe de usted, más le vale que Doris vaya vestida así a la oficina, porque si no, me la rapto, señora, me llevo a Doris a vivir conmigo...

La vieja gritó y yo tuve una de esas intuiciones repentinas que son como relámpagos del cerebro:

—Y mucho cuidado con decirle nada de esto al sinvergüenza De la Canal. Ese trato se acabó, señora. No se atreva a seguir vendiendo a su hija o la llevo a la cárcel.

Ahora la vieja chilló y el gato saltó maullando amenazante, como si quisiera defender a su ama. Le di una patada en el culo al pinche felino y Doris vio vencida a su madre, sonrió por primera vez y desde ahora va vestida como una mujer de su edad.

Penélope me guiña el ojo y me muestra un pulgar de victoria.

Pero Tácito me mira con verdadero odio. Sabe que lo he *leído* de cabo a rabo. Zalamero con los poderosos. Soberbio con los débiles. ¿En qué posición intermedia me he puesto yo mismo? Lo miro directo a los ojos. No tiene más remedio que sostenerme la mirada. Pero yo sonrío. Él no. Y cuando pide que Doris entre a su oficina, le digo:

—Perdone, señor licenciado. Doris me está haciendo un trabajo urgente.

Si tuviera pelo, al cabrón se le pondría de punta.

## 12
**Bernal Herrera
a María del Rosario Galván**

¿Estás segura de que tu estrategia es la acertada? Si tu protegido Nicolás Valdivia está trabajando con Tácito de la Canal, no es sólo para adquirir experiencia. Ni siquiera para conocer de cerca a nuestro adversario. Está allá para encontrar el punto débil de Tácito, la realidad que lo elimina, el acto que lo condena. Ya sabemos que es un canalla. Saca la cuenta de los canallas impunes que hayas conocido en la vida política y que hoy siguen impunes pero ricos. Hay que pescar a Tácito con las manos en la masa. ¿Qué ha descubierto Valdivia? Poca cosa. Lo que ya sabíamos. Que Tácito es servil. Que es cruel. Que es zalamero con los de arriba y abusivo con los de abajo. Que se deja tratar como servilleta usada por el Presidente. Que acaso el Presidente necesita un criado de lujo. Que quizás el Presidente necesita un cancerbero con carlanca de púas para defenderse de los inoportunos.

Nada nuevo. El más ilustrado de los gobernantes requiere la seguridad que le da un *yes-man*, el que le dice que sí a todo. Ya ves, nuestro Presidente sigue la costumbre de siglos. Como Federico de Prusia o Catalina la Grande, trae a su corte a la Ilustración francesa, a Voltaire y a Diderot, que ese es nuestro buen amigo Xavier Zaragoza, el bien llamado "Séneca". Pero Federico tenía al mismo tiempo su valet Fredersdorf para lamerle las botas y Catalina a Potiemkin para lamerle otra cosa. Así tiene Lorenzo Terán a Tácito de la Canal.

No estoy satisfecho, amiga mía. Los plazos se acortan y en política los plazos son la mitad, por lo menos, de la jugada. Si no anulamos a Tácito de aquí a los seis meses que siguen, usará su puesto como trampolín a la candidatura presidencial. ¿Y sabes una cosa? Ser el contrincante de Tácito de la Canal no sólo me repugna. Me humilla. Si gano las elecciones del 2024 contra una lombriz como Tácito, mi victoria será tan grandiosa como la de un hombre que aplastó con la planta del pie a una cucaracha. Será un triunfo hueco. Y si, a partir de su influencia con el Presidente, es él quien me gana, ello significará el fin de mi carrera política.

María del Rosario: sabes que no soy un cobarde y que asumo mis propias responsabilidades. Pero la vida nos ha hecho algo más que amigos: aliados. Nuestros destinos están ligados. Me haces falta porque eres mujer. Es decir, porque tienes algo más que el celebrado instinto femenino. Al instinto unes un talento político excepcional. Sabes leer la realidad invisible. Sabes mirar lo que está *al lado*. Ves lo que a mí se me escapa. No te digo nada que no sepas (o que yo no te haya dicho antes). Sin ti, no avanzo. Tú me permites soportar las terribles agresiones del ambiente. Tú me comunicas una virtud indispensable en política: la capacidad para manejar grupos de hombres inseguros. Tú lo sabes y yo lo he visto. Al más inepto miembro del Gabinete (y mira que abundan) le haces sentirse un Aristóteles hermanado con Bonaparte. Y a todos, al darles confianza, les haces saber que me representas, que sigues mis instrucciones. Que eres una espléndida mujer de talento, pero no un agente libre. Estás unida para siempre a Bernal Herrera.

Es decir, todos saben que el apoyo y los consejos que les das lo haces porque yo te lo pido. El secretario de Agricultura Epifanio Alatorre ha venido a agradecerme a mí la información sobre la inminente baja del precio del azúcar que él, almacenando torpemente el dulce como un tesoro, ni se sospechaba. El secretario Alatorre desconoce por completo que la política agraria de la Unión Europea y de los Estados Unidos tiene el efecto de arrinconar a las exportaciones agrarias de los países pobres: vendemos poco y barato y nada ganamos con almacenar, esperanzados de que así los precios suban. No habrá escasez en el mundo desarrollado. Habrá la munificencia hacia el mendigo, nada más. La limosna. El secretario de Obras Públicas Antonio Bejarano me debe la vida porque tú le hiciste saber las ligas del contratista Bruno Levi con la compañía rival del secretario en su antigua actividad privada —de cuyas acciones sólo se ha desprendido de mentirillas, vía hombres de paja—. Qué ganas de sorprender a Tácito en una movida chueca como esta. Pero Bejarano no tiene importancia política. Puede ser tan corrupto como quiera. Sin embargo, el poder sobre él es nuestro, venida la ocasión. Sin mí —sin ti— su desgracia sería cosa segura.

Y así podría seguir, mi queridísima señora. Sólo que el pez más gordo, mi único rival visible para la elección del 2024, no nos debe nada, ni a ti ni a mí. Esa es nuestra enorme debilidad. No creo en la gran inteligencia de Tácito, pero sí sé que es eso que en los ranchos se llama una chucha cuerera, un Maquiavelo de nopal con una capacidad de intriga tan vasta, mi querida amiga, como nuestra propia capacidad de gratitud y afecto mutuos. Debemos suponer que no hay secretario de Estado que no le deba tantos favores a Tácito como a ti y a mí. No en balde es el dueño de las llaves de acceso al santo de los santos, la oficina del señor Presidente, nuestro muy cuadrado "despacho oval".

Debemos, en todo caso, pensar que la pelea es pareja y no dormirnos en ningún laurel. Ahora, ¿es capaz tu protegido Valdivia de encontrar, incrustado en la burocracia de Tácito, el secreto que condena a Tácito, más allá de seducir secretarias?

Flaco resultado, doña María del Rosario, flaco de verdad. Si no tenemos pronto pruebas que condenen en serio a Tácito de la Canal, lamento decirte que llegaremos a la lid, por lo menos, en condiciones de fuerza pareja él y yo. *No lo tolero.* Quiero llegar con una clara ventaja. ¿Cuál? Cuento con tu bien ganada fama de mujer inteligente, intuitiva… y seductora.

## 13
## Nicolás Valdivia
## a María del Rosario Galván

Pues bien, mi amada y admirada señora, he cumplido una vez más sus instrucciones (que usted eufemísticamente llama "recomendaciones") y me he trasladado al puerto de Veracruz a fin de "hacer méritos" y "pulir mi educación política", como me indica usted. He llegado con una carta de presentación suya para el Personaje.

Allí estaba, tal y como usted me lo dijo, sentado frente a una mesa del portal del *Café de la Parroquia*, bastón en mano y con un humeante café con leche frente a él. Mantiene el aspecto que usted y yo y el país conocemos. La cabeza noble sobre el cuerpo frágil. La frente amplísima, las entradas como avenidas, el cabello perfectamente cortado, entrecano y muy bien cepillado. (No sé por qué, el Personaje me dio la impresión de que está cepillado de pies a cabeza.) Y claro, lo más memorable en él: la mirada. ¡Qué manera de parecer tan distraído como un gorrión y tan aguzado como un gavilán! Es, realmente, un águila, en todos sentidos y cualquiera que sea el grado de intensidad o distracción, ambas perfectamente calculadas, de mirar. Ningún Presidente de la República como él ha merecido la simbiosis de la persona y el símbolo. Sentado en la Silla del Águila, el Personaje era, él mismo, el águila. Y no la segunda, sino la primerísima.

Ahora se le conoce universalmente como El Anciano del Portal. Pero aunque cambie de nombre o de edad, lo que no varía son las ojeras profundas que ensombrecen sus párpados como dos cortinas negras, aliviadas tan sólo por las anchas cejas. Se habla de "nieve perpetua" en las montañas. El Anciano del Portal tiene "negruras perpetuas" en esas cejas que se dirían diabólicas si no contrastasen, señora, con la sonrisa petrificada de unos labios gruesos, frescos para un hombre de su avanzada edad, pero delatados y reforzados por las hondísimas comisuras que los enmarcan. Y entre la boca y los ojos, una nariz recta pero más bien roma, discreta, pero delatada por las anchas aletas humeantes como las de un perro de presa.

Describo lo que usted conoce de sobra para confirmar mi propia visión de El Anciano. Porque así es conocido aquí: El Anciano del Portal, sentado el día entero en una mesa al aire libre del *Café de la Parroquia*, bebiendo el aromático elíxir de Coatepec entre buche y buche de agua con gas y con un ejemplar de *La Opinión* abierto sobre las rodillas. Bien trajeado, como siempre, con su terno gris oscuro a rayas, su camisa blanca, su inevitable corbata de moño con bolitas blancas, sus mancuernas con el águila y la serpiente, sus calcetines adornados de flechas y sus zapatos negros muy bien lustrados.

Me presenté, le entregué la carta de usted y, como usted misma me lo advirtió, El Anciano del Portal inició su lista de definiciones y recomendaciones políticas como un cura que recita el Credo. Humor no le falta al viejo. Se da cuenta de que es, en efecto, un viejo muy viejo y que los jóvenes ya lo han condenado, de tiempo atrás, a la muerte del olvido.

—Hay quienes consideran un hecho humanitario apresurar mi paso a la tumba —rió sin reír, hábito, por lo visto, muy de él—. No les daré ese gusto. Seguiré siendo lo que algunos llaman "un estorbo político".

Me espetó, acto seguido (tal y como usted me lo advirtió y como él sabe que usted sabe que me dijo y yo espero) sus famosas máximas, dichas originalmente por él, pero tan viejas y conocidas que ya forman parte de nuestro folklore político. Pero como le digo, humor no le falta al viejo, ni una cierta dosis de autocrítica con cara de palo.

—Vamos saliendo rápido de las máximas que me atribuyen, para no tener que repetirlas más...

—Soy de los jóvenes que no lo consideran un estorbo, señor Presidente. Para mí todo lo suyo es novedad.

—¿Qué es "lo mío"? No me llame "señor Presidente". Recuerde que ya no lo soy.

—Es mi formación francesa, señor Presidente. En Francia nadie es ex-nada. Se considera una falta de cortesía.

—¡Otro francés en Veracruz! —exclamó sin sonreír—. ¡Dale con los gabachos!

—Digo, me formé en la École Nationale d'Administration de París...

—Aquí llegaron sus buques en la Guerra de los Pasteles.

—¿La qué...? —dije, señora, admitiendo mis lagunas sobre la prehistoria mexicana.

—Sí, como no —sorbió el café lechero—. Un pastelero francés de la Ciudad de México, de nombre Remortel, se quejó de que en un motín popular la turba le destruyó sus eclers y sus cruasáns, así que en 1838 los franceses mandaron una flota a bombardear Veracruz para reclamar el pago del patisié ese. ¿Qué le parece? ¿Nunca vio la película con Mapy Cortés?

—¿Mapy…?

—Un cuero puertorriqueño, sí señor. Una hembra de quitar el hipo. Unos muslos de dar miedo. Bailaba una conga llamada *Pim-pam-pum* —dijo y volvió a sorber.

—Cómo no —intenté recobrar mi prestigio raspado, toda vez que Mapy Cortés y pim-pam-pum importaban más que la Escuela Nacional de Administración de Francia—. Cómo no, el mundo ha entrado a México por Veracruz desde que Hernán Cortés desembarcó aquí en 1519…

—Y los franceses de vuelta, apoyando al Imperio de Maximiliano y Carlota, en 1862 —la reminiscencia nostálgica hizo brillar por un instante los encapotados ojos—. Viera usted la tropa de belgas, austriacos, húngaros, alemanes y gente de Praga, Trieste y Marsella, zuavos, bohemios, flamencos, que entraron por aquí con las banderas en alto, mi amiguito, pura bandera de águila, águilas de dos cabezas, águilas coronadas, águilas rampantes y nosotros aquí con una sola aguilita, pero qué aguilita mi amiguito Valdivia, una aguilita a toda madre, incomparable, con las garras sobre un nopal y devorando una serpiente, eso no se lo esperaban los europeos, aquenó, ¿verdad?

—Pues me imagino que no, señor.

—Ay, y el reguero de chamacos de piel morena y ojos azules que dejaron en Veracruz esas tropas del

Imperio. ¿Nunca vio usted la película *Caballería del Imperio?*

—No, pero leí una novela maravillosa, *Noticias del Imperio* de Fernando del Paso.

—Menos mal —me dijo con conmiseración—. Algo sabe, pues.

Miró de lejos hacia el mar y la fortaleza de San Juan de Ulúa. Una masa gris, imponente y disuasiva, un islote prohibitivo. El Anciano me miró mirando y no le gustó mi mirada. Respondí como si me hubiese preguntado algo.

—No, señor Presidente… perdón, es que de niño recuerdo que un rompeolas unía el castillo de Ulúa a tierra firme.

—Yo mandé quitar el rompeolas.

—¿………?

—Afeaba el paisaje —dijo cuando el mesero se acercó a vaciar de nuevo el café hirviente desde lo alto de su cabeza al recipiente exacto de nuestros vasos de vidrio, con perfecta puntería.

El Anciano continuó: —Por eso me tiene sentado aquí, mirando al puerto de Veracruz para dar aviso si algún extraño enemigo, como dice nuestro himno, osare profanar con su planta nuestro suelo.

Empecé a cogitar que El Anciano del Portal era un monomaniaco que desvariaba mientras seguía su cantinela de los agravios históricos sufridos por México.

—Y los gringos, jovencito, los gringos que le han sorbido el seso a nuestra juventud. Se visten como gringos, bailan como gringos, piensan como gringos y quisieran ser gringos.

Hizo un gesto obsceno con la mano izquierda y levantó el bastón con la derecha.

—¡Por la pata perdida de Santa Anna que a los gringos me los paso por el arco del triunfo! Aquí desembarcaron en 1847, otra vez en 1914... ¿Cuál será la siguiente?

Se acomodó la dentadura falsa que se le estaba desubicando en medio de tanta evocación y regresó al tema:

—Mire jovencito, para que no se vaya desilusionado, le repetiré mis máximas legendarias...

Y las repitió muy serio y casi meditando, sin dejar de menear el azúcar con la cucharilla dentro del vaso de café.

—La política es el arte de tragar sapos sin hacer gestos.

No rió. Nada más apretó la dentadura falsa para fijarla bien en las encías.

—En la política mexicana, hasta los tullidos son alambristas.

Aprovechó mi fingida risa para pedirle al mozo un mollete.

—Bolillo caliente con frijoles refritos y queso derretido. Buenos para la digestión —dijo—. Y la mera verdad: La Presidencia es como la montaña rusa. Con la cara que uno pone cuando lo sueltan cuesta abajo, con esa cara se queda uno para siempre.

Le dio una severa mordida al mollete.

—Por eso me verá siempre con esta misma cara, la del primer día de mi Ejercicio...

Prosiguió, María del Rosario, con una sonrisa medio macabra:

—Lo que nadie sabe es que mi arsenal de dichos inéditos es inacabable.

Le interrogué cortésmente, sin decir palabra. Me dijo disimulando algo así como un sonido equivalente a la campanilla de la garganta si las campanillas de la garganta doblaran a muerto.

—Sépalo de una vez. A mí no me entran ni las balas ni los catarros.

Ante tan contundente máxima, me quedé callado, esperando las siguientes palabras del viejo y preguntándome qué hacía yo aquí sino seguir, mi bella dama, vuestras instrucciones:

—Habla con El Anciano del Portal. Ten paciencia y aprende.

—¿Sabe usted, jovencito? Antes de ser Presidente hay que sufrir y aprender. Si no, se sufre y se aprende en la Presidencia y a costa del país.

¿De manera que María del Rosario Galván —a usted me refiero, señora, no se me haga la distraída— le había comunicado al anciano expresidente su audaz promesa de llevarme a la Silla del Águila y yo estaba aquí para recibir lecciones? Si lo supuse, por supuesto que no lo dije. Sólo me atreví a remarcar:

—Cárdenas fue Presidente a los 36 años, Alemán a los 39, Obregón a los 44, Salinas a los 40…

—No me refiero a la edad, señor Valdivia. No he mencionado la edad, ese tema es tabú para su servidor. Me refería a sufrimiento y aprendizaje. Me refería a experiencia. Todos los que usted menciona eran jóvenes y tenían experiencia. ¿Y usted?

Negué con la cabeza: —Lo admito, señor Presidente. Soy un novato. Pero una mañana con usted me enseñará todo lo que no aprendí en la ENA de París.

Sacudió levemente la cabeza, como si temiera que las piezas allí encerradas se descompusieran o se le soltaran las tuercas.

—Ta bueno —sorbió el cafecito—. Sabe usted, todo Presidente termina donde el siguiente debía empezar. Es decir, donde él mismo debió empezar. ¿Me explico? El anterior le habla al sucesor sin necesidad de decir palabra. Esa es la experiencia a la que me refiero.

—Sólo que el sucesor suele ser sordo o antipático frente al que lo precedió.

Creí que le iba a simpatizar mi aguda gracejada. Por el contrario, la ojerosa mirada se le oscureció aún más...

—La gratitud, señor Valdivia, la gratitud y la ingratitud. La primera es rara moneda política. La segunda, morralla de todos los días.

Se quitó discretamente una lagaña del ojo.

—Póngase a pensar cuántos presidentes salidos del PRI fueron leales con su antecesor. Después de todo, en el sistema PRI-Presidente el que llegaba a sentarse en la Silla del Águila llegaba por decisión del que ya estaba sentado allí. El Tapado pasaba a ser el Ungido. ¡Un perverso efecto del sistema! El nuevo mandamás tenía que probar cuanto antes que no dependía de quien lo nombró. Qué paradoja o mejor dicho, qué parajoda, señor Valdivia. Un sistema de Partido Único en el cual la oposición siempre ganaba, porque el nuevo Presidente tenía que darle en la madre a su antecesor...

—Hubo excepciones —dije muy cartesianamente.

El Anciano escogió tres bolillos de la canasta de pan y dejó otros ocho adentro. No tuvo que decir más, aunque con el dedo de Dios escribió invisiblemente sobre el mantel 1940-1994.

—Pero ahora vivimos en democracia —comenté con forzado optimismo.

—Y el Presidente en turno sigue teniendo favoritos para sucederle, en su cabeza está pesando y sopesando quién servirá mejor al país, quién le será más leal, quién le respetará a su gente y quién no...

—Pero ahora el candidato del Presidente no será, como en tiempos de usted, el mero mero...

—No, pero el expresidente saliente será, letalmente, el expresidente, gane quien gane las elecciones. Y sucede que todo expresidente tiene esqueletos en el armario. Hermanos pillos, amantes insaciables, hermanitas impresentables, hijos perdularios, hombres de paja para los negocios, amigos de toda la vida que no pueden ser condenados a muerte, qué sé yo... ¿Qué le queda a uno sino compensar la extravagancia de sus allegados con una austeridad monástica? Ya ven lo que dicen de mí. Que me acuesto temprano para no gastar las velas.

—Sabe usted todo —le di mi mejor sonrisa. No me la contestó.

—Sufrir y aprender —suspiró y miró de nuevo con ensoñación hacia la masa brumosa del castillo de San Juan de Ulúa, la fortaleza que vigila la entrada del puerto.

Me percaté de que, atento al gesto y palabra de El Anciano del Portal, no había puesto una mirada atenta en la mole grisácea de Ulúa, que parecía una arquitectura aparte, inserta en el pasado, cargada de contingencias inamovibles...

—¿Mira usted el castillo que es prisión? ¿Imagina la cantidad de políticos que debían estar allí purgando sus ofensas a la nación?

—Ya que usted lo dice, señor...

Se encogió de hombros, crujiendo levemente.

—Tenemos dos reglas de oro para la política mexicana. Una es benigna: la no-reelección. Otra es más severa: el exilio. Pero la razón es la misma: todo malhechor es reincidente, mi joven amigo.

Me miró desde las profundidades de sus ojeras.

—¿Sabe usted? Es un error creer que el Presidente sólo domina a los débiles. Lo más necesario pero lo más difícil es dominar a los poderosos. Le doy una regla y si quiere pásesela a los aspirantes a puestos públicos. Es esta. Si alguien quiere formar parte del Gabinete, primero debe ingerir un litro de vinagre por la nariz. Es la mejor preparación para llegar a la Presidencia, se lo aseguro…

El mozo de *La Parroquia* se acercó con la humeante y enorme cafetera. El Anciano se excusó. No me había invitado a beber un tercer café. Me arrimó el vaso de vidrio. El fantástico servidor cumplió con ese rito extraordinario que conocen todos los que desayunan en *La Parroquia*. El mozo levanta la cafetera por encima de su cabeza. La inclina y hace que el chorro del aromático líquido (¿así se dice?) caiga precisamente dentro del vaso.

Parece —es— un acto de magia. Fue en ese momento, inoportunamente, cuando le pregunté al exjefe del Estado:

—Y usted, señor Presidente, ¿se inclina por alguien para la sucesión de Lorenzo Terán?

El viejo pudo guardar silencio, mirar los cuervos anidándose para pasar una buena noche en los laureles de la plaza: nubes de aves buscando guarida nocturna con un alboroto que por fortuna opacó mis palabras, aunque El Anciano las escuchase. Le puedo decir desde ya, señora, que no he conocido oído más fino que el del expresidente al que, estúpidamente, quienes le pedían favores lo conducían al rincón más apartado del despacho para decirle:

—Como dicen que en el fondo es usted muy buena gente…

Yo no sé si El Anciano del Portal es buena o mala gente. Sólo sé que es un viejo astuto, que se las sabe todas y que no suelta prenda. ¿Me oyó, no me oyó, no quiso que el camarero oyese? El hecho, mi admirada aunque cruel amiga, es que el viejo empleó esos minutos de silencio, interrumpido sólo por el alborotado (¿o plañidero?) graznar de las aves crepusculares, para darme una clase de cómo se dice todo sin decir nada en la política mexicana.

Le ruego repetir ante un espejo cada una de las indicaciones mímicas del viejo expresidente.

Se llevó un dedo al lóbulo de la oreja y se lo restregó. Hay que saber escuchar.

Luego se pasó las manos por los ojos, tapándolos. Si te vi, no me acuerdo.

Acto seguido, tiró con el índice del párpado inferior de un ojo, abriéndolo desmesuradamente. Mucho ojo. Cuidado. Alerta.

Acto inmediato, arqueó una sola ceja como para comunicar escepticismo. No te dejes tomar el pelo por este individuo.

Y al mismo tiempo, hizo un gesto de volar con una sola mano. Cuidado con este. Es más largo que la cuaresma. Sabe sostener un engaño.

Y acabó con el dedo índice sobre una de las aletas nasales. No te dejes engañar. Huéletelas.

Enumero, querida amiga, la rápida sucesión de señas que siguió al simbolismo nasal. La mano sobre el corazón. Ambas manos agitadas en signo de separación de asuntos incomparables. La mano a la bragueta para indicar muchos güevos. El pulgar levantado como César que otorga vida en el Circo Máximo y en seguida volteado para condenar a muerte. El dedo índice cortando el gaznate como una navaja. El índice y el pulgar unidos para formar la perfecta "O" del éxito. La mueca de los labios para inyectar escepticismo en la ilusión de triunfo. Los ojos achicados por la duda y el "¿qué te crees?" Los hombros levantados con resignación, "¿qué se le va a hacer?" Las manos abiertas con el "ni modo" fatal. Luego su famoso dedo índice levantado en ominosa advertencia. Y finalmente el mismo dedo pasado por los labios como invisible zíper. Ni una palabra. Chitón. El silencio es oro.

Después de esta muestra de soberanía gestual, mi admirada y deseada señora, qué me quedaba sino agradecerle a El Anciano del Portal sus consejos, su tiempo, su atención. Me miró con la máscara de la imparcialidad. Quiso que viera en él a un personaje interpretando un papel. El benigno Patriarca de Provincia. El Sabio Cincinato Mexicano. Me estaba educando: —Niño: juega al pendejo. Hay que saber pasar por idiota. Sé el Pacheco del drama. Puro gesto. Ni una palabra. El maestro de la perífrasis. El malabarista de lo no dicho por sobrentendido. El rey del eufemismo.

Me retiré dando las gracias mientras El Anciano me inclinaba la cabeza, una cacatúa se le paraba en el hombro y el mesero le ofrecía la caja con fichas de dominó.

El sol se ponía alarmantemente, los cuervos graznaban escondidos y el castillo-prisión de San Juan de

Ulúa, tan turbio durante el día, cobraba resplandores de leyenda al caer la noche.

Posdata: Me ha retirado usted el derecho a tutearla mientras no me muestre a la altura de las circunstancias. Me ha enviado como un párvulo a recibir lecciones de El Anciano del Portal como si la nueva Academia de Platón se encontrase en la plaza central de este vagabundo puerto. No crea que me ofende. Nada más me acicatea. Vale. NV.

# 14
## Dulce de la Garza
## a María del Rosario Galván

Señora: Si me atrevo a escribirle es porque no tengo otra manera de dirigirme a usted. Y usted es quien es. Todo el país lo sabe. No hay mujer con más influencia (no sé si lo digo correctamente, ¿debo decir mejor no hay mujer más influyente?) que usted. Todas las puertas se le abren. Tiene usted el oído de los poderosos. Pero sus puertas están cerradas para las personas sin poder. Y yo soy una mujer insignificante. Pude ser tan poderosa como usted. Pero mi nombre le dice a las claras que pude, pero no fui. Entonces le escribo, lo admito, porque usted es poderosa y yo no. Pero también le escribo, señora, de mujer a mujer. ¿Qué es de mi hombre, señora? ¿Puede usted darme una respuesta? ¿Quién está enterrado en la tumba de mi amante en Veracruz? ¿Por qué hay dos tumbas de mi hombre, una encima de la otra? ¿Una con un monigote de cera que se está derritiendo en el calor y otra vacía? Señora, si alguna vez ha sentido usted amor por un hombre, y yo no dudo que así sea, téngame un poquito de piedad. Por el hombre que más haya querido en su vida, piense en mí, tenga piedad de mi soledad y de mi pena y sírvase decirme, ¿dónde está el cuerpo de mi amante?, ¿a dónde puedo llevarle flores, hincarme, rezarle, pensar en él y decirle cuánto, cuánto lo extraño, qué falta me hace? ¿Puede usted ayudarme? ¿Es esto pedirle mucho? ¿Es pedirle demasiado? ¿Es pedirle lo imposible?

## 15
## Expresidente César León
## a Presidente Lorenzo Terán

Quiero agradecerle, señor Presidente, la amistad y aun la confianza que me ha demostrado usted, levantando el veto tácito a mi presencia en el país durante todos estos años de, digámoslo así, mi "expresidencia". Su generosidad para conmigo sólo es prueba de su confianza en sí mismo. Yo no vengo a quitarle nada, señor Presidente. Ojalá que sus predecesores hubiesen pensado así. El exilio, por dorado que sea, es amargo. La Patria la llevamos en el corazón, en la sangre, en la cabeza. Pero también en los pies. Volver a pisar tierra mexicana, señor Presidente, es un regalo que usted me hace y que yo sólo puedo pagar con gratitud y lealtad.

Llegué pensando, a este respecto, que prueba de mi lealtad ha sido mi silencio. Usted, con amplitud de criterio que mucho le honra, me pide, como parte de esa misma lealtad, mi consejo.

¿Imagina lo que ello significa para un hombre como yo, un expresidente rodeado un día de toda la adulación del mundo sólo para amanecer, otro aciago día, habiendo dejado el poder, preguntándose dolorosamente:

—¿A dónde se fueron todos mis amigos?

Hubo momento inicial en que tuve la horrible experiencia de Graco, el noble romano que corre a la playa creyendo que los soldados vienen a liberarlo y descubre que en realidad son sus verdugos. Nada más veloz, en materia de vestimenta, que el cambio de chaqueta. Al que hace unos minutos apenas era mi amigo, le bastó media hora para convertirse en mi enemigo... Pues bien, señor Presidente, ya que me pide hablar con franqueza, este es el mensaje.

Aunque haya ganado las elecciones, jamás olvide que al final va a perder el poder.

Se lo digo yo.

Prepárese usted.

La victoria de ser Presidente desemboca fatalmente en la derrota de ser expresidente.

Prepárese usted.

Hay que tener más imaginación para ser expresidente que para ser Presidente. Porque fatalmente dejará detrás de sí un problema con nombre: el suyo.

Los problemas de México vienen de siglos atrás. Nadie ha sido capaz de resolverlos. Pero la gente siempre hará responsable de todo el mal del país al que detenta —y sobre todo al que abandona— el poder.

Esta fue mi desgracia. Acaso la culpa no es de uno mismo, sino del cargo. Qué cómodo sería repartir responsabilidades desde el primer día. No es así. No puede ser así. Un Presidente tiene que demostrar desde que se sienta en la Silla del Águila que hay una sola voz en México, la suya. Así se llamaba el emperador azteca, Tlatoani, el Señor de la Gran Voz. Eso nos impone el sitio que ocupamos, la Silla del Águila: ser dueños de la Gran Voz. De la *única voz*.

Claro que tenemos el poder de despedir a un secretario de Estado incompetente (o desleal). Pero al fin de cuentas, caen sobre los hombros del Presidente todas las responsabilidades. A veces nos ofrecen copas de champaña. Pero casi siempre son tragos de acíbar. Todos deseamos que no nos juzguen por los errores de nuestros últimos días en el poder, sino por las probables virtudes de los seis años anteriores. Pero rara vez es así, se lo advierto con todo respeto.

Además, las intenciones no cuentan, sólo los resultados. Y puesto que me autoriza usted a plantearle el asunto de la sucesión presidencial que ya se perfila con la prontitud de un nuevo sistema democrático (los priistas lográbamos encerrar a los caballos en el establo hasta la última hora posible antes de la carrera, pero ese era otro hipódromo y los jockeys eran demasiado gordos), lo que le recuerdo es que en aquellos tiempos, una vez designado el candidato —lo más tarde posible, le insisto—, el Presidente en turno ya era el expresidente virtual.

Lo que no ha cambiado es que el proceso de la sucesión tiene lugar, ante todo, en la cabeza del que ocupa la Silla del Águila. Allí, en la cabeza, considerábamos quién, entre los posibles sucesores de la República Hereditaria del PRI, tenía mayores apoyos populares, la simpatía de las centrales obreras y campesinas, y aun la mejor posición en las encuestas.

Ay, señor Presidente, ¿le digo la verdad, la mera neta? Las opiniones del público valen un puro y soberano carajo. La verdad es que considerar presidenciable a Fulano porque es quien goza de popularidad, sólo opera en contra del Presidente en turno. Uno sospecha que, sin más deudas que para con el voto popular, el nuevo Presidente corte toda obligación con uno —es decir, con el mandatario anterior—. Lo que uno desea y acaba escogiendo es a Zutano porque sólo tiene mi apoyo, porque está a la cola en todas las encuestas, porque me sucederá y me lo deberá todo a mí. Porque será, en consecuencia, el más leal.

Ay, señor Presidente. Grave, gravísimo error. Si escoge al que más le debe a usted, puede tener la seguridad de que lo traicionará para demostrar que *no* depende de usted. Es decir: el que más le deba será el que más obligado se sienta a demostrar su independencia. En otras palabras, su deslealtad. El canibalismo político se practica en todas partes, pero sólo en México se adereza el cadáver público con doscientas variedades de chile: del mínimo piquín al grande y sabroso relleno poblano, pasando por el jalapeño, el chipotle y el morrón. El acto propiciatorio del nuevo Presidente es matar al predecesor. Prepárese, señor Presidente. Cuídese. A ver quién lo acompaña en la desgracia como lo acompañó en la gloria. Allí se miden —sólo allí— las lealtades. La oportunidad o virtud que nos queda es la muy difícil de ser "el mejor expresidente" —no dejar que se nos escape una sola queja, pasar por alto que hirieron a los nuestros, borrar todas las afrentas, ser leal al nuevo Jefe del Estado—. Se lo advierto: es la parte más difícil. Nos inclinamos a la rabia, el odio, el resentimiento, la intriga, la *vendetta*. Sentimos la tentación fatal de jugar al Conde de Montecristo. Grave error. Si a la voluntad de venganza se añade el dolor del exilio, voluntario de derecho pero obligado de hecho, acaba usted perdiendo la noción de la realidad, inventándose un país imaginario, creyendo que todo sigue como usted lo dejó al descender del trono del águila.

Señor Presidente: mi consejo más serio es que, aunque se sienta perseguido, finja que no pasa nada. Que su manifiesta fidelidad sea su más sutil y elegante *vendetta*. Le aseguro que yo hice lo imposible por olvidarlo todo y casi —casi— lo logré. Viví el exilio en Suiza y leí mucha historia antigua, pues no hay lecciones más permanentes para el ejercicio del poder que las relatadas por Plutarco, Suetonio y Tácito. Cuentan al respecto, señor Presidente, que al ser asesinado el noble Sabino, sospechoso de deslealtad al César, su perro no se apartaba del cadáver e incluso le llevaba alimentos a la boca. Finalmente, el cadáver de Sabino fue arrojado al Tíber, pero el perro también se tiró al agua y lo mantuvo a flote.

—¡Maten al perro! —ordenó entonces el guardia.

Tales son los límites de la lealtad, señor Presidente. Cuente con la mía.

## 16
## Nicolás Valdivia
## a María del Rosario Galván

Si Tácito de la Canal es, como usted sospecha, señora mía, un pillo redomado, hasta ahora no he podido aportar más prueba que la de su obsequiosidad con los superiores y su crueldad con los inferiores. El secretario de la Presidencia se ha cuidado de mantener una fachada de modestia ejemplar. Usted lo sabe, vive en un apartamento de dos piezas y cocina en la Colonia Cuauhtémoc, con olor de chis de gato en el cubo de la escalera, muebles de *Lerdo Chiquito* y pilas de revistas viejas. Un monje, pues, sin más lujo que el poder por el poder.

Pues bien. Al fin tengo una prueba que en sí misma no es concluyente, pero que puede abrirnos el camino a misterios mayores.

¿Sabe usted, ama mía María del Rosario?: es como esos libros de cuentos de nuestras abuelas. Una página ilustrando el interior de un hogar tiene una ventana que permite entrever el jardín de la siguiente página, que a su vez tiene una reja que se abre —tercera página— sobre un bosque que —a su vez— desciende a la orilla del mar, donde nos espera un barco para llevarnos a la isla encantada. Etcétera. Es el cuento de nunca acabar, ¿verdad que sí?

Pues ahí tiene que una vez transformada Doris en modelito de Versace y debidamente aleccionada por el suscrito, le hizo creer a Tácito que ahora sí, ya sin complejos, elegante y moderna, podía tener una relación, digamos, más íntima con él. Como Tácito rima con sátiro, la máquina del dios Pan se puso en marcha y de poquito en poquito —debidamente aleccionada— la Doris, que sólo necesitaba liberarse de su siniestra madre para florecer, jugó de a poquito con Tácito, lo aplazó, lo obligó a llevarla a restoranes primero, a bares después, a exhibirse bailando tabaré en el Gran León, pero nunca a unos *courts*, mucho menos un hotel.

El ardor de Tácito iba en aumento. Toda la oficina lo notó. Por fin ella accedió a ir al apartamento de la calle de Río Guadiana. Entró, se tapó la nariz y registró una frase de Bette Davis que yo le enseñé.

—¡Qué pocilga! *What a dump!* ¡Miserable changarro! ¡Infame chabola! ¡Cayampa de mierda!

Me cuenta la mujer, muerta de risa, que la humillación de Tácito fue tal que allí mismo la tomó de la mano, sacó un manojo de llaves, fue a la cocinita del apartamento, abrió el candado y la puerta, revelando un panorama de un lujo extremo. Igual que en esos cuentos antiguos de las abuelitas, ante la mirada de Doris se abrió un *penthouse* de lujo, una terraza de macetones floridos, piscina ovoide y *chaise-longues* para tomar el sol. Y detrás de la terraza, un salón de vasta extensión, muebles de lujo, cuadros de colección —mucho falso Rubens, colijo por la descripción de Doris—, tapetes persas, sofás mullidos, cristalería chafa y una puerta entreabierta a la recámara.

Doris, bien aleccionada, mostró asombro y encanto, Tácito orgullo y desaprensión, y cuando nuestro odioso jefe de Gabinete hizo su insinuación más galante, Doris pasó coquetamente al baño, como preparándose para un connubio vespertino, sacó el celular de la bolsa, me llamó, yo ya sabía la ubicación del apartamento en Río Guadiana y cinco minutos más tarde, fingiendo cólera amatoria, irrumpí en la recámara del inefable Tácito, descubriéndolo desnudo, grotescamente dotado por la cruel naturaleza con cabeza calva y poderosa pelambre en el pecho y las piernas, amén de otras pilosidades que me callo, correteando por la recámara a la bien adiestrada Doris, totalmente vestida, gritando:

—¡No puedo! ¡Qué diría mi madre!

Sobra decir que la abracé y alejé del encuerado secretario de la Presidencia, lo insulté, le dije que Doris era mi amante, yo era su Pigmalión (verdad ésta, señora mía, pero no aquélla) y los dos nos fuimos aguantándonos la risa y dejando a Tácito en pelotas.

El sainete resultó divertido. Pero esto no prueba nada, mi distinguida amiga, sino que Tácito es un sátiro ridículo y que la calvicie es signo, aunque secundario, de virilidad. En todo caso, allí tiene usted la prueba de su mentirosa modestia. ¡A ver si tengo más suerte la próxima vez!

## 17
## General Cícero Arruza
## a general Mondragón von Bertrab

Mire usted mi general, amigo y hasta superior (aunque nunca por arriba del señor Presidente, que es el jefe nato de nuestras Fuerzas Armadas), mire usted que yo me estoy oliendo rata muerta y sospechando gato encerrado. Tanto usted como yo entendemos que a veces no hay más remedio que usar la fuerza pública. La intervención del Ejército en San Luis Potosí contra los huelguistas que le están haciendo la vida de samurai a los japoneses dejó bien sentado que aquí se respeta la inversión extranjera, que si no fuera porque aquí se pagan salarios bajos ni se pararían por México, dejándonos chiflando en la loma. Lo felicito por la limpieza y rapidez de la operación, mi general. En todo caso, qué bueno que estas demostraciones de fuerza nacionales le tocan a usted. Ya sabe, mi general, en México siempre ha habido una diferencia entre las cuentas claras y el chocolate espeso, aunque a veces lo que desayunamos los mexicanos es chocolate aguado y cuentas turbias, o sea que históricamente, digo, nos han hecho de chivo los tamales. Ya sabe, mi general, siempre ha habido una diferencia entre los oficiales preparados en las escuelas superiores, como usted, y los que hemos ascendido desde abajo, como yo. No nos quitemos méritos ni unos ni otros. Ya ve usted, mi general Felipe Ángeles llegó graduado de la Academia francesa de San Cir y le ganó la batalla a sus condiscípulos del Ejército Federal en 1914. Pero mi general Pancho Villa era un prófugo de rancho, asesino del violador de su hermana, un bandido a todo trapo, cuatrero y toda la cosa, y un buen día encuentra su bolita, arma un ejército rural de ochenta mil hombres, casi todos campesinos, pero luego se les juntan rancheros del norte, comerciantes, hasta escribidores y gente de razón. Y Villa hace lo mismo que Ángeles, sólo que Pancho ni fue a ninguna academia gabacha ni sabía leer ni escribir. Pero lo mismo le da en la torre al Ejército Federal. Quiero decirle, mi general, que ni yo lo celo a usted ni usted debe despreciarme a mí, ¿estamos? Somos, ¿cómo se dice?, complementarios, como la sal y el limón para beber tequila, ¿no pues? Usted gana las grandes batallas nacionales, yo las pequeñas escaramuzas locales. Usted acaba con las huelgas de la automotriz en SLP. Pero a mí no me dan permiso de entrarle a chingadazos a esos mocosos jijos de su pelona en la Ciudad Universitaria. Quesque no se puede violar la autonomía. Pero ¿qué no la violaron ya estos salvajes que destruyen laboratorios y se orinan en la silla del Rector? Usted me dirá, mi general, que bastante chamba tengo ya en una ciudad donde reinan la inseguridad, el secuestro exprés, la extorsión, el robo, el asesinato... Pero ya usted conoce el problema. Llego y decido limpiar la fuerza policiaca. Corro a mil, dos mil tecolotes corruptos. ¿Qué logro? Aumentar en mil o dos mil a los grupos criminales. El policía despedido pasa de inmediato a la banda del secuestro, el narco o el asalto. Ta güeno. Escojo a otros dos mil muchachitos, jóvenes, limpios, idealistas. Por mí no queda, a usted le consta. Pues mire nomás qué enana está mi fortuna, ¿cuándo la veré crecer? Al año mis jovencitos ya se corrompieron, porque mi sueldo de cinco mil pesos al mes no compite con un regalito de cinco millones de un golpe que le da a mi gendarme desconocido el narco bien conocido. Voluntad no me falta, mi general. Yo soy de los que prefieren matar a mil inocentes que dejar que se me escape un solo culpable. Recuerde, ya que hablamos del gendarme desconocido, que yo no me formé como Cantinflas, haciendo patrulla a patacarril en las calles y seduciendo sirvientas para tener frijoles gratis en las cocinas (aunque déjeme nomás decirle, nomás para caernos bien usted y yo y compartir un chiste: a las gatas, primero se las lava, luego se las coge y luego como premio se las manda al burdel). No, lo que le quiero recordar es que mi formación viene de combatir guerrillas, revoltosos, grupos de insurrectos que siempre los ha habido en México desde que tengo uso de razón, un día en Morelos, otro en Chiapas, el tercero en Guerrero, y siga y sume... ¿Que qué aprendí, señor general? Una verdad, como quien dice, meridiana: que la noche vale un millón de reclutas. Por eso detesto los misterios. Son como la noche del dicho. En la oscuridad se forman ejércitos invisibles que un buen día, sin necesidad de mostrarse cual nunca jamás, nos dan en toditita la torre y nos mandan a chingar a nuestras respectivas mamacitas. Sin embargo en la lucha contra guerrilleros, mi general, lleva uno la ventaja de saltarse todas las reglas porque el enemigo no respeta ninguna ley. Ay, mi general, no hay manera de hacerse querer por la tropa más segura que permitir el pillaje y atribuírselo al enemigo. Salir a matar para comer, dígame si hay algo más convincente para un pobre soldado mexicano, un pobre sardo rapado de esos que son nuestra carne de metralla a falta de negritos como en los USA, dígame nomás, usted que fue a academia alemana. Ah, qué sabroso se siente dar órdenes como usted, mi general, de lejecitos, con computadora como quien dice, a sabiendas de que todo enemigo es una fortaleza que se debe atacar militarmente, descubriendo el flanco débil, rompiendo las líneas, espantando a la población, que nunca falta apoyo popular para una rebelión de éxito. ¿Cree usted que no siento añoranza, lo que se dice nostalgia, por mis épocas de comandante de línea, con enemigos exigentes, difíciles, desafiantes como quien dice? Pues aquí me tiene ahora, mi general, acudiendo a tretas de kínder, que deshaga el mitin, general Arruza, que suelte ratones en la platea del auditorio, que vacíe bolsas de meados desde los balcones… Yo que sueño todas las noches con nuestros parajes rurales de perros ladrándoles a las estrellas, cadáveres colgados de los postes y silbando con las bocas bien abiertas. Y ahora, de repente, mi general, avizoro una oportunidad y se la comunico lealmente, porque la ejecución le incumbiría a usted pero creo que la información me llegará a mí. Y si es así, no tendremos más remedio que unir fuerzas, señor general. Hay cosas que sentimos en la piel, otras que vemos con los ojos, otras más que nomás nos laten en el corazón. Pero en resumen, hay un secreto, señor general. Un secreto bien guardado en la fortaleza de San Juan de Ulúa. Sí, a la entrada del puerto de

Veracruz. ¿Por qué lo creo? Porque me lo contó un pajarito. O si prefiere usted, una pajarita. Una pajarita cariñosa y que no es sólo mía, o sea que más bien dicho ella es la bella jaula donde canta mi pajarito. Ulúa, jaula, castillo y prisión. ¿Qué tendrá que ver con los demás temas que nos traen preocupados, que si el Presidente no da color, que si los gringos nos amenazan y aíslan, que quién va a suceder al actual Presidente, que si los estudiantes, los campesinos, los de la maquila…?

Hay mil hilos en este tejido, señor general, y sin embargo mi intuición de viejo soldado me repite: Ulúa, Ulúa, ¿qué sucede en Ulúa?

## 18
## Bernal Herrera
## a María del Rosario Galván

Ya estuvo a visitarme el expresidente César León. A primera vista, no lo reconocí. Aquel joven de pelo negro ondulado es ahora un hombre maduro de pelo blanco ondulado. Son esas ondas de galán vetusto las que me fijan no sólo la imagen física de César León sino su imagen política y moral. Es como la vieja canción *Las olas de la laguna*: unas vienen y otras van, dice la canción, unas van para Sayula, otras para Zapotlán. La cuestión es esta: ¿dónde queda Sayula en la mente de César León, y dónde Zapotlán?

Te recuento nuestra breve conversación, junto con mis conclusiones, ya que León fue (¿sigue siendo?) tu amigo. Tú le diste los consejos que aseguraron su popularidad inicial. Libere a los presos políticos, señor Presidente. Agasaje a los intelectuales. Vaya a todas las ceremonias cívicas y culturales. Póngase la toga republicana de Benito Juárez. Renueve las dirigencias sindicales. Caras nuevas. La novedad es aceptada como signo de renovación moral. (Ya sabemos que es todo lo contrario: un nuevo funcionario tiene ambiciones que uno viejo ya satisfizo. El nuevo será, en consecuencia, más voraz que el antiguo.) Coopere en todo con los gringos, menos en el asunto de Cuba. Cuba ha sido, es y será la hoja de parra de nuestra independencia. A Cuba le debemos no ser ya el objeto primordial de las campañas, intrigas y a veces violencias de los USA contra América Latina. Los USA son un capitán Ahab a la caza de su indispensable Moby Dick que satisfaga la obsesión norteamericana de entender el mundo en términos maniqueos. Los gringos se vuelven locos si no saben quién es el bueno y quién es el malo, México fue el malo de la película durante siglo y medio, hasta que apareció el bendito Fidel Castro y se convirtió en nuestro pararrayos. César León le hizo entender a los gringos que el problema tenía otra dimensión más compleja que una película de vaqueros. México sería el más leal amigo de los USA en Latinoamérica, pero sólo sería creíble si mantenía una buena relación con Castro a fin de mantener, en consecuencia, abiertos los canales de la comunicación (asunto número uno) y de la transformación de Cuba al morir Castro. Este "asunto número dos" nos falló a todos. Allí sigue el Comandante, ya cumplió 93 años y veo en la prensa de Navidad que acaba de inaugurar el Parque Temático de la Sierra Maestra.

Bueno, no es que tú hayas inventado la política hacia Cuba y los USA, mi querida amiga, porque eso es como inventar el agua tibia. Simplemente la implantaste, con tus acostumbradas seducciones, en la cabeza del entonces joven Presidente César León, que llegó a la Presidencia muy agringado, formado en Princeton y el MIT y hubo de hacerse cargo de las razones defensivas de la política exterior de México, la tortuga que duerme junto al elefante.

Ah, y le recordaste que un Presidente entrante en el régimen del PRI resurrecto de hace catorce años tenía que agraviar a parientes y amigos del Jefe de Estado saliente para darle gusto a la opinión y crédito a la ilusión de un nuevo amanecer.

César León. No hemos vuelto a mencionarlo en todos estos años, desde que ganó la elección del 2006. Decidimos que era una no-persona.

El hecho es que ha regresado, el Presidente Terán le ha abierto los brazos, y cuando le dije:

—Cuídate, Presidente. César León es como el famoso alacrán que le pide al sapo: "Llévame en tus espaldas al otro lado del río. Te juro no picarte." Y sin embargo, lo pica...

—Ya sé. "Está en mi naturaleza" —sonrió el Presidente—. Sólo que en este caso, él es el sapo y yo el alacrán.

—¿Qué quieres entonces, picar o llegar al otro lado?

—Eso lo decidiré en su momento. Paciencia.

Te doy, querida amiga, estos antecedentes para que entiendas mi plática de anoche con César León.

Comenzó con su cantinela de "humildad":

—He aprendido muchas cosas en el exilio. Quiero ser factor de concordia. Se acerca la sucesión del Presidente Lorenzo Terán y tendremos elecciones en medio de dificultades serias.

Las enumeró, tú y yo las conocemos, los estudiantes, los campesinos, los obreros, los gringos... Prácticamente, se ofreció como intermediario en cada caso. Habló de sus apoyos en el viejo PRI cuarteado, en gran medida por su soberbia intolerante y autoritaria hacia el final de su sexenio. Se aventó su cita latina (parece que se ha pasado el tiempo en Europa leyendo a los clásicos): *Divide et impera...*

Me hice güey, le pedí que tradujera.

—Divide y vencerás —me dijo muy ufano.

Conque sí, me dije por dentro, vienes a triunfar dividiendo, cabrón. Me guardé por el momento el comentario. Quería oírlo como quien oye una canción rayada que fue éxito hace veinte años. Me repitió aquello de que quiere ser el mejor expresidente, el Jimmy Carter mexicano, nunca quejarse, actuar como si nunca hubiese habido una sola afrenta contra él. Léase: Ha regresado con una sed de poder propia del náufrago que lleva años flotando en la balsa de la Medusa, rodeado de agua y sin poder beber gota.

Dijo que quiere ser factor de unidad y cooperación en lo que queda del viejo PRI fracturado. Léase: Quiere adueñarse del partido, reconstruirlo a partir de promesas a las antiguas bases corporativas, hoy disminuidas pero latentes, y convertir lo que hoy es dispersión —los poderes locales y cacicazgos que por desgracia han propiciado nuestra democracia y el dejar hacer del Presidente— en unidad opositora para arrojarnos del poder.

Y dijo el muy cínico que sería conducto entre la Presidencia y nuestro inmanejable Congreso, puesto que no hay mayoría en San Lázaro y las iniciativas del Ejecutivo se ven estancadas o archivadas.

Me ofreció, en una palabra, colaboración para salvar estos obstáculos y llegar con el camino desbrozado a la elección presidencial.

Me le quedé mirando sin decir palabra. No necesito decirte que esto no lo desconcertó. Sus ojillos de pillete brillaron y dijo muy despacio:

—Herrera… todo lo que pasó… no pasó.

Lo miré intensamente.

—Señor Presidente —le dije con la cortesía del caso—. Cuando usted era incomparable, no odiaba a nadie. Ahora que es comparable, ¿a quiénes odia?

El muy astuto me contestó:

—La cuestión, señor secretario, es ¿a quién se compara usted?

Tuve que reír ante su nunca desmentido ingenio, pero la risa se me heló en los labios cuando los ojillos dejaron de brillarle y me dijo con ese tono de fuerza y amenaza que tanto amedrentaba en su día a sus colaboradores y enemigos por igual:

—Si quiere mi consejo, no se meta para nada en el caso Moro.

Supongo que previno, a menos que se haya vuelto demasiado tonto o demasiado confiado, que viene a ser lo mismo, mi reacción. Una reacción, comprendes, indispensable ante hombre tan astuto y peligroso:

—Por lo visto no se da usted cuenta de que su tiempo ya pasó...

—¿Todo lo que pasó antes... no pasó? A ver, ¿cómo está eso?

—No, simplemente la ley de usted ya no es la ley de hoy... Ya no son los mismos problemas, no son las mismas soluciones, ni es, le repito, el mismo tiempo.

—Ah, pero usted y yo, con problemas y tiempos diferentes, acabaremos por hacer el mal cuando hacer el mal sea necesario, ¿verdad?

Alzó la cabeza leonina y me miró con una mezcla de altanería y desprecio.

—No toque el caso Moro, señor secretario. No lo toque y nos llevaremos a todo dar.

—Cállese usted —perdí la paciencia—. Conozco la verdad del caso, pero no me interesa hacerle el trabajo a la policía.

—Pues veremos si la policía no hace su trabajo tan espléndidamente, que el que acaba en un calabozo es usted...

Me puse de pie con violencia y le espeté:

—No es usted más que un sueño perdido.

—No —me sonrió dirigiéndose a la puerta y volteando a mirarme antes de salir—. Qué va. Soy una pesadilla viviente.

Me di un golpe con el puño sobre la frente cuando César León cerró la puerta detrás de sí. Nunca debí perder la serenidad frente a esta víbora.

¿Hacia dónde, querida amiga, van las olas de la laguna?

**19**
**Nicolás Valdivia**
**a María del Rosario Galván**

Tiene usted derecho a reprocharme mi lentitud, señora. Déjeme confiar en la conocida máxima italiana, siendo Italia fuente de toda sabiduría, pero
también de toda malicia política: *Chi va piano va lontano.* Y ojalá que algún día me otorgue la distinción
de otro italiano menos anónimo que el autor de proverbios y reconozca en mí, señora, un niño mimado
de la fortuna pero que, como previene otro Nicolás,
mi tocayo Maquiavelo, jamás dependerá enteramente de la fortuna, que es (¿en quién pienso, señora?)
variable, inconstante y por así decirlo, casquivana...
  En todo caso, ¿le parece poco haber minado la
soberbia de Tácito de la Canal convirtiendo en toda
una mujer a la adorable Dorita, subyugada como lo
estaba por su jefe y por su madre?
  He seguido esta táctica, querida María del Rosario. Ayer, por ejemplo, 14 de febrero, Día de San
Valentín, fiesta de los novios (quién sabe por qué)
organicé un agasajo del amor en la oficina. Escogí el
Salón Emiliano Zapata porque México es un país que
primero asesina a sus héroes y luego les levanta estatuas. Me pareció el espacio adecuado para invitar a
todo el personal de la casa presidencial. Usted sabe,

los que nunca son vistos porque no deben ser vistos. Ya le he mencionado a las secretarias, tan apuradas estos días sin teléfonos ni computadoras ni faxes, obligadas a regresar a las viejas Remington que se estaban empolvando en los archivos...

¡Los archivos! ¿Quién ha visto nunca a esos viejos —porque en los archivos no trabaja un solo joven, ¿se ha fijado usted?— que llevan la notaría documental de la Presidencia con un esmero y devoción merecedores de una medalla? Son los invisibles entre los invisibles, viven en cuevas de papel y son guardianes de todo lo que se quiere mantener secreto y olvidado. Los archivistas.

Invité a los jardineros, a los ujieres, a los choferes, a las cocineras y a las camareras, a las afanadoras y a las lavanderas. Le encargué a la fiel Penélope —nunca fuese dama mejor nombrada— hacer los arreglos del caso, colgar linternas, adornarlo todo con corazones, distribuir serpentinas, ordenar el buffet, todo.

Viera usted la alegría que reinó —hasta que el licenciado don Tácito de la Canal hizo su triunfal entrada y cayó sobre la fiesta un silencio fúnebre—. Cosa que alegró al jefe de Gabinete. Se vistió de fiesta, que para él consiste en quitarse la corbata y abrirse los tres botones más altos de la camisa con propósito algo más que informal, María del Rosario. Nos quería mostrar a todos el pecho. Calvo como un melón, deseaba que viéramos la pelambre —impresionante: Tarzán podría columpiarse allí de teta a teta— de su viril apostura. Muy bien. ¿Pero a que no te imaginas lo que traía colgándole del cuello, enredándosele entre los pelos? Un camafeo, mi querida amiga. ¿Y quién nos sonreía desde la pintura?

Pues nadie más y nadie menos que usted, doña María del Rosario Galván. ¿Qué dijo, la virgencita de Guadalupe? No, señora, usted, icónica entre las peludas tetillas de Tácito. ¡Nada más que usted! ¿Qué pasó, pues? Que don Tácito fue a anunciar que era algo más que íntimo amigo de la íntima amiga del señor Presidente y que usted, distinguida dama, gozaba de los pilosos favores del licenciado de la Canal.

Tómelo como quiera. Yo me limito a informar, cumpliendo al pie de la letra (o será desde el corazón de las tinieblas que el señor licenciado esconde detrás de velluda coraza) las instrucciones de mi bella dama, la audacia del susodicho *voyeur* de vuestra distinguida y delectable desnudez, señora, y ahora exhibicionista él mismo de un amor que —¡confío!— no sea correspondido. La apariencia, la postura, el desdén evidente de Tácito de la Canal hacia sus empleados, produjo un silencio inmediato y la sensación de que una cobija mojada había caído sobre todos los presentes.

Se retiró sin decir nada, me felicitó por mi "jocosa" iniciativa y sin quererlo, como reacción a su deprimente presencia, provocó una alegría desmedida apenas se largó. Hay gente así. Mandé escanciar las frías y muy pronto la alegría que le digo se desbordó peligrosamente, como si las masas estuvieran a punto de tomar la Bastilla. Yo fui recorriendo los grupos, animando, alegrando, hasta caer en lo que podríamos llamar el Senado de los Archivistas.

¿Desde cuándo está allí el más viejo? ¿Desde López Mateos? ¿El más joven? ¿Desde López Portillo? ¿Les interesa su trabajo? Cómo no, les exige gran orden para seguir las pautas de temas, calendarios y personalidades. ¿Leen lo que archivan? Miradas en blanco. No. Nunca. Reciben papeles, basta el sello de la oficina, la fecha, el *Asunto* marcado arriba a la derecha y meter en el expediente del caso. ¿No hay nada marcado, digamos, "confidencial", "secreto", "personal" o algo así? Claro que sí. ¿Recuerda alguno de ustedes algún tema bajo estos rubros? No, ellos se limitan a archivar.

Sus ojos me dijeron que, una de dos: o se aburrían o no entendían. Además, la masa de papel que entraba día con día era tal que apenas daba tiempo de archivar. Y listo.

¿Tenía yo derecho de consultar?

No hice la pregunta porque distinguí en los archivistas, querida amiga, un sentimiento de gremio. Gremio de papel viejo, de sótanos oscuros, de horarios largos, tediosos e invariables, de vacaciones breves y mal pagadas, de familias borrosas y rostros pálidos.

Escogí a uno solo. El que dijo datar de tiempos de López Portillo. El que ni a la hora de la fiesta se quitaba el uniforme del viejo oficinista mexicano: visera verdosa ceñida a un cráneo arrugado y protegiendo una mirada sin curiosidad ni sospecha. Cuello de celuloide sujeto a la camisa por un botón blanco de plástico. Chaleco desabotonado y ligas en las mangas para disimular la desproporción entre largo del brazo y largo de la manga —o, quizá, para evitar que los puños se desgastaran.

—Mi familia es de Jalisco —le dije mintiendo, sin provocar la menor reacción.

—Somos parientes de los Gálvez y Gallo —continué.

La mirada se le iluminó.

—¡El señor secretario particular que más admiro! —dijo con verdadero alborozo.

—El mismo —le sonreí.

—¡Qué caballero! ¡Casado con una verdadera dama! Fíjese, señor Valdivia, nunca se olvidaron del cumpleaños de uno solo de nosotros, nunca nos faltó un regalo, una sonrisa… ¡Qué diferencia!

—¿Diferencia con Tácito de la Canal?

—Yo no he dicho eso —el viejo se llevó una mano a la boca—… yo no…

Lo abracé fuerte.

—Pierda cuidado, ¿señor…?

—Cástulo Magón, para servir a usted. Archivista desde 1982. ¡Otros tiempos, señor Valdivia!

—Cómo no. Recordar es vivir. Tengo mucho interés en nuestros archivos.

—¿De veras?

—De veras, don Cástulo.

—Pues a sus órdenes, cuando usted guste baja usted abajo. Con mucho gusto. Pero se lo advierto, son muchos papeles, es mucha historia, uno mismo se pierde en esos vericuetos.

No le dije: Yo sé lo que busco. No se preocupe.

## 20
## Xavier Zaragoza "Séneca"
## a Presidente Lorenzo Terán

El tiempo pasa, señor Presidente, y usted no se digna consultarme, en su tercer año de gobierno, ¿qué debo hacer, "Séneca"? Pues figúrese que me remonto nada menos que a *Las mil noches y una noche*, señor Presidente, y le recuerdo el ejemplo del rey Harún-al-Raʃchid, que al caer la tarde salía de su palacio vestido con harapos a mezclarse entre la gente y oír lo que en verdad se decía, no lo que sus paniaguados le hacían, cortésmente, saber. Pues, ¿sabe usted, señor Presidente? México es un país de fatalidades dinámicas. Usted profesa una fe excesiva en la sociedad civil, en la libertad popular. Mi consejo bien meditado es: Póngase límites. Si deja a nuestra gente moverse sin guía, al rato la libertad se convertirá en tumulto, sólo que esa dinámica libérrima no tendrá el nombre de la voluntad sino el de la fatalidad.

Este es un país con demasiadas insatisfacciones sepultadas en el tiempo, largos siglos de pobreza, de injusticia, de sueños soterrados.

Si no hay cauce político, si sólo hay libertad irrestricta, el cenote subterráneo saldrá brotando a la superficie, se convertirá en torrente y lo arrasará todo. Ya sé que usted confía en dos cosas. Por una parte, que el pueblo sabrá apreciar las libertades que usted le reconoce. Por la otra, que la fuerza está presente en un ejército profesional (Von Bertrab) y una policía brutal (Arruza). Ellos se encargarán de domar a los caciquillos, que en lugar de desaparecer con la democracia, han proliferado con la libertad.

No basta, señor Presidente. Hace falta algo. ¿Y sabe lo que hace falta? *Falta usted.* Falta que la gente lo vea a usted. Se está usted convirtiendo, como tantos de sus antecesores, en el gran solitario del Palacio, el fantasma que ocupa la Silla del Águila. Reaccione, se lo ruego. Aún es tiempo. No dé la impresión de que es el juguete de fuerzas incontrolables. Deje de mirar al horizonte como un iluminado en fechas de fasto —Grito de Independencia, Mensaje de Año Nuevo, Cinco de Mayo—. Mire a la cara de la gente, déjese mirar por la gente, pero que lo vean actuar, a usted, no a sus achichincles. Que su voz, señor Presidente, llene la plaza y llegue a cada rincón del país. La política vive en el espacio hasta donde llega la voz del Presidente. ¿Ha probado usted los límites de su voz? ¿Ha medido las fronteras entre la acción y la inacción? Un Presidente debe existir para los ciudadanos. Si no lo hace, le retiran el homenaje esperado. El alabado Dios de un día puede ser el execrado demonio de la siguiente jornada.

Salga a la calle, señor Presidente. Suelte ideas antes de que se las suelten. Si usted no tiene ideas, será el simple voceador de las ideas de los demás. Cuídese, señor Presidente. Sólo veo a los zánganos, las lapas y los lambiscones en sus oficinas. ¿Cree que se sirve de ellos, o que ellos lo sirven? Entra usted a la segunda mitad de su gestión. Mire hacia atrás y congratúlese de que hoy somos un país más libre y más democrático. Qué bueno. Pero mire hacia delante y muéstrese precavido porque se aproximan nuestros sexenales *idus de marzo*: el drama de la sucesión presidencial. Usted ya no nombrará a su sucesor. Ya no hay "tapado". Pero sí consentidos, validos, niños mimados, en toda administración. Y el apoyo del Presidente contará. Dentro de los partidos. Dentro de la administración. Y dentro de usted mismo. Sin contar la opinión pública.

Pero cuídese mucho, señor Presidente. Si me atrevo a señalar la percepción pública de su pasividad, lo convoco también a una presencia clara, serena y visible. También le advierto, empero, sobre un liderazgo demasiado poderoso, que en vez de apuntalar la libertad democrática, la sofoque. Heidegger se sometió al nazismo en Alemania proclamando los poderes de la tierra y de la sangre por encima de la libertad de expresión. Le dio respetabilidad académica al amasiato de la muerte con la violencia. Un líder que organice nuestras energías y nos obligue —cito de memoria al filósofo— a "la voluptuosa pasividad de la obediencia total". ¿Quién le asegura hoy que los mexicanos, cansados de una democracia que se confunde con la pasividad, no opten por un liderazgo autoritario que al menos dé la sensación de seguridad y rumbo?

Ese es el otro extremo. No caiga en él. Mida y valore su presencia pública. Pero —vuelvo al anterior extremo— que no se diga de Lorenzo Terán lo que dijo Georges Bernanos de la Francia vencida por Adolf Hitler:

—La patria ha sido violada por vagabundos mientras dormía.

Ah, mi querido, admirado amigo que tanto me distingue con su confianza. Haga usted lo que haga, considere que la Presidencia de la República es una pecera hecha de vidrios de aumento… Pero haga lo que haga, hágalo bien. Porque si fracasa, no será usted el peor mandatario democrático. Será el último.

## 21
## Expresidente César León
## a Tácito de la Canal

¡Vaya situacioncita, mi viejo y distinguido amigo! "Un político mexicano no deja nada por escrito", ese era antes el dogma. Pues mira nomás, zoquete, en la que nos ha metido nuestra decantada y soberana soberbia —¿o será nuestra soberanía soberbia?—. No juguemos con las palabras, te conozco demasiado bien y tú a mí también. Llámame Augusto y yo te llamaré Calígula, aunque éste nombró sucesor a su caballo y en tu caso, el caballo serías tú si llegas a donde quieres llegar.

Deja que me ría, Caligulilla de mierda, traidor repugnante. Fíjate que soy yo el que te puede llevar a la Silla del Águila, pero te llevaré humillado, debiéndome no sólo el favor, sino la vida misma. ¿Recuerdas lo que te dije un día, cuando chambeabas para mí, pinche lambiscón? No te dejes obsesionar por la posibilidad de una conspiración, porque aunque no la haya, acabarás por inventarla.

Créeme que he pensado mucho en ti durante estos años de mi lejanía, Calígula. Tu César Augusto no te olvida, tanto que me expongo a escribirte porque no nos ha quedado de otra. ¿Que no hay teléfonos, ni faxes, ni e-mail, ni computadoras, ni red, ni satélites? Pues entonces te diré lo que hay. Hay lo imprevisto.

Lo desconocido y lo sutil. El general Mondragón von Bertrab y el general Cícero Arruza, tan diferentes en todo lo demás, se han puesto de acuerdo en la manera de tenernos fichados a todos. No me preguntes cómo lo inventaron y cómo lo lograron. Dicen que Mondragón siempre ha tenido un *brain-trust* pagado millonariamente, imagínate, zopenco, puro cerebro del MIT, de Silicon Valley y del CNRS de París.

Pues ¿sabes lo que han inventado para suplir todo lo que hemos perdido?

Un alfiler, mi estimado Don Baboso, un alfilercillo que graba nuestras voces y las transmite a la central de inteligencia en la oficina de Mondragón. El muy águila le filtra a Arruza lo que le conviene. El hecho es que todas nuestras conversaciones están grabadas por un alfiler-micrófono que cada uno de nosotros trae implantado en algún lado, sin saber dónde. No en la ropa, porque me consta que cuando entro al baño, el ruido de la regadera no logra silenciar la voz de mi canción. Ojalá crean que canto boleros en clave mientras me enjabono.

—"No me platiques más, déjame imaginar…"

O

—"Veracruz, rinconcito donde hacen su nido las olas del mar…"

Todo bolero puede tener una interpretación política. Pero ese no es el punto. El hecho es que no sabemos a qué horas, cuándo y dónde (o peor tantito, por dónde), con su meticulosa (y no es un albur) ciencia alemana, Mondragón von Bertrab nos ha implantado a todos —en la ceja, en la rodilla, en la oreja misma, en una muela, sí, en el mero culo— una agujita invisible que le transmite nuestras conversaciones.

A escribir cartas, pues. No nos queda de otra. ¿Esperanza? Que apenas las leamos, las destruyamos. ¿Astucia? Escribir lo contrario de lo que pensamos o hacemos. Pero por tarado que seas, Calígula, entenderás que una falsa instrucción por escrito puede ser tomada al pie de la letra. Nuestro inteligentísimo y muy teutónico secretario de la Defensa se las ha ingeniado para que no nos quede más recurso que escribirnos cartas y decir la verdad.

Por lo menos podemos disfrazar nuestros nombres, como lo hace desde siempre Xavier Zaragoza, conocido por todos como "Séneca". Bueno, pues te cuadre o no, yo soy "Augusto" y tú eres "Calígula". Y déjame decirte, pobre pendejo, no te creas César cuando seas caballo. Voy al grano: tú te hiciste poderoso conmigo, a mi sombra, me enterraste un puñal y diste la triste orden:

—No le den el gusto de insultarlo siquiera. No lo vuelvan a mencionar.

¡Silencio en la noche, el músculo duerme! Pero la ambición no descansa, ¿eh tarugo? ¿Sabes lo que es, en términos de espionaje, un *mole*? Es una palabra en inglés de múltiples significados. Es un lunar peludo. Es un insectívoro de ojitos u orejas pequeñitas, pero con patas como espadones para cavar sus lares subterráneos. Es una barrera para protegerse contra la fuerza de la marea. Es un anclaje en puerto seguro. Es la carne floja y sangrienta del útero. Es el racimo de uvas de la placenta. Y es, finalmente, el espía que infiltra una organización enemiga, se muestra fiel y paciente largo rato y al cabo traiciona a quienes lo acogieron para servir a quienes lo nombraron. (Ah, claro, y también es un riquísimo plato de la cocina mexicana, el mole, y significa hacer sangrar a golpes a un adversario, sacarle el mole.)

Bueno, pues yo te designo mi espía, mi mole allí donde tú sabes. Mira que soy generoso contigo, pinche cucaracha. Si gano, ganas conmigo. Si pierdo, ganas con mis enemigos. Mejor trato político no se le ha ofrecido nunca a nadie, desde que a Rudolf Hess, en vez de colgarlo, lo condenaron a prisión perpetua. Confórmate. Sabes que la piel de un hombre cambia cada siete años. Somos serpientes y lo sabemos. Pero en cuestión de política, la piel cambia cada seis años en México.

Piénsalo, Calígula, y decídete a cambiar de piel antes de que te la arranquen. Para desollados, el Xipe Totec del Museo de Antropología. Cada seis años hay que cambiar de lealtades, de esposas (bueno, de querida en tu caso), de convicciones. Prepárate, mi leal amigo. Prepárate. Tú nomás mantén una ilusión:

—Esta noche dormiré en la cama del vencido.

Lo malo es que si llegas a ese lecho, vas a dormir debajo del colchón. Porque encima estaré yo. No lo dudes.

Soy Augusto

Posdata: ¡Cómo odio los sexenios! Son como un pastel dividido en rebanadas que no puedes terminar de comer cuando de veras te entra el gusto. Y te advierto, ni se te ocurra acusarme ante tu jefe. Mis trincheras con él están no sólo cavadas, sino compartidas. Es un buen hombre. Crédulo. No le vayas con cuentos contra mí. Te considerará un intrigante, un metiche. Y tus pretensiones se irán a la purísima chingada. Vale.

## 22
## Andino Almazán
## a "La Pepa" Almazán

Pepona, mi amor añorado, esta insólita situación nacional nos aleja aún más, pero nos acerca espiritualmente más que nunca… La lejanía siempre me ha aproximado a ti, amor mío, porque estar separados significa desearnos más, con más intensidad. ¿No te pasa lo mismo, cariño? Tú en Mérida, yo en la capital. Tú en una ciudad bella, amable y serena. Yo en esta metrópoli asfixiada, tumultuosa, grosera, insalubre. Tú rodeada de gente graciosa, cordial y sencilla. Yo ahogado dentro de un automóvil que me lleva del apartamento a la oficina y de regreso bien tarde cada noche, sin más compensación, hasta hace unos días, que nuestra conversación telefónica al sonar las doce. Ahora ni eso. Se me escapa tu dulce voz, debo imaginarla, me limito a escribirte. Y aquí me tienes, rodeado todo el día de enemigos, objeto de ataques y caricaturas en la prensa ("Andino, ándate ya del gobierno", "Andino a los Andes, el Presidente a la Madre… Sierra", etc.) y de intrigas y zancadillas en los corredores de la burocracia.

¡Qué contraria a mi verdadera naturaleza es esta máscara de tecnócrata helado y eficiente que debo colocarme cada mañana! Antes, necesitaba un espejo para ensayar mi rostro de burócrata implacable. Ya no hace falta, mi Pepona. La máscara se ha convertido en la cara, severa, cejijunta, de labios apretados y nariz de huelemierda. Cejas circunflejadas por la duda. Orejas alertas a la mentira. Y ojos, ojos, amor mío, si no de odio, sí de frialdad, desprecio, desinterés… He aprendido a hablar como anglosajón, sin artículos o contextos.

—Exacto.

—Servido.

—Nada.

—Cuidado.

—Perfecto.

—Advertido.

—Aténgase.

Con eso digo y corto. Mi mirada impide el paso a una conversación, sea amable o no, sea desagradable o sincera, equívoca o impertinente. Todo lo que dicen los demás representa para mí un peligro. El de la contradicción, el menos malo. El de la persuasión, el peor de todos…

Doy de mí lo que de mí se espera. Mi *expertise* técnico. Mi conocimiento de los mercados internacionales. Mis parámetros macroeconómicos. Mi atención a la paridad de la moneda, las reservas en divisas, el pago de la deuda externa, el monto de la interna, el déficit comercial, los respaldos europeos y norteamericanos, mi obligada fraternidad con los banqueros centrales de Washington, Berlín, Londres, Madrid…

Pero no doy lo que quisiera dar: mi humanidad. Vas a reírte de mí, Josefina, con esas carcajadas ruidosas que los envidiosos llaman "vulgares", como si tu vitalidad, que tanto me atrae, fuese de manera alguna "vulgar". ¿Vulgar tu capacidad de alegría, broma y choteo? ¿Criticables, tus divertidísimas asociaciones y albures? Ay mi amor, si esa es tu "vulgaridad", vieras tú qué falta me hace, cómo me vivifican tus chistes léperos, tus ademanes procaces, todo lo que provoca mi fidelidad porque tengo —te lo digo al oído, mi amor—, *tengo mi puta en casa*, no necesito andar buscando "viejas", como mis obtusos colegas del gabinete, yo ya tengo mi "vieja" malhablada, cachonda, dispuesta a todas las posturas y placeres, la tengo en mi propia casa…

¡Cómo te extraño, mi Pepona! Caliente y cariñosa, pero fiel esposa y cariñosa madre. Qué seguro me siento de que mis "tres tés", Tere, Talita y Tutú, estén contigo, mis trillizas llegadas al mundo en perfecto orden, dándole un aura de gloria virginal a tus tres partos sucesivos pero en realidad simultáneos, pues dime tú, ¿alguien recuerda en qué orden aparecieron las trillizas? Es como si hubiesen bajado, mis tres ángeles, juntitas del cielo a bendecir nuestra unión, mi Josefina, un matrimonio singularmente feliz, por encima de lejanías, chismorreos y beatitudes. Una boda hecha, como nuestras tres hijas, en el Paraíso.

¿Recuerdas la boda?

¿Recuerdas la Hacienda de los Lagartos, engalanada para nuestras nupcias? ¿Recuerdas el jardín con docenas de flamencos color de rosa? ¿Recuerdas el peninsular banquete de papadzules y huevos motuleños, gallina en escabeche y queso relleno? ¿Recuerdas el calor de la noche, nuestra entrega amorosa, la ansiedad de tu madre en la recámara de al lado en el Hotel del Garrafón, esperando que pidieras auxilio si te dolía —¡ay, ay, ay!— o que cantaras *La Marsellesa* si te gustaba —¡ay, ay, ay, *allons enfants de la patrie!*—. ¡Qué bueno, mi Pepona, que me dejaste tomar la Bastilla de tu apretada cárcel, qué bueno que te gustó la guillotina de Andino!

Bueno, ya ves que sólo contigo me desahogo, vuelvo a ser el Andino Almazán del que te enamoraste hace ya doce años, te casaste hace once y tuviste trillizas hace diez. Y en seguida regreso a mi habitual y obligada tesitura de secretario de Hacienda, totalmente absorto en el mundo de la economía, disfrazándome a mí mismo con la máscara de la estadística, creándome un personaje exterior para disfrazar mi obsesión interna, que *sos vos*, mi gorda adorable.

Despierto mañana y ya no soy tuyo, Josefina.

Oigo lo que dicen de mí:

—Cuando Andino entra a una oficina, la temperatura desciende.

—Ha entrado el señor secretario. Todos de pie.

—Cuídate. El secretario Almazán sólo tiene dos opiniones. La suya y la equivocada.

Mi alma se muere, mi Pepa. Pero he asumido este compromiso y le debo su cumplimiento al señor Presidente, al país y a mí mismo. Si yo no estuviese en Hacienda, el barco se iría a la deriva. Soy un timonel indispensable. Soy el de la cantinela de rigor, rigor y más rigor. Evitar la inflación. Subir los impuestos. Bajar los salarios. Fijar los precios. Soy el hombre de hielo. Siendo yucateco tropical, paso por avaro regiomontano. Avaro de presupuesto y avaro de palabra.

Y es que me he propuesto ya no decir nada, mi Pepa. Cada vez que abro la boca para castigar al Congreso, sólo asusto a los inversionistas. Mejor me callo. Paso por el perfecto Pacheco. No digo nada porque no tengo nada que decir y por eso me he hecho fama de sabio. Todo lo miro con frialdad imparcial, pero no entiendo nada. Está bien. Alguien tiene que desempeñar este desgraciado papel. He tenido que correr a tres subsecretarios demasiado locuaces. El que dijo:

—La miseria en México es un mito.

El que dijo:

—Si no pasan la ley fiscal nos vamos a derrumbar como la Argentina.

El que dijo:

—Los pobres tienen la virtud de ser discretos.

Me han contratado para sacarle la infección al sistema. Soy el Flit del gobierno. Ando a la caza de insectos.

Y mi vida, mi amor, se me va secando, se me secaría si no fuera porque te tengo a ti y mis tres tés, Tere, Talita y Tutú. Mándame foto reciente de todas ustedes. Hace tiempo que se te olvida hacerlo. Yo ni te olvido un minuto. Tu A.

Posdata: Esta te la envío, para mayor seguridad, con mi buen amigo y colega Tácito de la Canal. Dicen que hay que vivir en el Gabinete como si ya estuviéramos muertos. Tácito es la excepción. Gracias a él entro y salgo sin trabas del despacho presidencial. Es un hombre ágil, con futuro, dúctil cuando es necesario, duro cuando es el caso. Confía en él. Vale. AA.

## 23
## General Cícero Arruza
## a general Mondragón von Bertrab

Mi general, usted y yo estamos en comunicación constante y cordial. Le consta que siempre he reconocido su superioridad jerárquica y, por encima de todo, por encima de usted y de mí, la del señor Presidente de la República, Jefe Nato de las Fuerzas Armadas. Pues bien, mi general, con la franqueza de siempre le advierto que este chingado país se nos está saliendo del huacal. Ah caray, qué orgullosos nos sentimos de que setenta millones de mexicanos tengan veinte años o menos. Un país de niños. ¿Usted los ha oído? ¿Ha acercado la oreja al piso? ¿Cómo cree que esos jóvenes ven a la momiza que los gobierna, es decir los cincuenta millones restantes?

¿Qué edad tiene usted? ¿Cincuenta, cincuenta y dos? Y yo, ¿sesenta y cuatro, sesenta y cinco? Vaya, que los registros de mi pueblo perdido en el estado de Hidalgo no son muy confiables —si es que existe el estado de Hidalgo, una invención para separar a la Ciudad de México de estados rivales y peligrosos como Michoacán y Jalisco—. Vaya, el Uruguay de México, nomás que pobre y sin registros. En fin, mi general, que usted y yo estamos en la flor de la edad, decía mi abuelita. Pero la ruquiza entumida, así dicen de nosotros los jóvenes. Andan buscando su líder juvenil. Tan joven como lo fueron Madero, Calles, Obregón, Villa y Zapata al lanzarse a la Revolución: todos menores de treinta años.

Pele el ojo, señor secretario. ¿Dónde está nuestro joven líder? ¿Qué edad tiene el lambiscón Tácito de la Canal? ¿Cincuenta y dos como usted? Y Bernal Herrera su contrincante, ¿cincuenta y poco, cuarenta y mucho? ¿Cree que la chaviza les tiene confianza? ¿Cree que esos millones de chamacos que vemos pasar en moto como si la Harley-Davidson fuera el Siete Leguas del mero Pancho Villa, cree que esos chamaquillos medio encuerados que bailan la noche entera en las discos, cree que esos disc jockeys que vuelan de Los Ángeles a México a Jonolulú por 25 mil dólares la noche sólo para programar CDs, cree que los hijos de los millonarios en cadena que han venido heredando desde 1941, tienen fe en uno solo de nosotros?

Y eso que le hablo de lo que dicen la élite en los periódicos, señor general. ¿Qué me dice del chamaco de clase media que cada seis años ha visto a su familia quedarse sin automóvil, sin casa y sin siquiera lavadora porque no pudieron pagar las mensualidades? ¿Los estudiantes que no pudieron estudiar porque las universidades públicas se la pasaron en huelga y las privadas cobran un ojo de la cara?

Mírelos, mi general, querían ser ingenieros, abogados, chingones, mírelos, manejan taxis, distribuyen pizzas, acomodan en los cines, son esa mentadiza del valet-parking, son humillados que debieron ser otra cosa y ahora por ahí te pudras, cabrón. Y las muchachillas que sólo aspiraban a ser amas de casa de clase media decente y ahí andan de mecanógrafas y empleadas de almacén y de meseras si bien les va y si no al table dance y al burdel. Yo no le cuento la de rancheritas que ascienden a la maquila y se hacen ilusiones de que un gringo les va a pedir la mano a las muy pendejas y la maquila quiebra o se va a China, donde el trabajador recibe diez veces menos que en México y vámonos a la calle a mendigar, de vuelta al pueblo a comer nopalitos, de marías cargando bebés en los rebozos junto con miles de jóvenes buscando pasar la frontera, hacerse gringos, trabajar del otro lado aunque se ahoguen en el río o se asfixien en el camión de carga del pollero o se mueran de sed en el desierto o los deje como coladera a balazos la patrulla fronteriza gringa…

Dígame, mi general, ¿para dónde van a mirar nuestros setenta millones de chamacos?, ¿para dónde? Piénselo a tiempo, mi general, a tiempo.

Y nomás recuerde que en estos asuntos, se tarda rápido.

**24**
**Nicolás Valdivia**
**a María del Rosario Galván**

Bueno, mi bella y exigente señora, desde el primer día me advirtió que para usted todo es política, aunque yo ya tuve mis dudas cuando me citó de noche a verla desnudarse desde el bosque que rodea su casa. Y para colmo, se me adelantó (a ciencia y paciencia de mi bella dama) don Tácito de la Canal. ¿Eso también es política o, más sinceramente, sexo? Ah, mi señora doña María del Rosario, ¿cuántos otros secretos no tendrá usted que nada tienen que ver con la política, sino con la zona del "corazón que tiene sus razones" que la razón (o la política) no entienden?

Pues figúrese que yo he recibido otra lección, no sé si política, aunque sí humana. Porque, ¿hay en nuestro país política sin eso que llamamos *aguante?* Como le dije otro día, he intimado bastante con uno de los archivistas de la oficina presidencial, un viejo que ya le describí antes. Tuvo la amabilidad de invitarme a su casa. Bueno, no es casa sino apartamento, un tercer piso con azotea allá por Vallejo, cerca del Monumento a la Raza.

Se entra por una miscelánea improvisada para aprovechar el espacio entre puerta y escalera y si quisiera describirle el edificio, no podría. Es un lugar, señora, que una vez visto huye de la memoria. Así hay actos, así hay personas, así hay lugares: por más que uno intente recordarlos, no vuelven al recuerdo… Claro, uno se dice qué triste, no me acuerdo, hasta que uno se da cuenta de que lo que quedó en la memoria no fue un sitio que no tenía nada de memorable, sino un grupo de personas que no se dejan olvidar, no se dejan olvidar, señora mía, porque no tienen más posesión que la de una mente ajena, ni más ojos que la vista de quien los ve.

¿Me entiende? Para mí fue una suerte de revelación, precisamente porque ellos no me pedían nada y sin embargo yo me sentía fascinado, atraído, por la súplica de quienes nada me pedían. ¿Qué súplica era esa? El archivista se llama Cástulo Magón y tiene un parentesco lejano —me dijo cuando hice la asociación— con los revolucionarios hermanos Ricardo y Jesús Flores Magón, los anarquistas que durante la dictadura de Porfirio Díaz languidecieron en la fortaleza de San Juan de Ulúa frente a Veracruz y que yo vi de lejos el otro día cuando me mandó usted a visitar a El Anciano del Portal. Bueno, don Cástulo va a cumplir sesenta años, es archivista desde la Presidencia de López Portillo, cuando tenía veinte años, se casó tarde porque le costó reunir la lana para el matrimonio y encontrar a una mujer de su agrado que además trabajara para juntar las mesadas.

Don Cástulo tiene esa vista rutinaria y cansada del archivista, y como le dije, ni siquiera le faltan la visera verde y las ligas en las mangas para parecer el pequeño burócrata de comedia. Los archivos son lugares oscuros, no sé si por miedo a que los papeles se vuelvan pálidos e ilegibles si les pega el sol, no sé si para que los documentos se olviden en sus sepulturas de metal gris y fólders amarillos. No sé, en fin, si para exorcizarlos de todo contenido, digamos, luminoso, mi ama y señora tan desdeñosa. Sí, don Cástulo es como el fantasma de los archivos. Así como el personaje de Gaston Leroux vivía en los laberintos subterráneos de la Ópera de París, don Cástulo Magón vive en el subsuelo de la Presidencia de la República.

Su cara es gris, su mirada, si no cansada, resignada, pero sus dedos, María del Rosario, sus dedos son de una agilidad pasmosa, viera cómo recorre las divisiones de los archivos, con qué velocidad, con qué precisión... En ese momento su edad, su desaliño personal, su físico agotado, se transfiguran y don Cástulo es algo así como un alquimista del registro oficial. Sabe dónde está todo y, sobre todo, dónde está lo que *no debería estar*, es decir, lo que le ordenaron destruir y Cástulo, no por desobediencia, sino porque ni siquiera lo pensó dos veces, archivó lo inarchivable, por así decirlo, de acuerdo con el excéntrico sistema mexicano: no por personas (v. gr.: Galván, María Del Rosario o Herrera, Bernal) ni por dependencias (v. gr.: Secretaría de Gobernación, Congreso de la Unión), sino por *referencias*.

Arcanas referencias, señora. ¿Dónde cree que me encuentro en los archivos de Los Pinos? ¿Bajo mi nombre Valdivia, Nicolás? ¿Bajo mi puesto, Jefe de Gabinete, Asistente del? ¿Bajo el rubro mismo de Presidencia de la República, Oficinas de la? Pues no, mi querida María del Rosario. Aparezco, dese cuenta, bajo ENA. ¿Qué es ENA? École Nationale d'Administration, París. Es decir: el colegio de altos estudios del cual me gradué. ¡Dese cuenta! Para laberinto de la soledad, este es el más chingón de todos. Pues esto es lo que se conoce al dedillo, con esas manos de pianista más ciego que Hipólito el de *Santa*, nuestro amigo el archivista don Cástulo Magón. Que su estatus económico no corresponde a su habilidad profesional es casi una tautología. Cástulo recibe un sueldo muy modesto, quinientos dólares al mes, según el curso actual, apenas para acicalarse un poco los mechones blancos de sus sienes y pedirles prestado el puente engominado que va de la izquierda a la derecha para disimular la alopecia. (¿Para qué?, ¿ante quién?, dígamelo usted que todo lo sabe sobre la vanidad humana, sobre todo la de los desposeídos y humillados como yo, su *soupirant* sin fortuna.) El hecho es que don Cástulo sigue usando gomina "hecha en casa", que pasó de moda hace cien años y creo que es la única coquetería suya en un bañito invadido por las necesidades de su familia, las cremas y afeites y tubos y gorras de baño de la señora Serafina, de la hija Araceli y del hijo Ricardo Jesús, así llamado en honor de los ya citados héroes de Ulúa, los hermanos Flores Magón.

Don Cástulo debería ser flaco como su estructura ósea lo indica, pero tiene la inevitable pancita de quien ha comido tortas de frijol, chile y carnitas toda su vida, amén de la ocasional cerveza. Doña Serafina es un milagro, María del Rosario. Contribuye a la economía de la casa como repostera. La cocina es suya. Allí no entra nadie más que ella, es el espacio más grande del apartamento.

—Por eso lo escogimos —me dice.

Allí sí que hay de todo, desde una larga mesa con capa ya natural de harina, hasta horno pastelero.

Allí fabrica la señora merengues, torres nupciales, fastos albeantes para bodas, primeras comuniones y bailes de quince años, y lleva sus buenos mil mensuales a la casa, que serían dos mil si no tuviera que gastar la mitad en "materia prima", como dice con orgullo, fregándose las manos con eficiencia en su delantal. Imagínese a Andrea Palma a los sesenta años. Aquella *Mujer del puerto* esbelta, lánguida y que vendía su amor "a los hombres que vienen del mar", ya no es tan esbelta, de lánguida no tiene nada en el andar, pero sí en el fondo de la mirada, que así como la del marido es casi opaca como una visera, en la de ella es melancólica como un inesperado crepúsculo al mediodía.

*¿Business-like*, dicen los gringos? Pues eso es doña Serafina, sabe usted, ni una queja, ni un minuto de reposo, salvo en esos ojos que añoran algo que nunca fue. Se lo repito. Se lo subrayo. *Algo que nunca fue.* Es esa mirada de una promesa secuestrada la que le da ojos no sólo a la dueña de la casa, sino a la casa entera. La nostalgia, el sueño perdido, *lo que pudo ser…*

Llene usted esa mirada con su imaginación, mi poderosa protectora, porque nunca la he visto en sus ojos, como si usted ya lo tuviera todo —todo menos el siguiente reino de su ambición—. La señora Serafina tiene ojos que ya no ambicionan nada. La veo trabajando en su cocina y no es ambición lo que miro, sino pura y simple voluntad de sobrevivir. Allí está don Cástulo leyendo el periódico en la salita. La tele está empeñada, me dijo (¡) y eso que en México hay televisión hasta en las barriadas más miserables, en las ciudades perdidas. Dice que él creció leyendo periódicos y no va a cambiar sus hábitos lentos de archivista por esas píldoras informativas de la tele.

Aunque ahora, sin señales de satélite a torres de TV, no vería nada aunque lo quisiera…

Todo sea por Dios. O más bien, por la inquieta hija de veinte años, Araceli, que se la pasa de panza en su cama leyendo la revista *Hola!* y soñando, supongo, con ser Charlotte de Mónaco o algo así y que luego pasa horas embelleciéndose para un novio que pasa en coche convertible a recogerla a las nueve para salir a cenar y a bailar en una disco. No es que sea díscola, dice su madre, es joven, tiene derecho a divertirse y regresa siempre con una bolsa de plástico con restos de las cenas en los restoranes a los que la lleva Hugo Patrón, su novio yucateco, que es gerente de una agencia de viajes sin mucha actividad ahora que no sirven las computadoras y los gringos tienen dudas sobre viajar a México. Pero Araceli tiene su cuarto lleno de pósters del Caribe, del Mediterráneo, París y Venecia, que Hugo le regala. Es un chico bien intencionado, dice doña Serafina, pero muy chapado a la antigua, porque no deja a la niña trabajar. Quiere reunir lo suficiente para un apartamento y un viaje de bodas gratis y que su novia y más tarde su mujer no trabaje nunca. Yo concluyo que identifica el ocio con la virginidad.

Serafina se faja el delantal a veces y le manda a la niña mimada salir de su cuarto y repartir pasteles cuando los clientes no los mandan recoger con sus choferes. Hay que ver el mohín de la chiquita. Nació para princesa, tiene la cabeza llena de ilusiones y (se lo revelo con toda franqueza) hasta me echa los perros cuando voy de visita. Sí, soy mejor partido que Hugo Patrón, pero apenas me oye hablar se cohíbe toditita, yo acentúo el lenguaje de profesionista culto graduado de París, suelto una que otra palabra en francés y veo en su linda carita color de luna una mezcla de tedio, respeto y lejanía que cruza como si yo fuese "la nube negra del destino", un fenómeno que baja del pedestal y visita a los humildes de este mundo —entre los que ella se encuentra sin más horizonte que el agente de viajes Hugo Patrón y el viaje de bodas a Miami.

Hay dos recámaras en el apartamento. La del matrimonio y la de Araceli. En la azotea, verdadero palomar porque él cuida y mima a esas aves que me recuerdan a Marlon Brando y Eva Marie Saint en las azoteas pobres del puerto de Nueva York, vive en una especie de cabaña de maderos el hijo Ricardo, un chico extraordinario, María del Rosario, se lo digo a boca de jarro a usted que es una especie de *head-hunter* de lujo (permítame ironías de tarde en tarde: no tengo otra manera de sublimar el rencor que usted me inspira).

Extraordinario, primero, por el aspecto físico. Hijo deseado, tendrá unos veintiséis años y es muy esbelto sin llegar a flaco, con musculatura severa pero fina. Es más alto que yo —como de 1.79— y posee una cabeza de esas que sólo se encuentran en los museos de Italia: fina en todos sus detalles, labios finos, nariz afilada, pómulos altos, ojos largos y achinados, frente amplia y cabellera negra suelta hasta los hombros.

¿Describo un objeto del deseo? Creo, con sinceridad, que sí. Usted, mi bella y esquiva dama, que tantos lujos se ha dado y le da a sus preferencias, me entiende. Este muchacho es tan hermoso que nadie —hombre o mujer— puede dejar de desearlo. Los jeans apretados, la playera corta, los pies descalzos cuando sale sorprendido a ver quién soy, se lo explico y él se dedica a echarle maíz a las palomas. Sabe que he ayudado a su padre y lo agradece. Me mira directamente con algo de sorna y otro poco de sospecha y me dice:

—No voy a la Universidad porque lleva dos años cerrada.

Le echa alpiste a las palomas.

—¿Usted me pagaría una Uni privada?

Su mirada oscura es tan inteligente que no necesito hacer la siguiente pregunta.

—Sería una pérdida de tiempo salir a trabajar en un empleo miserable, de esos que lo agotan a uno de pura aburrición…

—Y achatan para siempre la ambición y el talento —terminé su frase y me miró con admiración sarcástica.

Entonces indica el interior de esta "cabaña en las nubes" que tiene una cama plegadiza de lona, una mesa raquítica y un taburete ("para no quedarme dormido cuando leo") y sobre todo, la rústica estantería llena de libros, libros viejos, de esos que venden en la calle de Donceles a dos pesos el ejemplar, libros desencuadernados, con sellos editoriales vetustos, desaparecidos como animales de otra era, Espasa Calpe, Botas, Herrero, Santiago Rueda, Emecé… Algo así como una cosecha de trigo seco argentino, español y mexicano… Quisiera curiosear, yo que tuve el privilegio de leer en la Biblioteca Nacional de Francia, pero él me lo impide señalando los tres volúmenes sobre su mesa de trabajo, Maquiavelo, Hobbes, Montesquieu.

No necesita decirme nada. Su mirada lo dice todo.

—Yo soy un hombre joven que pone atención, señor Valdivia.

Ah, mi peligrosa dueña y señora, si algún día se cansa usted (como se cansará) de mí, ya le tengo su siguiente candidato, su Galatea masculina, para calmar su vocación de Pigmalión, mi bella dama.

Se llama Jesús Ricardo Magón.

Tiene veintiséis años.

Habita un miserable palomar de la Calzada Cuitláhuac.

Dese prisa, María del Rosario, o se lo gano yo.

¿Y de qué habla con la sonsa de su hermana?, le pregunto.

—Le cuento las vidas de las princesas europeas que lee en *Hola!* y le enseño a resolver crucigramas. Va a tener una vida aburrida.

## 25
## Andino Almazán
## a Presidente Lorenzo Terán

Señor Presidente, ni usted ni yo nos engañamos sobre los problemas que aquejan al país. Algunos tienen nombres técnicos: controlar la inflación, atraer la inversión, aumentar el empleo sin aumentar los salarios. Otros son de índole internacional y se limitan, de manera al parecer fatal y monomaniaca, a nuestra vecindad con los Estados Unidos de América. Otros más son de naturaleza social interna: estudiantes, campesinos, obreros. Otros más, en fin, del orden político: la sucesión presidencial dentro de menos de tres años.

Le pongo, con la franqueza que usted me autoriza, las cartas sobre la mesa. Usted se ha creado la fama de resolver los problemas esquivándolos. Ello se debe, lo sé, a su confianza en la sociedad civil, las decisiones de los tribunales y el estado de derecho, en suma. Ha renunciado a la prepotencia tradicional del Ejecutivo.

Yo, en cambio, tengo doble mala fama. Dicen que soy el Job del gabinete. Tengo paciencia infinita, pero mi virtud es mi defecto. Mi propia pasividad es tal, dicen mis detractores, que mi única acción debía ser la renuncia. Me encojo de hombros y le digo, señor Presidente, que soy el único miembro de su Gabinete que le ha dado las cuatro mejillas a sus enemigos. Soy su pararrayos. Mi estrategia parecería ser, por lo menos, paradójica. Se da usted cuenta, por una parte, de que soy yo quien inventa los problemas que usted debe resolver. Entre ellos, convertir a la oposición en nuestro mejor aliado. Mientras más problemas creo, más me gritan, es cierto. Pero también, más presupuesto me dan. Es un juego parlamentario infalible, sobre todo cuando, como en su caso, no cuenta usted con mayoría legislativa.

Todos se oponen a sus iniciativas fiscales, mismas que yo presento a sabiendas de que serán rechazadas y me guardo en la manga las que sí serán aprobadas porque el Congreso no quiere aparecer como una colección de abúlicos, ignorantes o enemigos de la salud fiscal. Ya ve usted. Seguimos sin pasar el IVA a medicinas y alimentos —lo que propusimos—, pero es el Congreso el que fortalece la taxación progresiva y distributiva —lo que nosotros no pedimos para no ofender a los ricos, pero sí queríamos para sanear las finanzas.

Le digo todo esto, señor Presidente, para recordarle lo que ya sabemos. Usted y yo formamos un buen equipo. La oposición es nuestro mejor amigo. Mientras más nos gritan por razones "A", más presupuesto nos dan por razones "B". Lo cierto es lo opuesto: no queremos lo que proponemos y anhelamos lo que no queremos.

Formamos parte de la región más desolada y estúpida, financieramente, del mundo: la América Latina. La importancia de Latinoamérica es que no tiene finanzas sanas. Somos importantes porque les creamos problemas a los demás. Se lo he dicho repetidas

veces. No somos, como cree un vulgar populismo tras-
nochado, víctimas del Fondo Monetario o esclavos
del Primer Mundo. Todo lo contrario. Ellos son nuestras víctimas. De ellos sacamos, gracias a nuestros errores y debilidades calculadas, la única fuerza de
Latinoamérica, que consiste en aplazar.

Aplazamiento tras aplazamiento. De la deuda.
De la devaluación. De la flotación de la moneda. De
los servicios públicos. De la educación. De la salud.
De la capacitación del capital humano. Todo lo apla-
zamos porque nos basta con ser problema para ser
"salvados" una y otra vez y continuar aplazando problemas y soluciones hasta que el infierno se congele.

¿Qué quiere que le diga, señor Presidente? La
estrategia nos ha funcionado. Nos mantiene a flote,
con la cabeza apenas fuera del agua. De allí mi alarma.
Sume usted todos nuestros problemas y piense con
serenidad: ¿Nos conviene romper este *status quo*? ¿Verdad que no? De allí mi alarma y la razón de estas líneas.

Señor Presidente: el jefe de la policía federal, el
general Cícero Arruza, se nos impacienta peligrosamente. Por fortuna, aún no le contagia los nervios al
secretario de la Defensa (con quien cultivo buena relación y es quien me da a conocer lo anterior), mas
ganas (y argumentos) no le faltan. Sume usted los
problemas: huelgas de estudiantes, obreros y campesinos; agresión extranjera; pobreza endémica, lo que
todos sabemos. Pero ahora un nuevo factor aparece.
*Vacíos de poder.* Vacíos de poder, lo subrayo, señor
Presidente. Ausencia de autoridad, aquí, allá, acuyá.
Trabajadores mexicanos que no pueden entrar a los
USA acampados en los estados del Norte o de regreso,
desalentados e inquietos, en Guanajuato, Puebla y

Oaxaca. Trabajadores guatemaltecos colándose por la frontera sur desguarnecida y demandando trabajo inexistente o quitándoselo a los mexicanos. Y el narcotráfico circulando de sur a norte y de este a oeste, desde las fronteras y desde las costas, sin barrera alguna pero con poderes ciertos: el de los caciques resurrectos, algunos aliados al narco (Narciso "Chicho" Delgado en Baja California, José de la Paz Quintero en Tamaulipas), otros independientes y por eso más temibles (Félix Elías Cabezas en Sonora), otros más íntimamente ligados a los movimientos de desempleo, pobreza, insatisfacción (Rodolfo Roque Maldonado en San Luis Potosí, el "Mano Prieta" Vidales en Tabasco, ufanándose de que si lo matan a él, lo siguen sus "nueve hijos malvados") y señoreando las fronteras de tierra y mar el Rey del Narco, Silvestre Pardo.

Movimientos de desempleo, pobreza, insatisfacción… y ambición generacional. ¿Qué edad promedio tenemos en su gabinete, señor Presidente Terán? ¿Cincuenta, sesenta años? Somos vejestorios, momiza, mamuts para un país con setenta millones de hombres y mujeres de menos de veinte años. Estos son los ejércitos que los caciques quieren movilizar y Cícero Arruza lo sabe. Lo sabe y lo quiere organizar para crear el caos y tomar el poder antes de que, dentro de un año, se inicien las campañas.

¿Qué queremos usted y yo? El *status quo* con todos sus defectos, pero con orden y sin sangre. ¿Qué quieren los caudillos locales? Pescar en río revuelto. Un país sin más ley que la suya, balcanizado como la Argentina, ya ve usted, alguna vez una república unida y hoy un conjunto deplorable de republiquetas "independientes", Córdoba, San Luis, La Rioja, Catamarca, Jujuy, Santiago del Estero, cada una con su Facundo local, su caciquillo prepotente y su propia emisión de papel moneda sin valor. Argentina, Jauja miserable, Edén arruinado, Pampa Bárbara de vuelta… "Séneca" dice que siempre lo salva la cultura. César Aira es el primer argentino que recibe el Premio Nobel de Literatura.

¿Eso queremos para México? Dese cuenta de la estrategia de Cícero. Primero, la ruptura del orden establecido. Segundo, la balcanización. Tercero, la unidad restablecida con mano militar. En ese momento, el muy leal y profesional divisionario Mondragón von Bertrab se une, en nombre de la patria, al régimen castrense.

¿Qué cómo sé todo esto? ¿Son simples conjeturas, adivinanzas de mi parte? No, señor Presidente. Perdone mi franqueza, pero mi lealtad es sobre todo con usted. Sé todo esto de boca del propio secretario de la Defensa, Mondragón von Bertrab. ¿Por qué me lo dijo? Para que se lo dijera a usted. ¿Me lo pidió así? No, pero hubo de suponerlo. ¿Por qué no se lo dijo directamente a usted?

—Con el Presidente, yo no supongo. Afirmo.

¿Para qué me lo dijo? Para alertarle de lo que ocurre. Von Bertrab, con esta estrategia, queda bien con usted —pero también con los revoltosos, si éstos triunfan. Es un doble juego inherente a la vida política. Pero eso no le resta ni peligro ni verdad a la situación. Señor Presidente: Estamos caminando como un ciego desorientado al que le gritan desde la banqueta que se cuide de los automóviles que se le vienen encima desde varias direcciones. ¿Estará el ciego, también, sordo?

## 26

## "La Pepa" Almazán
## a Tácito de la Canal

Mi amor, no te pases de discreto, Date cuenta. Van a dar las doce y nuestros enemigos no están dormidos. El tiempo se nos acaba. Mi abuelita, que Dios tenga en su gloria, decía siempre:

—Hay que ser Belcebú para vencer a Satanás.

Tú y yo tenemos que ser más diablos que el diablo. Dirígete a lo alto. Si quieres ganar el cielo, tienes que mirar a Dios. Date cuenta de la legión de mandingas que te rodea. Tu P de p sólo tiene la fama, pero eso es como navegar con bandera de p. El BH está aliado con esa Lucrecia Borgia de Las Lomas, la puta de la MR. Abre los ojos, cariño. La parejita te ha metido en tu mera oficina, boshito, al novato NV pero yo siempre desconfío de los inocentes. Son cínicos que fingen ser santos para engañar al Señor y llegar al Paraíso. Tú y yo vamos aplicando nuestra nacional y consabida Ley de Herodes: o te chingas o te jodes.

El regreso del exrugiente complica las cosas porque ese es como Juan Pirulero, sólo atiende a su juego y ni tú ni yo tenemos canicas para competir con él, lindo hermoso. Allá en Veracruz el vejete juega al misteriosón con su dominó y quién sabe en qué momento nos ahorque la mula de seises. O sea que nos rodean puros poderes enemigos. Lo bueno es que no se necesita demasiado para organizar una buena calumnia. La güila esa de Las Lomas dice de ti que matarías a tu propia madre para llegar al poder. Cariño santo: yo sé que tú nunca harías semejante cosa. *Mejor mata a la madre de tu enemigo.*

Pasa revista, pues, al desmadre de nuestro "régimen". El P primero, nomás faltaba. Quién no se pregunta: ¿Qué sucede en la cabeza del P? ¿Cuál es su estrategia? ¿Qué sabe, qué no sabe? ¿Qué calcula? ¿Qué anticipa? ¿A quién quiere? ¿A quién detesta? Bosh, no hay quien no se pregunte todo esto el día entero, dentro y fuera del gobierno, y por eso no te insisto, ¿qué te parece a ti el P? No me contestes. Nomás recuerda que allí no hay un gran misterio. Un P no tiene dónde esconderse.

No me contestes, te digo. Mejor hazte la pregunta en secreto. Y ándate con pies de plomo. Tú estás más cerca de él que nadie en el G y ya sabemos que un G presidencial es una ensalada de frutas. ¿En quién vas a confiar, amor mío, en la cereza o en la uva? Es lo malo de compartir secretos y allí es donde más debemos cuidarnos. Menos mal que el sistema de archivos que tienes en Los P no lo entiende ni Dios y el viejo archivista ese Magoo o Magón no sabe ni cómo se llama, mucho menos dónde guarda los papeles y cuáles son destruidos por órdenes tuyas. Tu invento —o el nuestro, si quieres ser generoso con tu bobosh preferido— es que hacemos perdedizos los papeles comprometedores, pero no los destruimos por si nos hacen falta y calculamos que si nuestros socios se vuelven habladores habrá o no habrá documentos que los desmientan, asegún…

Pero el peligro está allí, querido, nunca bajes la guardia. Ya sabes cómo piensa un P cuando siente que un ministro no le sirve. No dice:

—Es que era inservible.

Qué va. Mejor dice:

—Me ha traicionado.

Ahora, echa lista de los sospechosos de siempre. ¿Quién es tu rival mayor? Lo sabemos con certeza. El secre BH. Ahora dime, ¿por qué le temen? Es a mis ojos un hombre sin sexapil y en consecuencia no tiene la menor oportunidad de ser un candidato ca-ris-má-ti-co. ¿Tendrá, a pesar de todo, la oportunidad de llegar a La Silla? Es muy águila, eso sí. Todo el mundo lo señala como precándido y él pone cara de

—¡Yo no sé por qué!

Válgame Dios, si tú y yo sabemos por qué: porque se siente único y es la leona política de la MR la que le alimenta esa idea. A mí otra idea es la que me da de vueltas en el coco. ¿Cómo hacerle saber que la vieja esa lo engaña y le hace creer que él es el preferido del P para sucederle? Nadie se lo dirá. Tendrá que darse un porrazo para entenderlo. Pero los yucatecos somos artistas del cultivo, tú sabes. De modo que aquí es donde entramos tú y yo a fin de que toda esta marrullería sea vista negativamente para BH y los suyos. Que la gente diga:

—El P lo hizo candidato para deshacerse de un político indeseable.

Por fortuna, hay tantos factores de poder, hay tantas ambiciones sueltas, lindo hermoso, que tú y yo podemos pescar en el río revuelto. Revuelto por pescadores tan contradictorios como el leonino ex, el ex-ex-ex de Veracruz, el bobo que preside el Congreso

(¡que me oiga!), el novato NV y hasta la propia MR, a la que se le pasa la mano dando tanto consejo sabihondo que un día van a decirle lo mismo que ella pregona como advertencia con su cara de Cruela De Vil:

—Has dejado de convencer, querida. Hagas lo que hagas, te lo reprocharán. Ya aburres de tanto consejo.

Ten cuidado con ella. No vayas a demostrarle que la menosprecias y mucho menos que la compadeces porque no es tan bella como yo o porque tú me prefieres a mí, cadamedo. No te vayas a dar ni de chiste ese gustazo. Date cuenta, amor mío, que ella ya te desprecia y te compadece y se moriría de gusto si le correspondes.

Pero a nuestro asunto, mi T del alma mía. No olvides ni un minuto que todos los seres humanos tenemos defectos y virtudes y que nuestros enemigos pueden explotar las dos cosas. Mírame a mí, monada. ¿A que no te has dado cuenta de que nunca me miro las manos? ¿Sabes por qué? Porque desde jovencita aprendí que si me miro un dedo, los hombres siempre creen que pido un anillo. O tantito peor, que lo perdí por pendeja. Y si pierdo un anillo, puedo perder lo que sea: una fortuna, un marido, mi virginidad, ¡la lotería!

Por eso me verás siempre de guantes, hasta en este bochorno de Mérida. Y también, mi amor, para que mis yemas no toquen otra piel que no sea la tuya, lindo hermoso, caramelo. ¿Otros hombres en mi vida, me reprochas, celosillo, de vez en cuando? Mira amor, mejor ni averigües. Yo sólo soy objeto de las miradas del deseo.

## 27
## General Cícero Arruza
## a general Mondragón von Bertrab

Mi general, las cosas están que arden y se acerca el momento de actuar. De consenso, se lo ruego, como jinetes hermanos que somos, mi general. Mire lo que está ocurriendo. La celebrada política democrática de nuestro Presidente está haciendo agua como una chalupa en huracán del Golfo. Confianza en el pueblo, la sociedad civil se organiza sola y resuelve sus propios problemas, denle libertad al pueblo y se integra en sindicatos, cooperativas, asociaciones de barrio, la chingada. Pues no, mi general. Retire la autoridad y se crea el puro y pinche vacío. Este país nunca se ha gobernado a sí mismo. No tiene experiencia. No sabe cómo. Siempre ha necesitado una mano fuerte, una autoridad central que impida el caos y no tolere que se creen vacíos. Pues mire nomás: calladitos, calladitos, los huecos de poder en todo el país se han ido llenando con los caciques locales, que estaban allí nomás como tigres al acecho.

Puede ser un pueblo como Sahuaripa, perdido en el desierto, donde un prepotente como Félix Elías Cabezas se adueña del poder real en Sonora y lo ejerce escondido en la distancia y la ignorancia, acaparando el producto minero y disponiendo a su gusto de la explotación y exportación del cobre.

Puede ser un estado entero como San Luis Potosí, donde un cacique como Rodolfo Roque Maldonado les asegura a los inversionistas japoneses orden
y seguridad para que usen a San Luis de trampolín
para inundar de exportaciones tecnológicas a los USA
vía el Tratado de Libre Comercio. Usted dirá que la
situación en SLP la ordenó Herrera, pero el que se
llevó la gloria (y los tecolines o yenes o lo que paguen
para sobornar estos kamikazes amarillos) fue el cacique y gobernador Maldonado. O sea, deja que la gente
crea que el que puso orden fue el señor secretario de
Gobernación, pero los chales con sus ojitos de Fu-
manchú saben mejor y no dicen nada. Su protector
es don Roque.

Y vámonos al eje Tampico-Matamoros, mi general, donde el tráfico de droga entra como la Adelita
de la canción, si por mar en un buque de guerra, si
por tierra en un tren militar… ¿Quién manda ahí, el
Presidente, usted, el secretario Herrera? No, el mero
mero de los narcos, don Silvestre Pardo, así como el
cacicuelo a sus órdenes, José de la Paz Quintero.
Controla el tráfico de blancas en la franja Tijuana-Mexi-
cali y el estado de Baja California entero el cacique
don Narciso "Chicho" Delgado, posando como defensor de ballenas y viviendo como explotador de mo-
nos, si me hago entender y perdone el albur, mi general.

¿Quiere que le siga? ¿Le cuento algo que usted
no sabe? ¿Le digo que hemos perdido el control de las
dos fronteras, señor secretario, la del norte con los
narcos, los tratantes de blancas y los coyotes de la
migra, la del sur con el turismo revolucionario europeo que heredó las máscaras de esquiar del difunto
(desaparecido) Marcos para fundar la Comuna Socia-

lista de Chiapas, vender chácharas (pasamontañas, huipiles, fusiles de madera, manuscritos del susodicho Marcos, condones con marca registrada de "El Levantamiento", sombreros zapatistas y estampitas de la Virgen de Guadalupe) a los turistas comunes y corrientes en busca de emociones fuertes, dedicándose además a abrirle el paso "humanitario" a los indios guatemaltecos que huyen de la tortura, la muerte y el incendio de sus aldeas por la eterna criolliza de Guatepeor. ¿Por qué no aprenden de nosotros los blancos guatemaltecos y mestizan rápidamente al país hasta que no quede un solo indio puro? Y todo el sureste dominado por el siniestro tabasqueño "Mano Prieta" Vidales.

¡Ah qué la chingada, mi general! ¡Ah qué la puta madre! ¿Vamos a dejar que esto se nos siga pudriendo? ¿O vamos a actuar por fin, juntos usted y yo para salvar a la nación mediante la acción purificadora de las Fuerzas Armadas, último baluarte del Patriotismo Mexicano? ¿Vamos a esperar que termine un larguísimo proceso electoral de casi tres años de largo? ¿Vamos a dejar que dos paniaguados güevones como De la Canal o Bernal Herrera lleguen a Los Pinos a darnos más atole con el dedo? ¿O vamos a ver la manera, mi general, de sustituir al señor Presidente Lorenzo Terán, ridiculizado por la prensa y el público como un holgazán con almohada atada al culo? ¿Vamos a ver la manera, mi general, de tener un Presidente con mano dura y carácter fuerte, que ponga en orden a este maldito país?

Ya sé que usted no escribe cartas ni de condolencias y tarjetitas ni en Navidad. Pero hágame una seña, señor secretario y general mi amigo mío. Una señita nomás, que yo para entender las señales me pinto solo…

**28**
**Dulce de la Garza**
**a Tomás Moctezuma Moro**

Tomás, quisiera arrojarme llorando sobre tu sepulcro.
Pero sé que es una tumba vacía. Está la lápida. Está tu
nombre. Están las fechas de nacimiento y muerte.

TOMÁS MOCTEZUMA MORO
1 9 7 3 - 2 0 1 2

Pero no estás tú. Estaban dos féretros, uno encima del
otro. Un cajón de doble fondo y tu muñeco de cera
derritiéndose encima y nada en la segunda partición.
Nada, mi amor, salvo ese escudito del águila y la serpiente que siempre traías en la solapa y que se quedó
en un rincón del falso féretro, no sé si por descuido de
los que te enterraron, o porque tú mismo lo dejaste
allí, como seña de tu presencia, un modo de decirme,
       —Dulce, estuve aquí, búscame…
       ¡Qué poco tengo para ilusionarme, mi amor! ¡Un
escudo olvidado! ¡Un féretro vacío! Y tu figura de cera
derritiéndose hasta desaparecer en un charco de vida
simulada.
       "Vida simulada". Eso lo aprendí de ti. Eso decías
de la política. Mi dolor y abandono hoy no son si-
mulados, Tomás.

Nadie me ha querido ayudar. No existo para nadie. Sólo existía para ti, porque así lo quisiste tú y lo acepté con agradecimiento yo.

Soborné al guardián del cementerio para dejarme abrir la tumba. Tú mismo me lo dijiste:

—Todo se puede comprar en México. ¿Cómo acabar con esa maldición?

Desde que te mataron, nadie vio tus restos. Dijeron que estabas desfigurado por la bala que te atravesó el cerebro. ¡Respeto para los muertos! Entonces, ¿por qué tu figura de cera en el primer féretro no tiene herida alguna, por qué está intacta —aunque se derrita— tu cabeza? ¡Respeto para los muertos!

Yo no sabía quién eras tú. Tú no sabías quién era yo. Nos amamos sin conocernos y sin preguntar nada. No fue un pacto. Nunca lo platicamos. Nuestro encuentro había sido demasiado misterioso. El misterio nos reunió y ahora el misterio debía mantenernos juntos.

Yo no sabía lo que era mi cuerpo hasta que tú me enseñaste a quererlo y conocerlo porque tú lo querías y lo descubrías una y otra vez, revelándome mi cuerpo a mí misma...

—Tus ojos cambian de color con la luz del día y se vuelven la única claridad de la noche... El lóbulo de tu oreja no necesita arete, como tus manos limpias y dulces no necesitan joyas... Tu boca está siempre fresca como un surtidor... Y tu vagina es la herida que no cicatriza para que yo pueda herirla impunemente... Si no tuvieras vello en el pubis, yo te lo pintaría, Dulce María... Asciendo tocando tu vientre como si fuera el prado desnudo donde quiero que me entierren... Tus senos son inquietos, rebotan y claman por ser atendidos... Toma y toma y toma mientras acaricio tus nalgas fuertes, duras, grandes como para compensar la esbeltez de abedul de tu cintura y hundo para siempre mi cara en tu cabellera negra, suelta, júrame que nunca te cortarás el pelo, mi amor, esa cascada negra me acerca a la verdadera naturaleza que es el paisaje de tu cuerpo, la única naturaleza sin la cual yo no puedo vivir... y si muero, quiero que me enreden la cabeza en tu pelo para respirarte hasta el día que se acabe el mundo, mi amor, mi mujer, mi novia...

No recuerdo un solo encuentro entre nosotros en que no me hicieras sentir que en ese momento yo revelaba lo que hasta entonces ignoraba. El derecho de mi cuerpo.

—La majestad de tu cuerpo, Dulce.

No estaba tu cuerpo verdadero en la tumba. No sabía a quién dirigirme. Y es que no soy nadie, mi amor. La novia secreta de Tomás Moctezuma Moro. Nadie. Secreta. Como el principio, igual. Imagina mi extrañeza, amor, mi desolado desconcierto, cuando no te encontré en tu propia tumba y volví a ser, misteriosamente, otra vez, la extraña que te vio por primera vez hace ya nueve años y a la que tú miraste, también, como el extraño que eras para mí.

Esa sensación queda en mi alma, mi amor. Nos vimos sin saber quiénes éramos. Tú mi desconocido amor, yo tu ignorada novia... Porque ya éramos amantes, no desde antes de conocernos, sino al vernos, de lejos, en una exposición del Museo Marco de Monterrey, una retrospectiva de José Luis Cuevas, un mundo de figuras desvanecidas y colores casi invisibles, como si Cuevas en vez de pintar, "poblara el aire", como viniste a decirme, cómo voy a olvidar tus primeras palabras cuando te acercaste a mí:

—Cuevas puebla el aire...

No entendí con exactitud, pero supe, supe, sí, me di cuenta de que sólo tú tenías las dos miradas indispensables, una para el arte y otra para la mujer. Me dije en ese momento,

—Soy mujer —y sonreí.

No tardé en cambiar la frase.

—Soy una mujer —y dejé de sonreír.

Y volví a sentirme alegre.

—Soy la mujer.

No me quitabas los ojos de encima, con una audacia, una impudicia, un deseo, una ternura, no sé... Miré tus ojos tan negros, tan profundos como dos guijarros que se quedaron para siempre en el fondo del mar y que ahora tú me ofrecías como a una niña juguetona en la playa.

—Soy su mujer.

Y reías para sonarme íntimo.

—Es que cada vez que nos juntamos, tengo la sorpresa de verte por primera vez, como si nada hubiera pasado antes entre nosotros.

Me mirabas con esa ternura que tenías para mí en el fondo de tus ojos y que ahora, mirándome al espejo, yo trato de recuperar en los míos…

En tus brazos me hice mujer. Cuando te vi, aquella noche en el Museo, no tenías nombre. No sabía cómo llamarte.

—Llámame "Isla".

Reí. —Eso no es nombre. Es lugar.

—No —negaste con tu cabeza de bucles gruesos tan acariciables—. Es Utopía.

Dejé de reír. Interrogué.

—Es el lugar que no es.

Te pusiste serio.

—Es el lugar que debe ser.

Hasta susto me diste de tan serio y hasta enojado, con tus dientes apretados.

—Yo haré que el lugar que no es sea el lugar que debe ser.

Utopía. Nunca había oído esa palabra. ¿De qué me asombro? Todo contigo era por primera vez, las palabras, las cosas, las ideas, el sexo, el amor... ¿Por qué habías escogido, entre la muchedumbre del Museo Marco, a una muchacha de diecinueve años sin experiencia, hija de familia modesta, sin trabajo, ansiosa de cultivarse, no demasiado fea pero no demasiado guapa? ¿Que viste en mí? ¿La compañera ideal para ir a esa isla feliz de tu imaginación? Yo, igual que la isla, ¿era algo por descubrir, algo por transformar, algo en lo que creer?

Me pusiste en las manos una novela mexicana del siglo pasado, escrita por Armando Ayala Anguiano, y me dijiste:

—Es el mejor título para ti y para mí y para todos, Dulce.

—*Las ganas de creer* —leí en voz alta lo que decía en la portada.

Las ganas de creer. A eso me invitaste, amor mío, a tener fe, y un día se lo dijiste al país entero desde una tribuna tan alta que mi mano ya no podía tocar la tuya:

—Hay que tener fe. Hay que devolverle la esperanza a México.

Es cuando te vi en todos los periódicos, en todos los noticiarios. Eras lo que entonces se llamaba "El Tapado". Vivías en las sombras esperando que un día te cegara el sol. Es cuando supe de una manera terrible, herida y salvada por la verdad, que serías más mío que nunca porque nunca serías del todo mío, porque te vi retratado con tu esposa y tus tres hijos, porque acepté el silencio, el secreto, no ser nadie en tu vida pública y ser todo en tu vida privada...

Tomás, amor mío, tú sabes que nunca me quejé, entendí cómo eran las cosas, nunca te pedí nada, no sólo me contenté sino que gocé nuestro amor más secreto que nunca, alejado de las tribunas, las fotografías, los discursos, gocé de tus confidencias porque supe que sólo a mí me las decías, quizá no entendí muy bien lo que te proponías, yo de política no entiendo, pero eras el candidato, querías hacer un poquito mejor al país, devolverle confianza a la gente, esperanza, confianza, eran tus palabras más repetidas.

Amantes secretos. Qué felicidad. No la cambiaría por nada. No hice cálculos, no me dije:

—Voy a pedirle que escoja entre su familia y yo.

Nunca se me ocurrió, Tomás, porque yo sabía que ser amantes desconocidos era lo mejor del mundo, que aunque no tuvieras familia y política, yo te querría igual, o mejor dicho, que te iba a querer igual hasta con familia y política. Tu posición, tu responsabilidad, sólo aumentaron mi inmenso amor hacia ti, mi goce de saberte mío, dueño de mi cuerpo y yo del tuyo, eso lo sabía como creer en Dios, tú y yo desnudos y unidos sin necesidad de explicar nada, todo tan inexplicable y gozoso como tu cuerpo dentro del mío...

Y ahora eso que fue mi placer es mi pena, mi terrible y profunda pena, Tomás. No tengo a quién dirigirme. La señora María del Rosario, que estuvo tan cerca de ti en la campaña, esa mujer por la que

tanto hiciste subiéndola a eso que llamabas tu locomotora, no contesta mis cartas. Me lo explico. No
sabe quién soy. Puedo ser una mentirosa, un engaño,
una buscadora de publicidad... Y cuando quiero dirigirme a alguien más, tu sombra me detiene y me pide
discreción, cautela, como si tú me protegieras, Tomás, como si me dijeras desde donde te halles,

—Dulce, deja las cosas en paz. No agites las aguas.
Te lo digo por tu propio bien. No quiero que por mi
culpa te vaya mal.

¿Tengo derecho, siquiera, mi amor, a escribirte a
ti, a dejar sobre tu falsa tumba una carta de amor y
desesperanza? ¿Puedo pedirle a Dios que interceda,
que Él me revele la verdad, puesto que ningún ser
humano me dirá nada? Dondequiera que estés, piensa cuántas veces nos oye Dios. Lleva la cuenta y verás
que la respuesta es:

—Nunca. Ninguna.

Entonces se me ocurre una herejía, Tomás, y la
repito aquí, tirada a los pies de tu sepulcro,

—Entonces, ¿cuántas veces nos toca a nosotros
rescatar a Dios?

Porque he llegado, materialmente, al límite de
mi resistencia. No voy a resignarme, mi amor. No
voy a decirme,

—Tomás ha muerto. Resignación.

Mejor, paso las noches en vela diciéndome a mí
misma,

—Si no tengo a nadie más que a Dios para oír
mis preguntas y si Dios se queda callado, ¿qué debo
hacer para provocar a Dios?

Tomás, amor mío. Devuélveme la vida. Tú me
hiciste como soy. Era otra antes de ti. Quizá no era

nadie antes de ti. En tus brazos me hice mujer. Ahora que no te tengo, me aguanto las lágrimas porque si lloro, ya sé que algo peor me va a pasar. El llanto le hace señas a la tristeza que todavía falta. Y a veces creo que todavía me falta mucha pena.

¿No habrá lugar de reposo?

Te quiero, te quiero, te recuerdo todo el tiempo.

Oigo boleros en las sinfonolas de las cafeterías (el radio y la televisión no funcionan, se venden muchos periódicos) y recuerdo nuestro amor contado por esas canciones tan lindas,

> No me preguntes más,
> déjame imaginar
> que no existe el pasado
> y que nacimos
> el mismo instante
> en que nos conocimos…

Pero la música se desvanece cuando cruzo la reja del cementerio y leo la inscripción de la entrada:

DETENTE: AQUÍ LA ETERNIDAD EMPIEZA
Y ES POLVO VIL LA MUNDANAL GRANDEZA

## 29
## Tácito de la Canal
## a Presidente Lorenzo Terán

Señor Presidente, bendigo la crisis en que nos encontramos, provocada por la respuesta poco meditada de nuestros vecinos del Norte, porque me da la oportunidad de dejar constancia escrita de mis sentimientos de lealtad hacia usted. Aplaudo su decisión de poner los principios permanentes por encima de toda consideración pasajera. Sé muy bien que para usted todo propósito tiene que ser ético. No puede ser de otra manera. Me basta ver sus manos, señor Presidente, para saber que son capaces de hacer milagros. Y es que tiene usted un sexto sentido del cual carece la mayoría de los mortales. Su intuición le habrá dado a entender, por ello, que yo estoy aquí para protegerlo y no permitir que nadie se le acerque que pueda importunarlo. ¿Me atrevo a añadir: que no se le acerque nadie sin sentirse rebajado ante su presencia? Usted ya sabe que yo obedezco las órdenes suyas antes que las dé. Añado a esta virtud la siguiente. El secreto es el hábito de mi vida. Es decir, que en mí usted puede tener plena confianza. Sé que se lo debo todo y hacerle un daño sería hacérmelo a mí mismo. Enfatizo mi actitud para que, en la circunstancia que se avecina —la sucesión presidencial del año 2024—

tenga la seguridad de que así como hay opositores que sólo quieren seguir en la oposición porque le tienen terror al ejercicio del poder, así hay quienes, como yo, están ya cerca del poder pero nunca ambicionaron llegar al poder. Por eso puedo hablarle con convicción desinteresada, señor Presidente.

Tenga a la vista que debe poseer el don imperial de la inmovilidad. Deje que otros sean "buenas gentes". Usted no tiene derecho a serlo. Este país se arrodilla ante el poder con respeto, pero no acepta la bonhomía, mucho menos la simplicidad ranchera, en la figura presidencial. Respetamos al Emperador, a Moctezuma, al Virrey español, al Dictador digno y condecorado por el mundo, como Porfirio Díaz. Y también, por supuesto, al hombre de derecho y legitimidad, defensor de la patria y Benemérito de las Américas, don Benito Juárez. ¿Hubo alguien más serio que él? ¿Se le conoce una sola broma a Juárez? ¿No lo llama la historia "Juárez el Impasible"? Pero, ¿no es Juárez el autor de la implacable frase:

—A los amigos, justicia y gracia. A los enemigos, la ley?

Con lo cual quiero decir que la seriedad no es sinónimo de arrogancia imperial, sino de seriedad republicana, pero nimbada de un fulgor monárquico. Sí, seamos siempre república hereditaria, monarquía sexenal y para ello mantengamos siempre la dignidad y el difícil acceso al solio presidencial. Por eso me atrevo a decirle, en relación con ciertos miembros del Gabinete que alardean de derecho de picaporte y muestran excesiva confianza con usted: con los inferiores no se discute. Póngalos siempre en su lugar, señor Presidente. No oiga consejos interesados

—porque no existen los consejos desinteresados si el que los oye es el Jefe de la Nación.

Señor Presidente: Yo trabajo para usted. No soy distinto de la mayoría de nuestros compatriotas. Todo buen mexicano trabaja por usted. Porque si al Presidente le va bien, le va bien a México. Permítame decirle que en esta hora política que vivimos en este país, hay ocho pequeños partidos. Y hay usted.

El guacamole de la partidocracia-confeti sólo puede comerse con una cuchara, la del Presidencialismo que aproveche, según los programas que usted proponga, ora a estos, ora a aquellos. Ponga a prueba este mensaje, señor Presidente, ahora que se acercan las elecciones presidenciales. Los mexicanos no saben gobernarse a sí mismos. Lo demuestra la historia. Verá cómo reciben el mensaje de su autoridad subrayada con gratitud y con alivio. Se lo digo con ánimo de demócrata. No hay dictablanda que no degenere en dictadura. Más vale empezar con dictadura para que degenere en dictablanda.

Perdone mi sinceridad al respecto. Es la de un cancerbero, lo sé, lo entiendo, lo asumo con humildad. Usted actuará con la libérrima voluntad que le otorga su investidura. Pero, ¿qué pensaría de un jefe de Gabinete —puesto con el que me honra— si no le hablase con sinceridad? Con humor histórico le digo, no soy el secretario al que el General, Presidente y Jefe Máximo Plutarco Elías Calles le preguntó:

—¿Qué horas son?

y respondió:

—Las que usted guste, señor Presidente.

Soy un hombre acostumbrado a hacer lo que me disgusta.

Disponga de mí.

## 30
## Nicolás Valdivia
## a María del Rosario Galván

Mi bella dama, le he mencionado a Penélope, la secretaria que trabaja en la oficina de Tácito de la Canal. Penélope Casas se llama y se la he descrito a usted
como una mujer-paquebote. Así se desplaza, como
un trasatlántico en alta mar, vigilando el trabajo se-
cretarial, animando a las chicas (que en esa oficina
cunde el desánimo como el mal aliento de Tácito),
sirviéndoles a veces de confidente y consejera, otras
de paño de lágrimas. Y es que Penélope es dueña de
un regazo tan grande como su busto y su busto es un
rebozo del tamaño de una bandera. Cara morena,
punteada de viruela infantil que doña Penélope oculta
sin mucho cuidado y un poco de polvo mate. Labios
muy pintados como para distraer y dos cejas tupidas
y unidas como las muy célebres de Frida Kahlo. En
cuanto a la cabellera, María del Rosario, yo creo que
nuestra portentosa diosa azteca debe levantarse a las
cuatro de la mañana para armar esas trenzas con listo-
nes, esas torres tambaleantes que la coronan, esa lluvia
de flecos que le esconden una frente chata y estrecha.
   Si le cuento todo esto, es sólo para reafirmar la
imagen de fuerza de nuestra Coatlicue burocrática y
para que se imagine usted mi asombro ayer, cuando

la encontré inmóvil, bañada en lágrimas, mojando con su llanto el papel secante oportunamente colocado debajo de su rostro pesumbroso.

—Doña Penélope, ¿qué le ocurre?

No logró sofocar el llanto. Levantó el puño apretando unos papeles y sólo entonces pudo decir:

—Bilimbiques, señor Valdivia, patacones argentinos, papel de baño, acciones —no valen nada. ¡Menos que un klínex!

Me pasó el puñado de papeles. Eran acciones de la Mexicana de Energía que ayer de mañana se declaró en quiebra, dejando en la miseria a los miles de humildes accionistas que pusieron su fe en la privatización de la empresa nacional en tiempos del Presidente César León, siguiendo el ejemplo, que le sirvió de hoja de parra, de Fidel Castro cuando permitió a las empresas privadas extranjeras invertir en energía y le calló la boca a los ruidosos nacionalistas mexicanos.

Bueno, ayer la MEXEN se declaró en quiebra y sus accionistas, como doña Penélope, se quedaron en la calle. Pero los inversionistas ya habían ganado millones callándose la quiebra inminente y vendiendo sus propias acciones referenciales cuando valían oro.

Le cuento lo que ya sabe para llegar a lo que no sabe, mi señora.

Voy por pasos.

Cuando se estructuró la MEXEN como empresa privada en tiempos de César León, los directores pusieron normalmente a la venta las acciones como las que adquirió doña Penélope, pero simultáneamente emplearon, como imán para invertir a otras compañías fuertes (aseguradoras, bancos, industrias, comercios) la seguridad de darles información confidencial a fin de duplicar —por lo menos— su inversión inicial en cuestión de meses. Para ello, la MEXEN se constituyó en compañía doble. Una, la empresa pública abierta a los pequeños accionistas. Otra, la empresa secreta reservada a inversionistas fuertes.

Los pequeños accionistas, como doña Penélope, no sólo no tuvieron acceso a la compañía privilegiada: ignoraban su existencia.

¿Cómo sé todo esto? Gracias a nuestro archivista don Cástulo Magón. Flotando sobre el mar de lágrimas de doña Penélope, le dije a Cástulo:

—El archivo de MEXEN.

El viejo me dijo:

—¿Cuál de todos?

Su respuesta me desconcertó.

—¿Cuántos hay? —le pregunté.

—Bueno, son tres, el oficial, el confidencial y el *shredded wheat.*

—¿El *shredded wheat?*

—Sí, el que me mandaron destruir. El triturado, pues.

—¿Y por qué no lo hizo?

—Ay, señor licenciado, yo tengo un respeto por los documentos.

Lo observé impasible, dejándole hablar.

—¿Sabe usted que don Benito Juárez, huyendo del ejército francés de ocupación, fue desde la capital hasta la frontera del norte con tres diligencias cargadas con los papeles oficiales de la República?

—Sí, Cástulo, lo sé. ¿Qué tiene que ver?

El viejo se sonrojó de orgullo.

—Papel que llega a mis manos, papel que nunca desaparece, señor licenciado.

Y abombando el pecho, agregó:

—Un documento en mis manos es algo sagrado. Nunca se pierde, se lo aseguro.

—¿Saben los de arriba de esta fidelidad suya?

—No es fidelidad a nadie don Nicolás. Es deber para con la Nación y la Historia.

¿Y cómo estaban clasificados los famosos documentos? Pues los que se querían tener a disposición para consulta, bajo "Mexicana de Energía (MEXEN)". Los secretos, bajo el rubro "Modelos de Privatización. Y los conservados por don Cástulo no tenían título alguno, salvo el del mencionado cereal de desayuno, *shredded wheat*.

He pasado una noche febril, María del Rosario, reconstruyendo la movida chueca de los directores de MEXEN. Te la resumo. Los ejecutivos le reservan la información confidencial a los grandes inversionistas y se la niegan a los pequeños accionistas. Por ejemplo, le informan a los inversionistas fuertes que la empresa posee un centenar de compañías que no se hacen públicas a fin de mantener en secreto los dividendos y evitar el pago de utilidades. MEXEN es un parapeto, un biombo para inversiones interrelacionadas de lucro multiplicado.

Estas operaciones no aparecen en los balances trimestrales de la compañía. Ésta —MEXEN— da a conocer ganancias sólo al pequeño y privilegiado grupo de inversionistas, pero no al extendido y desinformado grupo de accionistas. Es decir, las principales utilidades de la empresa privilegian a unos y dejan fuera a otros.

El nombre del juego es confidencialidad. Pero los gestores juegan triple: engañan a inversionistas y a accionistas, a fin de beneficiarse a sí mismos. Se trata de ocultar conflictos de intereses. Si tú inviertes legítimamente en MEXEN, tu dinero puede ir a dar a una compañía que prohíbe la inversión pública o es del dominio reservado de la nación. Esto no lo saben ni los pequeños accionistas ni los grandes inversores. Aquéllos se contentan con utilidades mínimas y éstos con grandes utilidades. Nadie pregunta nada. Pero los gerentes de MEXEN pueden ser a la vez empleados de la compañía y socios principales. Le reservan el 10% de las ganancias a los accionistas y se guardan el 90% para ellos.

¿Cómo? Multiplicando las empresas duales. Por ejemplo, la subsidiaria "A" de MEXEN es en realidad parte de la subsidiaria "B", pero los directores hacen creer que son dos compañías diferentes. Cuando la subsidiaria "A" reduce ganancias invocando tratos fracasados con la subsidiaria "B" —que sin embargo es, como queda dicho, una simple máscara de la compañía "A"— los directivos de "A" se quedan con las ganancias reales y le cargan a los accionistas las pérdidas imaginarias de "B" como si fuesen pérdidas de "A". Es decir: "A" no es el socio dañado de "B". Es igual a "B" pero hace a "B" culpable de sus pérdidas. Las ganancias se quedan con directivos e inversionistas. Las pérdidas se le cargan a accionistas como doña Penélope.

Sólo que estos pillos han ido más lejos, María del Rosario. Crearon una compañía "C" para captar inversiones y hacer préstamos a la compañía "A". La compañía "A" promete emitir más acciones si caen las inversiones de "C" para mantenerla solvente. La compañía "B" invierte millones en la compañía "C" y ésta, a su vez, invierte en la compañía "A".

Pero aquí viene el error y el desastre. La compañía "A" obliga a la compañía "B" a comprar acciones a precio fijo en seis meses para protegerse de una eventual caída de valores en la Bolsa. Pero "B" se adelanta y compra cuando el precio está bajo, ganando millones. "A" se protege vendiendo acciones a "C". Pero cuando las acciones en efecto descienden, "A" le pasa sus acciones a "C" para mantener solvente a la sociedad. Entonces "A" empieza a emitir más y más acciones hasta diluir los valores en manos de los accionistas como doña Penélope.

En este punto, los inversionistas ya hicieron su agosto y cosecharon sus miles de millones a costillas de los accionistas. Tienen, pues, la libertad de declararse en quiebra porque ya obtuvieron utilidades astronómicas y lo más conveniente es concluir este juego e iniciar uno nuevo antes de caer en las trampas creadas por ellos mismos.

Es como el cuento de un zorro que conoce todas las trampas que le han puesto los cazadores, pero desconoce la trampa que el zorro se puso, para engañar a los cazadores, a sí mismo.

María del Rosario, una de las ventajas de burocracias como la nuestra es que los archivistas no cambian porque nadie piensa en ellos. Son peones olvidados o, en el evento, sacrificables en el gran tablero. Y los veloces alfiles del juego saben que los peones desconocen su propio valor. No saben lo que archivan. María del Rosario: el humilde archivista don Cástulo Magón acaba de decidir la sucesión presidencial en México.

—¿De dónde salieron estos documentos, don Cástulo?

—Me los entregó personalmente don Tácito de la Canal.

—¿Le pidió secreto?

—No, qué va. Él cuenta con mi discreción absoluta. Sólo una vez me dijo:

—Destruye esos papeles. No tienen importancia. Nos vamos a ahogar en papeles sin importancia.

Don Cástulo se pasó la mano por el puente de cabellera prestada para disimular su calvicie. Yo estuve a punto de decir:

—Pudo destruirlos él mismo.

Recordé de nuevo a Nixon. Hay que conservar todo testimonio, incluso el del crimen, aunque sólo sea por dos motivos. La importancia histórica que un político le atribuye a todas sus acciones. Y el desafío a la ley porque nos consideramos impunes. Y acaso, también, por un misterioso temor a ser descubierto como el funcionario que destruyó documentos. El culpable sería el pobre Cástulo.

Pero cuando don Cástulo me entregó el fajo incriminatorio, tuve una sorpresa. Los documentos estaban rubricados "De la Canal", de puño y letra de Tácito. Y entonces me pregunté, querida amiga,

—¿De cuándo acá un criminal rubrica los papeles que lo condenan en un fraude colosal?

## 31
## María del Rosario Galván
## a Nicolás Valdivia

Su información, querido amigo, no tiene precio. Dan ganas de salir al balcón de Palacio, tocar la campana de la Independencia y proclamar la verdad. Pero en política los tiempos cuentan. Es más, hacer política es saber medir los tiempos. Se dice fácil. Es mucho más difícil conciliar la inteligencia con la pasión a fin de cumplir con los deberes.

El deber que nos hemos impuesto es impedir que Tácito de la Canal llegue a la Presidencia. Por fin, gracias a usted, tenemos las cartas en la mano. Olvidémonos de insultar a Tácito. Los insultos se olvidan. Los odios se arman. La irritación cunde. La frustración es inaceptable y provoca sin quererlo el desorden que a su vez provoca las acciones irracionales y protege las aventuras políticas más peligrosas y contraproducentes. En otras palabras, procedamos con método. Nuestro pobre país ha sufrido de un desorden endémico. Ha sufrido hambre y desmoralización casi constantes. México: muchas heridas y poco tiempo para curarlas.

Cito a nuestro amigo Bernal Herrera:

—Todos estos males se evitan si creamos un país de leyes y las practicamos.

Este es el punto. Tácito de la Canal ha violado la ley flagrantemente. Lo has conocido. Has trabajado con él. Sabes que es un hombre cruel y mezquino. Quizás aún no sepas que la gente más cruel es la más insegura. Son crueles porque tienen miedo de no ser. La crueldad les da cédula de identidad. Es el camino más fácil. Querer, darle la mano al prójimo, ponerle atención a sus necesidades, eso sí que requiere, querido amigo, tiempo y pasión. Pocos lo tienen. Confieso que en ocasiones a mí me falta y hasta me regaño a mí misma:

—Paciencia, mujer. Tranquila.

Pero no te fíes del azar para destruir a Tácito. El azar se encarga de sí mismo y lo que tú y yo y Bernal Herrera debemos hacer es dominar al azar con la voluntad y a la voluntad gobernarla con acciones bien calculadas. Recuerda que las pasiones son formas arbitrarias de la conducta. Deja que sea Tácito quien se fíe del azar y actúe arbitrariamente. El buen político lo convierte todo en ventaja. Suma el accidente de tu encuentro con el archivista como se llame, la existencia de los documentos que no fueron destruidos, la asombrosa (lo admito y reflexiono sobre el particular) rúbrica de Tácito, tu presencia en la oficina de Tácito, nuestra amistad, mi estrecha relación con Bernal Herrera y el calendario político que se nos viene encima sin pedir permiso.

Súmalo todo, Nicolás Valdivia, y mide tus tiempos. Eres dueño de un secreto que has compartido conmigo, afirmando aún más la confianza que yo te tengo y de la cual, a veces, tú pareces dudar o, por lo menos, no corresponderme. No importa. El secreto, sabes, es uno de los peores enemigos políticos. Mira a

México, mira a Colombia, mira a Europa o los USA. Asesinatos, negocios turbios, narcotráfico, información confidencial. Todo une a los enemigos. Ahora tenemos la fortuna de que un secreto una a tres amigos. Tú no te imaginas, Nicolás, la de veces que, siendo aún jovencita, confié en la discreción de amigos a los que consideraba seguros, sólo para despertar de mi ingenuo sueño a la realidad de la traición y la indiscreción. Tú me devuelves confianza y amistad.

Bernal, tú y yo, unidos por un secreto.

Y frente a nosotros, allí tienes a los demás, como en el reparto de una obra de teatro. El que engaña y disimula sus pasiones: Tácito de la Canal. El que siempre es inferior a su alarde: Andino Almazán. El que cumple profesionalmente su trabajo: Patricio Palafox. El que sólo quiere hacerse rico: Felipe Aguirre. El que fanfarronea sus vicios y no oculta sus ambiciones: Cícero Arruza. El inescrutable soldado profesional que quizá juega a varias bandas: Mondragón von Bertrab. Y el más peligroso de todos, el que colecciona víctimas como otros estampillas: el expresidente César León.

Y tú y yo y Bernal Herrera.

Y un Presidente que sólo quiere pasar a la historia.

Ayudémosle.

Ah, sí, cómo no, el medio es chico, es mezquino. Pero como no tenemos otra realidad, el medio es poderoso. Y para moverse en él —para volver a mi punto de partida— el secreto es importante. A veces, la información que das y recibes le es más útil a tu enemigo que a tu amigo. Entonces te das cuenta de que nunca debió salir del secreto. A veces, te lo digo, pecas de candoroso. El corazón se te enternece cuando tratas a los humildes, a la secretarita humillada, a la recepcionista estafada, al archivista sin esperanzas... Recuerda que no nacimos para vivir con los pobres ni como los pobres. A los pobres hay que respetarlos... de lejos.

Te lo recomiendo seriamente. Nunca seas sincero con un pobre. Recibirás en pago el desprecio igualitario y eso un político no se lo puede permitir. No dejes que, en recompensa de tu buen corazón, te den trato de igual a igual. No eres igual a los inferiores. No lo eres. Calcula. Manipula. Si no actúas con talento, si revelas o dilapidas nuestro pacto, nos pierdes y te pierdes. Allí termina tu carrera. Y me frustras a mí.

Recuerda lo que te prometí. Espera. Calcula.

## 32
## María del Rosario Galván
## a Bernal Herrera

Mi amor, mi protegido Nicolás Valdivia nos ha servido bien. El lobo ha caído en la trampa y aún no se entera. Tácito es nuestro. Pero se nos puede escapar si nos precipitamos. Observa el cuadro político que se ha venido creando. El perverso César León intenta convencer al presidente del Congreso, Onésimo Canabal, de que el país está a tiempo para cambiar la Constitución y reformar la sucesión en caso de muerte o incapacidad del Presidente. Su propósito es que en vez del Interino si el Presidente deja el cargo en sus dos primeros años (etapa ya rebasada por el Presidente Terán) o en lugar del Sustituto si la falta ocurre durante los cuatro años finales del sexenio (es el caso del actual Presidente), sujetos ambos al azar de una votación en las cámaras, automáticamente sea el Presidente del Congreso (en este caso, Onésimo Canabal) quien pase a ejercer la función del Ejecutivo.

¿Qué quiere el expresidente César León? Él mismo no tiene puesto de elección popular (sus enemigos dicen que nunca lo tuvo). Detesta a Tácito de la Canal. A ti te teme y te odia. Pero Onésimo es un asno que puede dejarse manipular en situación transitoria. ¿Tránsito hacia qué? Yo creo que César León sabe algo que ni tú ni yo conocemos. Es dueño de un misterio. Es un político nato, de eso no te quepa duda. Lo malo es que es como cera blanda. Toma todas las formas, se adapta a todas las novedades y a todas las necesidades. Date cuenta, Bernal, de que este es un duelo de secretos. Tú y yo (y necesariamente Valdivia) tenemos un secreto del cual depende la derrota de Tácito y tu propio éxito. Pero si los revelamos antes de tiempo, Tácito organizará con anticipación su defensa. Es capaz de mandarte matar. ¿Y qué ganas, Bernal, qué pierdes si hablas o no hablas? Cuestión de tiempos. Ganas si hablas a tiempo. Pierdes si hablas a destiempo. Creo tener la solución. En un par de días te lo comunico. PS. Es una indiscreción del asilo enviarte cuentas e información a ti. En este asunto sólo debo aparecer, si es necesario, yo. Sobre ti no debe recaer ninguna sospecha.

## 33
**Nicolás Valdivia
a María del Rosario Galván**

Le agradezco su carta, señora. Y me pregunto si no
ha llegado la hora de mi recompensa. Mi amor por
usted es manifiesto. Usted me ha pedido ser digno,
no de su amor, sino de su misterio. ¿Conduce una
cosa a la otra? A veces, usted me obliga a preguntarme si en amor la separación une más que la presencia. Me consuelo pensando que el amor tiene tantas
formas y ofrece tantos desafíos como cada uno de los
demás sentimientos verificables del mundo. Señora:
Yo lo acepto todo de usted menos la indiferencia. Pero
acto seguido, me pregunto si merezco ya mi premio:
Tutearla.

## 34
## María del Rosario Galván
## a Nicolás Valdivia

¿Quieres recompensa, mi impaciente galán? Pues aquí está mi regalo. Bernal Herrera ha quedado muy impresionado con tus hazañas. Cree, por lo demás, que es no sólo inútil sino peligroso que continúes trabajando en la oficina de Tácito de la Canal. Habló con el señor Presidente. Has sido nombrado subsecretario de Gobernación, segundo de a bordo de Bernal Herrera.

Te repito. Espera. Calcula. Y agradece.

## 35
## Nicolás Valdivia
## a Jesús Ricardo Magón

Quiero decirte que las horas que le robo a la oficina para platicar contigo son las mejores de mi día. Por fortuna, de tres a seis la administración pública mexicana se paraliza. No hay funcionario que se respete que no esté comiendo en un restorán de lujo. En un privado, de ser posible. Siempre con el celular a la mano para contestar llamadas con ceño fruncido y graves asentimientos. ¡Qué manera de afirmar con la cabeza sin romperse la nuca! Claro que ahora, sin telecomunicaciones, esto no es posible. Entonces, no falta el achichincle que se aparece a avisar:

—Señor licenciado, tiene usted un mensaje importante en la puerta.

Claro que no hay mensajes. A lo sumo, el distinguido licenciado cambia unas palabras con uno de nuestros eternos vendedores de billetes de lotería ("como la sota moza, Patria mía, en piso de metal, vives al día, de milagro, como la lotería": apréndete de memoria a López Velarde, Jesús Ricardo, no tenemos los mexicanos guía más "impecable y diamantina") apostados a las puertas de los comederos de moda.

Digo que no hay mensajes hoy, ni los hubo ayer. Las llamadas vía celular eran un teatro bien elaborado para darse ínfulas de poder. Te digo por delante todo esto porque, como tú, no guardo ilusiones sobre nuestra clase política. *Plus ça change, oui...* Como tú, estoy harto de que hasta los barrenderos me llamen "señor licenciado". Estoy hasta la coronilla de los "señores licenciados" mexicanos. Me da risa que a Penélope, la secretaria de mi oficina, los que llegan a ella la llaman, por falso respeto y aturdida desproporción, "señora licenciada". Quisiera, como tú, que todos se convirtieran en cervantinos "licenciados Vidriera", no para traspasarlos con la mirada sino para hacer lo que temía el ilustre abogadillo que se creía de vidrio: romperlos en mil pedacitos.

Entonces, conociéndote, conociendo tus ideales, compartiendo muchos de ellos, ¿por qué te invito a colaborar conmigo en la oficina presidencial, en el mero corazón de la alcachofa?

No te lo digo otra vez de viva voz, porque cuando te invité hace unas semanas me agrediste salvajemente, te me echaste encima, me rodeaste el torso con tus brazos, me di cuenta de tu brutal fuerza juvenil, de tu penetrante sudor de macho y te tuve miedo, Jesús Ricardo. No sé si saberlo te halaga o te alarma. No importa. Olí tu sudor juvenil. Me cegó tu melena de rebelde adolescente. Y te dije:

—¿Cuánto crees que dura la juventud? ¿Sabes que un viejo de melena larga da risa y pena ajena? ¿No has visto a esos jipis ancianos arrastrando su pobre rebeldía por los barrios de clase media a donde fueron a naufragar, buscando un inexistente San Francisco de los años sesenta, enredados en collares de cuentas coloridas y empujando sus alpargatas viejas hasta el supermercado?

La Biblia debió añadir al Eclesiastés que no sólo hay tiempo de nacer y tiempo de morir, sino tiempo de ser rebelde y tiempo de ser conservador... ¿Has leído *Mi último suspiro* de Luis Buñuel? Te lo recomiendo. Allí ese grandísimo artista del cine —uno de la docena mayor— hace fe, como tú, de su anarquismo, pero lo adopta como una maravillosa idea, inasimilable a la práctica. ¡Volar el Louvre! ¡Espléndida idea! Estúpida práctica.

Tú sigues creyendo que la idea y la práctica rebeldes son inseparables. Que las ideas son estériles si no las llevamos a la realidad. Seamos realistas, pidamos lo imposible, decían los rebeldes de mayo 68 en París antes de convertirse en empresarios, profesionistas y ministros de Estado...

Me das miedo, Jesús Ricardo. No hay anarquista consecuente que no termine en fatal terrorista. Es inevitable. Te propongo que repases todas las teorías que has ventilado conmigo durante nuestras tardes "socráticas" en tu azotea con vista a la más fea de las ciudades, la ciudad de arena, la brumosa capital de México, el basurero más grande del mundo, el desolado panorama gris: aire gris, cemento gris, gente gris... El reino del pepenador. La capital del subdesarrollo.

Tu ideal es noble. Tu héroe es Bakunin, al fin y al cabo un aristócrata ruso que esperaba, cada vez que entraba a su casa, encontrarse con algo insólito... Desde tu azotea, rodeado de palomas, crees firmemente que la sociedad perfecta será la que no tenga gobierno, ni leyes, ni castigos.

—¿Qué tendrá entonces? —te pregunto, de verdad con atención, con simpatía.

—Administradores, obligaciones y correcciones —me respondes hábilmente.

—¿Y cómo se limitaría a sí misma esa sociedad sin poderes visibles, cómo se administraría, cómo se obligaría, cómo se corregiría? —digo con un tono de voz que no puedes sino juzgar afectuoso.

—Aboliendo la propiedad —me espetas, como un editorial, un eslogan, una bandera, una bofetada.

—Lo superfluo pertenece de pleno derecho a quienes nada tienen —cito sin ufanarme, creo que eso te debe agradar en mí, directo, quiero ser honesto contigo, siempre…

—Exacto, Nicolás. Si distribuyes equitativamente la riqueza y le das a cada cual lo suyo, habrá igualdad y habrá paz.

Miro tus ojos intensos y provocadores. Dudo que tú quieras la paz. Quizá la igualdad. Pero no la paz.

—¿Quién administrará? —te repito.

—Todos. Cada cual se gobernará a sí mismo. Una colectividad desenajenada.

—¿Puede serlo una sociedad nacida de la violencia y el crimen? —te dice Nicolás Valdivia, tu abogado del Diablo.

—No es ningún crimen si acabas creando la sociedad sin crimen, la república de los iguales.

¿Cómo iba a perder la ocasión de lanzarte una gran cita?

—"Córtale sin piedad el cuello a los tiranos, a los patricios, a los dorados millonarios, a todos los seres inmorales que se podrían oponer a nuestra felicidad común."

—¡Eres una casa de citas, Nicolás! —exclamas con buen humor.

—Es parte de mi mayéutica para azoteas, mi joven amigo.

Qué bueno que me regalas tu sonrisa.

—O K., gracias por citar a mi héroe Graco Babeuf. Me ahorraste el esfuerzo.

Te digo que sonreíste, tú siempre tan juvenilmente solemne, mi querido Jesús Ricardo Magón.

—Ponme al día, Magón. Los anarquistas nacieron en el siglo diecinueve para oponerse a las máquinas industriales. ¿A qué te vas a oponer tú? ¿A las computadoras? ¿No hizo Marcos su mini-revolución por Internet?

Esta vez sí que soltaste la carcajada.

—Te presto mis palomas, Nicolás. Ahora no tienes otra mensajería.

—Es cierto. Tengo que ser mi propio mensajero, traer mis cartas en persona pero nunca recibir carta tuya, como si fueras político de la era del PRI: Nada por escrito.

Te interrogué ávidamente con la mirada antes de decirte:

—¿Y sabes qué mensaje enviaré con tus palomas? —respondí enérgicamente, tan rápido como te hice la pregunta—: Que no hay anarquista que no termine en terrorista. Que el rechazo de la autoridad y la expectativa del milenio son cosas muy bellas mientras no se someten a la prueba de la acción.

Tu rostro se iluminó, milenarista.

—No niegues la belleza de la revuelta —dijiste de regreso a tu seriedad habitual.

—¿Aunque los resultados sean espantosos? —te contesté con ese florete verbal que me obligas a sacar en nuestros diálogos.

—¿La igualdad te parece espantosa? —dijiste sin rictus de humor.

—No. Sólo te repito que el gran problema de la igualdad no es vencer el orgullo de los ricos, sino vencer el egoísmo de los pobres.

¿Sabes qué me gusta de ti? Te encabronas sin grosería. Rumias tu rabia por dentro. Por eso me resultas más peligroso que si explotaras con violencia externa, verbal o física.

Me miras y sabes que sé. Te entiendo. Y si te repito nuestros diálogos es porque comparto contigo, aunque nuestras políticas sean distintas, la fe en la palabra.

¿Sabes cuál fue la grandeza de los diálogos platónicos sobre los que se funda todo el discurso humano del Occidente liberado del despotismo oriental? Fue la de concebirnos a ti y a mí hablando aquí en una azotea de México D. F. en el año 2020. El dúo Sócrates-Platón nos convierte a dos interlocutores cualesquiera en compañeros de un lugar y una hora que de otra manera —sin la palabra— sería imposible. Sin este lugar y esta hora compartidos, no sabríamos nada el uno sobre el otro. Es más: ignoraríamos nuestras existencias. Seríamos ajenos el uno al otro, barcos que se cruzan en la noche, transeúntes de la gran avenida de los mudos.

¿Qué cosa une este lugar y esta hora nuestras, Jesús Ricardo?

La palabra, la palabra que nos acerca un momento y nos separa al siguiente, la palabra amiga o enemiga que se convierte al cabo en sentido autónomo de lo dicho. Y es esa fragilidad pasajera la que nos impulsa, mi joven y ya querido amigo en esta *stoa* con cagarrutas de paloma y polución irremediable, a decir la siguiente palabra, a sabiendas de que ella también se nos escapará para ingresar a la gran razón del mundo que nos rodea:

—No dejen de hablar. No digan nunca la última palabra.

Platón decía que escribir es un parricidio porque continúa significando en ausencia del interlocutor. Mientras sea yo el que te escriba a ti, sería, en todo caso, un fratricidio. Y sólo el día —que sospecho muy lejano si no imposible— en que tú me escribas a mí, hablaríamos de parricidio. Parricidio: nueve años apenas de diferencia entre tú y yo. Y yo jugando ya el papel de un perverso Mefistófeles que le ofrece al joven Fausto hacerse viejo. Madurar.

¿Has leído el maravilloso *Ferdydurke* de Gombrowicz, la gran novela polaca del siglo pasado? Para él, madurar equivale a corromper. Matamos los favores de la adolescencia deviniendo adultos. Matamos al inconsolable joven corrompiéndolo con la madurez. Pero fatalmente, no estando solos en la juventud, acabamos por crearnos unos a otros corriendo así el riesgo de crearnos desde fuera, deformes, inauténticos. "Ser un hombre significa nunca ser uno mismo." Si quieres ver así nuestra relación, lo acepto. Déjate corromper tantito.

—Ser un poco corrupto es como ser virgen a medias —me dices.

Y yo te digo y te repito:

—No puedes rechazar lo que desconoces. Somete a juicio tus propias ideas. No hay otra prueba de la honradez intelectual que pregonas. Tú no te comprometes a nada. Ven a trabajar conmigo a la oficina presidencial. Conocerás "las entrañas del monstruo", como dijo José Martí viviendo en Estados Unidos. No tienes por qué sacrificar tus ideas. Verás si resisten o no. Sólo tienes que sacrificar tu apariencia. No puedes trabajar en Los Pinos con esa melena de Tarzán. Tienes que cortarte el pelo. Y no puedes ir de blue jeans. Tampoco exageres. No te vistas de clasemediero cursi como Hugo Patrón, el noviecillo de tu hermana. Que Armani sea tu hermano. Yo me encargo de eso. Decídete, oh heredero de la Utopía. Arrímate a mí. Déjame salvarte de un lenguaje impotente que, desesperado, pase a la acción criminal.

Te lo pido como prueba doble.

Primero, de tus ideas. Serás un cobarde ideológico si no las sujetas al desafío de cuanto las niega.

Segundo, de mi amistad. Que cada día más, se convierte en cariño. Te amo y te deseo, tú lo sabes, por ti mismo. Pero también porque me veo en ti. No duplicado, sino semejante y separado. Admito que quererte es quererme. Quererme como me gustaría ser. Me gustan las mujeres. Las amo con la misma intensidad que a ti. Pero no me veo en ellas. Veo en las mujeres, con asombro, siempre, lo que yo no soy. Veo lo otro y me maravilla. Por eso las adoro y caigo una y otra vez en el abismo de la pasión femenina. La pasión de lo distinto. Contigo, Jesús Ricardo, creo que puedo amarme a mí mismo como me gustaría ser amado por mí mismo.

Piensa en mi oferta. Esta puerta no es, como la bíblica, estrecha.

## 36
## María del Rosario Galván
## a Presidente Lorenzo Terán

Mi muy viejo y querido amigo, llegó la hora de soltar los perros de la guerra. Ya no es posible aplazar por más tiempo las postulaciones para sucederte como Presidente de la República. El regreso del expresidente César León es una tuerca en la bien aceitada maquinaria de nuestra democracia electoral. Y no es la única. León está intrigando con el presidente del Congreso para declararte incapacitado y dejar que sea el propio jefe del Legislativo, Onésimo Canabal, quien te suceda para empujar la reforma constitucional que permita la reelección del propio César León. Pero una enmienda constitucional requiere, a su vez, mucho tiempo: más de un año, para que la mayoría de los estados de la Federación la apruebe o no. Si es que, antes, las dos terceras partes del Congreso asienten.

O sea que César León debe tener otro as en la manga. No sabemos cuál pueda ser. Esa es nuestra debilidad. La reforma de la Constitución me huele a cortina de humo. El verdadero golpe va a venir por otro lado. Esté usted seguro. Y precávase.

Demasiado tiempo, señor Presidente, demasiado desgaste. Tenga la seguridad de que mientras el bobo del juego, don Onésimo, siga los consejos de César León, éste va a darnos un susto y quedarse con todas las fichas. ¿Cuáles? No sé, no sé, señor Presidente. Lo único que me cabe en el corazón y en la cabeza es que usted debe actuar ya. Anticipe los tiempos. Reúna por separado a los dos aspirantes a sucederle, Tácito de la Canal y Bernal Herrera. Ordénele a cada uno presentar sus renuncias, anunciar sus candidaturas y lanzar sus campañas.

No tendrán más remedio que hacerlo. Y si ponen peros, destitúyalos. Ya verá cómo le obedecen, señor Presidente. Toda mi intuición femenina me dice que sólo haciendo esto le ganaremos la partida al muy astuto expresidente César León.

¿Qué le he dicho toda la vida, señor Presidente? No tomar decisiones es peor que cometer errores. Tome una decisión ya. Recuerde que en política no hay principios. Hay instantes. Y la fuerza para pescarlos al vuelo. Es otro nombre de la astucia. ¿Astucia en qué sentido? Su secretario de Gobernación lo ha demostrado en cada uno de los tres casos que agitan a la opinión. O se atiende el problema o se le sepulta. Lo que no puede ser es que una demanda se perpetúe sin que sea concedida o negada. Entonces sólo se da la impresión de debilidad. Me dirá usted, con razón, que la falta de decisión en la huelga universitaria es el ejemplo de un caso perpetuo sin solución. Pero esa es precisamente la solución: que no haya solución, hasta cansar a todos. En cambio, tiene usted contentos a los inversionistas con sus políticas y el descontento de los obreros se aplaca por una necesidad: la de comer. En cambio, concederles un triunfo sin sentido a los campesinos es una derrota para los caciques locales que contaban con esa eterna carne de cañón, el esclavo de la gleba agrícola. Muy bien. Pero ahora viene la prueba estrictamente política, señor Presidente.

¿Quién va a sucederle en la elección del 2024?

¿Con qué fuerzas cuenta?

¿Quiénes se opondrían?

Y no piense siquiera:

—¿Quién me será más leal?

—Todos, señor Presidente, lo traicionarán. Incluso —para que vea mi franqueza, para que aquilate mi amistad— mi favorito para la sucesión...

## 37
## Bernal Herrera
## a Presidente Lorenzo Terán

Querido compadre y señor Presidente, te escribo en esta nueva e imprevista circunstancia que para ti resulta natural en el sentido de que tú nunca respondes a ningún mensaje, sólo los recibes. Supongo que tu condición será que nadie más los lea. Por eso te escribo con total franqueza. Ninguno de tus colaboradores puede referirse a las cartas dirigidas a ti porque revelarían ante el Presidente su propia indiscreción siendo, por lo tanto, indignos de tu confianza.

Te digo esto para que no te admires de mi franqueza y sinceridad. Déjame ser, mi querido Presidente, tu espejo. Ya sabes lo que se dice de ti. El poder hace que hasta el más feo se vea guapo. Pero todos tenemos el espejo interior del poder y allí podemos vernos medrosos, cansados, inciertos. Cuando dejamos que este espejo interno se vuelva externo y lo miren todos, corremos el peligro de que se piense: Abulia, cansancio, incertidumbre, miedo y peor tantito:

—Esto es lo que quiere el Presidente como fórmula para mantenerse en la Silla. Es Presidente inerte que gobierna por inercia.

Hay que evitar, te lo dije siempre, que tus dudas internas se vuelvan externamente visibles. Dirás que llevo agua a mi molino y pinto un retrato hablado de mis propias virtudes para sucederte en la Silla del Águila.

Puede que sí, Lorenzo. Puede que tengas razón. No por ello he dejado de decirte verdades útiles aún, no tanto para la sucesión y la campaña inminentes, sino para los poco más de tres años que todavía te quedan en la Presidencia. No eres excepción a una verdad. Todo Jefe de Estado debe escoger entre numerosos caminos. Siempre está en el cruce y lo van a empujar muchas fuerzas.

—Ve por aquí.

—No, mejor por allá.

Ninguna fuerza más poderosa, sin embargo, que la fuerza interior del propio Presidente. Es difícil ubicarla, definirla y actuar sobre ella porque lo insoportable de ser Presidente es que todos te miran como si viesen su propio destino en tu cara. ¡Sobre todo, los miembros del Gabinete! La mayoría cree, por desgracia, que el Presidente recompensa la lealtad más que la capacidad.

Te repito: no quiero llevar agua a mi molino. No hablo *pro domo sua*. Me expreso hipotéticamente. Los mexicanos acostumbran culpar de todo al "sistema", sea cual éste sea. Jamás se culpan a sí mismos como personas o como ciudadanos. No: es siempre "el sistema" y la cabeza del sistema es el señor Presidente. Una regla no escrita del bendito sistema —desde siempre, desde la Colonia, para acabar pronto— es que es lícito enriquecerse en el poder por un motivo y con dos condiciones.

El motivo es que, sin que nadie lo diga, todos saben que la corrupción "engrasa" al sistema, lo "lubrica" si tú quieres, lo vuelve fluido y puntual, sin esperanzas utópicas respecto a su justicia o falta de ella. México, empero, nunca ha tenido el monopolio de la corrupción. Recuerda la operación "manos limpias" en Italia, los casos Banesto y Matesa en España, la corrupción atribuida al propio canciller Kohl en Alemania o a los cercanos de la virginal señora Thatcher en Inglaterra, para culminar con la corrupción corporativa en los Estados Unidos —el caso Enron, seguido del caso WorldCom, el caso Haliburton, etc., que desnudaron, si no al Presidente Bush junior, un hombre totalmente despistado, un muñeco de ventrílocuo, seguramente a su entorno inmediato ligado al mundo de las finanzas y del petróleo...

Para qué seguir. La diferencia con México es que en Europa o los Estados Unidos se castiga y en América Latina o se premia o se pasa por alto. Ahora te pongo un caso ejemplar, querido compadre y Presidente. Supongamos que X es corrupto y se le sorprende. ¿Conviene o no castigarlo? ¿Qué debe privar, la justicia o la conveniencia?

Yo sé que un sistema político, el que sea, tiene que crear sus propios tabúes no sólo para proteger a los privilegiados, sino, esto es lo que importa, para proteger a la sociedad misma. Si no hay política sin bandidos, lo cierto es que tampoco hay sociedad sin demonios. A veces hay que tolerar o disfrazar pecados de Estado para defender, más que al Estado, a la sociedad, de sus propios poderes diabólicos.

Dicen que estás demasiado aislado y que no ver a nadie te permite imaginar en los demás todas las virtudes —y todos los defectos—. El resultado político neto, tú lo sabes, es que los subalternos, interpretando cada cual a su manera la impasibilidad del Presidente, se pelean entre sí. Mientras tú disfrutas, musitándola, de lo que llamas

—Mi necesaria soledad para pensar claro y actuar derecho,

tus colaboradores se pelean entre sí. Figúrate qué gran oportunidad cuando se acerca la sucesión presidencial. Los pleitos y rivalidades de tus colaboradores, fomentados por la supuesta pasividad del Presidente, te permiten actuar, en última instancia, como árbitro.

No te engañes, Lorenzo. Señor Presidente: el país percibe tu pasividad como un defecto. Has perdido autoridad, seamos francos. Pero ahora, si te lo propones, puedes ganar, en cambio, el poder. Gana la implacable batalla por la sucesión presidencial. Lo que muchos consideran tu defecto, puede ser ahora tu virtud: toma el castillo sin despertar a los perros.

Perdona, pero no le hagas caso a Séneca, que te recomienda pasearte entre la gente, como un califa de Bagdad, disfrazado de pordiosero. Recuerda que si abres las ventanas de Palacio, van a entrar un sol muy brillante y un viento muy fuerte. El pueblo se va a deslumbrar, pero el gobierno se va a acatarrar. Ten listas tus aspirinas y tu desenfriol.

Y las purgas, no para ti, sino para tus colaboradores desleales. Si aún no lo sabes, pronto lo sabrás.

## 38
## Tácito de la Canal
## a María del Rosario Galván

Muy breve nota, señora mía. Cuanto se dice, escribe, tramita o murmura en este país pasa por mi despacho. Soy yo quien, cual coladera, sabe qué dejo pasar y qué impido llegar a la mesa del señor Presidente. Me he enterado de lo que saben usted, su amante viejo Bernal y su joven amante Valdivia. Demasiados secretos, demasiados amores, discreciones dificultosas. Precávase. No voy a dejar pasar una infamia como la que me preparan gracias a la estulticia de un anciano archivista de Los Pinos. Abajo las máscaras, señora. O como diría usted, educada con los franchutes, *C'est la guerre!* Recuerde usted su lado flaco. No es sólo mujer política. Es madre. ¿Quiere que se sepa? O peor tantito, ¿quiere que el niño sufra? Piénselo. Yo siempre estoy dispuesto a pactar.

## 39
## María del Rosario Galván
## a Tácito de la Canal

Tienes razón, Tácito, abajo las máscaras y arriba el telón. Tú y Bernal son contendientes políticos y pueden hablar claro. Yo no voy a perder la serenidad como tú lo haces, pero sí voy a aprovechar, casi por indispensable catarsis, para decirte unas cuantas verdades...

Has creído que para ascender todo se vale, pero no has calculado el precio del combate cuando ya nada se vale porque nos hemos quedado sin cartuchos y tu cartucho era el señor Presidente.

Has contado con que tu servilismo sea un pasaje gratis a la Silla del Águila. El país entero te ha observado tratando al Presidente como si fuera un intocable Mikado japonés. ¿Cuál crees que es la imagen con que se te puede presentar, mi impresentable amigo, al electorado? ¿Quién no sabe que le acomodas la silla al Presidente cuando éste se sienta a comer y luego te quedas a lamer el plato de las sobras presidenciales? ¿Quién no te ha visto de pie detrás del Presidente con la actitud de guardar la persona del Emperador, que nadie lo toque y que nadie lo escuche? "Dejen que al Presidente le crezcan el pelo y las uñas. Yo se las cortaré en secreto, sin que se dé cuenta, mientras duerme, y las guardaré en un cofrecito..."

Sí, Tácito, como todo lo que guardas en tus cajones. Como objetos robados. Tácito, te especializaste en revelar el pasado desagradable de las personas. Sé perfectamente que yo fui víctima de tus calumnias y ahora me amenazas con volver a hacerlo. Pero ahora es tu propio pasado el que se te va a aparecer de noche a quitarte el sueño. Has desenterrado todos los secretos menos uno, el tuyo. Ahora tu culpable misterio se te va a desenterrar y te lo juro, Tácito, te va a aterrar y con suerte, te va a desterrar.

Por mí no va a quedar. Te lo digo con todas sus letras. En este momento, lo que intentas hacer contra mí y contra Bernal, rebotará contra ti. La verdad de tu conducta la tengo yo y la daré a conocer si me tocas un pelo de la cabeza. Y aunque me cortaras la cabeza, mis pruebas contra ti saldrían a la luz, con un cargo más: el de asesino.

Sabes, hay gente pequeña y malvada que sabe demasiado. Pero también hay gente buena y grande que sabe lo suficiente para callar tu insoportable y tipluda voz de cura recién ordenado. ¿Sabes a quién te pareces por la voz y el físico? A Franco, mi Tácito, al generalísimo Francisco Franco. Pero esta no es España ni estamos en 1936. Has caído en la ilusión premeditada con que Lorenzo Terán ha manejado a su Gabinete. A todos les ha hecho creer: Tú eres el Bueno. Tú eres mi sucesor natural.

¿Te has metido alguna vez en la cabeza del Presidente? ¿Te has imaginado lo que él imagina?

Pobre Tácito. Leíste todos los mensajes de los secretarios de Estado al Presidente y le insinuaste que cada uno era prueba de deslealtad —hasta que el propio Presidente se preguntó si todos sus colaboradores eran desleales menos Tácito de la Canal.

Pobre Tácito. Nunca te diste cuenta de que mientras más adulabas al Presidente, más desprecio público te ganabas —y menos confiaba en ti el Presidente, conocedor de que en este país te mata a coces el caballo al que haces Emperador.

Pobre Tácito. En el fondo, no te quiero mal. Simplemente, no te quiero. O más bien dicho, sólo quiero verte humillado. Rico, exiliado, pero humillado.

Te voy a hacer daño, Tácito, te lo juro, y no sentiré culpa alguna porque te desprecio. Aunque, la verdad, una no debe prodigar el desprecio. Hay demasiados necesitados. ¡Abur! Posdata: La próxima vez, aprende a robar mejor…

## 40
## Expresidente César León
## a presidente del Congreso
## Onésimo Canabal

Vuelvo a la carga, mi distinguido aunque indistinguible amigo, recordándote la época en que, figurativamente, vivías en los retretes de la política con una toallita en el brazo y la mano extendida esperando propina. ¿Quién te sacó de allí y te llevó a acomodador de sillas en las asambleas del Partido, luego, a ser "El Hombre del Micrófono" en los mítines, el que pedía orden, atención…

—Tengo el honor de presentar al señor licenciado César León, candidato a la Presidencia…

Y de allí al Comité Directivo del Partido, al dorado exilio de embajador en Luxemburgo, donde tantos y tan urgentes intereses tenemos (y no creas que me burlo, porque de las cuentas de banco en Luxemburgo no se ríe nadie, ¿o no?), y tú cumpliste como buen gnomo guardián del tesoro que eres. Y ahora, diputado por tercera vez y presidente del Congreso de la Unión. Vaya, don Onésimo, cómo hemos avanzado desde los excusados. Hay que ser agradecidos, ¿verdad? Y tú, como buen campechano, haces honor a tu patria chica, campechanía te sobra, eres simpático, mi Onésimo, a todos les caes bien, seguro, pero también te sobraría la mala vecindad de tu mortal enemigo de Tabasco, Humberto Vidales, el llamado "Mano Prieta". Más bien deberían llamarlo "La Cabeza de la Hidra", córtale una y nacen cien. En este caso, sus "cien cabezas" son en realidad lo que él orgullosamente llama "mis nueve hijos malvados". Es decir, la Dinastía del Mal. Para eso, Tabasco se pinta solo y "Mano Prieta" tiene planeada sus venganzas y ambiciones de aquí al año 3000.

Cargas, Onésimo, con el apellido de otro hombre fuerte de Tabasco, el implacable gobernador anticlerical Tomás Garrido Canabal, de quien otro de nuestra larga lista de caciques, Gonzalo N. Santos, escribió:

—Tiene los huevos como un toro.

Que se necesitaban para correr a todos los curas de Tabasco, cerrar todas las iglesias y hasta prohibir cruces en los cementerios. Tan comecuras era don Tomás que incluso prohibió a los tabasqueños decir "Adiós" y les ordenó decir "Nos vemos" o "Hasta luego".

Yo te guardo el secreto, Onésimo, por eso te pasaste de Tabasco a Campeche, para escapar a "Mano Prieta" y sus Nueve Malvados Escuincles, para tener base propia de poder (porque con el cacicazgo de "Mano Prieta" en Tabasco nadie puede). Para hacerle la vida de cuadritos a tu rival Vidales y no cargar con el fantasma de Garrido Canabal.

Sí, mi querido Onésimo, te escapaste hasta donde pudiste de las fatalidades del entorno. Lo malo es que nadie se puede esconder de su propio destino porque lo trae en el alma, no en la geografía. Y tu destino, Onésimo, es servirle a quien te protegió y te protege del odio vengativo del cacique tabasqueño "Mano Prieta" Vidales. Quien te protegió y puede volver a protegerte: tu amigo César León.

Vamos a ver si te conozco o te conozco o qué. Eres políticamente neutro. Prefieres la obediencia al debate. Prefieres someterte a la autoridad real que a las bases partidistas. Y tienes una enorme virtud, Onésimo. Eres político prehistórico y para ti, la vida pública se ha vuelto una sucesión de fantasmas que alguna vez tuvieron importancia pero que hoy son apenas sombras en la platónica cueva de Cacahuamilpa de tu memoria. Son todos los ex, ¿verdad?, y tú crees que se han vaporizado, sólo tú permaneces porque nadie te observa miras miras el paso de los aspirantes convertidos en espectros. A ver, ¿quién era Martínez Manatou, quién Corona del Rosal, quién García Paniagua, quién Flores Muñoz, Sánchez Tapia o Rojo Gómez? Fantasmas, mi querido Onésimo, espectros de la brumosa política mexicana. Luz un día, oscuridad al siguiente —y para siempre, faroles apagados.

Ahora mírame bien a los ojos. Me niego a ser fantasma. He pagado mi deuda con el pasado, si así quieres verlo. Exiliado, golpeado, befado, calumniado, pero no vencido.

No pongas cara de susto. Tu fantasma está de vuelta y te va a cobrar tus deudas. Te observo, Onésimo, te sientes perfectamente seguro porque sigues actuando el mismo papel y repitiendo las mismas líneas, sin darte cuenta de que el escenario ha cambiado y el autor de la obra también. Estamos en un teatro nuevo y yo quiero ser otra vez la estrella. Tú, mi dilecto amigo, serás quien devuelva mi nombre a la marquesina nacional.

¿Reelección? Palabra maldita de nuestro teatro político. Pero ya no tanto, desde que se reformó el 59 Constitucional y se volvió al espíritu del Constituyente de 1917: la reelección de senadores y diputados que te ha permitido, mi Solón de Solones, permanecer diez años en la Cámara. Pues bien, ahora nos toca entrarle a la grande: admitir la reelección del Presidente. Reformar el pinche artículo 83 y abrirme el camino a mi regreso.

¿Que reformar la Constitución toma tiempo? Lo sé de sobra. Por eso hay que empezar ahoritita mismo, casi tres años antes de la siguiente elección. Consulta con discreción a las fuerzas vivas, caciques, gobernadores, legislaturas locales, empresarios, líderes obreros y campesinos, intelectuales. Así como se acabó por modernizar el estatus de los legisladores, así debemos modernizar la sucesión presidencial. Que viva la reelección.

No creas que paso el tiempo haciendo crucigramas. Ya he hablado con tu némesis Vidales el "Mano Prieta" (aunque no con sus Nueve Hijos Malvados) y él ve con simpatía mi noción. Él ve lejos, porque es jefe de una dinastía. Pero, debo admitirlo, Vidales *is his own man.* No le gusta deber favores y temo —¡vaya!— que quiera y sepa utilizarme a mí más que yo a él.

Tú, en cambio, eres mi plastilina querida. Tú puedes y debes hacer lo que yo quiera, porque me lo debes todo a mí. Tienes una virtud política que te permite perdurar, Onésimo. Eres feo pero no distinguido. Eres feicito del montón, gordo, prieto, chaparro. Ni a cacarizo llegas. Puedes confundirte con un chofer de camión o con lo que eras cuando te conocí: mozo de orinales. Pero por ser invisible no eres peligroso, y no por ser peligroso sabes apaciguar y manejar a grupos de hombres inseguros. ¿Y hay hombres más inseguros que nuestros vociferantes legisladores?

Ay, Onésimo. Vamos operando juntos. Recuerda que puedes fingir que sirves al actual Presidente estableciendo normas que me resulten útiles a mí. Y a ti, por supuesto. El problema de la sucesión presidencial no es *quién*, sino *cómo*. Tú asegúrale al mandatario saliente, Lorenzo Terán, que vas a proteger su propiedad, sus privilegios y su familia. Con esto basta. La seguridad es oro. Más bien dicho, no tiene precio. Todos nos hacemos esa ilusión. Que se la hagan también el Actual y sus allegados.

¿Te das cuenta del banquete de venganzas dentro de tres años? ¿Quién es invulnerable? ¿El sinvergüenza Tácito, con un clóset lleno de cadáveres? ¿El impecable Andino, con una mujer que lo cornamenta el día entero con cuanta bragueta se le acerca? ¿La intocable María del Rosario, helada como un témpano, pero que como buen iceberg tiene las tres cuartas partes sumergidas y muestra sólo un cachito de su verdad y ninguno de sus secretos? ¿El probo y enérgico Bernal, cuyos amores con la antes mencionada son sólo la cortina de otro secreto mayor que no tardará en revelarse? ¿Mi anciano antecesor el del Portal de Veracruz, guardián de otro secreto que se guarda como la doble blanca del dominó, o sea el comodín misterioso de todo este juego? ¿El imberbe Nicolás Valdivia, encaramado por obra y gracia de María del Rosario a la Subsecretaría de Gobernación y, en consecuencia, abocado a ser el secretario del Ramo apenas renuncie Terán para ser candidato?

No hay uno solo, Onésimo, ni uno, te lo digo yo, que no sea sacrificable. Pero te doy tres reglas para tu buena conducta.

Primero, mata a tu enemigo político y llóralo durante un mes.

Segundo, si vas a ser verdugo, asegúrate de ser invisible.

Y tercero, tenle miedo al fantasma del enemigo político que has matado.

O sea, mi cuasi-analfabeta Onésimo, lee una obrita llamada *Macbeth* y espera siempre el día en que el bosque de tus crímenes camine hasta el castillo de tus poderes.

Y no descartes nunca la pura suerte, el cabroncísimo azar. Ya ves, el día en que me estallaron tres huelgas al mismo tiempo y tuve que reprimirlas con saldo de trece muertos, nadie se dio cuenta porque ese día se murió Axayácatl Pérez, el llamado "Sultán del Cha-cha-chá", popularísimo músico de la época, y todo mundo se fue a velarlo al salón de baile del *Gran León* y luego al entierro del ídolo y nadie se acordó de los muertos anónimos. Que eran los de mi peculio, pues.

Te escribo, Onésimo, sin recovecos ni suspicacias. Sé que eres el alma misma de la discreción, simplemente porque nadie cree en tus revelaciones y puedes, cómodamente, esconderte en el silencio. Síguelo haciendo y tenme al tanto.

PS: No te preocupes por conservar esta carta. Apenas termines de leerla, se incendiará químicamente. Ni la podrás copiar ni mostrársela a nadie, cabrón. ¿Qué nunca viste la serie de TV *Misión imposible?* Hay lecciones del pasado que sirven para nuestro presente inesperado. Tú nomás pregúntate, en estos días aciagos para la República, cuántas cartas, cuántas cintas, cuántos casetes no son destruidos por sus amedrentados destinatarios apenas los leen o escuchan? Imagínate nada más. Y no te vayas a quemar los dedulces con mi mensaje.

# 41
## Tácito de la Canal
## a María del Rosario Galván

Señora muy digna, ¿serale permitido chantajear al chantajeado? No quiero rebajarme ante sus ojos, pues tan abajo estoy que usted ya no me mira. Yo, en cambio, miro alto y miro lejos. Más alto y más lejos, me atrevo a decirlo, que ustedes mismos —ustedes son Bernal Herrera, secretario de Gobernación, y su amante y madre del hijo de ambos, María del Rosario Galván, usted, sí.

Permítame citarle a un clásico. "En los anchos horizontes alrededor de Berchtesgaden, aislado del mundo cotidiano, mi genio creativo produce ideas que estremecen al mundo. En estos momentos, ya no me siento parte de la mortalidad, mis ideas trascienden la mente y se transforman en hechos de enorme dimensión."

No me crea presuntuoso si evoco las palabras de Adolfo Hitler. Podrá usted pensar lo que quiera del Führer germano, pero llegó tan alto y tan lejos como se lo propuso. La caída fue terrible, es cierto, pero caer de tan alto es en sí mismo una victoria.

En otras palabras: si yo ignoro los límites de mi ambición, ¿cómo van a conocerlos los demás? La cuestión es saber marcar los tiempos —como dice usted en sus cartas a Bernal Herrera que yo me deleito en leer, poco antes de quedar dormido, como si fuesen columnas de consejos sentimentales en un periódico—. Y créame, señora, yo sé medir mis tiempos. No olvide que mi poder consiste en tener, más que nadie, *acceso*. No necesito decirle más. Otros también lo tienen. Pero yo lo tengo antes que nadie. No crea que me engaño. Usted y Herrera se dicen:

—Tácito tiene acceso, pero no popularidad.

Ustedes, la parejita diabólica, me ponen trampas. Muy divertidas, por cierto. Me preparan homenajes de las fuerzas vivas —sindicatos, grupos empresariales— en los que alguien adiestrado por ustedes me elogia, seguido de otro palero que me fustiga. Nadie se levanta a defenderme. Creen que de un golpe han halagado mi vanidad y ofendido mi orgullo. Me han minado.

No. Me han reforzado. Cada humillación que sufro, cada desaire que ustedes me hacen, sólo me fortalece por dentro, atiza mi coraje, me vuelve de hierro. ¿Quieren conocer mi capacidad de resistir a la ofensa? Estuvo a verme el expresidente César León, del cual fui joven colaborador hace diez años. Se quejó del trato que recibió tras dejar la Silla del Águila y me acusó de atizar una campaña de difamación en su contra.

—Sólo lo incomodo porque así lo quiere el señor Presidente —le dije.

—No me incomodan, me persiguen —dijo con voz de mando, que no de queja, el ex León.

—Yo sólo sirvo al señor Presidente.

—¿Él se lo ordenó?

—No, pero yo sé adivinar el pensamiento del señor Presidente.

Quiero que Herrera y usted, señora, vean hasta qué grado sé arriesgarme para que sepan que no es fácil ofenderme, como si fuese una sensible y romántica señorita de quince años.

Para que vean los extremos de mi aguante, pero también los de mi serenidad, idénticos a los de mi resolución, les cuento lo que sigue.

El Presidente Terán consideró desautorizada y de poco tacto mi manera de tratar al expresidente León.

—Pero señor Presidente, lo hice por usted.

—Nunca te lo pedí, Tácito.

—Creí que estaba sobreentendido...

—¡Ah! De modo que tú adivinas mis pensamientos. ¿Ya adivinaste que si esto se repite te voy a despedir?

No adiviné, queridos amigos. *Supe* que el Presidente tenía que regañarme *pro forma*, pero que en verdad se sentía feliz de que yo hubiera hecho lo que él no podía ni hacer en persona, ni autorizarme explícito. Por algo me llamo Tácito...

Mi distinguida amiga: Yo sé asumir riesgos. Yo sé sufrir humillaciones sin chistar. Esa es mi fuerza. ¿Cree que no sé lo que le dice usted al señor Presidente?

—Tácito lo único que pone de manifiesto es tu propia debilidad, Lorenzo. Te sale sobrando. Sólo un jefe débil tiene necesidad de un valido.

¡Ah, los validos! El consejero áulico que ejerce el poder verdadero en nombre del monarca débil o distraído. Nicolás Perrenot de Granvelle para Carlos V, Antonio Pérez para Felipe II, el Duque de Lerma para Felipe III, Felipe IV y el Conde-Duque de Olivares, unos más afortunados que otros, unos que regresan del olvido anterior (el Cardenal), otros que traicionan y acaban huyendo a las filas enemigas disfrazados de mujer (Pérez, al que sólo le faltó ponerse un parche en el ojo para imitar a su amante la tuerta de Éboli), otros naufragando en incompetencia peor que la del propio monarca (Lerma), otros coronados por el éxito de su gestión imperial (Olivares).

Modelos históricos, señora. ¿A cuál de ellos acabaré pareciéndome? Ah, un valido vale tanto como su protector, pero también tanto como sus enemigos. Y usted y Bernal Herrera no me sirven, para qué es más que la verdad, ni para el arranque.

—Usted no es más que una caña disfrazada de espada —me dijo un día nuestro dilecto secretario de Gobernación.

—Y usted, señor, es una sardina que se cree tiburón —le contesté.

—¿Y yo? —se atrevió usted, muy petulante, a preguntarme.

—Un fideo, señora, apenas un fideo...

Anda usted diciendo que soy un masoquista que se deleita contando sus humillaciones y cómo las soporto en el servicio del señor Presidente. La mera verdad es que avanzo por los pasillos de la casa presidencial pensando esto, castigándome por mis propias bajezas, pero elogiándome a mí mismo porque gracias a que soy un miserable, no sólo vivo: sobrevivo. Vuestro amigo el tal "Séneca" dice de mí:

—Tácito es capaz de corromper al diablo.

Murmura a mi paso:

—Ahí va Su Excelencia el Mal.

(Frase tomada de Talleyrand, como sabe usted que fue educada por gabachos.)

Pero yo le pongo plomo a mis zapatos para que no me lleve ningún ventarrón. Lo aguanto todo, señora, porque el que aguanta más es el que ríe al final. Puedo, como usted con escasa cautela me lo avisa en su carta, derrumbarme en cualquier momento. Pero le advierto a sus señorías que los arrastraré a todos conmigo al precipicio.

Me dijo usted un día:

—Eres un murciélago, Tácito. No te aparezcas de día.

No me atreví a confesar que la admiro de noche, señora, cuando usted se encuera con la luz encendida. Fui más fino.

—Qué va. Soy una mansa paloma.

—Serás el primer halcón que se vuelve paloma.

—Qué va. Somos parvadas.

Sus comparaciones no son felices, María del Rosario. Llámeme mejor "El Hombre Bruma". Verá que no soy fácil de atrapar. Y que me cuelo debajo de las puertas mal defendidas. Como las de usted y su amante Bernal Herrera. Sin olvidar al infeliz bastardo nacido de sus amores y abandonado en un asilo de idiotas.

## 42
## Bernal Herrera
## a María del Rosario Galván

Marucha, Marucha mía, ¿qué te ha ocurrido? No te reconozco, no me reconozco a mí. ¿Por qué has permitido que un impulso vengativo te domine? ¿Por qué no has gobernado tu pasión? ¿Por qué has dejado que tus hormonas se anticipen a los calendarios acordados por ti y por mí, nosotros dos, tan unidos siempre, siempre tan sincronizados? Jamás hemos confundido lealtades, tú y yo... Nuestra unión política nace de una unión carnal y ahora recuerdo qué distintos éramos cuando nos conocimos y nos amamos, pero pagando los precios inevitables de toda iniciación amorosa. Estaba en nuestra naturaleza psicológica y política dudar de todo. Nos conocimos. Nos atrajimos. Pero tú dudaste de mí, como yo de ti. Hasta que nos dimos cuenta, una noche, juntos, con una botella de Petrus compartida, que nos queríamos aunque sospechásemos el uno del otro y con una carcajada común (¿fue el vino, fue el deseo, fue el riesgo, sin el cual no hay encuentro erótico que valga?) dijimos:

—Duda de todo y nos vamos a entender.

Te dije que el hombre público debe dudar siempre y esto nos lleva a vivir en perpetua angustia e inseguridad, sin jamás demostrarlo. Esa es la otra regla, Marucha mía. La duda, la angustia, son la levadura de nuestra lucidez y tranquilidad públicas. Llegamos a ser políticos profesionales porque no sofocamos nuestra inseguridad —es decir, nuestra capacidad de sospecha—. Profesión, político. Partido, sospechosista. O sea, potenciamos nuestras angustias para que la coraza de la serenidad se nutra de materia humana. Tuvimos un hijo, María del Refugio. Un niño mongoloide, o para hablar científicamente, con el síndrome de Down. Tuvimos que optar. Vivir juntos para cuidar al niño y sacrificar nuestra ambición política, o quedarte tú con el niño y dejarme libre a mí —libre y doblemente condenado por frustrarte a ti y abandonarlo a él—. O hacer lo que hicimos. Internarlo en un asilo, visitarlo de cuando en cuando —cada vez menos, acéptalo, cada vez menos atados a ese destino sin destino, cada vez más temerosos de que esa criatura inerme, con su mirada tierna y alegre, pero lejana e indiferente, que ese niño sin más porvenir que una muerte temprana, nos arrebatase nuestras propias vidas a cambio, estrictamente, de nada.

Estas fueron nuestras razones y hemos guardado el secreto durante catorce años. Te lo advertí, María del Rosario, que nunca lleguen a mi oficina las cuentas del asilo. Estoy de tal manera vigilado, asediado, rodeado de espías al servicio de mis enemigos —que son los tuyos, no lo olvides—, que cualquier descuido puede ser utilizado contra mí —y contra ti.

Así ha sucedido. Faltaría saber quién vio la cuenta del asilo y olfateó la verdad. ¿Crees que no lo sé? Mis amigos se dicen enemigos de Tácito —pero yo estoy obligado a pensar que lo mismo le dicen a Tácito:

—Somos tus amigos. Detestamos a Herrera. Vamos contigo a la Grande.

Las pruebas a las que hay que sujetar a quienes nos rodean son útiles algunas veces, inútiles la mayoría y siempre dañinas para la paz interna. Llegas a convencerte de que amigos y enemigos pueden ser amigos entre sí y terminas, lo quieras o no, repitiendo esa frase de Stendhal que tú me enseñaste:

—¡Qué inmensa dificultad esta hipocresía de cada instante!

Dime tú cuántas veces no hemos reflexionado juntos sobre un tema central de la vida política:

¿Cómo tratar al enemigo?

¿Con ritos de apaciguamiento?

¿Con un ataque frontal?

¿Con violencia, cortándole la cabeza?

¿Derrotándolo primero para enseguida honrar al enemigo?

¿Vencer a traición sin que la desgracia de tu victoria caiga sobre tu propia cabeza?

¿Cortándosela primero al enemigo?

¿Pensar siempre —además—: Esa pudo ser mi cabeza?

¿Transformar al enemigo vencido en guardián y amigo, levantarle estatuas y dedicarle placas —a condición de que haya muerto?

Estoy inquieto, María del Rosario. Tu ímpetu viola la ley de la justicia política. El verdugo político debe ser invisible. Has violado, por pura emoción femenina y materna, tus propias leyes.

Tácito nos ha forzado la mano. Nos obliga a revelar nuestro juego, a denunciar sus chanchullos en el negociado de MEXEN. Más que nunca, debemos pensar en la oportunidad de nuestro ataque. Tácito sabe que sabemos porque tú, mi impaciente amiga, se lo has hecho saber, sin medir las consecuencias. Has saboreado prematuramente las mieles de la victoria. Error primario. Tácito ha respondido con habilidad a nuestra propia regla:

—En política, nunca anuncies, actúa…

Sabes, Marucha, yo soy un hombre que tiene un tribunal sentado siempre dentro de la cabeza. El juez es un Nosotros y a veces un Ustedes. Hoy, ese juez nos está juzgando, ahora es un Yo-Tú que me dice:

—Le confiaste a esta mujer un secreto del cual depende la derrota de mi rival y mi propio éxito. Pero si mi mujer lo revela, mi rival nos mandará condenar a los dos.

Así lo ha hecho por vía de la prensa, revelando la existencia de nuestro hijo tarado. Asúmelo, entiéndelo, yo el precandidato a la Presidencia, tú la profesional de la política más afamada del país, reducidos al papel de un par de padres desalmados, dos infames sin sentimientos, dos monstruos de crueldad…

Respira en paz, María del Rosario.

El Presidente se ha comunicado personalmente con los cinco o seis magnates de la comunicación para decirles:

—No se equivoquen. Ese niño es mío. Es el fruto de viejos amores con la señora Galván. Mírense al espejo y digan si uno solo de ustedes no posee un secreto de amor en su pasado. Maten la noticia. Nunca les he pedido un favor personal. Si lo hago esta vez, es porque concierne a una dama. Y también, ustedes lo entienden, a mi propia investidura.

—Pero señor Presidente, si quien suelta la noticia es su propio jefe de Gabinete, el licenciado De la Canal…

—Exjefe de Gabinete. El licenciado de la Canal ha renunciado esta tarde a su puesto.

—Ah, señor Presidente, también el secretario de Gobernación Bernal Herrera acaba de anunciar su renuncia.

—Así es, señores. Tácito de la Canal y Bernal Herrera dejan sus funciones oficiales para entregarse en cuerpo y alma a sus trabajos de campaña como precandidatos a la Presidencia. Yo les agradezco a ambos los grandes servicios que le han prestado al país y a mí en lo personal. Creo que esta noticia es más importante que andar hurgando en mi vida privada.

—Tiene usted toda la razón, señor Presidente.

—Les repito. Deseo reconocer la probidad y eficiencia de estos dos colaboradores que hoy se alejan de puestos de confianza donde en todo momento me demostraron lealtad. Esa es la noticia del día.

—Cuente con nuestra discreción absoluta. Allí muere.

—Gracias, señores.

De modo que actúa con frialdad, María del Rosario. Date cuenta de quién es nuestro Presidente y espérate a que arranque la campaña de Tácito para desatar el escándalo. Recógete unos instantes, mujer, y recuerda lo que me dijiste el día que optamos por ocultar al niño:

—No. Si confieso mis desgracias, perderé respeto. Incluso perderé amor.

Y yo te contesté:

—Nunca te castigues por ser feliz. Recuerda que estamos donde estamos porque nunca nos hemos dejado arrastrar por los sentimientos.

Posdata: Esta cinta te la entregará personalmente el joven Jesús Ricardo Magón. Ha entrado a la oficina como colaborador de tu protegido el subsecretario Nicolás Valdivia, quien le tiene absoluta confianza. Una vez que escuches el casete, destrúyelo, como confío en que hayas destruido todas nuestras anteriores comunicaciones por este medio. María del Rosario, no me hagas dudar de ti, como al principio…

PPD: Acabo de comer en mi despacho con el Director del Diario *En Contra*, Reynaldo Rangel. Yo creí que el Presidente había convocado en persona a los magnates de la prensa y (aunque hoy esté a oscuras) televisión. Rangel me informa que la reunión fue sumamente extraña. Sucedió puerta (o cortina) de por medio. El Presidente no se dejó ver. La plática fue a través de una cortina cerrada, pero como todos conocen la voz de Lorenzo Terán y la conversación fue muy fluida, nadie dudó de que el interlocutor fuese el Presidente. En todo caso (incluso en caso de duda) más les convenía a todos aceptar la solicitud presidencial… Pero aquí hay un misterio. Te repito, destruye la cinta. Y te repito, recuerda quién eres, quiénes somos, no te dejes llevar por tus hormonas, no traiciones tus propias reglas (no es indirecta). Que la frialdad gobierne a la furia…

# 43
## Diputado Onésimo Canabal
## a diputada Paulina Tardegarda

Distinguida colega y fiel amiga, ya conoces la manera como actúo. Creo que científicamente se llama "mimetismo" y es como los camaleones, que cambian de color para confundirse con el paisaje y no ser vistos. O sea, toman el color de la piedra si están sobre una piedra y el de la corteza del árbol si allí se encuentran. Pues yo, mi querida Paulina, estoy en el cruce de caminos. Caminos sin asfalto, andurriales, puro lodo, lo que se dice un muladar.

No cuento, por principio de cuentas, lo que ya sabes. O mejor, lo repito para tener completo el cuadro, o como dicen los ches, "tener la chancha y los veintes".

Los partidos están divididos. El propio partido del Presidente, Acción Nacional, se ha desmembrado en el ala ultrarreaccionaria y clerical, el centro democristiano y la izquierda panista asociada a la teología de la liberación. El Partido Revolucionario Institucional se ha partido en ocho. El ala ultraderechista que pide orden y represión. Los dinosaurios que se limitan a envejecer en el Museo de Historia Política Nacional. Los tecnócratas neoliberales que mantienen encendida la llama de la Diosa Macroeconomía. Los nacionalistas que ven en las reivindicaciones de soberanía la razón de ser del PRI. Los populistas que prometen todo y no cumplen nada. Más las facciones agraristas, sindicales y burocráticas del viejo corporativismo cardenista.

Fíjate nada más. En vez de la aplanadora del antes llamado Invencible PRI, ahora hay ocho minipartidos en busca de la unidad perdida.

Y a la izquierda, los verdes que son del color del dólar, los socialdemócratas que siguen el modelo europeo, los neocardenistas que quieren regresar a 1938, los marxistas de cuño leninista y los de profesión trotskista, más los que piden leer los escritos del joven Marx para proclamar "El marxismo es un humanismo".

No olvido a los grupúsculos indigenistas, ni a los desvelados de dos extremos: anarquistas y sinarquistas.

Mi manera de domar este circo en el Congreso, ya lo sabes, es hacerme ojo de hormiga y navegar con bandera de pendejo. Como si no estuviera allí. Que nadie me haga caso.

Me sé de memoria la táctica del Presidente y de su secretario de Hacienda Andino Almazán. Primero presentan las medidas que nuestro "Congreso confeti" de seguro va a rechazar porque son las que ofenden la sensibilidad popular o nacionalista y pueden ser denunciadas como leyes neoliberales, reaccionarias o antinacionalistas: impuestos a medicinas y alimentos, privatizaciones, gravamen de los libros… Para no aparecer como una recua de holgazanes (si no fueras mujer, emplearía otra palabra) el Congreso, por su propia iniciativa, aprueba las leyes que el gobierno no presentaría para no ofender a los ricos. O sea, impuestos progresivos, aumento del gravamen sobre la renta y ganancias de capital. Ya sabes, lo que de veras le da ingresos al gobierno, no el impuesto sobre las aspirinas o sobre los libros —que tú misma devoras— de Isabel Allende.

Así manejamos tú y yo a nuestro ingobernable Congreso. Ya se volvió regla y tú eres mi mejor aliada porque eres mujer, porque eres prohibitivamente austera (perdona, es tu gusto andar vestida como monja, no lo critico) y porque eres de Hidalgo, un estado inverosímil porque nadie se acuerda de que existe.

Pues ahora, mi austera e inverosímil señora, la necesito a usted como nunca para organizar el caos legislativo y hacer frente a las presiones que se nos vienen encima.

La primera es la amenaza de un levantamiento armado. Tengo bastantes indicios ("no me preguntes más, déjame imaginar…") de que Cícero Arruza anda alborotando a la oficialidad, a los caciques locales y al mismísimo general Bon Beltrán, o como se llame porque no lo sé escribir si no tengo el nombre frente a mí y a mí las lenguas extranjeras nomás no se me dan, te digo, Paulina, que Arruza quiere declarar al Presidente Lorenzo Terán incompetente "por causa grave", como dice el artículo 86 de la Constitución. Y como la mayoría del Congreso juzga incompetente al Presidente Terán, la medida puede fructificar. Sólo que entonces le toca al Congreso decidir quién va a ser el Presidente Sustituto para cumplir el sexenio de Terán.

No tengo idea de a quién tienen en mente Cícero y sus aliados. ¿Sus aliados? ¿Nomás porque él lo dice? Averigua, Paulina, si de verdad los caciques y el señor secretario de la Defensa de impronunciable nombre alemán acompañan al general Arruza en su intentona de asonada militar, porque a eso se reduce su propósito.

Otro que me respira en el cogote es el expresidente César León, y ese sí que es tenebrosón. Él también maniobra para que el Congreso declare incompetente a Terán, pero no suelta prenda sobre quién debería sustituirlo provisionalmente, concluir el periodo y convocar a elecciones previa reforma del artículo 83 para que antes de la elección del 2024 se acepte la reelección de Presidente —o sea, la reelección del propio César León.

Ándate con cuidado, Paulina, porque el expresidente es una chucha cuerera que se las sabe todas y lo anima una ambición sin piedad. Trata de sacarle algo —visítalo, a ver si se deja— al Anciano expresidente que vive jugando dominó en el Portal del puerto. A César León ni intentes seducirlo, porque él sólo se deja embaucar por cueros de fantasía. Aunque es tan cachondo que hasta tú puedes parecerle la nunca bien ponderada Venus del Estado de Hidalgo. Sea dicho con todo respeto, Paulina.

Pero volviendo al viejo veracruzano, yo lo más que logro sacarle —hasta hoy, pero soy más testarudo que una mula (obstinado para mis enemigos, perseverante para mis amigos), es que

—En México ya hay un Presidente legítimo —dice El Anciano.

—Claro, Lorenzo Terán —le contesto.

—No, otro, en caso de que renuncie o se muera Terán.

—¿Renuncia, muerte? ¿De qué me habla usted, señor expresidente?

—Te hablo de la cabrona legitimidad, señor diputado.

(Perdón, Paulinita de todos mis respetos.)

—¿Hasta ai?

—Hasta ahí nomás, Onésimo.

Ya sabes que el viejo es una mezcla de momia y de esfinge. De manera que como no le saco más que enigmas, consulto con cara de santo inocente a algunos secretarios de Estado y todos me dicen lo mismo, nomás que con sus asegunes.

—La Constitución es clara —me dice Herrera el de Gobernación—. En caso de ausencia en los últimos cuatros años —sería el caso ahora— el Congreso nombra Presidente Sustituto que termina el periodo y convoca a elecciones. Es la ley y más clara ni el agua.

—Se puede cambiar la Constitución y tener un vicepresidente —me comenta Tácito de la Canal—. Pero eso requeriría el voto de las dos terceras partes de los congresistas presentes y la aprobación de la mayoría de las legislaturas de los Estados. ¿Cuánto tiempo cree que tome eso?

Se rasca la calva y se contesta a sí mismo.

—Uno, dos, tres años. Es irrelevante para la situación actual.

—¿Por qué no tienen ustedes un vicepresidente como nosotros —me pregunta el embajador de los EEUU, Cotton Madison—. Ya ve, matan a Kennedy, asume Johnson; renuncia Nixon, asciende Ford. Ningún problema.

Trato de explicarle que durante el siglo XIX, cuando tuvimos vicepresidentes, estos prohombres se dedicaron a minar y derrocar al Presidente en turno, empezando con la sublevación de Nicolás Bravo contra Guadalupe Victoria en 1827. Y Santa Anna, "el caudillo inmortal de Cempoala" según nuestro Himno Nacional, le dio un golpe a su propio vicepresidente, Valentín Gómez Farías, aunque el "Quinceuñas" (el cojo Santa Anna, Paulina) fue capaz de darse golpes de Estado a sí mismo, como su siniestro émulo bolivariano Hugo Chávez hace veinte años.

Podría hacer una lista de lavandería de vicepresidentes desleales. Anastasio Bustamante contra Vicente Guerrero, y aun de generales que prefirieron asaltar el poder que defender al país contra un invasor extranjero, como sucedió con el traidor Paredes Arrillaga en la guerra con los americanos. Es una historia deprimente, pero más vale tomarla en cuenta, mi discreta amiga, para tener todas las cartas en la mano y que no nos vayan a coger durmiendo la siesta, como los gringos al propio Santa Anna en la batalla de San Jacinto, que nos costó la pérdida de Texas.

Faltaría, te digo, conocer el parecer de los caciques Cabezas en Sonora, Delgado en Baja California, Maldonado en San Luis y el temible Vidales en Tabasco. Te van a contar mentiras.

Sonora: —Nuestro problema es crear maquiladoras, no intrigas —te dirá Cabezas.

Baja California: —Bastante problema son las aguas del Río Colorado y las actividades del narco en Tijuana —te dirá Delgado.

San Luis Potosí: —Aquí sólo nos preocupa proteger la inversión extranjera —te dirá Maldonado.

Tabasco: —Aquí sólo mis chicharrones truenan —te dirá Vidales.

Te dirán, te dirán, te dirán... Mentiras nada más. Pero no tratarán (perdón) de seducirte. Las mentiras vamos a interpretarlas al revés para saber la verdad. La seducción no tendrá lugar, primero porque, por decirlo de alguna manera, inspiras más respeto que la Corregidora doña Josefa Ortiz de Domínguez, heroína de la Independencia, y segundo (te lo repito) porque eres de Hidalgo y ese estado no aparece en el radar político de México.

Tenme al tanto, querida y respetada amiga.

## 44
## Nicolás Valdivia
## a María del Rosario Galván

Vuelvo porque usted me lo pide. Vuelvo a Veracruz.
Vuelvo a la plaza central del puerto. Vuelvo a los portales. Vuelvo al *Café de la Parroquia*. Vuelvo a encontrar al Anciano.

Es el famoso *déjà-vu*. El perico sobre el hombro
del Viejo. El Viejo, esta vez, sin la corbata de moño.
Viste guayabera. La autoriza el calor pegajoso, húmedo,
sofocante, bajo un paraguas de nubes negras que pre-
sagian una tormenta que no estalla para limpiar la
sórdida melancolía del trópico. Pero el Viejo sigue allí,
con el vaso de café enfrente y las fichas de dominó
dibujando un asimétrico escudo de marfil sobre la mesa.

Creo que duerme la siesta. Me equivoco. Apenas
me paro frente a él, abre un ojo. Un solo ojeroso ojo.
El otro sigue cerrado. El perico grita o dice o lo que
hagan los pericos,

¡SUFRAGIO EFECTIVO!
¡NO REELECCIÓN!

El Anciano abre el otro ojo y me mira sombríamen-
te. No oculta la manera de mirarme. No quiere ocul-
tarla. Quiere que yo sepa que él sabe. Quiere que sepa

que sabe que ya no soy el principiante que vino a verlo en enero. Quiere que sepa que sabe que soy el subsecretario encargado del despacho de Gobernación, por renuncia del titular, Bernal Herrera, precandidato a la Presidencia. Quiere que sepa que sabe que yo soy ahora el jefe de la política interior del país.

Y sin embargo, vuelvo a encontrarme con un personaje que actúa como si nada hubiese ocurrido en México desde 1950. Actúa, habla, como si viviésemos en el pasado. Como si las fogatas de la Revolución no terminaran de apagarse. Como si Pancho Villa aún no se bajase del caballo. Como si todos los generales no anduviesen en Cadillac. Como si (como se decía hace medio siglo) la Revolución Mexicana no hubiese desembocado en las Lomas de Chapultepec.

Y sin embargo (cuántos *cependants* no le cuelgo de sus hermosos lóbulos, mi sagaz y agreste dama) no tardo en darme cuenta de que El Anciano reconoce la presencia de mi juventud política —secretario de Gobernación a los treinta y cinco años de edad— pero quiere advertirme con gatopardismo jarocho que *plus ça change, plus c'est la même chose*, que no me haga ilusiones sobre cambios radicales, transformaciones modernizadoras, etc. Que hay un sustrato permanente, una roca madre, no sólo de la política mexicana, sino de la política *tout court*.

*Tiens*, que por algún motivo (¿alianza francófona secreta con usted, evocación del mundo compartido de nuestros estudios, empleo de una lengua en desuso que permite comunicaciones crípticas?) utilizo locuciones francesas que no podrían estar más alejadas del profundo arraigo local de El Anciano del Portal.

—¿De manera que en esto va a terminar la tan cacareada transición democrática de México? —me dice sin mover un músculo de su famosa cara de momia.

—¿En qué, señor Presidente?

—Ah —la sonrisa se le quiebra como una máscara de arena—. Se me olvidaba que usted es de formación gabacha. ¡Señor Presidente! "¡Monsiú le Presidán!"

Hace una pausa para sorber el café.

—Pues figúrese que a veces, para no dejar de educarme ya que la educación —dicen— es algo que nunca termina, yo me junto a jugar dominó aquí en la plaza con intelectuales mexicanos de formación germana. Aquí viene a verme don Chema Pérez Gay, por ejemplo. Yo nomás le digo:

—Hábleme en alemán, aunque no entienda ni sopes. Me gusta el sonsonete gutural. Tiene un saborcito autoritario. Además, me hace sentirme filosófico.

Pues la última vez que Pérez Gay estuvo aquí, dijo lo siguiente:

—Cuando la Constitución de Weimar abrió la puerta a la democracia en Alemania, por primera vez, en 1919, después de siglos de autoritarismo, los alemanes se detuvieron en el umbral, con los ojos pelones, como campesinos invitados a un palacio...

No crea usted, señora, que hubo mimetismo alguno en las palabras de El Anciano. Mantuvo su sombría y penetrante, ojerosa mirada.

—Pues permítame decirle que lo mismo nos ha pasado en México. Hemos vivido con los ojos pelones, sin saber qué hacer con la democracia. De los aztecas al PRI, con esa pelota nunca hemos jugado aquí.

—Antes, quiero decir en sus tiempos, ¿se hacían mejor las cosas?

—Se le daba tranquilidad a la gente. Había reglas conocidas por todos. Todo era previsible. Se le evitaba al pueblo la congoja de tomar decisiones propias e inciertas. Yo inventé la institución del "sobre lacrado", por ejemplo. Bastaba que un gobernador, un diputado, un presidente municipal, recibiera el sobre lacrado con instrucciones firmadas por mí, para que se hiciera lo que yo decía.

Se detuvo y pareció prepararse como un corsario que asalta el galeón de Indias cargado de oro español.

—Propongan la candidatura de X. Lo demás nos era dado por añadidura. El candidato seleccionado por mí en el sobre lacrado concitaba el apoyo general. Ay del cacique que no se plegara. Ay del gobernador rebelde. Ay del diputado con ínfulas independientes.

Se relamió los dientes dispares.

—Quedaban eliminados para siempre de la política. Y si alguno se atrevía a protestarme, yo nomás le recordaba: "Ya te deleitaste bastante con los salones de palacio. Ahora busca el hoyo de donde saliste. Te lo aconsejo para tu salud."

¿Era posible decir estas amenazas temibles con semejante bonhomía? Por lo visto, para El Anciano la serenidad y la mano de hierro iban juntas. Lección aprendida, María del Rosario.

El Anciano se acomodó la dentadura postiza,

—Sobres lacrados, urnas rellenas de antemano, carrusel, ratón loco, mapaches, es decir, todas las alquimias para ganar anticipadamente una elección con votos dobles y hasta triples, o sea más votos para el

PRI que electores en las listas, amén de electores extraídos de los cementerios y hasta robo de urnas y destrucción de boletas adversas, llegado el caso. Pero todo, señor Valdivia, presidido por la majestad soberana del Presidente en turno desde la Silla del Águila a su sucesor designado:

—Tú serás Presidente.

El loro chilló: —Protesto hacer guardar las leyes... —y se atoró para que El Anciano lo mirase con cariño (el loro multicolor, verde, amarillo, rojo y azul), posado sobre su hombro de pirata político.

—Las leyes de la República —dijo, solemne, El Anciano.

—¿Las escritas?

—Las no escritas, secretario Valdivia. Piense en lo cómodo que era. Las reglas no escritas del autoritarismo eran claras. Mire nomás el relajo de la incertidumbre actual. ¿Cómo no voy a sentir nostalgia del tranquilo pasado de nuestra dictablanda priista?

Se interrumpió a sí mismo, deteniendo la posibilidad de darme la palabra con un dedo índice rígidamente erguido.

—Nuestros vicios eran en realidad virtudes. Sin embargo, digamos que me resigno al cambio. Siempre supe que algún día el sistema debía terminar. Pero la pregunta sigue pendiente: ¿con qué sustituirlo?

—Todo tiempo pasado fue mejor —dije melancólicamente.

—Sí, a pesar de que algunos políticos eran medio pendejos.

—¿Quiénes fueron sabios, entonces?

—No quiénes, mi amigo, sino *cómo*.

—Cómo, pues.

—Cada quien mata pulgas a su manera, Valdivia. Las ambiciones excesivas, o fracasan, o se pagan caro. Hay quienes han llegado a la Presidencia creyendo que México les debía ese favor y la abandonaron creyendo que el país no los mereció y por eso ellos merecían volver al poder algún día.

—¿Piensa en alguno?

—Pienso en mi buen ejemplo. Yo no hice nada para llegar a la Silla del Águila. Esa fue mi fuerza. Llegué sin compromisos ni gratitudes.

—¿Llegó por eliminación? —me atreví a decir con un sesgo irrespetuoso.

Él no tomó el matiz en cuenta. —Llegué igual que Jesucristo —dijo inmóvil, exageradamente inmóvil, como un icono—. ¿Cuántos profetas y seudo-Mesías no andaban sueltos en Judea junto con el hijo de María?

Entonó, sorpresivamente, la letra de una vieja zarzuela española:

—Ay va, ay va, ay vámonos para Judea...

tonada que el perico recogió con su voz aguardentosa,

—Ay Ba, ay Ba, ay Babilonia que marea...

No hice caso de tamañas excentricidades.

—No es la regla, señor Presidente.

—¡Cállese la boca! Cada Presidente inventa su propia realidad, pero como la no reelección lo obliga a retirarse, la realidad ejecutiva se disipa y en su lugar aparece la leyenda histórica.

Pareció tragar bilis. Hasta verdes se le pusieron las ojeras.

—¿Qué sucede? Un expresidente se queda sin poder, pero rodeado de una corte de lambiscones. Ya no tiene que engañar al pueblo. Ahora lo engañan sus allegados. Le ofrecen la tentación de la venganza. Lo marean haciéndole creerse incomparable, el Gran Chingón, Napoleón y Disraeli en un solo saco...

—¿Dónde vas con mantón de Manila...?,

empezó a picotear el perico y El Anciano le dio un zopapo que casi tira al pobre pájaro al piso.

—Ballena y elefante, pues. El hecho es que al cabo el pobre hombre trata a sus cómplices como trató a sus enemigos. Gasta la pólvora en infiernitos. Los colaboradores no valen el esfuerzo de aplastarlos. Mucha energía para nada.

Soltó un suspiro que el loro no se atrevió a comentar.

—Mejor solo y respetado, aunque crean que me morí hace rato.

Pausa preñada, como dicen los anglosajones.

—Míreme aquí tomando café y jugando dominó. Yo evité la triste suerte de casi todos los ex. Me escapé del círculo mortal. ¿Y sabe por qué, Valdivia? Yo no llegué a la Presidencia creyendo que me metía a la cama con mi propia estatua.

Sonrió cuando el castigado perico se le volvió a posar sobre el hombro.

—Eso no lo publique. Es la verdad.

—Señor Presidente, usted se hizo famoso porque siempre se escudó en el silencio, contestó sin hablar, elevó el gesto callado a signo de comunicación política e hizo de la respuesta elíptica un arte y de la soberanía ocular un evangelio.

Lo miré a los ojos.

—No quiero perder el tiempo, señor Presidente. He venido a que me guíe usted en el actual laberinto de la sucesión presidencial.

¿Observé una velada ternura en su mirada? ¿Agradecía mi atención, mi respeto, mi interés? ¿Me decía esa mirada:

—He conocido todas las miserias y todos los desastres. Soy el único que salió de Palacio sin haber perdido las ilusiones... porque nunca las tuve.

—Nunca perdí las ilusiones porque nunca las tuve —me dijo, haciéndose eco temible, incluso macabro, de mi pensamiento. En ese instante, como un relámpago, pasaron por mis ojos sus palabras, María del Rosario,

—Tú serás Presidente, Nicolás Valdivia,

y me sentí mareado, al borde de un precipicio, mirándome reproducido en el espejo de El Anciano del Portal. ¿Acabaría yo también sentado en un café de Veracruz, jugando dominó con un perico inoportuno y hablantín sobre el hombro de mi guayabera?

La visión me hizo sudar frío en medio del pegajoso calor del Golfo de México. El Anciano me devolvió a la realidad.

—¿Cree usted que no supe desde siempre con quiénes iba a tratar al asumir la Presidencia? Carajo, señor Valdivia, los jorobados sólo se curan cuando se mueren y en la política hay legiones de corcovados incurables, ni cuando se mueren se enderezan.

Me rasqué incómodamente la espalda. No pude evitarlo, tan solemne, sombrío y hasta fatal era el tono parlante del Viejo.

—Para mí —prosiguió— el político debe ser como un aviador japonés: con pistolas pero sin paracaídas.

Hizo un insólito gesto de galán de cine, extraído de alguna antiquísima película de Tyrone Power.

—Pero entre el extremo del Quasimodo y del kamikaze, yo escogí ser El Zorro. Al enmascarado se le supondrán todas las perfecciones.

¿Suspiró? Tomé el asiento de la silla con las dos manos. El Anciano lo advirtió y me dijo con voz compasiva:

—No se apure. No he lanzado mi último suspiro. ¡Cuántas veces no me habrán dado por muerto!

Me adelanté. Me aventuré.

—No se me muera sin enterarme primero, señor Presidente.

—*¿De qué?* —dijo el perico, como si estuviera entrenado para esa pregunta. Tuve que reír.

—Del secreto que no suelta.

No se inmutó. Lo esperase o no, mi pregunta no alteró su tranquilidad.

—Nadie debe saberlo todo —dijo al cabo—. No es bueno para la salud.

—¿O más bien dicho, nadie puede saberlo todo?

—Qué noble es usted, Valdivia. Póngase chango. No, no se trata de poder, sino de deber.

—Es que nos acercamos a la hora límite. Yo le voy a implorar, como el joven que usted mismo fue, que no me mande de regreso a México con las manos vacías...

—Yo nunca fui joven —me respondió con un dejo de amargura—. Tuve que sufrir y aprender mucho antes de ser Presidente. Si no, se sufre y aprende en la Presidencia, pero a costa del país.

Me miró con franco desprecio.

—¿Qué se cree usted?

Hizo una pausa.

—Es necesario haber perdido mucho para ser alguien antes y después de ejercer el poder.

—Pero a veces el que pierde con tanto secreto, tanta intriga palaciega, tanta ambición personal, no es el poderoso, es el pueblo. Y eso es una catástrofe —dije con mi tono más digno.

—Las catástrofes son buenas —se relamió el viejo como el gato de Alicia—. Refuerzan el estoicismo del pueblo.

—¿Más? —dije con cierta exasperación.

El Anciano me miró con una mezcla de piedad, simpatía e impaciencia.

—Mire: Todos creen que me pueden encerrar en un asilo de ancianos. No cuentan con mi astucia. Yo me hago indispensable con mi astucia. El papaloteo verbal se lo dejo al perico. Por eso está usted aquí, porque yo sé algo que todos quisieran saber y que podría ser la clave para la sucesión presidencial.

Angostó diabólicamente la mirada, María del Rosario.

—¿Cree que voy a soltar prenda para que me tiren a la basura? ¿Está usted pendejo o nomás se hace?

—Yo lo respeto, señor Presidente.

—Lo dicho. Sigo con la boca cerrada.

—Créame que su franqueza no disminuirá mi respeto.

Rió. Se atrevió a reír.

—Será que soy muy mañoso, camarada Valdivia. Creo en la ley de la compensación política. Lo que doy con una mano, lo quito con la otra. Si yo le doy lo que quiere, ¿qué le quito en cambio?

Inquirí, inquieto: —Quiere usted decir, ¿qué espera de mí?

Contestó como una flecha: —O de quienes lo mandaron aquí.

—Mi protección —murmuré, dándome cuenta inmediata de mi estupidez.

El Anciano que nunca reía dejó de hacerlo pero mantuvo una gran sonrisa.

—Nunca crea en lo improbable. Sólo crea en lo increíble.

Cogí la ocasión del rabo: —Pero usted no me ofrece ni lo improbable ni lo increíble. No me da nada.

—Ah qué caray. ¿Qué tal si le digo que México necesita la esperanza? ¿Crear ilusiones absolutas y realidades relativas? ¿Animar la fantasía?

—Creeré que me engaña.

—¿Ya ve? Y sin embargo le estoy diciendo la puritita verdad. Y le doy, además, la clave de mi secreto, por si de veras quiere entenderla.

—Me regala usted una piedrecita. Yo quiero la roca entera, señor Presidente.

—Una piedrecita arrojada al agua hace una ola chiquitita, pero la ola chica hace las olas grandes.

Pausa. Suspiro. Resignación.

—Y al cabo, todas las olas son igualitas.

Recuperó en un instante el vigor que se le iba como las olas si el Golfo de México fuese una gigantesca coladera. Y quizá, esa tarde, lo era. En mi primera visita, El Anciano había evocado las mareas de invasores que entraron a México por Veracruz. Lo propio de las mareas, sin embargo, es retirarse, llevándose consigo parte de la tierra, quizá la tierra que la tierra ya usó, ya no quiere o ya no necesita. ¿Qué se llevaban las corrientes del Golfo? Todo, pensé, si el Viejo lo permitía. Nada, si su terquedad le prohibía al mismísimo mar moverse.

—La bruma de la conspiración cubre a México y nadie tiene la cabeza más alta que el aire que respira —dijo, por primera vez, con ensoñación (una ensoñación contradictoria y poco justificada), mirando hacia los muelles, el Castillo, el mar...

—Un aire contaminado, señor.

—Yo sólo le digo una cosa —repuso El Anciano con su mirada, su tono habituales—. Para respirar a gusto, para disipar la bruma, para acabar con las conspiraciones, se necesita devolverle al país una ilusión.

—¿Otra vez? —pregunté, resignado.

—Hablo de un símbolo —la voz del expresidente ganó en autoridad—. Engañado, perdido, corrupto, nuestro país sólo se salva si encuentra el símbolo que le dé nuevas esperanzas.

—No hemos hecho más que renovar esperanzas cada seis años para perderlas en seguida. ¿Usted tiene la clave de la esperanza perpetua?

Ahora sí que calló y pensó largo rato. Evité mirarlo, por simple buena educación. Me di cuenta de que los zopilotes ya no volaban sobre Ulúa. Me pregunté si eso ya lo había notado en enero, cuando vine a ver al Anciano por vez primera. La sensación de que los zopites no circulaban en los cielos era quizá sólo una repetición, una *reprise*, de algo que ya había visto y que ahora, como si la vida fuese un sueño, veía por primera vez, habiéndolo sólo soñado antes. ¿O era al revés? ¿Lo vi ayer para soñarlo hoy?

—Este era un gato con los pies de trapo —interrumpió el perico...

—El símbolo que le dé nuevas esperanzas.

—¿Otra vez?

Ahora sí que calló. Me atreví a hablar en nombre de él.

—Lo acaba usted de decir. Todo en México requiere un simbolismo. ¿Lo tiene usted?

Afirmó con la cabeza entrecana. Las vastas entradas en la frente le daban gran nobleza a sus facciones. Alzó la mirada.

—¿No se ha preguntado por que no vuelan los zopilotes sobre Ulúa?

Ahora me tocó a mí negar sin palabras, con otro movimiento de cabeza.

—Tuve un ministro muy bruto e indiscreto. Lo metí al orden diciéndole: Ten cuidado. Te andan acusando.

—¿De qué, señor Presidente?

—De andar diciendo la verdad.

Guardó silencio, María del Rosario.

Creo que entendí, María del Rosario.

—¿Aún no es el momento?

—No. Aún no.

—¿Qué mensaje me llevo a la capital?

—Cuando los coyotes aúllan, aúlla con ellos. No vayan a creer que eres gato.

—¿Quieres que te lo cuente otra vez? —canturreó el loro.

—Gracias, señor Presidente. ¿Eso es todo?

—No. Hay algo más. Pero es sólo para ti, Valdivia.

—Lo escucho, señor.

—Mi único pesar es que conozco todas las historias, pero jamás conoceré toda la historia.

Miró de vuelta hacia San Juan de Ulúa.

—Yo te mandaré llamar, muchacho, llegado el momento.

En sus ojeras no estaban las palmeras borrachas de sol.

—Mientras tanto, te ofrezco el título de una novela por escribir.

Esperé a que me lo dijera.

—*El Hombre de la Máscara de Nopal.*

## 45
## General Cícero Arruza
## a general Mondragón von Bertrab

Señor general, si alguien respeta el orden jerárquico, ese soy yo, su fiel servidor Cícero Arruza. Perdone que le insista. Esta vez le mando una cinta con mi fiel asistente "El Máuser" y mi voz grabada para que oiga vivamente mi franqueza y mi angustia. Ora es cuando, mi general. Algo está pasando y es la oportunidad de acción para que pase lo que queremos usted y yo. Lo único que no se puede permitir es un vacío de poder, pero a esa barranca vamos derechito. Pregúntese, ¿desde cuándo no se ve en público al Presidente? Yo se lo digo, yo llevo la cuenta. Desde principios de enero, cuando leyó su informe y nos provocó el mandarriazo de los gringos. ¡Tres meses sin verle la careta al llamado Jefe de la Nación! Si eso no es el vacío de poder tan mentado, ¿qué clase de hoyo será? Hoyos, hoyos, todo en la vida es puro hoyo, salir del hoyo, caer en el hoyo, cagar por el hoyo, meterla o dejar que nos la metan por el hoyo... Voy a serle sincero, mi general. O actuamos ya o nos la meten a usted y a mí. Lo noto indeciso. Lo noto hasta distanciado de su fiel subordinado Cícero Arruza. ¿Qué pasa, tan tarde me descubre usted tal como soy, mi general? Perdone la franqueza. Estoy diciendo este mensaje y estoy de vuelta de donde salí, que es una cantina, señor general, ya que a los militares nos chotean diciendo que sólo ganamos nuestras batallas en las camas y en las cantinas. ¿Recuerda a ese tabasqueño González Pedrero que nos hizo la vida de cuadritos a todos con eso que llamaban el dardo de la verdad? ¿No dijo González Pedrero que hubo un millón de muertos en la Revolución Mexicana, pero no murieron en las batallas sino en las cantinas, tiroteándose entre sí? Es para decirle que usted sabe quién soy yo, de dónde vengo y de qué soy capaz. Se lo recuerdo porque quiero que esté seguro de una cosa: las violencias me las puede cargar a mi cuenta. Los muertitos son de mi peculio... Yo no me guardo nada, señor general, sepa con quién trata y nunca se engañará como el marido de la canción... "¿De quién es esa pistola, de quién es ese reloj, de quién es ese caballo que en el corral relinchó?"... Perdone mi voz. Cuando bebo, me entran unas ganas locas de cantar... Sepa quién es su aliado... Ya le dije una vez que añoro la violencia de a de veras, no esos encarguitos de disolver asambleas soltando ratones y vaciando chis desde los balcones. Déjeme presentarle mis credenciales, para su seguridad. Como comandante de zona en diversos estados de la Unión, mi general, yo he acabado con los revoltosos y descontentos de un solo golpe genial. A los jefes de la oposición en Nayarit los liquidé poniéndoles benzedrinas en las cubas cuando celebraban una dizque victoria electoral. Ya no tienen nada que celebrar. El candidato de la oposición en Guadalajara desapareció tranquilamente en una excavación del Metro. Excavación chiles, mi general. Tumbita, diría yo... A los estudiantes revoltosos de la

Universidad, hará diez años, los liquidé encerrándolos en un laboratorio lleno de conejos infectados. Y con el hambre no se juega, mi general... A los rebeldes de Chiapas los mandé fusilar en una lavandería de Tuxtla Gutiérrez, para que se notara más la sangre entre las sábanas... Cuando Yucatán se quiso separar otra vez de la Federación, con gran apoyo popular y oficial, hice desaparecer a la burocracia entera (no me pregunte dónde terminaron) y luego invité a la población a visitar las oficinas vacías del gobierno. No había un alma.

—Ocupen las mesas —les ordené—. Siéntense a trabajar, ¿no ven que los de antes ya no van a regresar?

Cuando el enésimo levantamiento zapatista, esta vez en Guerrero, ordené a la tropa pintar cruces en cada dos de tres casas en Chilpancingo, con un letrero que decía "Aquí murieron todos por oponerse al general Cícero Arruza y al gobierno".

¿Ya sabía usted todo esto, mi general? Puede que sí, puede que no. No importa. Ahora que el alcohol me vuelve sincero, quiero que quede constancia de con quién trata usted, sepa que yo no lo engaño, conmigo puede contar para los trabajos de lavandería como ése que le rememoro de Tuxtla Gutiérrez, usted siga con los guantes blancos, que yo no permitiré que nadie se los ensucie... (Largo silencio, seguido de grito de mariachi.) Jayjayjay, aquí está Cícero Arruza, un generalazo capaz de ofrecer un cerote de mierda como caramelo a sus enemigos. ¿Enemigos a mí? Ah, qué la chingada... (Eso bórralo, Máuser, el general Bombón es muy decente y se nos puede ofender por apretado... aprende a distinguir, pinche Máuser, entre los pelados como tú y yo y los fifís como mi general Bombón.)

—Perdone a sus enemigos —me dijo una vez el señor obispo de Huamantla.

—No puedo —le dije muy seriecito—. No queda uno solo. Los maté a todos.

¿Ha visto usted mi colección de fotos de fusilados, mi general? Hay una que tengo encima de mi cama. Es bien famosa. Es la foto de un cabecilla rebelde a punto de ser tronado. Tiene el sombrero tejano puesto. Tiene un cigarrillo en la boca. Adelanta una pierna. Ha enganchado los pulgares en el cinturón. Y sonríe de oreja a oreja. Espera con tremenda sonrisota a la muerte pelona. ¡Así quiero morir yo, mi general, ahora que estoy entrado en copas se lo digo como mi hermano del alma y compañeros de armas, así quiere morir Cícero Arruza, muerto de la risa frente un pelotón de traidores y jijos de la chingada...! (Otra larga pausa en la grabación.) Ay, mi general, mire nomás qué enana está mi suerte, ¿cuándo la veré crecer? De usted depende. Usted da la orden y yo la ejercito. Mire qué fácil. Se le cargan los crímenes a la policía y el ejército queda a salvo de toda culpa. Le juro que yo sé cumplir órdenes hasta el límite de mi deber. No por nada dicen que tengo cara de pocos amigos. Es que no tengo amigos. Ni siquiera usted, mi general. Lo obedezco. Es mi superior. Pero no es mi amigo. No le conviene. Se lo aseguro. Ser amigo mío es algo así como un atentado a la salud. En cambio, con lo que puede contar es con mi lealtad y mi conocimiento del terreno que piso. Cuento con el apoyo de los que cuentan. Los gobernadores y caciques que ejercen el poder real en ausencia de la autoridad de nuestro democrático Presidente que confía en que la sociedad se gobierne solita. Cómo no. Primero se derrite el infierno. Los mexicanos sólo entienden la mano dura. Cabezas en Sonora. Quintero en Tamaulipas. Delegado en Baja California. Maldonado en San Luis. Todos están hartos del güevón gobierno democrático y listos a unirse a nosotros... No digo nada del tabasqueño, porque con ese nunca se sabe cómo va a responder. Un día da seguridades de apoyo, al siguiente traiciona la palabra empeñada. Para que vea que no le escondo ninguna verdad, mi general. Y en cuanto a los otros candidatos que se perfilan para la sucesión, verá cómo se les aparece el coco cuando vean que las fuerzas vivas con los militares al frente se les adelantan a tomar el poder en nombre de la seguridad de la nación. Al expresidente César León ya le tengo preparado un funeral público. No, no lo voy a matar, los crímenes no se anuncian, se cometen. Al intrigante César León le voy a organizar una procesión fúnebre que pase frente a sus ventanas al mediodía. A ver si entiende la alusión, pues. A Bernal Herrera lo dejamos actuar. Es como el doble del Presidente Terán y nadie quiere un segundo acto en esta carpa. A Tácito de la Canal no va a haber más remedio que desaparecerlo, mi general. Ese pinche pelón tiene demasiados secretos perjudiciales para todo el mundo. El muchachito ese llegado a Gobernación, Valdivia, está muy ciruelo, apenas le salieron pelos en los sobacos. Yo me encargo de manejarlo por su propio bien. Salucita, joven. Y en cuanto a la argüendera señora María del Rosario Galván, le tengo preparada una sorpresa. ¿Que dizque es muy cogelona la vieja? Pues entonces va a gozar que veinte de mis muchachos le invadan la casa, destruyan todo y se la tiren uno tras otro, de a trenecito. ¿Quién me falta, mi general? Ah, sí, el secretario de Hacienda. Pues viera usted que ese es nuestro candidato para provisional —pero provisional de veras, porque no dura dos días en la Silla del Águila sin entregarle el poder a las fuerzas armadas—, o sea la Junta, señor general, presidida por usted mismo con mi patriótico apoyo para poner orden en el país, darle seguridad a la gente, restaurar la pena de muerte, cortarle las manos a los rateros, el pene a los violadores, las patas a los asaltantes y los ojos a los secuestradores, porque ese es el tema número uno, la inseguridad, el crimen, y ese es el motivo de patriotismo público que nos mueve a usted y a mí, la seguridad pública, no la ambición personal, por eso vamos a obtener el respaldo unánime de la nación. Se acabó la impunidad. No más asaltos. No más secuestros. No más asesinatos —salvo los que usted y yo juzguemos indispensables—. Orden, orden, orden. Mi deseo... es que... la muerte natural... deje de existir... (Voz desfalleciente y lengua trabada.) Mi general, en estos momentos la Prudencia se llama Pendeja. Uyuyuyuy, yo soy puro mexicano porque para mí todas las noches son 15 de Septiembre. (Sonoro eructo.) Y no tenga una mala impresión de mí nomás porque soy francote. Y contésteme ya. Hay que moverse ahora mismo. Hemos andado juntos un largo camino, mi general. Contésteme. Usted nomás me oye, pero no me dice nada. Yo tomo su silencio como alianza y acuerdo. Chitón, en esta boca no entran moscas... entra puro tequila, compadre... Perdón, mi general. No me haga pensar que tiene usted una mala impresión de nuestro proyecto. No me haga sentirme como el nopal, que nomás lo visitan cuando tiene tunas... Y sabe una cosa, ¿ha matado alguna vez? Después de la primera muerte, las que siguen son fáciles... Juyuyuyuy...

## 46

# Nicolás Valdivia a Jesús Ricardo Magón

Amor, esta va sin firma pero tú sabes de quién viene
y a quién va... Bonito verbo, venir. Se conjuga de todas las maneras imaginables... Salgo esta tarde del
puerto y te espero en el Hotel Mocambo. No te asom-
bres. Es una especie de Marienbad-sobre-el-Golfo. Un
hotel con cien años de soledad en el que sólo viven
los fantasmas de su apogeo, que fue allá por los 1940.
Imagínate. Hace ocho décadas. Tiene la ventaja de
que es un laberinto blanco, *délabré*. Entras y sales sin
destino. Llegar a tu recámara es una aventura deli-
ciosa, si tú me estás esperando allí. He tomado cuar-
tos separados y no soporto la espera que me separa
aún de tu cuerpo canela, que es como una estatua
viva del trópico, tan llena de selvas y flores, de negruras y soles, de escondites y sabanas...

No necesito repetirte que amo con igual intensidad a las mujeres, porque en ellas veo y deseo lo que yo
no soy. Pero te amo también a ti, sin contradicción
con mi naturaleza heterosexual, porque en ti me veo a
mí mismo. En la mujer veo lo otro y también me apa-
siona. En ti me veo a mí mismo y mi pasión está iluminada por la melancolía. Sí, somos hombres, somos
jóvenes, pero yo dejaré de ser joven antes que tú y comprendo que al amarte dejo en ti mi juventud antes de

perderla. Eres el depósito de mi mocedad, amor. Te amo como dice San Juan de la Cruz que debe amarse, repitiendo sin pudor ni medida la palabra *hermosura*.

"Hagamos de manera que, por este ejercicio de amor ya dicho, lleguemos hasta vernos en tu hermosura, que siendo semejantes en hermosura, nos veamos entrambos en tu hermosura, teniendo ya tu misma hermosura; de manera que, mirando el uno al otro, vea cada uno en el otro su hermosura, siendo la una y la del otro tu hermosura sola, absorto yo en tu hermosura, y así, te veré yo a ti en tu hermosura, y tú a mí en tu hermosura, y así aparezca yo tú en tu hermosura, y parezcas tú yo en tu hermosura, y mi hermosura sea tu hermosura, y tu hermosura mi hermosura; y así seré yo tú en tu hermosura, y serás tú yo en tu hermosura, porque tu misma hermosura será mi hermosura; y así nos veremos el uno al otro en tu hermosura..."

No eres el espejo de Narciso. Eres la piscina en la que nadamos los dos desnudos. Eres mi cauterio. Eres mi fina herida. Sólo he amado a un hombre en mi vida, y eres Tú.

Posdata: No te aventures en el mar de Mocambo. Hay muchos tiburones en la costa y las redes colocadas a unos metros de la playa a veces tienen hoyos. ¡Te pueden dar un susto! Recuerda que lo bueno del tiburón es que no puede dejar de moverse. Si se detiene, se va al fondo del mar y allí muere. ¿Sueña el tiburón en movimiento? Qué lindo enigma, amor. Tú nada más no camines por la playa. No es de arena. Es de lodo. Espérame con los pies limpios. Y arrójale la carta a los tiburones. Si se la comen, aprenderán algo. Aprenderán a amar. ¿Sabes que sólo cogen una vez en sus tristes vidas?

# 47
## Xavier Zaragoza "Séneca"
## a Presidente Lorenzo Terán

Con cuánto dolor, señor Presidente, reviso el calendario de nuestra relación y me doy cuenta de que he sido el tábano que le criticó su inmovilismo. Un rey sentado en un trono sin moverse, creyendo que así aseguraba la paz del reino. Si movía la cabeza a la izquierda, predecía guerra y muerte. Si la movía a la derecha, pronosticaba libertad y bienestar, anhelados aunque utópicos.

Y ahora, encamado, como lo acabo de ver, como me permitió usted verlo, consumido, mi amigo, ahora sólo mi amigo, querido amigo, hombre bueno y honesto, Presidente animado por el amor al pueblo, ahora que lo veo agonizando entiendo mejor que nunca que un Presidente no hace ni se hace. Es un producto de la ilusión nacional —o de la alucinación colectiva—. Alguna vez le dije,

—Menos gloria, señor, y más libertad.

¡Qué terrible, qué cruel es la política, porque al desaparecer usted no pasarán muchos días sin que pierda su gloria y nosotros nuestra libertad! Señor Presidente, deja usted irresuelta su propia sucesión. ¿Qué se puede hacer para que el nuevo Presidente sea un hombre semejante a usted, un político decente como Bernal Herrera, y no un pillo como De la Canal?

¡Qué huecas, qué melancólicas, mi querido Presidente y amigo, me suenan hoy mis primeras recomendaciones!:

—Aproveche el periodo de gracia al asumir la Presidencia. Las lunas de miel son muy cortas. Los bonos democráticos se devalúan de la noche a la mañana.

—El primer requisito para ejercer el poder, señor Presidente, consiste en ignorar la inmensidad del puesto.

—La Presidencia es como el sistema solar. Usted es el sol y los secretarios de Estado son satélites. Pero ni usted es Dios, ni ellos son ángeles.

—La política —le dije entonces— no es el arte de lo posible. Es el grafito de lo impredecible. Es el garabato de la fatalidad.

¡Mi pobre Presidente! Jaloneado durante tres años por el pragmatismo de Herrera, el servilismo de Tácito y el idealismo de "Séneca"! ¿Qué le diría yo a usted hoy si hoy fuese su primer día sentado en la Silla del Águila? Le repetiría, no para exorcizarlas, sino para saberlas aprovechar o evitar, las características más entrañables de nuestra dictablanda tradicional:

—No hay que temerle a la pasividad de un Presidente, sino a su actividad desenfrenada.

Con usted ha sido lo contrario. Más suspicacia provocó su pasividad que su actividad. Acaso siente hoy la tentación suprema del poder. Ser un líder que organice nuestras energías nacionales y nos someta a la voluptuosa pasividad de la obediencia total.

Es lo más fácil.

Es lo más cómodo.

Pero es lo más peligroso. Y ese peligro usted lo evitó, mi querido, queridísimo señor Presidente. Un día me dijo:

—Creen que me engañan dándome a leer informes largos. Creen que sufro de letargia, como si me hubiera picado la mosca tsé-tsé. Falso. Leo de noche y lo sé todo. Los he engañado. Duermo tranquilo.

Sí, pero la imagen de pasividad que dejó usted puede ser malinterpretada ahora; la gente puede clamar por un Presidente hiperactivo porque la autoridad puede cambiar de rostro de un día para otro (piense en las sucesiones del siglo pasado, de Madero hasta Fox) porque el público se nutre de paradoja y ama el contraste y aun la contradicción.

Gracias, mi amigo querido, señor Presidente Lorenzo Terán, por permitirme entrar a su recámara y verle postrado, rodeado de enfermeras, doctores, sueros, calmantes. Gracias por darme la oportunidad de ver completa su vida.

No sé si nos volveremos a ver. Sé que a nadie más que a su fiel mosquito, "Séneca", le ha permitido usted entrar a esta antesala donde el poder termina para siempre.

Adiós, señor Presidente…

## 48
## Diputada Paulina Tardegarda
## a diputado Onésimo Canabal

Esta te la lleva personalmente Jesús Ricardo Magón, un joven colaborador del nuevo secretario de Gobernación, Nicolás Valdivia. Me río. Ya te veo, colorado como un betabel nomás de pensar que le suelto secretos a un funcionario, por subordinado que sea, del gobierno. Tú y yo, Onésimo, que con determinación y talento político podemos organizar a nuestro Congreso atomizado y crearle barreras al gobierno... Tú y yo, Onésimo, que con tantita materia gris podemos aprovechar la fuerza difusa de la partidocracia para hacerle la vida imposible al Presidente Lorenzo Terán... ¡Ay!

Discreción, me pediste. Y te la doy, Onésimo, junto con un regalo. El medio es el mensaje, como se decía hace medio siglo, y el hecho de que Magón, ayudante de Valdivia, sea el medio, para ti debía ser el mensaje.

Que es este. Tenemos el campo libre para actuar. Voy derechito al grano. Cícero Arruza ha hecho una mala lectura de la situación interna del país. Arruza es un resabio del pasado, un sobreviviente de épocas remotas. Cree que si hay problemas, se requiere mano dura y esa sólo el Ejército la tiene. Ha elaborado un fantasioso plan en su mente: juntar a todos los gobernadores y caciques para dar un golpe militar y llenar lo que llama (¿dónde lo habrá aprendido?) "el vacío de poder" creado por la pasividad del Presidente Lorenzo Terán.

He hablado con todos y cada uno de esos poderes locales o fuerzas vivas y te digo pronto y rápido lo que descubrí. La pasividad del Presidente les encanta. Y les encanta porque les conviene. ¿Dime tú si no van a estar felices de que la autoridad central esté ausente y ellos puedan hacer lo que les dé su regalada gana? Dime si Cabezas en Sonora no vive feliz de gobernar su estado sin interferencia del Centro de la República, y "Chicho" Delgado en Tijuana haciendo negocios con los coyotes que pasan ilegales y la migra americana que no los deja pasar —hasta que el gobernador Delgado les cobra a unos y les paga a otros—. ¡Qué vergüenza, don Onésimo del alma mía, ay qué rubor, cómo se han corrompido las fuerzas del orden en los Estados Unidos!, ¿no ve usted que hasta colorada me pongo?, ¿no le dije siempre que cualquier vicio mexicano los gringos saben aumentarlo por miles y disimularlo por un millón?

Bueno, permítame una bromita de vez en cuando, señor diputado, usted que me da trato de monja... Bueno, ahora en serio otra vez, dime si Roque Maldonado en San Luis está descontento de que los inversionistas japoneses traten directamente con él, firmen los contratos en el misterioso santuario potosino *El Gargaleote* del difunto cacique Gonzalo N. Santos y tenga una fortuna con la cual este esforzado revolucionario nunca soñó, gracias a que Maldonado se lleva su jugosa comisión sin interferencia del gobierno federal.

Dime si el *capo di tutti capi* Silvestre Pardo quiere que un gobierno metiche le agite las olas de su imperio de Narcomex. No digo más. Sólo esto. No hay un solo gobernador, cacique o traficante que quiera un gobierno militar en el que el general Cícero Arruza se lleve la parte del león a la hora del "reparto de utilidades". Nuestro general está birolo, mafufo o sea netamente pendejo. Su cálculo le ha fallado miserablemente. Se quedará solo en una asonada.

¿Ahora ves por qué es importante que esto lo sepa el gobierno y que el emisario sea el guaperas de Jesús Ricardo Magón, de irresistible faz angelical?

Me río, Onésimo, pero mira ahora mi amarga mueca. El único que se nos escapa por taimado y ambicioso es el hombre fuerte de Tabasco, Humberto Vidales, llamado "Mano Prieta". Ese quisiera llegar él mismo a la Silla del Águila, pero como la presa se le escapa una y otra vez (para ser villano de telenovela hay que saber disimular, no puedes torcer la boca, arquear la ceja, sorber los mocos y embozarte en la capa de Cruz Diablo) confía dinásticamente en que, tarde o temprano, uno de sus Nueve Hijos Malvados, como cariñosamente los llama, se siente un día en la Silla y reivindique el derecho natural —según él— de ser Presidente.

Al candidato que apoyemos tú y yo, Onésimo, vamos diciéndole que se esté tranquilo y sólo se preocupe —no mucho, tantito nomás— del tenebroso tabasqueño. Los demás, mientras no les toques los intereses, harán lo que *nosotros* queramos —que es no hacer olas y dejarles intactos los negocios.

¿Y quiénes somos *nosotros*, mi distinguido amigo? ¿Y qué queremos? Pues queremos, ni más ni menos, ser factor decisivo en la sucesión presidencial del año 2024. Cuenta las cabezas, Onésimo. En contra de lo imaginable, Arruza no importa por los motivos ya expresados y que son el mejor saldo de la misión que tuviste a bien encomendarme.

César León no tiene chance inmediato de reelegirse. Habría que cambiar la Constitución y eso puede ser más largo que la Cuaresma. En todo caso, tú y yo podemos asegurar que las cosas se alarguen indefinidamente. ¿No te lo dije un día?

—El Congreso tiene tres misiones. Una, pasar leyes. Otra, impedir que pasen. Pero la más importante consiste en asegurar que los asuntos se alarguen indefinidamente, que nada se resuelva por completo, que la agenda esté llena de pendientes... Si no, mi querido amigo, ¿qué hacemos aquí tú y yo? ¿Cómo justificamos la chamba, sino dándole "largas" a todos los asuntos?

—Cuidadito. A ver si no fundas la sociedad *Los Idus de Marzo.*

—Mira qué cultivado me resultas, Onésimo. Con razón fuiste secretario de Agricultura en el régimen de César León. No, mejor fundamos la sociedad *Las Calendas Griegas...*

Prosigo con mi lista. No pongas cara de culto. No te va.

Andino Almazán nomás no "pasa" popularmente. Salvo López Portillo, ningún secretario de Hacienda ha llegado jamás a la Presidencia. Ese sí que es el villano de la telenovela. Pasarse seis años diciéndole NO a todos los que te piden dinero. O sea que su profesión es ser odiado y el votante lo que quiere es amar, aunque sólo sea por un ratito y luego se desilusione.

Quedan entonces los dos candidatos serios. Bernal Herrera y Tácito de la Canal.

No pongas cara de susto si te digo:

—Elimina a Tácito.

Nicolás Valdivia ha tenido a bien enviarme, por conducto del joven Magón, las copias que prueban la conducta criminal de Tácito en el negociado de MEXEN. Cómo se le escapó a un operador tan astuto que el archivista guardaba tan culpables pruebas, aún no lo sé. Magón, que es hijo del archivista, dice que su papá nunca permite que desaparezca un papel. Puede ser. Pero ¿por qué dejó Tácito que los documentos pasaran al archivo en vez de pasar por la trituradora? Sólo se me ocurre entrar a los terrenos pantanosos del orgullo del poder, la *hubris*, Onésimo (palabrita que ya te expliqué un par de veces y no voy a repetir), que llevó al Presidente Nixon, por ejemplo, a guardar celosamente todas las cintas que lo exhibían como un criminal grosero y que finalmente lo expulsaron de la Casa Blanca... A todos los niveles, Onésimo, te encuentras gobernadores que guardan película de sus matanzas, comandantes que hacen filmar los fusilamientos que ordenan, torturadores que se deleitan mirando cintas de sus atrocidades... ¿Tácito habrá sido sólo más fino y más soberbio, impidiendo que esos documentos quedaran para la historia de Tácito? No lo creo. Nixon, para volver al mejor ejemplo, tenía un archivo separado, "The White House Files", donde quedaba el testimonio de sus canalladas y crímenes, pero listo para ser sacado inmediatamente de la Casa Blanca si perdía las elecciones.

Con Tácito, hay gato encerrado. Los documentos están rubricados por él. Pero una rúbrica se falsifica fácilmente. Yo me pregunto, ¿quién le entregó los papeles al archivista don Cástulo Magón? No creo que haya sido De la Canal. Si averiguamos quién le dijo,

—Don Cástulo, no deje de archivar esto...

habremos resuelto el enigma.

Te repito. Elimina a Tácito. María del Rosario posee los originales de los documentos incriminantes, comparte el secreto con su criatura Nicolás Valdivia, al que ella ha encumbrado, y desde luego con Bernal Herrera, su examante y candidato a la Silla del Águila.

Nicolás Valdivia, te repito, ha tenido a bien enviarme, por conducto del joven Magón, las copias que prueban la conducta criminal de Tácito en el negociado de MEXEN. Repito, ¿cómo se le escapó a un operador tan astuto que el archivista guardaba tan culpables pruebas? No lo sé. Pero leyéndolas, entiendo por qué el Presidente Terán apresuró la renuncia de Tácito.

Y también la de Herrera. Este último queda, pues, como el claro favorito. Me entera Magón de que la intriga de Tácito contra Herrera y María del Rosario la aplastó el propio Presidente, indicando de paso que Herrera era su favorito.

Este es el cuadro visible. Ahora bien, Onésimo, el cuadro real contiene todas estas posibilidades, sólo que el tema invisible no sería, como todos creemos, el tema "Candidato a la Presidencia", sino el tema "Presidente Provisional" en caso de renuncia o ausencia del Presidente en funciones.

Me imagino tu cara. Disimula tu asombro. Y no creas en las intrigas de César León o en las amenazas de Cícero Arruza para que el Presidente renuncie. Aquí hay algo más. Hay gato encerrado. El joven Magón, que es empleado de confianza del secretario de Gobernación Valdivia, me da a entender que éste (Valdivia) le dio a entender a él (Magón) que "Séneca", el favorito del Presidente, ha logrado ver a Terán en un estado de debilidad física impresionante.

¿Cómo lo sabe Valdivia? Porque Séneca se lo contó a María del Rosario, de la cual está secretamente enamorado, y ésta se lo contó a Valdivia, que es protegido de esa Eva Perón de huarache que es doña María del Rosario. Ahí tienes, Onésimo. Todos se espían entre sí, se roban documentos unos a otros y creo que hasta se espían a sí mismos cuando nadie los ve...

Con lo cual confirmamos que en política los secretos son a voces y que sólo las voces son secretas. Adivina un enigma en todo lo que sabes, Onésimo, y olvídate de los secretos: son ánforas vacías. Distracciones.

Mejor dale vueltas —muchas vueltas— a lo que ya sabemos.

Allí están los misterios.

## 49
## María del Rosario Galván
## a Bernal Herrera

Ha muerto el Presidente Lorenzo Terán. Es como perder a un padre bueno, Bernal. Yo he vivido desde joven con la imagen detestable de mi propio padre déspota y corrupto. A veces es él quien se apropia de mis pesadillas. Despierto gritándole,

—¡Vete! ¡Desaparece! ¡Eres más terrible muerto que vivo!

Cuando murió Franco, Juan Goytisolo, anti franquista de toda la vida (hoy tiene ochenta y nueve años y vive ilocalizable en el dedal de la Medina de Marrakech), no pudo dejar de entonar un réquiem por el padrastro que dominó a los españoles durante cuarenta años.

En cambio, Lorenzo Terán fue un patriarca bueno. Quizá demasiado bueno. Lo llamo "padre", pero en realidad fue hijo nuestro, tuyo y mío, Bernal. Nosotros lo hicimos. Nosotros lo persuadimos para que dejara sus negocios en Coahuila y se lanzara como Presidente de la sociedad civil ante la catástrofe de nuestra partidocracia, que no salva del desastre a una sola formación política en México, como si fuesen ocho niños caprichudos encerrados en el mismo cuarto y contagiados de sarampión.

En cambio, Lorenzo Terán, limpio, sin compromisos, hombre de empresa. Y por añadidura, hechura nuestra, Bernal. Tomamos, sin embargo, una decisión. No íbamos a manipular. Le seríamos leales respetando su investidura y su autonomía. Lo serviríamos. Lo aconsejaríamos. Pero no le daríamos trato de marioneta. ¿Hicimos mal? ¿Debimos ejercer presiones más severas sobre él? ¿Debimos ser algo más que consejeros —mi caso— o leales ejecutores —el tuyo—? ¿Se dio cuenta el Presidente de que todos los actos de poder te los debió a ti: huelgas, estudiantes, campesinos? Fuiste tú el que actuaste. Le presentaste hechos consumados al Presidente. Porque Lorenzo Terán, tan combativo en campaña, decidió ser una especie de santo estilita en el gobierno. Trepado en una columna para servir solitariamente a Dios y dejar que la sociedad se gobernase a sí misma.

Tuvimos que actuar en su nombre tú y yo. Fue nuestra manera de serle leales. No lo manipulamos. Respetamos su autonomía. Pero llenamos sus vacíos para favorecerle. Como no nos llamó la atención, hicimos lo que pudimos. Tú, desde la Secretaría de Gobernación. Se puede mucho desde allí. Pero no todo. Creo que había un utopista extraviado en el corazón del Presidente Terán. Sólo le hizo caso, para nuestro mal, a "Séneca", provocando la respuesta brutal de los yanquis. Cosa que era de esperarse.

Mi propio papel se vio limitado por mi condición femenina. Por mucho que hayamos avanzado, sigue privando en nuestra sociedad una ley no escrita. A un hombre se le perdonan todos los vicios. A una mujer no.

Adivino tu sonrisa, Bernal. Eres bueno. Eres generoso. Sólo una vez me recriminaste mi indiscreción al pelearme con Tácito de la Canal. Tenías razón. Me ganaron las hormonas. De nuevo, te pido perdón. No sólo violé nuestro pacto político. Discreción, discreción y más discreción. Lo malo del poder es que te da una sensación irremediable de impunidad. Una va perdiendo la discreción debido a la costumbre del poder mismo.

Juro no repetir ese error. Y por eso contesto por escrito, para que esta vez sí quede constancia, a tu proposición de ayer durante el funeral del Presidente, hincados los dos lado a lado en la Catedral Metropolitana.

Piensas, como yo, en tu futuro. Con la muerte del Presidente, los calendarios políticos no sólo se adelantan. Se transforman. ¡Mira nada más la de vueltas que da la política! ¡Tiene más recodos, serpentinas, cataratas, anchuras y angosturas, islotes imprevistos, atascaderos y honduras que todo el curso del Río Amazonas! Cuando le dije a Nicolás Valdivia,

—Serás Presidente de México,

le estaba dando atole con el dedo. Creí que, una de dos. Él lo tomaba como un desafío erótico, una promesa sexual aplazada, un legítimo capricho de mujer:

—Ven a mis brazos, muchacho... Sé el Presidente de mi lecho. ¿No me entendiste? Mi cama es la verdadera Presidencia de México, borrico...

O aceptaba el acicate de la ambición. No se engañaba. Yo trabajaba para ti. Pero la política es "lo que el hombre hace a fin de ocultar lo que es y lo que ignora". Nicolás Valdivia era lo bastante listo, arriesgado y bello como para entender esta propuesta. Todo o nada.

Resultó que fue todo. Va a ser Presidente Sustituto. No me mires así, amor. Déjame guardarme uno que otro secreto. A ninguna mujer se le niega ese derecho. ¿Has visto con qué facilidad le sacamos nosotras los secretos a los hombres? Desde el "Si no me dices, me enojo" hasta el "Guárdate tus secretos. A mí no me volverás a ver". Bernal, tú sabías de mi relación íntima, en un momento de su vida, con Lorenzo Terán. Fue él quien protegió a nuestro malhadado, pobre hijo. Yo quise darle las gracias sin reservas. Fueron sólo unas semanas de amor, cuando viajé a los Estados Unidos. Nos encontramos en Houston él y yo. Me mostró las radiografías. Yo siempre supe, Bernal, que el Presidente iba a morir. Ni cuándo ni cómo. Había que estar preparados. Lo hice por ti, mi amor. Si el Presidente vivía hasta la elección del 2024 o más allá, Valdivia nos cubría la espalda en Los Pinos. Si Lorenzo Terán moría en la Silla del Águila, ¿quién más maleable que Valdivia, hechura nuestra, para ser Presidente Provisional o en su caso, Sustituto y preparar así tu elección? Tal fue mi cálculo. Sí, "la política es lo que el hombre hace a fin de ocultar lo que es y lo que ignora". Con Valdivia salíamos ganando por los dos lados. De las oficinas de la Presidencia a la Subsecretaría de Gobernación a secretario encargado del despacho hoy. Perdona mis engaños. Comparte nuestros éxitos. El Congreso habrá de nombrar un Presidente Sustituto. Tenemos a nuestro hombre. Es Valdivia. Lo hemos preparado para el puesto. Él ordenará la elección de julio del 2024 y tú serás candidato, nuevamente, de la ciudadanía. ¿Quién elige al Presidente de México? En un setenta por ciento, la ciudadanía sin partido. ¿Quién será tu opositor? Tácito está eliminado. Andino no da el tamaño. Nadie en el "gabinetazo", como se decía a principios de siglo, tiene los tamaños.

Hay las tentaciones: los militares. Hay el misterio de Ulúa y su detentador, El Anciano del Portal, al cual no puedes ni torturar ni asesinar para que suelte prenda. Se llevaría el secreto a la tumba. Y torturar a un anciano puede matarlo o sería una crueldad deshonrosa. Luego hay esa inoportuna señorita De la Garza, que le escribe cartas de amor al difunto candidato Tomás Moctezuma Moro.

En suma, que debes encontrarte un contrincante, Bernal. Ya ves, la última vez que tuvimos un Presidente electo sin opositor, López Portillo, cómo nos fue. La vanidad se devoró a la inteligencia. La prepotencia rebasó los límites de la reflexión.

¿Quién será tu oponente en el 2024, Bernal?

Eso es lo que debería preocuparnos, no tus locas serenatas de amor entre rucos. Porque tú tienes cincuenta y dos años y yo cuarenta y nueve, digamos la neta. Tú me susurras al oído en Catedral, en medio de responsos fúnebres,

—María del Rosario, hemos aplazado nuestro matrimonio un cuarto de siglo. Sabemos las razones. Pero ahora piensa en lo indispensable que es un candidato casado.

—El Presidente Terán era soltero...

—Pero con fama de monje. Nadie le reprochó nada. Pero dos al hilo, María del Rosario, dos al hilo, date cuenta, van a creer que soy puñal.

Disimulé la risa tras el velo negro.

—Encuéntrate otra, Bernal.

—Marucha, yo sólo te he querido a ti.

Perdón. No quise romper las cuentas del rosario que llevaba entre las manos. Se regaron con un ruido espantoso.

—Luego hablamos.

—No. Ahora.

—Mira la fila para la comunión, ven. Hablemos en voz baja.

¿Qué te dije, Bernal, los dos juntos en la lenta cola que iba camino a la eucaristía? ¿Qué te dije? Vamos dejando constancia.

—Todo hombre teme a una mujer capaz de pensar y actuar por sí misma. Todo hombre teme a una mujer fuerte y capaz de defenderse. Prefiero actuar sola y no inspirarle temor a un marido. Te lo digo por tu propio bien. Por eso nunca me casé contigo de jóvenes. Nunca me tengas compasión. ¿Tú le pedirías a un hombre que abandone a sus amigos? ¿Sus restoranes, sus costumbres? Yo misma no lo aceptaría. ¿Por qué habría de obligar a nadie a ser lo mismo que yo no quiero ser? Déjame ser mi propia mujer. Recuerda que soy hija de un temible padre y que en política me siento autorizada a actuar como él lo hizo en los negocios. Me justifico a mí misma, Bernal, diciendo que él tenía la energía del mal —más que hacer dinero, *ser dinero*— y que a mí, tortuosamente si tú quieres, me inspira el bien común. Ríete aunque no puedas porque estamos en un Te Deum. Ríete por dentro. Pero reflexiona y piensa que tengo una gran falla. No sé ser una buena esposa. No sé compartir, reír, aliviar. Sólo sé intrigar, pero eso —*j'espère*— lo hago con una elegancia que honra a mis aliados. Quizá no sepa querer a un hombre. Pero a un amigo, como tú, sí que sé honrarlo…

Recibimos el cuerpo de Cristo, hincados lado a lado frente al altar mayor y de manos del arzobispo de México, Pelayo Cardenal Munguía.

Al terminar la ceremonia, me invitaste a subir a tu auto. Manejabas tú mismo y me dijiste que no te resolvía tu problema. Se necesita una Primera Dama en Los Pinos. El Presidente tiene que decir,

—Tengo una vida privada.

Me obligaste a reír.

—Todos tenemos derecho a una vida privada. Siempre y cuando tengamos con qué pagarla. Si me casara contigo, no tendríamos con qué pagar nuestra infelicidad.

—Tú eres la única que me dice cosas que me reconfortan más allá de la política, ¿me entiendes?

—Y tú también el único para mí. Dejemos las cosas como están. Casarnos sería una mentira.

—¿No lo es la política?

—Sí, por eso exige tanto tiempo.

—¿Qué quieres decir?

—Que mentir con éxito requiere más tiempo y atención que los que la vida nos otorga. Habría que dedicarse enteramente a cultivar la mentira. Que es precisamente lo que la política autoriza.

—¿Te queda energía?

—Mírate en el espejito del auto, Bernal. Mirémonos los dos. ¿Crees que somos los mismos que hace veinte años? ¿Qué te dice el espejito, Bernal?

Tu voz me sonó muy melancólica, mi amor.

—Que nada volverá a ser como fue.

Chapultepec convertido en Castillo del rock, cimbrado por tanto concierto de beneficencia tan ruidoso que dicen haber visto a los fantasmas insom-

nes de Maximiliano y Carlota deambular, con la guardia de los Niños Héroes, en medio de los fanáticos
del anciano Mick Jagger, que vino aquí a celebrar sus
ochenta años y que, como todos los jipis melenudos
y provectos, parece una viejecita en busca de cereales
contra la constipación.

Y por fin Los Pinos, la residencia y oficina presidencial donde se recibe el duelo de jefes de Estado
extranjeros, embajadores y "fuerzas vivas". ¿Quiénes
lo reciben? Naturalmente, el presidente del Congreso, Onésimo Canabal, el presidente de la Suprema
Corte, Javier Wimer Zambrano, y el secretario de
Gobernación, Nicolás Valdivia. La elección de Presidente Sustituto no se hará hasta que concluyan las
ceremonias luctuosas en honor de Lorenzo Terán y se
retiren las misiones extranjeras —aunque el Presidente
cubano Castro ha declarado su intención de darse
una vuelta por Chiapas "con una importante revelación que hacer".

Ahora tú y yo hacemos cola otra vez. Ya no tenemos representación oficial. Admiramos la compostura
de los Tres Poderes. Y yo busco en vano a la mujer, Bernal.

Porque el Presidente Lorenzo Terán sí tenía una
mujer en Los Pinos. Una mujer invisible. Allí, aso-
mándose por una puerta del Salón López Mateos.
Llorando. Con el pañuelo en la boca. Prieta. Cacariza.
Cuadrada como una caja fuerte. Cariñosa. Adolorida.

Es Penélope Casas.

Llora pero mira con ternura a Nicolás Valdivia.

Ya sabe que será Presidente. Lo agradece. Es su
protector.

Miro la escena contigo, Bernal, y te repito. El
demonio de la política arde en mi corazón. Qué bue-

no que nunca nos casamos tú y yo. Así he podido darle a la política la parte oscura de mi persona, la parte que heredé de mi padre, sin dañarte a ti.

"Nicolás Valdivia, yo te haré Presidente."

Lo que no le dije es que conocía la enfermedad mortal del Presidente Lorenzo Terán.

# 50
## Xavier Zaragoza "Séneca"
## a María del Rosario Galván

Ha muerto Lorenzo Terán. Ha muerto el señor Presidente. ¿Seguimos vivos tú y yo, María del Rosario? No, no te embarco en mi propio funeral de vikingo: una nave en llamas cuyo velamen de fuego no sobrevive a la noche de la muerte. No. Hago con mi amiga un repaso necesario que quizá sea, también, un responso fúnebre.

¿Fue grande Lorenzo Terán? ¿Pudo serlo y no lo fue? ¿O sólo fue lo que siempre fue: un hombre decente, bien intencionado y —*de mortuis hil nisi bonum*— sin verdadera inteligencia? Su Presidencia no pasará a la historia. Terán dejó que sucedieran las cosas porque ese era su credo demócrata. Pero no pasó lo que él quiso que pasara. Ve el panorama. Vacíos de poder, cacicazgos arraigados, intrigas palaciegas incontroladas... pero no la sociedad civil gobernándose a sí misma en un ambiente de tolerancia, respeto e iniciativa moral. Y la muerte de un hombre honrado, decente, María del Rosario, a ti, a mí, a Bernal Herrera, nos consta más que a nadie. Pero yo te pregunto, ¿puede alguien, con fuerza, si no pasivamente, cambiar realidades con palabras? Las palabras que la civilización ama —Ley, Seguridad, Democracia, Progreso—

se vuelven pardas, angustiosas, falsarias, aquí en México y en toda esta región más dolorosa, Latinoamérica.

¿Qué puede hacer alguien como yo, el llamado "Séneca", si no proponer *utopías* radicales, ya que la *topía* es, ella misma, tan absoluta en su dominio de la política? Ante la extrema *realpolitik*, yo propuse una *idealpolitik* igualmente extrema. Mi esperanza fue que entre dos extremos, la moneda de la virtud cayese, de canto, en los medios. *In medio stat virtus*, pues.

Con esa filosofía acepté el lugar, cerca de la Silla del Águila, que me ofreció el señor Presidente Terán. Ya sabía que la vida puede ser baja y el pensamiento alto. Me presenté sereno y seguro de que, si mis consejos no eran plenamente aceptados, al menos un eco moral resonaría siempre, por sordo que fuese, en el oído del Presidente. Sí, soy un utopista. Muero soñando que la sociedad debe ser gobernada por hombres de cultura, bondad y buen gusto. Dado que ello es imposible, ¿no es mejor llevarse esta convicción a la tumba, donde nada la contradice u obstruye?

He buscado la virtud para ejercer mejor la libertad.

He creído en una patria común que abrace a todo ser viviente, sin distinción de sexo, raza, religión o ideología.

Me ha costado, pero lo he intentado, María del Rosario. Extender mi amor a los portadores del mal, considerándolos, como el verdadero Séneca nativo de Córdoba, simples "enfermos de la pasión".

Pero sobre todo, he atendido el mandato estoico que me concierne a mí: Contra las agresiones del mundo, no permitas que te conquiste nada, salvo su propia alma.

Quisiera que entiendas, María del Rosario, este mensaje de despedida de tu amigo Xavier Zaragoza,

llamado "Séneca". Quiero que sientas que mi desesperanza es mi serenidad. O sea, que me quedan las
ganas. Lo que he perdido es la esperanza. Dirás que
siempre debí tomar en cuenta las realidades enfrenta-
das por el Presidente y considerar mis ideales —un
gobierno ilustrado y justo— como correctivo apenas,
un llamado al refugio de la vida interior en tiempos
de tormenta. Conformarme con los mendrugos de la
utopía. Sí, María del Rosario, tú misma creíste que
mi presencia era útil, algo así como el condimento
que se olvida si el guiso es sabroso, pero indispensable cuando el comensal dice:

—¿Dónde está el salero?

Salero de mesas colmadas de platillos bien sazo-
nados, ¿cuántas veces fueron escuchados mis consejos?, ¿por qué me engañé a mí mismo creyendo que
mis ideas contarían?, ¿no sabía que la fuerza política
del intelectual sólo se deja sentir *fuera del poder*, aunque aun en la oposición es apenas presión relativa,
pero que *en el poder* ya ni siquiera es relativa? Es nula.

O sea, en un extremo cagas, en el otro tragas
mierda. Todo en la vida es miseria.

Veo estos tres años que he pasado en las antecá-
maras del poder y sólo veo miseria y siento asco. Sí,
he visto al Presidente sufrir pensando. A veces le dije:

—No piense demasiado. Para eso estoy yo aquí.

Pero cuando lo hago, otro ya lo salvó del sufrimiento. Tácito, para el mal. Herrera, para el bien. Yo
soy el postre de la consolación.

—Es cierto, Séneca. Había otro camino. Quizá
lo tome la próxima vez.

Y luego me sonríe; bueno, me sonreía:

—Cabrón, deja de quitarme el sueño.

Debieron quitárselo los lambiscones, los demagogos, los intrigantes de la inevitable corte presidencial.

María del Rosario, este es tu amigo Xavier Zaragoza "Séneca", a quien el señor Presidente oye —oía— con entusiasmo, pero sin convicción.

Estos imbéciles que se quedan creen que el éxito asegura la felicidad. No saben lo que les espera. Me fueron aislando, desacreditando. Sólo la bondad del Presidente me mantuvo en mi puesto de consejero. Fui el tábano. Dije todo lo que debía decirse, por desagradable que fuese.

—Nada me puede convencer de que la sabiduría está en la estadística, Andino.

—Cuando lo veo, el asco inunda mi alma, general Arruza.

—Se puede dormir en la misma cama y soñar sueños distintos, licenciado Herrera.

—Corónese de laureles, señor expresidente León, para que no lo parta un rayo.

—Tu cobardía es como un mal olor que vas dejando detrás de ti, Tácito.

Y tú me dices, María del Rosario:

—Séneca, no bebas veneno para calmar tu sed. No vale la pena.

¿No vale la pena, mi querida amiga? ¿Crees que muero porque me decepciona el mundo? ¿Crees que siendo un idealista sin convicciones sólo me queda el recurso de la muerte? ¿Crees que traiciono la sabiduría estoica de mantener en vilo todas las pasiones del alma, libertad, naturaleza? Dime entonces, ¿no es la muerte una de las pasiones del alma? Y siendo fin inevitable, ¿por qué no apresurarla voluntariamente a fin de no padecerla fatalmente?

No. He puesto a prueba mis convicciones y sé que el pago a la inteligencia es el desencanto. Nada se corresponde con nuestra razón. He vivido demasiado tiempo cerca del Sol y como sólo soy una estatua de nieve, me derrito cuando se apaga el Astro. Vieras, desde que murió mi entrañable amigo Lorenzo Terán, las cosas que siento. Soy como un gato: no entiendo mi reflejo en el espejo. Trato de recordar mi nombre y me cuesta. No debía recordarlo, lo he perdido para siempre, lo sé. Siento que nada vale la pena, nada me satisface. Soy víctima de la acedia. ¿Es esta la prueba de la grandeza moral? ¿Se aburre un perro? Sólo el imbécil no duda. Sólo el idiota no sufre.

Al morir el Presidente, me vi en el espejo de mi alma y vi una imagen oscilante, temblorosa. Era la fluctuación de mis propias emociones. Era el vaivén de mi espíritu entre la vida y la muerte. Era el retrato fiel de mi alternativo deseo de ambas.

Era el inmenso vacío de mi amor, un hueco entre la vida y la muerte. Mi amor por ti, María del Rosario. Mi deseo de poseerte, nunca expresado, callado, prisionero de mi sueño. Y jamás adivinado por ti, estoy seguro.

Era, en fin, la certeza cabal de que nada tenía existencia real sino mi propia interioridad. La fortaleza intocable de mi yo. Mi libertad para disponer si ese yo seguía en el mundo o lo abandonaba.

¿Qué significa frente a esta certidumbre todo lo incierto de la vida pública? Significaba —significa, María del Rosario— que no hay racionalidad que logre imponerse en México. Significa que, una y otra vez, seguiremos matando a la gallina de los huevos de oro —después de robarnos los huevos—. Significa que desde 1800 Humboldt dijo la verdad:

—México es un mendigo sentado sobre una montaña de oro.

Significa que en una historia policiaca sólo sabremos al final quién era el criminal. En México, en cambio, se conoce de antemano al criminal. La víctima es siempre el país. Ah, amiga mía. No le hagas caso a los salvadores demagógicos, nuestros Mahatma Propagandi. Pero cuídate de nuestros represores bufos, nuestros Robespierrot.

Oye al escuadrón de los desesperados.

Oye los rumores de esta Ciudad de México en la que se sabe todo lo que no se dice. Escríbelo. Nadie te creerá.

Cállate. Todos lo sabrán.

Sí, muy amiga más que apreciada. Si fuese político, los traicionaría a todos. Menos mal que sólo soy un intelectual y sé que los políticos me traicionarán a mí.

Sí, mi bella e ilustrada señora, nada tiene valor salvo nuestra intimidad, nuestro ser más callado. No lo repitas. No te entenderán.

Me voy diciéndome que nos parecemos a nuestros sueños. Nada es más semejante a nuestra realidad que nuestra utopía. No tenemos otra, ¿ve usted, señora? Sólo un suicida se atreve a decir esto. No son mis últimas palabras. No pido que las inscriban sobre mi tumba.

AQUÍ YACE XAVIER ZARAGOZA
LLAMADO "EL SÉNECA". 1982-2020
EN MÉXICO, TODO PENSAMIENTO ES UN
C O N T R A B A N D O

A ti, en secreto, te comunico que no hay misterio después de la muerte. El muerto no sabe que estamos vivos. Antes de nacer y después de morir, vivimos, al fin, nuestros propios, intocables mundos.

Mi sentencia de despedida, María del Rosario, es mucho más sencilla.

—Me voy antes de que el cielo deje de verse para siempre en México D. F.

Y me reprocho a mí mismo irme con rabia, irme sin serenidad...

Me voy con rabia porque me dejé seducir por la política. Descubrí que el arte de la política es la forma más baja de todas las artes.

Me voy con rabia porque no pude convencer al Presidente de que el Jefe del Estado no puede pesar solo más que todos y más que el tiempo.

Me voy con rabia porque no supe detener la locura política de cada sexenio, que es la de apropiarse de toda la historia de México y reinventarla cada seis años. ¡Qué locura!

Me voy con rabia porque soy culpable de que el Presidente me hiciera caso cuando le di un buen consejo. La culpa es mía, no suya.

Me voy con rabia porque mi razón y mi lógica no vencieron a la propaganda, que es la comida de los fanáticos.

Me voy con rabia porque no aprendí nunca a cultivar magueyes.

Me voy con rabia porque empecé indignando y terminé irritando.

Me voy con rabia porque prediqué la moral desde la cumbre de una montaña de arena.

Me voy con rabia porque nunca fui capaz de decirte *Te amo*.

Me voy con rabia porque sólo envidio a los muertos.

## 51

## Nicolás Valdivia a Jesús Ricardo Magón

Querido, me cuesta mucho confiar en alguien que no seas tú. No sé cuáles puedan ser las consecuencias de la información que le proporcionaste a María del Rosario, que antes era mi corresponsal obvia... Pero hoy ya no sé. Demasiados hilos se cruzan. Demasiadas tramas se entretejen. ¿Debería quedarme callado? Sería lo más seguro, pero temo mucho que el secreto se vaya conmigo a la tumba. A ese grado te tengo confianza. Desde que te vi por primera vez en la azotea de tu casa y te llevé a trabajar conmigo, ha ido creciendo mi cariño hacia ti. Por fin he encontrado un alma compañera, un hombre con lecturas idénticas y modos de pensar semejantes a los míos. Te siento muy cerca y así quiero conservarte.

De modo que el secreto mío también es tuyo, pero tú y yo somos la misma cosa.

Te advierto que saber lo que sé es un peligro, para mí y para quien me escucha. Destruye la cinta una vez que la oigas. Te la lleva tu propio padre don Cástulo, de manera que todos estemos protegidos por la discreción.

Regresé al puerto a hablar con El Anciano del Portal porque él me lo pidió. Allí estaba como siempre, vestido de traje cruzado, con corbata de moño y el perico en el hombro, las fichas de dominó sobre la mesa y el mozo sirviendo café espumante con artes acrobáticas.

—Siéntese, Valdivia.

En seguida se dio cuenta, a causa de mis gestos —los ojos de asombro mal disimulado, la cabeza girando de derecha a izquierda, las manos abiertas en súplica—, de que yo deseaba una reunión privada, no en pleno zócalo de Veracruz.

—Siéntese, Valdivia. Cuando las cosas se hacen abiertamente, no provocan sospecha. Es el secreto lo que despierta el olfato de los lobos. Aquí en los portales ni usted ni yo llamamos la atención. Mire: los buitres han vuelto a volar sobre el Castillo de Ulúa. Eso es más llamativo que un cordial cafecito entre usted y yo...

No dije nada. No pregunté. Sabía que El Anciano iba a hablar. En su mirada se podía adivinar que todo lo que iba a ocurrir ya había pasado. Me di cuenta de esta verdad y sentí frío en la espalda. El Viejo era un brujo, es cierto, y sabía, Jesús Ricardo, de los sutiles pero determinantes cambios de tiempo y espacio en nuestras vidas. Era la lección profunda de existencia tan longeva. Espacio y tiempo. Cómo leerlos, padecerlos y ubicarnos en uno y en otro. Y nos plazca o no, el espacio pertenece al orden de lo que coexiste, y el tiempo, al de lo que sucede. Lo que los une es que ambos, tiempo y espacio, afectan lo que ya es pero también lo posible, lo que puede suceder. En sí mismos, son nociones imaginarias. Se necesita la concreción del aquí y el ahora para que Tiempo y Espacio tengan contenido.

¿No lo escribió hace muchos años Susan Sontag? El tiempo existe para que las cosas me pasen a mí. El espacio existe para que no me pasen todas al mismo tiempo.

En la vida política, estrictamente, ¿podemos afirmar que la casualidad, la sucesión y la recurrencia pertenecen al mundo de la vida diaria, en tanto que la intensidad, simultaneidad y correspondencia del tiempo personal, interno, el tuyo y el mío, querido, son propiedades del alma?

Bueno, tú sabes la alegría que es para mí tener un compañero en la misma onda. ¿Con quién más puedo hablar de estas cosas sino contigo? ¿Con quién más puedo hacerme entender cuando digo que el tiempo que estamos viviendo no es sólo imaginación e idea, sino una manera productiva de representar la vida, y que *la política es una de las maneras de darle existencia al tiempo?*

Quiero creer que El Anciano leyó mi pensamiento. No en sentido literal, sino gracias a una intuición que es otro nombre, en él, de la malicia y aun de la perversidad... Un ruco bien chido, pues.

En todo caso, esto es lo que me dijo:

—Mi único pesar es que conozco todas las historias, pero jamás conoceré toda la historia.

—Yo tampoco —me atreví a interrumpir.

—Nadie, es cierto —afirmó con la cabeza entrecana, muy cepillada.

No quise añadir nada. Él llevaba la batuta.

—Así como se miden las cucharadas de azúcar en el café —continuó— uno debe saber qué cosas cuenta, cuándo las cuenta y a quién se las cuenta...

—¿Y llevarse un secreto a la tumba?

No sé por qué esto le causó tanta gracia y me mostró los dientes. Por una sola vez, vi hambre en esos caninos.

—Con pesar a veces, por discreción otras, por orgullo la mayor parte del tiempo —dijo—, ¿cuántos secretos no revelamos nunca y sólo muertos nos reprochamos: Si hubiera dicho esto a tiempo, todo habría sido distinto? Y de repente, ¿hasta mejor?

Yo no iba a apresurar las palabras de El Anciano. Yo me había propuesto guardar una distancia formal, respetuosa, que lo intrigase a él más que su propio secreto a mí. Porque de un secreto se trataba, Jesús Ricardo. Si sumas todas mis visitas al portal de Veracruz, puedes pensar que vine porque María del Rosario me lo pidió como parte de mi educación política, pero yo entendí poco a poco que en realidad el Viejo se guardaba un secreto y esperaba el momento para sacarlo a la luz. Sería coincidencia, capricho o azar, al principio. Pero al final de cuentas sería fatalidad, sería necesidad.

Ahora yo era el secretario de Gobernación en el momento en que el Presidente había muerto y el Congreso se disponía a nombrar Presidente Sustituto para cumplir lo que quedaba del mandato de Lorenzo Terán y convocar a elecciones. Mi educación política, origen —¡qué remoto me parece hoy!— de estos viajes a Veracruz, era hoy mi decisión política. ¿Quién sería el Sustituto? ¿Y quiénes, los candidatos en el 2024?

Ya sabía que con El Anciano del Portal, las sentencias precedían, como un *hors d'oeuvre*, a los platos fuertes.

—Sabe usted, Valdivia, yo ya me cansé de guardar secretos que la mayoría de los ciudadanos han olvidado y que a nadie le interesan. ¿Que el hermano de un Presidente mandó matar al amante de su mujer y luego murió envenenado? ¡Misterio! ¿Que una salvaje bataclana dejó tuerto de un guitarrazo a un expresidente celoso? ¡Misterio! ¿Que un expresidente fue arruinado por una docena de mujeres confabuladas que un día lo dejaron abandonado bajo el sol en una playa solitaria hasta que el viejo se achicharró? Misterio. Anécdotas de la comedia política nacional... Dígame si hoy esto le interesa a nadie.

Levantó con el dedo índice al perico mudo y le acarició el plumaje multicolor.

—En cambio, hay secretos que, si se saben, pueden cambiar el rumbo de la historia.

Cerró la boca. El perico regresó a su sitio sobre el hombro de El Anciano. No mostré curiosidad alguna.

—En política —prosiguió— no hay que dejar que la locomotora guíe al conductor. María del Rosario lo mandó aquí para que se fogueara. Eso dijo la muy zorra. En realidad, lo mandó a averiguar mi secreto. Usted no averiguó nada. Regresó cada vez sólo con un montón de consejos. Un saco de papas.

Hizo algo insólito. Soltó el bastón, que cayó al piso con estrépito. Ahora sí, me dije, todos van a voltear a mirarnos. No. Nadie se inmutó. El pacto de discreción entre El Anciano y los parroquianos del portal era indestructible. Lo insólito fue que me tomara el puño con una fuerza de atleta, cerrándomelo dolorosamente. Quise, extrañamente, imaginarlo desnudo, qué clase de musculatura tendría, a su edad la carne se arruina, todo se afloja, pero el Viejo me daba una mano de fierro con un vigor que imaginé nacido de la cabeza y de los testículos.

—Esta vez no, Valdivia. Esta vez no.

¿Qué quería decir? El loro seguía misteriosamente callado, como si El Anciano lo hubiera rellenado de nembutales o el loro entendiese cuándo debía jugar al bufón para distraer y cuándo comportarse con eso que los franceses —¡némesis de El Anciano!— llaman *sagesse*, una sabiduría que tiene tanto de conocimiento como de experiencia, de contención y de cortesía.

—Sabe usted, lo sucio y lo sagrado comparten una cosa. No nos atrevemos a tocarlos —dijo mirando al perico, no a mí.

Las ojeras se le ensombrecieron aún más.

—¿Recuerda usted a Tomás Moctezuma Moro?

Casi me sentí ofendido por la pregunta. Moro fue el candidato triunfador en las elecciones del año 12, pero cayó asesinado antes de asumir el poder. Se celebraron nuevas elecciones en medio de la conmoción nacional y en 2013 tomó posesión el incoloro Presidente de la Coalición de Emergencia, un mandatario gris, olvidado, de ocasión, marcado por la ineficiencia, la transitoriedad y la fragilidad acomodaticia. El Congreso gobernó en ese periodo y gobernó mal. Unidos para elevar a un Don Nadie a la Presidencia, en seguida volvieron a la guerrilla de la gorila. El Congreso dictó la política a su leal saber y entender, y el Ejecutivo —¡por Dios!, ¿cómo se llamaba?— obedecía con las manos cruzadas.

Por eso suscitó tanto entusiasmo Lorenzo Terán en el 2017, cuando su vigor y personalidad —tan evidente aquél, tan fuerte ésta— lo llevaron a la Presidencia en una ola de triunfo y esperanza, con el 75% de los sufragios para él y el 25% restante dividido

entre los minipartidos que ya habían cansado y des-
encantado al elector...

Tomás Moctezuma Moro. Un incidente olvidado. Un fantasma político más. Presencia ayer, espec-
tro hoy.

—Un hombre honesto —comentó El Anciano—.
De ello doy fe. Se creía el Hércules que iba a limpiar
los establos de la política mexicana. Yo se lo advertí:

—Es peligroso ser de verdad honesto en este país.
La honestidad puede ser admirable, pero acaba por
convertirse en vicio. Hay que ser flexible ante la corrupción. Sé honesto tú, Tomás, pero cierra los ojos
—como la justicia divina— ante la corrupción de los
demás. Recuerda, primero, que la corrupción lubrica
al sistema. La mayoría de los políticos, los funcionarios, los contratistas, etcétera, no van a tener otra
oportunidad para hacerse ricos, más que esta, la de
un sexenio. Luego vuelven al olvido. Pero precisamente quieren ser olvidados para que nadie los acuse, y
ricos, para que nadie los moleste. Ya vendrá otra ca-
mada de sinvergüenzas. Lo malo es cerrarle el camino a la renovación del pillaje.

—Te conviene —le dije a Tomás—, te conviene
estar rodeado de pícaros, porque a los corruptos los
dominas. El problema para ejercer el poder es el hombre puro que no hace más que ponerte piedras en el
camino. En México sólo debe haber un hombre honrado, el Presidente, rodeado de muchos pillos tolera-
dos y tolerables que a los seis años desaparecen del
mapa político.

—Lo malo de ti —le dije a Tomás Moctezuma
Moro— es que quieres que el mapa y la tierra coinci-
dan. Mira lo que te recomiendo, tú vive tranquilo en

el centro del mapa y deja que la tierra la cultiven los ejidatarios de la corrupción.

El Anciano suspiró y hasta sentí un temblor involuntario en su mano, que apresaba la mía con una fuerza increíble.

—No me hizo caso, Valdivia. Proclamó a diestra y siniestra sus intenciones redentoras. Dijo que así iba a obtener el máximo apoyo popular. Además, obraba por convicción, de eso no me cabe duda. Iba a acabar con la corrupción. Decía que era la manera más canalla de robarle a los pobres. Eso decía. Los rateros iban a la cárcel. Los humildes tendrían protección contra el abuso.

—Frénale, Tomás —le dije—. Te van a crucificar por andarte metiendo de redentor. No anuncies lo que vas a hacer. Hazlo cuando estés sentado en la Silla, como mi general Cárdenas. No destruyas al sistema. Eres parte de él. Bueno o malo, no tenemos otro. ¿Con qué lo vas a reemplazar? Esas cosas no se improvisan de la noche a la mañana. Confórmate con castigar ejemplarmente a unos cuantos chivos expiatorios al principio del sexenio. Da tu campanazo moral y descansa en paz... —no me hizo caso. Era un Mesías. Creía en lo que decía.

Me dejó asombrado. Se santiguó.

—¿Quién lo mató, Valdivia? El reparto es tan enorme como el de la película *Los Diez Mandamientos*, ¿recuerda? Narcos. Caciques locales. Gobernadores. Presidentes municipales. Jueces venales. Policías degradantes. Banqueros temerosos de que Moro les arrebatara subvenciones oficiales a su incompetencia privada. Líderes sindicales temerosos de que Moro los sometiese al voto y censura de los agremiados.

Camioneros explotadores del abasto. Molineros explotadores del campesino productor de maíz. Maquilas resistentes a cumplir las leyes laborales. Rapamontes que convierten los bosques en desiertos. Neolatifundistas que acaparan el agua, la tierra, la semilla, los tractores, mientras los ejidatarios siguen usando el buey y el arado de madera.

¿Suspiró El Anciano o cotorreó el loro?

—La lista es infinita, le digo. Añada a los iluminados, los locos que quieren salvar al país matando presidentes. Añada además las teorías de la conspiración internacional. Los gringos siempre temerosos de que México se les salga del huacal porque a Moro no lo iban a manipular fácilmente. Los cubanos de siempre, los de Miami temerosos de que Moro ayudara a Castro, los de La Habana temerosos de que, apóstol de los derechos humanos, Moro le creara problemas a Castro. El cuento de nunca acabar...

Ahora me miró a los ojos.

—No he conocido un político que se haya hecho de tantos enemigos tan rápido. Era un estorbo para todos. Le advertí que tenía demasiados enemigos, que era un estorbo para todos, que corría peligro...

No me soltó la mano. Pero esos ojos ya no eran suyos. Eran los ojos de la noche, del murciélago, del calabozo.

—A Tomás Moctezuma Moro lo mandé matar yo.

¿Necesito explicarte por qué debes destruir esta cinta y por qué me urgía comunicarme contigo?

Te quiero, N.

## 52
## Nicolás Valdivia a Tácito de la Canal

Señor: Soy breve. Esta se la entregará el señor Jesús Ricardo Magón, persona de todas mis confianzas. No abundaré sobre asuntos que usted conoce de sobra y yo también. Simplemente, quiero advertirle que los documentos incriminatorios están en mi poder y bien salvaguardados.

Reconociendo su nunca desmentida inteligencia, comprenderá por qué no los hago públicos. La publicidad lo eliminaría a usted de cualquier aspiración política superior. Es decir, que su candidatura presidencial no prosperaría a la luz de tamaño escándalo. Esto lo sabía el señor Presidente Terán. Lo sabe su contrincante el exsecretario de Gobernación Bernal Herrera, a quien tengo el honor de sustituir en este despacho. Lo sabe doña María del Rosario Galván, a quien de manera tan poco caballerosa ha tratado usted pero que, siendo mujer de vasta inteligencia política, entiende que es mejor pedirle, señor De la Canal, que se retire de la vida pública a cambio del discreto silencio de quienes conocemos sus objetables manejos.

Los papeles permanecerán en sitio bien sellado por una sencilla razón. Incriminan a demasiadas personas. Banqueros, gestores y capitanes de empresa que le son más útiles al país fomentando el desarrollo que purgando penas en la cárcel de Almoloya. Al fin y al cabo, ¿qué fueron sus indiscreciones en el negociado de MEXEN sino eso, riachuelos de un caudaloso río de inversiones, subafluentes del indispensable capital y ahorro que el país necesita para avanzar?

Ponga dos cosas en la balanza. El progreso de México en un platillo. Su culpabilidad en el otro. ¿Qué pesa más? Me dirá que usted no es el único culpable. ¿Arrastraría por puro despecho a sus poderosos cómplices a la catástrofe? Mejor será que todos mantengamos la compostura y un discreto silencio sobre este asunto. Estimo que a usted le conviene tomarse una larga vacación. Una vacación perpetua, le recomendaría yo. Seguramente Acapulco es más apetecible que Almoloya. A sus compañeros de travesura no les diremos nada, ni usted ni yo. Vamos dejándolos en paz, ¿no le parece? Lo que yo haré es promover leyes de vigilancia sobre las operaciones de compañías públicas y privadas a fin de eliminar el fraude y la información privilegiada, asegurar el acceso a la contabilidad de las empresas y castigar severamente a los PDGs (perdone mi formación francesa: Présidents Directeurs Généraux) que vendan acciones en alza semanas antes de que caigan en picada, a sabiendas de que quienes se aprovecharon de valores inflados se escabulleron a tiempo, como los lamentados Bushito y Cheney, y abandonaron a su suerte a los pequeños inversionistas, como esa señora doña Penélope Casas que trabajaba en su oficina, ¿se acuerda? Para muestra basta un botón...

Me propongo establecer una presunción de culpa *jure et de jure* para los piratas corporativos, que a ellos les tocará desmentir ante los tribunales. Le repito: voy a proteger al pequeño accionista defraudado porque careció de la información confidencial de los jefes de empresa y sus contadores. Pero voy a mirar hacia el futuro, no hacia el pasado. El castigo del pasado sólo demuestra incapacidad para administrar el presente o proyectar el futuro. No caeré en ese error. Pero su expediente sigue vivo, De la Canal, como crimen que puede ser indispensable sacar a luz, no para condenar el pasado, sino para apuntalar el futuro.

A partir de estos principios, queda advertido de que no iniciaré acción alguna contra usted ni contra sus co-conspiradores en el fraude. En cambio, si usted mueve las aguas para salvar, imprudentemente, su propio pellejo o para hundirse acompañado de sus cómplices o para tener la satisfacción masoquista de suicidarse con tal de que se mueran otros, en ese caso, señor De la Canal, todo el peso de la ley caerá sobre su desguarnecida cabeza.

Considérese pues, de aquí en adelante, bajo la espada de Damocles.

Quedo de usted atento y seguro servidor.

Nicolás Valdivia
Subsecretario de Gobernación
Encargado del Despacho

## 53
## Tácito de la Canal a Andino Almazán

Señor secretario y fino amigo, acudo a usted desde la sima del precipicio al que me han arrojado mis enemigos políticos. Así es. Unos ganan y otros pierden. Pero la política da muchas vueltas. Quizá mi desgracia actual y el bajo perfil que debo mantener sean la mejor máscara para volver a actuar sorpresivamente.

Dicen que todo se vale en la guerra y en el amor. Valdría añadir "y en la política y en los negocios". Sé que el señor secretario de Gobernación y antiguo subordinado mío le ha hecho llegar documentos que me comprometen en el caso MEXEN. Él mismo me ha dicho que no me perseguirá porque arrastraría conmigo a demasiados poderes de hecho. Alegué que no hice sino seguir instrucciones del Presidente en turno, don César León. Nicolás Valdivia me miró fríamente.

—El Presidente es intocable. El secretario no.

—Los principios son buenos criados de amos perversos.

—Así es, licenciado De la Canal. Usted ya no se preocupe de nada. De ahora en adelante, usted tendrá manos puras. Porque ya no tendrá manos...

No me rindo, señor secretario Almazán. Ni manco me rindo porque me quedan pies para patalear.

He acudido a los poderes dichos por Valdivia para recordarles que nuestra suerte está casada. Que yo sólo rubriqué los papeles por orden del señor Presidente César León.

Se han reído de mí. Le transcribo literalmente mi conversación con el banquero que mayor intervención tuvo en el manejo del complejo empresarial de MEXEN:

—Vengo a tratarle asunto de MEXEN —le dije.

—No sé de qué me habla.

—De las acciones de MEXEN.

—De eso usted no sabe nada, ¿verdad?

—¿Perdón? —admito que me asombré pero creí entender su juego y respondí—. No. Por eso estoy aquí y se lo pregunto. Para enterarme.

—Siga sin saber nada. Le conviene más.

—¿Por qué? —insistí.

—Porque es asunto secreto —cedió por un instante, como el pescador que pasea una lombriz frente al pez, y concluyó—: Y más vale dejarlo así.

—¿Secreto? —me permití el asombro— ¿Secreto para mí, que lo hice posible con mi firma?

—Usted sólo fue un instrumento —me contestó disimulando apenas su desprecio.

—¿Para qué?

—Para que el asunto fuese secreto.

Me miró traspasándome como a la ventana.

—No pierda su eficiencia, señor De la Canal...

—Pero yo...

—Gracias. Buenas tardes.

No me he dado por vencido, señor Almazán. Hablé con uno de los magnates de la prensa que más deudas tenía conmigo, un hombre que siempre encontró abiertas las puertas del despacho presidencial gracias a mí durante el gobierno del finado Lorenzo Terán.

Seré breve.

Cuando le pedí que me defendiera, al menos, escribiendo una semblanza favorable y, si lo juzgaba conveniente, iniciando una campaña de rehabilitación de mi persona, me dijo con sorna mal disimulada:

—Un buen periodista nunca fastidia al público elogiando a nadie. Sólo ataca. El elogio aburre.

Admito que me encabroné, Andino.

—Usted me debe mucho.

—Es cierto. Siempre hace falta caridad hacia el poderoso.

—Basta una orden suya a uno de sus achichincles...

—¡Señor De la Canal! ¡Jamás he hecho semejante cosa! ¡Mis colaboradores son gente independiente!

—¿Quiere que le pruebe lo contrario? —le grité indignado— ¿Quiere que soborne a uno de sus periodistas?

Esperaba una mirada fría del empresario. En vez, me observó con esa caridad que acababa de invocar:

—Señor De la Canal. Mis periodistas no son deshonestos. Son incapaces.

Sé que esto que transcribo podría dañarme y hasta deshonrarme aún más. Pero es que me quedan muy pocos cartuchos, señor Almazán.

En verdad, me queda sólo uno.

Le soy franco. He aprendido a estimarlo. Es más, estimo a su familia. Tiene usted la fortuna de contar con una mujer amantísima, doña Josefina, y con tres lindas muchachitas, Teté, Talita y Tutú. Lo que no tiene usted es una buena cuenta bancaria. Vive de su sueldo y de la herencia de su mujer —lo que queda de una de las viejas fortunas henequeneras de "La Casta Divina" de Yucatán...

Yo le traigo una proposición. El hecho de que fracasara el negociado de MEXEN no excluye la posibilidad de iniciar otros proyectos redituables. Quizá mi fortuna política ande por los suelos. Pero un buen negocio siempre es un buen negocio. Y toda vez que yo ya no estoy en el poder, usted que sí lo está —y al frente, nada menos, que de las finanzas públicas— puede convocar, si así lo desea, las sumas requeridas para lo que se llama una *oportunidad de inversión*.

Este es mi plan.

Ofrezcamos mediante una sociedad anónima la oportunidad de que inversionistas con crédito adquieran hipotecas preautorizadas por las autoridades (o sea, por usted, señor secretario) con la promesa de que pueden ser vendidas a partir de una fecha determinada a los bancos con un beneficio del 2%. Es decir ganancias seguras y pocos riesgos. Nunca faltan ni tiburones ni sardinas para estas aventuras. Porque antes de que se venza el plazo de la primera inversión, usted y yo reclutamos nuevos inversionistas y con el dinero de éstos le pagamos dividendos a los primeros inversionistas, que de esta manera quedan muy contentos —y en la luna.

Los inversionistas iniciales nos agradecen los beneficios y nos ayudan a reclutar nuevos socios. Éstos —los nuevos socios— aportan el dinero fresco necesario para pagarles dividendos a los socios anteriores.

De esta manera, Andino, usted y yo vamos construyendo una verdadera pirámide financiera en que con nuevas inversiones atraídas por las ganancias de las que las precedieron, el capital de la sociedad aumenta vertiginosamente.

Por desgracia, el número de inversionistas posibles no es ilimitado y la pirámide, en el momento en que ya nadie invierta en ella, se vendrá abajo como un castillo de naipes.

Pero usted y yo habremos hecho nuestro agosto sustrayendo los beneficios que nos correspondan en cada etapa del negocio. Entonces se declara insolvente a la compañía y nos acogemos a las leyes que rigen las quiebras, poniendo a la compañía bajo administración, en vez de liquidarla.

O sea: usted y yo no perdemos nada. Ganamos en cada etapa de la operación. Es más: no tenemos que dar la cara. La darán por nosotros Felipe Aguirre, el secretario de Comunicaciones, y Antonio Bejarano, de Obras Públicas. Están dispuestos a ser nuestros hombres de paja. Como Valdivia los va a correr sin consideraciones, están ansiosos de venganza y quieren que nuestro Presidente Sustituto debute con un escandalazo. Les serán apartadas las recompensas del caso y si a Valdivia se le ocurre juzgarlos por peculado en ejercicio de sus funciones, a nadie se le puede juzgar dos veces por el mismo crimen. Cuestión de amalgamar las faltas, Andino, y disponerse a pasar una breve temporada en Almoloya a cambio de millones en cuentas de Gran Caimán.

Asimismo usted y yo, prudentes como somos, habremos guardado nuestras ganancias en *offshore*, manteniendo en México la suma necesaria para que la bancarrota sea visible y se le incaute a la compañía una suma mínima.

Ojalá acoja con simpatía mi propuesta. No deje de consultarla con su estimable señora esposa. No deberíamos hacer nada, usted y yo, sin que doña Josefina esté al tanto. Se trata, al cabo, del bienestar futuro de usted y de Teté, Talita y Tutú. No creo que Valdivia lo mantenga en su nuevo Gabinete, señor secretario. Y es injusto que en medio de tanto desfile público de lujos y beneficios, usted y los suyos tengan que contentarse con mirar la procesión desde las ventanas.

Recuerde, usted que es hombre honrado, que los principios deben ser buenos criados de amos perversos.

Suyo siempre, T.

## 54
## El Anciano del Portal
## a diputada Paulina Tardegarda

Mi entrañable discípula y preferida amiga. Acudo a ti con prisa aparente, pero con la deliberada pausa interna que tú me conoces. "Se tarda rápido" ha sido mi lema desde que floreció la higuera y Felipillo fue santo (un santo mexicano de verdad, crucificado por los salvajes japoneses en el siglo XVI, y no un santito de charreada como ese Juan Diego de los Nopales).

Pues ahora, figúrate nomás, la higuera está que se cae de madura y al desolado nopal lo visitamos porque al fin floreció. Ah, el nopal, mi querida Paulina. Símbolo y sostén de la nación porque si en el escudo la que manda es láguila y la que sufre la serpiente en el pico delave, la mera verdad es que láguila necesita una roca paposarse y no caer en lagua de la laguna.

Bueno, que prefiero pasar por un viejo taimado pero ignorante, porque el político culto no inspira la confianza de la gente común y corriente. Ya ves, en los meros Yunaites Adlai Stevenson no pasó porque era culto, "cabeza de huevo", le decían, Bill Clinton tuvo que esconder su cultura y en cambio Bushito hasta hizo gala de su ignorancia. Tú sabes que sentado aquí en Veracruz exploto mi francofobia, pero la verdad es que crecí leyendo novelas francesas como todo mundo. Dumas, Hugo, Verne, sobre todo Dumas y dos novelas, la del Hombre de la Máscara de Hierro que es el mellizo del Rey y éste lo mandó encarcelar padisipar que no hubiera dudas. Los tronos tienen que ser de un solo hombre (o mujer; perdona, Paulinita) porque el poder depende de la legitimidad para ejercerse con autoridad. *El Hombre de la Máscara de Hierro*, cómo no, y *El Conde de Montecristo*, claro que sí, injustamente encarcelado un chorro de años en el castillo parecido al de Ulúa que tenemos aquí en Veracruz...

Pues ahí tienes, mi querida Paulina, que tu viejo amigo, el olvidado Anciano del Portal, te va a presentar al Hombre de la Máscara de Nopal.

Es un prisionero.

Vive en la mazmorra del Castillo de San Juan de Ulúa.

Tiene puesta una máscara de fierro para que nadie lo reconozca, ni él mismo. Nomás que paser original y autóctono, la mandé pintar de color verde nopal.

Nadie sabe esto. Y yo cuento con el silencio absoluto de los carceleros, porque en Veracruz mi palabra es la ley. Un boquiflojo que se soltó por ai un día, acabó de merienda de tiburones. Por eso pudo pasar Dulce de la Garza a la cripta fúnebre. Porque di órdenes de que la dejaran. Parte del plan.

He mantenido el secreto durante ocho años.

He tenido paciencia. Tengo más paciencia que las viejitas cuando barajan los naipes. Dicen que una viejita se murió barajando. Tu servidor ha sobrevivido repartiendo las cartas a su gusto. Discreto, calladito, soy el amo del puerto de Veracruz. En un país "balcanizado", como dice en sus artículos Aguilar Camín, dividido en más feudos que la propia República Argentina, ¿quién me iba a negar mi terroncito de poder local? ¿No gobierna Vidales en Tabasco y Quintero a Tamaulipas y Cabezas a Sonora? A mí me han respetado mi mínima republiqueta jarocha, que no va más allá de Boca del Río por un lado, la derruida casa de Hernán Cortés por el otro, y la salida a Tononocapan poquito más allá...

Aquí hago y deshago. Y el que se meta conmigo, yo lo zambuto en el acuario a ilustrarse combatiendo tiburones... Aquí duro, intocable y sonriente. O más bien, intocable, sonriente y *paciente.* Sabes que yo nunca he dejado de educarme, pero no ando de farolón demostrando lo que sé. Tú me leíste en voz alta, cuando de jovencita venías a consolarme de mi viudez, *El príncipe* de Maquiavelo. Virtud, necesidad, fortuna. Nunca lo olvido. Los atributos del gobernante. En la historia de México del siglo XIX, Juárez dependió de la virtud, Santa Anna de la necesidad, Iturbide de la fortuna. En el siglo XX, Madero fue el virtuoso, Calles el necesario, Obregón el afortunado. Ya ves, sólo el necesario no murió asesinado. ¿Virtud, necesidad y fortuna? Creo que sólo mi general Cárdenas juntó las tres. Yo, mi querida Paulina, me aproveché de las tres, las usé, pero no las tuve. ¿Cómo iba a ser virtuoso, necesario o afortunado si me la pasé sospechando?

Se han citado hasta la saciedad mis dichos pintorescos sobre la política. Pero sólo yo sé los dichos que sólo me digo a mí mismo.

—En las grandes batallas, después de los héroes, vienen los malosos.

—En política, la mariposa del mediodía es el vampiro de la noche.

—En México, el ladrón precede al honrado, que a su vez será el siguiente ladrón.

—La retaguardia de la política mexicana son los lambiscones, los rateros, los pedigüeños, los pillos y sus soldaderas perfumadas.

—Mira volar a las palomas. Allí detrás vienen los zopilotes.

Paulina, hay épocas de escalofrío nacional y hay épocas de fiebre nacional. Hoy, un escalofrío febril nos amenaza. La muerte del Presidente Terán puede abrirle las compuertas a todos los draculones de la política nacional. Arruza le apuesta al golpe militar. César León a la reelección. Herrera a ser el preferido del difunto Terán. Descuento a Tácito, es un corrupto demasiado evidente, un lacayo natural y un pendejo al que una vez le dije,

—Tú eres una rata que sube al barco hundido. Te pasas de listo y eres bien tarugo.

—Sirvo al señor Presidente, "señor Presidente" —se atrevió a decirme con sorna.

—Tú lo que haces muy bien, Tácito, es obedecer las órdenes del señor Presidente antes de que las dé.

—Señor, soy lo que se llama un cortesano independiente —contestó el hijo de la mermelada.

Suspiré: —Nunca hubo mejor esclavo para peor amo.

Un aparte divertido, Paulina. Conociendo que Tácito cojea por la pata de la vanidad, creyéndose muy popular, le organicé un homenaje de las fantasmales "fuerzas vivas" aquí en Veracruz. Allí mismo, a la hora del brindis, lo acusé de ambición. Nadie se paró a defenderlo. Tácito sonrió y dijo lo que sigue, por extraordinario que te parezca:

—¿Qué diablos esperan de mí? No soy nadie. No pierdan el tiempo atacándome.

—No te ataco —dije en voz alta—. Te defino. Eres un parásito.

—¿De cuándo acá no hacer nada es un crimen? —dijo muy sonriente.

Y como todos los presentes se dieron por aludidos, allí terminó el huateque, entre chistes y abrazos...

(Pausa corta en la cinta, risilla de El Anciano seguida de suspiro.)

Andino Almazán es sólo el títere de su ambiciosa mujer. Al que yo le temo es a Nicolás Valdivia. Es joven, es puro, es inteligente, me cae bien y apostaría por él. La cuestión, Paulina, es esta: ¿Es nuestro? Yo pienso que no. Es joven, es puro y es independiente. Es decir, es ambicioso y sólo atiende a sus propios intereses. María del Rosario lo apoya. Pero, ¿apoya él a María del Rosario? Está por verse. Ya sé que no simpatizas con la Dragona de las Lomas, como tú la llamas. Sé objetiva y pesa los factores, mide las influencias posibles. Por último, tu presidente del Congreso, Onésimo Canabal, es plastilina pura y entre tú y yo podemos moldearlo si no se nos adelanta César León, que tiene ascendencia sobre él.

(Pausa larga en la cinta.)

Paulina. Un gobernante puede ser bueno o malo, pero siempre necesita ser legítimo. O ser visto como tal. El Congreso le otorgará legitimidad al que designe Presidente Sustituto en cuestión de días, quizá de horas. Tú conoces mi paciencia. He llegado a viejo porque siempre he jugado al largo plazo. Nunca me he engolosinado con la satisfacción inmediata, como es el uso hoy en día. Sé que los tiempos cambian. Hay tiempos para vivir y tiempos para morir, tiempos para la paz y tiempos para la guerra... Me lo leíste hace años, muchachita, y me quedé más impresionado que un condón cuando llueve.

Tiempos de paz, tiempos de guerra. ¿Cómo separarlos, cómo distinguirlos? Te diré. Hace ocho años, Tomás Moctezuma Moro se presentó como candidato con un programa de idealismo combativo que suscitó todas las animosidades —que son muchas— de este país. Su gobierno iba a ser imposible. Lo iban a atacar desde todos los flancos. Lo iban a paralizar, hundiendo a la nación en un barril de melaza. Lo iban a congelar como congela el hielo, sin que sople el viento. Porque el viento es martillo pero el hielo es sepulcro. Nomás.

Paulina, tú fuiste quién me dio la idea, tú sacaste uno de tus brillantes parecidos o citas, llamaste al frío

—El ministerio secreto.

¿Y hay lugar más frío, Paulina, más húmedo y oscuro, más resistente a los vientos, pero martillo y hielo a la vez, que un calabozo en la fortaleza de San Juan de Ulúa?

El Hombre de la Máscara de Nopal. Un símbolo, Paulina, un símbolo en un mundo que no puede vivir sin ellos. Un símbolo. La máscara de fierro, pero pintada de verde nopal para que el pobre prisionero se sienta a gusto, en casa, menos desplazado, pues. Ocho años en que se le ha dado por muerto. Un muñeco de cera derritiéndose en su tumba,

## TOMÁS MOCTEZUMA MORO
## 1973-2012

y un hombre enmascarado de fierro verde languide-
ciendo en las mazmorras de Ulúa, por su propio bien,
Paulina, eso tú debes entenderlo, prisionero por su
propio bien, para que su impetuoso idealismo no lo
condenara realmente a muerte, para salvarlo de la
inevitable bala del asesino, del cacique, del narco, para
salvarlo de la bandada de buitres dispuestos a devo-
rarlo vivo, yo lo maté, Paulina, yo lo mandé secues-
trar por su propio bien y yo mismo, con mi autoridad
de patriarca jarocho, anuncié al país conmocionado
su asesinato, la inmediata captura y muerte del asesino, un enloquecido argentino de nombre Martín
Caparrós, militante del partido subterráneo "Del
Ganado al Matadero": todo pura ficción, pero de la
mejor, o sea, no confirmable...

Yo organicé la ceremonia fúnebre aquí mismo
en Veracruz, ya que Tomás era oriundo de Alvarado,
tierra que es como un bosque de cruces levantadas
todo el mes de mayo para hacerse perdonar lo mal
hablado de sus habitantes: en Alvarado debe haber
una cruz por cada chingadazo. Bueno, dirás que des-
varío y me dejo llevar por las noticias de mi patria
chica. No, Paulina. Tomás Moctezuma Moro era hijo
predilecto del Estado, merecía todas las cruces alva-
radeñas.

Yo mismo hice desaparecer (no me preguntes
cómo ni dónde) a todos los que participaron en la
farsa fúnebre, los embalsamadores de mentiras, los
fabricantes del muñeco de cera, los testigos inevitables —muy pocos, dos o tres— del falso crimen, y

una noche sin luz Tomás Moctezuma Moro entró a la fortaleza de Ulúa sin rostro ni más identidad que la de El Hombre de la Máscara de Nopal. Y allí ha estado durante ocho años, su existencia ignorada, su máscara parte de su cara, pegada a su piel...

¿Por qué, para qué, mi niña? Para salvarlo de sí mismo, de su idealismo fatal, del fatal enjambre de enemigos que había alborotado. ¡Cualquiera pudo haberlo asesinado! Afectaba no demasiados sino *todos* los intereses creados. Mi idealista, puro, entregado, apasionado discípulo, mi hijo casi: Tomás Moctezuma Moro, ocho años encerrado en el Castillo Fortaleza, ocho años con la máscara de nopal, ocho años esperando el momento para sacarlo del calabozo y devolverlo a la luz, cuando sus virtudes ya no amenazaran a nadie, sino que sería, Paulina, garantía de legitimidad, mantequilla en vez de mostaza para la torta nacional, Paulina.

Que no le busquen cinco pies al gato, que sólo tiene cuatro. Que no nos den gato por liebre, que México ya tiene Presidente constitucionalmente electo.

Se llama Tomás Moctezuma Moro.

Que si es gato encerrado, mañana será tigre que acabe con todos los pretendientes mediocres que hoy aspiran a suceder a Lorenzo Terán.

Paulina: Presidente habemos. Prepara los ánimos en el Congreso para restaurar la legitimidad inaugurando al Presidente Electo Tomás Moctezuma Moro, sin necesidad de Presidente Provisional ni Sustituto ni de nuevas elecciones. Córtale el paso a César León. Mueve al pusilánime Onésimo Canabal. Presidente habemos. Sonó la hora de Moro. Hace ocho años lo hubieran matado. Hoy, su idealismo activo es la medicina nacional después de la abulia desesperante del difunto Lorenzo Terán.

Mírame a los ojos, Paulina. Ve en mi mirada todo lo que va a ocurrir. Mejor todavía. Imagina de una santa vez que todo lo que va a ocurrir, ya ha pasado.

Y cuando vuelvas a verme, no te asustes. Mi rostro tiene que congelar su propia sangre para congelar la de los demás.

## 55

## "La Pepa" Almazán
## a Tácito de la Canal

¿De manera, mi meloncito de regalo, que tú ibas a ser Presidente con mi ayuda? ¿De manera que para ser Presidente primero ibas a ser la perfecta pantalla para despistar al mundo, o sea que tú y yo nos aliamos para llevar a la Presidencia provisional a mi marido Andino Almazán para que él a su vez te trepara a la Silla del Águila? ¿De manera que yo debí engañar a mi marido haciéndole creer que trabajaba a su favor para que él llegara a la Presidencia? ¿De manera que confié en ti y en tu cinismo para llegar a donde quería...?

—Mi moral es inferior a mi genio —me suspiraste a la oreja con tu aliento de panucho.

Déjame carcajearme de tu vanidad, pobre pendejo. Has sido el felpudo de la política mexicana. Dicen que te falló la vocación. Que debiste ser cura, no político.

—Te equivocas. Es las dos cosas.

Me lo advirtió mi marido cuando me contó que el secretario de Gobernación Valdivia te tiene cogido de las pelotas con tu chanchullo del desfalco de MEXEN y hubo de pasar por Andino para que la Secretaría de Hacienda lo mantuviera todo en regla...

Y encima, ahora, dado a la desgracia, intentas corromper a mi marido con un nuevo chanchullo financiero.

Eres cura. Eres político. Pero también eres pendejo.

O sea eres una mierda y tu único consuelo es que en este pinche país la mierda atrae a los lambiscones, que son como moscas. ¿Qué dirá de ti la posteridad, pobre Tácito?

—¿Tácito de la Canal? Tenía mala digestión. Una tía beata. Un padre senil. La cabeza calva. Las uñas más largas que la vista. Y pesadillas programadas.

—¿Era puto?

—No me consta.

—Pero era soltero.

—Eso no prueba nada.

—¿Con quién se acostaba?

Ah cabrón, que te endilguen secretarias y meseras, pero que a mí nadie me mencione en relación contigo. Te lo advierto. Que nadie diga:

—Cómo no. Si se acostaba con Josefina Almazán, "La Pepa", tú sabes...

¿Quisieras que hasta allí llegara mi defensa de tu persona, pobre diablo? ¿Qué no has hecho para rebajarte a fin de ascender? ¿No te habré visto hablando por teléfono con el difunto Presidente (cuando teníamos teléfonos, cabrón), hablando de pie y haciendo sonar los talones cada vez que afirmabas un "sí señor"? ¿No te he visto conservar las cenizas de los cigarrillos que acabaron por matar al señor Presidente? ¿No te parabas encuerado frente al espejo diciendo muy ufano,

—Nada me identifica más que mis deseos. Son únicos. Son intransferibles?

Y yo aguantándome tus imbecilidades, tus vanas pretensiones, yo dándote el clásico cultivo yucateco para utilizarte a favor de mi marido, yo la fiel esposa de Andino Almazán hasta cuando me dejaba lamer el culo por ti, gusano maldito, mírate al espejo, ¿crees que alguna mujer se pueda enamorar de veras de ti, lindo hermoso?, ¿crees que alguna mujer menos controlada que yo no se orina de la risa en la cama oyéndote decir después de tus orgasmos de chisguete,

—Me devora la ambición, quiero dejar mi marca en la pared del tiempo y sólo tengo, como el león, mis garras?

¡Bomba! ¡Pero qué cursi que sos boshito! ¡Lo que he tenido que soportar! Y todo por Andino, todo para llevarlo a la Presidencia, aliarlo con su opuesto que es el general Arruza y dar el golpe. Almazán Presidente, no provisional sino por seis años gracias al pronunciamiento de Arruza, ese era el verdadero plan, no el tuyo, bizcocho miserable, con Arruza me acosté para usarte a ti de biombo, hacerte creer que la intriga era para favorecerte a ti, lo que no nos reímos Arruza y yo de ti, mi general sí que es macho, ese sí que sabe coger, no tú, pinche lombriz...

—Cuidadito —me dijo el general—. Será muy lombriz. Pero acuérdate de que los gusanos, cuando los partes por la mitad, se siguen moviendo.

¿Sabes? Lo bueno de todo este asunto es que nadie creerá jamás que una mujer como yo, una yucateca sabrosa, opulenta, cachonda y con perrito, haya escogido a un pobre diablo como tú para gozar en la cama.

¿Y sabes otra cosa? Te escribo abiertamente, sin Ps ni Ts ni As porque me importa una pura chingada que exhibas esta carta. No te queda crédito cual ninguno. Todo lo que digas o hagas será visto como fraude, fraude, fraude… Esa es la palabra escrita sobre tu cabeza de melón: RATERO Y MENTIROSO.

—Tengo facciones ascéticas y conductas libertinas.

Es lo primero que me dijiste, baboso. Fue tu tarjeta de presentación. Tuve que aguantarme la risa. Estaba dispuesta a jugar todas las fichas. Con el general para llevar a mi marido Andino a la Presidencia provisional tras la destitución de Terán por incompetente y luego dejarlo de pelele para que Arruza gobernara conmigo. Contigo de segunda opción por si llegabas a la Presidencia "por tus méritos" (todo es posible en esta vida) o te nombraba Presidente el Congreso con Andino como provisional. ¿Cuánto ibas a durar? Lo que decidiéramos mi general y yo, nomás.

Y ya de perdida, tú Provisional para apoyar a Andino Presidente y Arruza de mandamás detrás de la Silla.

Ya ves, un puro juego de ajedrez en el que yo era la reina, Arruza el rey, Andino el alfil y tú el pinche peón.

Adiós, mi pobre Tácito. Del hoyo saliste y al hoyo regresas. Y dile a Nicolás Valdivia que los ideales no tienen importancia, que las convicciones valen una chingada. Dinos con quién estás. Eso es lo que importa.

Ah, y Valdivia ha dado órdenes de no recibirte más en ninguna oficina de gobierno…

## 56
## Dulce de la Garza
## a El Anciano del Portal

Señor Presidente, no aguanto mi emoción y mi tristeza y por eso le escribo, no sé si me atrevería a mirarlo
a los ojos, usted que tantísimo dolor me ha causado
y que ahora me devuelve una felicidad imposible con
la que ya ni siquiera soñaba. Usted me convocó al
café del puerto. Yo sabía que Tomás lo respetaba
muchísimo. Cuántas veces no me repitió que usted
era más que su maestro, era como su padre y como
padre le aconsejó siempre ser menos bueno, más duro.
        —El peor enemigo del poder es el inocente —le
dijo usted a Tomás y esas palabras las tengo grabadas
en el corazón, como todo lo que me dijo mi amor—.
Hasta ahora has sido un precandidato sumiso, como
debe ser. Ahora quieres ser un reformador. Espera.
No comas ansias. No madrugues a la medianoche.
Haz tus reformas cuando ya estés sentado en la Silla
del Águila, como lo hice yo. Aprovecha mi experiencia.
        No, si yo sé que Tomás era un valiente, no se
guardaba nada, se aventaba al ruedo. No, si yo entiendo que todos los que tienen poder en México lo
vieron como una amenaza. Y por eso lo mataron.
        He vivido ocho años, tenía veintiuno entonces,
tengo veintinueve yendo para treinta hoy, lo que se

llama la flor de la edad, ¿no? Ocho años penando, señor Presidente. Pero al menos mi pena era mi certidumbre. Ahora viene usted y me hunde en un pozo de desesperación y peores desgracias.

Sí, Tomás está vivo. Y usted tiene el cinismo de contarme lo que le dijo a mi hombre cuando usted mismo, nadie más que usted es culpable, usted me lo arrebató...

—Tomasito, imagina que eres un prisionero bien atendido. Piensa que la vida es fea y peligrosa. La crueldad acecha. Mira, muchacho. Cierra la puerta del mundo por un tiempecito y regresa rejuvenecido. Mide tu tiempo. Esta no es tu hora todavía. Ya vendrá. Te lo juro.

Usted no tuvo el valor de ir ayer a esa celda. Usted nomás le mandó un mensaje escrito conmigo a Tomás. Aquí lo tengo:

"Quise darte el poder. Quise darte la oportunidad de hacer las cosas que yo mismo no pude porque en mis tiempos el sistema era distinto. Lo siento mucho, lo siento de veras, Tomasito. No me entendiste. No supiste medir los tiempos. Lo que hice lo hice por ti, una vez más. Sí, no fue la primera ni la última vez que te ofrecí un buen consejo y quise servirle de escudo a tus ímpetus idealistas. Ahora ya llegó tu tiempo. Ahora el país reclama legitimidad, símbolos, drama, esperanza. Desde la Resurrección de Cristo no habrá otra como la tuya, hijo mío. Yo que rehuyo la publicidad te tendré un ejército de camarógrafos, televisión, reporteros, cuando salgas. ¿De Ulúa? Ah qué caray, te digo que no cuentan con mi astucia. Óyeme bien, Tomás: Tú nunca estuviste en Ulúa. Te perdiste en la selva, fuiste secuestrado, y desorientado por la tortura y el peyote, te perdiste en la pinche jungla. Una bruja de Catemaco enterró tus uñas y tu pelo bajo una ceiba. Llevas ocho años embrujado, Tomás, perdido en un mundo natural, parte tú mismo de la selva, sin distinguirte en nada de la vainilla y la pimienta, del chote y el espino blanco, del jonote y la caña de azúcar, toda la pródiga naturaleza veracruzana que nos vio nacer, Tomasito, te envolvió como un manto real, te absorbió y te hizo parte de ella... No te olvides, Tomasito, estás embrujado. Duermes sentado porque si te acuestas no soplan los vientos marinos. Duermes con las ventanas abiertas para que te empapen las lluvias del Golfo de México. Y si te mueres, que digan que el "Norte" fue cómplice del crimen. Te creías muerto, Tomás. Ahora se te aparece Dulce tu novia a rescatarte, a decirte,

—Al fin te encontramos. Te perdiste en la selva.

Ay, señor Presidente, ¿en qué pensaba usted? ¿De veras cree lo que me dijo?

—Todo en México requiere simbolismo. Si pueden hacer santo a un indio amnésico, manipulable e ignorante como Juan Diego, ¿por qué no hacer Presidente a Moro en el momento oportuno, que es este año de 2020, no el pasado 2012? ¡Milagro, milagro! O sea como la suave patria mía, vives de milagro, como la lotería... Milagros, fe, credulidad, ¿hay algo que legitime más en México? Un Presidente electo, perdido en la selva, amnésico como un santo, reaparece a reclamar nada menos que la Silla del Águila. ¡Sensación, señorita De la Garza! ¡Sensación sensacional si además es usted, su novia santa, usted la que lo rescata y devuelve al sitio que le corresponde! ¡Historia de amor! ¡Amor y milagro, señorita! ¿Quién puede contra todo esto? Es la obra maestra de mi vida, ya puedo morir en paz, quedan atrás los sobres lacrados, el tapado, los chanchullos electorales, el carrusel, el ratón loco, los votos de las almas muertas, y cuanto organicé siendo Presidente. Ya culminé mi tarea política: le di a México el Presidente necesario en el momento necesario, lo resucité como Dios Padre a su hijo Cristo, lo devolví al mundo rodeado de todos los atributos del misterio, las aventuras de capa y espada, las ascensiones místicas, el dolor indispensable, el sentimiento melodramático, el amor recuperado... Señorita Dulce, Dulce Señorita, ¿no siente usted la emoción de mi voz, mi vigor recuperado, mi obra maestra concluida?

Sí, señor Presidente, lo siento y me da usted pena, vergüenza y odio. Creo que se ha vuelto usted loco. Es usted un perturbado mental, un monstruo senil que juega con las vidas y emociones de las gentes sin humanidad cual ninguna... Con razón me mandó a mí a ver a Tomás y fui con alegría pero con el corazón en la garganta, palpitante, inquieta, desasosegada, sin saber en realidad qué cosa me esperaba...

Me guiaron por esos túneles sombríos con olor a muertes olvidadas. Una rata inmunda me miró como si me deseara. Goteaba sal de las bóvedas y el castillo entero crujía como si mis pasos lo ofendieran. Le digo esto para que sepa la elocuencia que se apoderó de mi cabeza y de mi lengua, preparándome para la emoción más grande de mi vida...

Tenía la máscara puesta cuando entré al calabozo.

—Tomás, mi amor, soy yo...

Hubo un silencio. El más largo de mi vida, suficiente para recordar mi encuentro con Tomás en el

Museo de Monterrey y luego todos y cada uno de los minutos de nuestro amor.

—Tomás, mi amor, soy yo...

Me dio la espalda.

Escribió en la pared con un gis lo que ha escrito mil veces, pues las celda está llena de esos garabatos blancos, desvaneciéndose en la humedad:

PAN. TIEMPO. PACIENCIA.

Lo abracé. Se libró de mí con un movimiento áspero de los hombros. Me desconcerté, partida por un rayo inesperado. Me hinqué abrazándole las piernas.

—Tomás, he regresado, soy yo...

Lo miré implorando.

Estaba encerrado en el silencio.

Lo acaricié hincada. Lo miré implorando.

—Quítate la máscara. Déjame verte otra vez.

Se rió, señor Presidente. Nunca he oído una carcajada igual, ni espero volver a oírla. Era como si tuviera cadenas en la garganta. Reía como si arrastrase fierros en vez de palabras. Mi propia voz tembló, como si yo fuera la novia de la muerte, una enamorada surgida del mismo sepulcro que he visitado durante ocho años, llevándole flores, llorando a veces, a veces negándome a regar de lágrimas esa losa. Mi propia voz tembló, como si yo fuera una enamorada que un día se resignó a desaparecer y ahora debía cortejar a la muerte, porque ese hombre que usted cruelmente engañó, encarceló y manipuló perversamente, sí, perversamente, señor, ese hombre ya no es mi hombre.

Es otro y no sé cómo llamarlo, ni cómo hablarle.

No respondía a mis palabras. Con las manos arañé la máscara, quise abrirla como una lata de conservas. Él nomás se rió. Entonces salió una voz ahogada, una voz peluda, una voz que no reconocí y me preguntó que quién era yo, qué hacía allí, como me atrevía a meterme en el lugar que era sólo de él.

—Tu cara... déjame ver tu cara, Tomás...

Que no fuese idiota, que no me gustaría ver la cara debajo de la máscara, ¿por qué pensaba que se la habían puesto si no era para ocultar algo horrible, un rostro de monstruo, una cabeza de águila en cuerpo de hombre, unos ojos de serpiente y una boca de perro?, ¿eso quería yo ver, pobre idiota de mí?, que tenía cara de loco, que la barba lo ahogaba y le deformaba la voz, que ni los carceleros querían mirarlo cuando le quitaban la máscara para darle de comer, lo vigilaban y se la volvían a poner, él ya no peleaba, dejó de pelear hace siglos, él se acostumbró —"pan, tiempo, paciencia"— él se volvería totalmente loco si salía a la luz, él no creería que la realidad estaba fuera, él creerá siempre, hasta morir, que la realidad está allí adentro, prisionera pero libre del engaño del mundo, la mentira está afuera, afuera rondan la ilusión y el sueño...

—Aquí está mi casa, la verdad, la paz, el tiempo, la paciencia...

Todo esto me dijo, hiriéndome, sin reconocerme o fingiendo que no me reconocía, yo no sé, negándose a darme la cara, la voz ahogada por la pelambre como por esa selva que usted cruelmente le inventó, la voz encerrada detrás de la máscara y luego sus extrañas palabras:

—Despierten a los muertos, puesto que los vivos duermen...

No me reconoció. Pero se lo digo yo, que conocí a Tomás Moctezuma Moro mejor que nadie. Él ha encontrado su hogar entre esas cuatro paredes heladas. Ni siquiera el mar puede verse, ni el oleaje sentirse, en ese hoyo profundo que ya es parte del fondo del Golfo. Para él, el calabozo de Ulúa es la única realidad conocida o admisible. Esa es su obra cruel y maligna, Señor Anciano...

¿Cómo sé qué es él?

Esa voz no se olvida, por más deformada que me llegue.

¿Cómo sé que está vivo?

Por el miedo en sus ojos, visible a través de las rendijas de la máscara.

Por el miedo en sus ojos, señor Presidente. Un miedo que ni en mi peor pesadilla pude imaginar, un miedo a todo, ¿entiende usted?, un miedo a recordar, amar, desear, vivir o morir... El miedo que usted le puso allí, señor Presidente a quien el Diablo hunda en lo más hondo del infierno el día de su muerte. Que desearía próxima si no supiera desde ahora que su vida es ya un infierno.

Todo fue en balde. Sacrificó usted por nada a mi hombre. Tomás Moctezuma Moro no saldrá nunca de Ulúa. Ni vivo ni muerto. Esa celda es su hondo e inconmovible seno materno. No reconocería otro hogar.

El de usted debería ser la casa de la vergüenza. O lo que para usted es peor, la de la oportunidad perdida. Por primera vez, sospecho, las cosas no le salieron como esperaba. Me da usted horror. Pero más me da pena.

Sólo le suplico una cosa. Siga sobornando a los guardianes del cementerio para que al menos allí, como sucedió un día, yo pueda abrir la falsa tumba de Tomás Moctezuma Moro.

## 57
## Tácito de la Canal
## a "La Pepa" Almazán

No te preocupes por mí, mi amor. Lo he perdido todo. Salvo el refugio más íntimo del alma, que es mi amor por ti. No me importa que me desprecies, me insultes, me apartes para siempre de tu lado. No me importa. He regresado al puerto más seguro. Quiero que lo sepas. No es un triunfo ni una derrota. Me echas en cara servilismo y vanidad. Me humillas y lo merezco. Todo lo que parecía fortuna se me ha volteado en un instante y al mismo tiempo.

Sí, yo soy aquel al que el Presidente podría decirle,

—Salta por la ventana, Tácito,

y yo contestaría,

—Con su venia, señor, saltaré desde el techo.

Tuve un presentimiento, ¿sabes?, el día que un jefe de Estado extranjero llegó a Los Pinos a ver al Presidente. Yo lo esperaba a la puerta. El dignatario me entregó el impermeable como si yo fuera el mozo. De eso me vio cara. Yo debí haber cruzado los brazos detrás de la espalda como hacen los *royals* británicos para indicar cortésmente que no era el mayordomo de Palacio. Pero como en verdad lo era, tomé el impermeable del visitante, incliné la cabeza y le indiqué que pasara adelante. No me miró siquiera. Me quedé con la gabardina del Presidente de Paraguay entre las manos mientras el personaje se alejaba murmurando,

—¡Qué frío que hace en México!

Yo era el criado, es cierto. Volví a hacerme la pregunta de cuando entré a servir al señor Presidente Lorenzo Terán,

—¿Qué diablos quieren de mí? Si yo no soy nadie...

Vas a decirme:

—¡Qué fácil! Ahora que no eres nadie, te das el lujo de jugar al humildito.

Créeme. No me creas. Qué más da. Te escribo por última vez, mi Pepona. No lo haré nunca más, te lo juro. Sólo quiero que sepas cuál ha sido mi final y aceptes que lo acepto con humildad verdadera.

Mi padre vive muy aislado en su casita del Desierto de los Leones. Es una casita modesta y decente, muy escondida. Se llega a ella por esos caminos escarpados de curvas con el Ajusco a la vista. Mi padre es muy anciano. Lo llamo el A. P., el Antiguo Padre, recordando alguna lectura, antigua también, de las novelas de Dickens, cuando era joven.

Porque un día fui joven, mi Pepa, aunque ni tú ni el mundo lo crean. Fui joven, estudié, leí, me preparé. Me impulsaba la ambición y algo más: el destino de mi padre. No repetirlo, ¿ves? No quería ser como él.

Durante tres sexenios consecutivos, el A. P. fue factor decisivo de la política mexicana. Pasó de una Secretaría de Estado a otra, siempre como poder en la sombra, siempre como operador político a favor de la jugada grande, es decir, llevar a su ministro a la candidatura del PRI y de allí a la Presidencia. Como nunca acertó, contó con la confianza del ganador. No hay nada como perder para ganar confianza. Siempre en la sombra. Siempre como manipulador secreto. No podía aspirar a más, porque nació en Italia de padres italianos, los Canali de Nápoles. Por eso también era digno de confianza. Sus ambiciones tenían un límite legal. Nunca podría ser Presidente. Tres sexenios. Hasta que se le juntaron demasiados secretos, ese fue el problema. Tantos que nadie creía que fueran la verdad, porque los secretos son por naturaleza contradictorios e inciertos y lo que es necesidad en A es necedad en B, lo que es virtud en X es vicio en Z y así en adelante. O sea que todo lo que mi padre sabía, por saber demasiado se volteó en contra de él.

"A" le reprochó guardar el secreto cuando resultaba útil revelarlo.

"B" se le echó encima porque no entendía que el silencio de mi padre lo protegía, cuando "B" lo que quería es que su secreto se supiera como amenaza política.

"X" pidió que sacrificaran a mi padre en virtud misma de su secrecía: lo que guardaba escondido eran crímenes de Estado.

Y "Z" le reprochó, por el contrario, una serie de supuestas indiscreciones...

Sí, el A. P. tenía demasiados hilos entre las manos, la madeja se le hizo, literalmente, bolas, manejaba demasiados títeres y el teatro de su vida era una casa de naipes.

Mi padre fue *demasiado* hábil. Se pasó de listo. Se le fue la mano. Se le olvidó purgar a los que purgan. Se le olvidó que para asegurarle la vida a un enemigo, primero hay que matarlo. Se le olvidaron las inmortales lecciones de las más longevas dictaduras: servir invisiblemente al poderoso puede ser motivo de premio o de castigo. Llegó un momento en que mi padre sabía tantos secretos que todos le tuvieron miedo y se volvió famoso. Su discreción no lo salvó. Al contrario, decidieron matarlo antes de que abriera la boca.

¿Cómo lo destruyeron? Alabándolo, mi Pepa. Colmándolo de elogios. Arrancándolo de las sombras que eran su hábitat natural. Exhibiéndolo en el centro del redondel político con aplausos y vueltas al ruedo. Mi pobre papá sufría dudando entre la costumbre de mantenerse en la sombra y gozar del elogio público. Se le olvidó el grito del colaborador de Stalin,

—Por favor, ¡no me alaben! ¡No me manden a Siberia...!

Sí, mi A. P. recibió demasiados aplausos. No los públicos, que no importan, sino los privados, los del Presidente en turno, los aplausos que más envidia y venganza generan en contra del favorecido...

En resumen: llevaba demasiado tiempo en la paradoja de ser candil de la casa y oscuridad de la calle.

Dicen que un hombre público debe vivir en perpetua angustia, pero no demostrarlo. A veces, sin embargo, la angustia debe trasladarse a la acción. Stalin le tenía miedo a los dentistas. Prefirió que se le pudriera la dentadura a exponerse al peligro. O sea que uno cree hasta el final que lo que se premia no es la capacidad, sino la lealtad. Ríete de mí, recuerda mis abyecciones, échame en cara mi vanidad. Y ten piedad de mi derrota. Es el segundo acto del derrumbe de mi propio padre.

Llevaba años sin verlo. Nunca dejé de enviarle dinero. Pero su cercanía me daba miedo. El fracaso se contagia. No quería repetir su vida. Yo iba a triunfar donde él fracasó. Yo llegaría a la Silla del Águila. Bernal Herrera, María del Rosario, mis enemigos grandes, tú misma, traicionera, los pequeños enemigos a los que nunca hay que despreciar, las viborillas dentro de mi propia oficina, Dorita la de los moños celestes, Penélope la prieta cuadrada y el verdadero arquitecto de mi derrumbe, Nicolás Valdivia, hoy secretario de Gobernación, el hombre que forjó la intriga que me costó el poder, esos malditos papeles conservados por el imbécil archivista Cástulo Magón, esos papeles que yo rubriqué sólo porque me lo pidió el señor Presidente César León, una solicitud que era una orden y una consolación:

—No te preocupes, Tácito. Yo tengo un archivo listo para el momento en que deje la casa presidencial. Lo necesito para mis memorias. Seré selectivo. Pero no puedo sacrificar un solo documento de mi mandato. Tú me entiendes. Un Presidente de México no gobierna para el sexenio. Gobierna para la Historia. Hay que preservarlo todo, lo bueno y lo malo. ¿Quién quita, mi buen Tácito, que el tiempo le dé la razón a las necesarias elipsis de la ley? ¿Qué va a importar más, el fraude a los pequeños accionistas o la salvación de las grandes empresas motores de una economía de exportación como la nuestra?

Sonrió pícaramente.

—Además, el archivista tiene órdenes de pasar los originales de esos documentos por la trituradora. Yo me quedo con las copias certificadas.

Había una desnuda amenaza en sus ojos de mosca. Ah sí, mi Pepa, ese hombre, como las moscas, tiene ojos que miran en todas las direcciones simultáneamente. Tiene antenas muy largas en la cabeza. Tiene dos pares de alas, un par para volar y otro para guardar el equilibrio. Se posa encima de la basura. Es mosca vieja, de color gris y panza amarilla. Eso lo delata. Cuídate de él. Tiene patas glandulares que le permiten detenerse en las paredes y caminar por el techo. Sus carnadas se llaman gusanos y se crían de preferencia con carne de cadáver. Tú me odias. Yo no y por eso te aconsejo. No te duermas en tus laureles con Arruza. No te dejes embaucar por la pura fuerza brutal del general. Mucho ojo con César León. Siempre trae un as en la manga.

Se lo dije a Valdivia. Te lo digo a ti, sobre todo ahora que te acuestas con un lobo. Que el lobo Arruza le tema a la mosca León. Se engaña el que crea que el expresidente está dispuesto a retirarse. Va a seguir dando guerra hasta el día que se muera.

Pero déjame volver a mi Antiguo Padre. El mundo se le vino encima, mi Pepa, igual que a mí, peor que a mí porque él no ambicionaba la Silla y sólo quería permanecer operando desde la sombra. Sí; porque era menos ambicioso, le dolía más perder. Era como una afrenta a su moral de la discreción, ¿ves? Tenía, gracias a su modestia, un horizonte vastísimo, tan largo como su vida de consejero indispensable, Talleyrand, Fouché y el padre Joseph Le Clerc de Tremblay, "eminencia gris" original a la vera de Richelieu. Mira nomás cómo se me regresa la memoria del joven estudiante apasionado de historia que fui. Es la mejor demostración de que ya soy otro, Josefa, soy otro, ¿me entiendes? Me siento purificado por el fuego. En fin. La invisibilidad era el don de mi padre, era su fuerza. Le ganaba la confianza de los poderosos. Pero lo volvía sacrificable cuando llegó a saberlo todo siendo nadie.

Entré a la casita del Desierto de los Leones.

La muchachita que le sirve al A. P. estaba vestida de china poblana.

—¿Cómo te llamas? —le pregunté, porque aunque le pago el salario, nunca la había visto.

—Gloria Marín, para servir al patrón.

Sonreí. —Ah, como la actriz.

—No señor. Yo soy la actriz Gloria Marín.

Y es cierto, se parecía a una de las más bellas e inquietantes mujeres del viejo cine mexicano. Gloria Marín la del pelo negro azabache, los ojos de melancolía desconfiada pero sensuales detrás de las inevitables defensas de mexicana escarmentada. El perfil, perfecto en el óvalo de un rostro de morena clara. Y esos labios de sonrisa difícil, siempre al límite de un rictus de amargura. Sumisa en apariencia, rebelde en realidad.

—¿Y mi papá?

—Donde siempre, señor. Mirando la tele. Noche y día.

Se cruzó con donaire el rebozo sobre los pechos "turgentes", como se decía entonces, y no tuve tiempo de decirle que las antenas de televisión estaban muertas desde enero.

—Ah. ¿Noche y día?

—Sí, allí duerme, allí come, dice que no se puede perder un solo minuto de lo que pasa en la tele.

—Ah. Como el Hermano Mayor de hace años, nomás que al revés...

—Yo no sé. Él dice que en cualquier momento lo pueden matar y tiene que estar listo para defenderse.

—¿Quiénes quieren matarlo?

—Unos malosos.

—¿Cómo se llaman?

—Uy, uno el Sute Cúpira, otro el Cholo Parima. Ya los sueño, señor. Dizque son venezolanos y viven en una selva llamada Canaima.

La observé con creciente extrañeza.

—Está bien. Te llamas Gloria Marín. Y tu patrón, ¿cómo se llama?

—Jorge Negrete.

—No, se llama Enrico Canali. ¿De dónde sacaste eso de Jorge Negrete, pinche gata? Negrete era un actor de cine, "el charro cantor", un galán muy guapo, muy retador, con el que soñaban las criadas como tú. Murió hace casi un siglo.

Gloria Marín se soltó llorando.

—Ay señor, no se lo diga al patrón. No lo mate. Él es Jorge Negrete. Lo cree de veras. No lo desilusione. Palabra que lo puede matar.

Bajó la mirada.

—A mí llámeme como guste. Para servir al patrón.

Suspiré atávicamente. Entré al saloncito minúsculo, abierto sobre un patio descuidado donde la hierba crecía entre las baldosas y un solitario pirú hacía penitencia. En un sillón frente a la pantalla de TV estaba mi A. P., mi Antiguo Padre, con la mirada fija en la pantalla. Hablaba solo, ensimismado. —Ora entro a la cantina y miro con insolencia a todos. "Aquí está el Ametralladora", grito con el mechón sobre la frente y todos se quedan callados de miedo, agarro de la cintura a la muchacha más bonita —perdón, Gloria, no eres tú, esta vez no sales en la película— y canto *Ay Jalisco no te rajes*, mírenme...

Sintió mi presencia, puso mi mano sobre su hombro, la tomó con su propia mano de mármol pecoso y frío, como si agradeciera mi presencia pero sin saber quién era yo, cambió de imagen con el control, era obvio que sólo pasaba un montaje de escenas reunidas por él mismo y ahora Jorge Negrete bailaba sobre un tablado veracruzano el son del Niño Aparecido con una preciosa Gloria Marín vestida a la usanza aristocrática del siglo XIX, con mantilla y la falda de seda hasta el tobillo. Y Negrete de chinaco, mirándose los dos con una pasión desafiante hasta que el villano, un boticario llamado "Vitriolo" le arroja, lleno de celos, un puñal a Gloria y mi A. P. corre velozmente la cinta hacia adelante para emocionarse —lo siento en su puño— viendo a Jorge darle un larguísimo beso a Gloria en la película *Una carta de amor*, evitando la muerte de su amada en la película anterior.

En el beso congela mi padre la imagen, embelesado, gozando el momento, dirigiéndose al cabo a mí.

—Gracias por venir a verme. Hace tiempo que estoy esperando que me manden a mi escudero.

Me mira sin reconocerme.

—¿Quién eres, pelao? ¿Mantequilla o El Chicote?

—Chicote, padre...

—¿Qué cosa?

—Perdón, Chicote, soy el Chicote, su fiel adlátere.

—Así me gusta. Te invito a tomarnos un tequila con limón en el rincón de la cantina, hasta caernos de borrachos, soñando con las hembras traicioneras y consolados por los cuates del alma...

Negrete cantó en la pantalla, mi padre cantó desde un sillón, yo canté con la mano de mi padre en la mía viendo las escenas de la película *Me he de comer esa tuna*,

L'águila siendo animal
se retrató en el dinero.
Para subir al nopal
pidió permiso primero.

En el patio, sin hacernos caso, Gloria Marín regaba
las macetas y cantaba su propia canción,

Soy virgencita, riego las flores…

Me dirigió la mirada, modosilla y coqueta.
Se la devolví.
Puedes decir lo que estás pensando, Josefina:
—De gatero habías de acabar…
¡Cuánto siento que tu marido, pecando de honorabilidad, te haya comunicado mi plan de recupe-
ración financiera, calificándome ante ti de pillo y
facineroso! A ver cómo les va a ti y a él en nuestras
agitadas aguas políticas. Yo le ofrecí un trasatlántico.
Él se conformó con una chalupa. Todo sea por Dios.
Y leas lo que leas o te digan lo que te digan, recuerda que yo siempre seré político y la política da
muchas vueltas. En política, te asumes y te compen-
sas. No hay de otra, para qué es más que la verdad.

Tuyo, T.

## 58
## Nicolás Valdivia
## a expresidente César León

Distinguido señor Presidente y fino amigo: Nadie mejor que usted conoce las reglas de la política nacional. Todo Presidente va dejando un rosario de dichos más o menos célebres que pasan a formar parte del folklore "polaco".

—En política hay que tragar sapos sin hacer gestos.

—Un político pobre es un pobre político.

—El que no transa no avanza.

—Arriba y adelante.

—La solución somos todos.

—Si le va bien al Presidente, le va bien a México.

Le recuerdo sólo dos de su cosecha:

—Para conservar las costumbres, violemos las leyes.

—Llegar a la Presidencia es como llegar a la Isla del Tesoro. Aunque te expulsen de la isla, nunca dejarás de añorarla. Quieres volver a ella, aunque todos, incluyéndote a ti mismo, te digan que no.

Pues bien, señor Presidente, ha llegado el momento de abandonar la Isla del Tesoro. Comprendo sus sentimientos. Usted quisiera ser factor de reconciliación en momentos que prevé difíciles para la República. Ha dicho usted públicamente que

—La lucha por el poder destruye lo único que le da sentido al poder, que es crear riqueza para el país en un orden de paz y legalidad.

No podría estar más de acuerdo con usted. Comprendo su desazón, señor Presidente. Avizora usted la lucha que se aproxima. Teme que degenere en asonada, guerra civil, balcanización, hombre lobo del hombre y todo eso. Se ve a sí mismo como factor de unidad, experiencia, autoridad y continuidad.

Señor Presidente: Yo lo miro actuar y pienso que el político que se anda creyendo que es más de lo que realmente es, nunca puede saber quién es.

Esta desorientación, esta falta de conciencia acerca de uno mismo, puede ser interesante materia de psicoanálisis, pero es fatal para el personaje en cuestión y sobre todo, para la salud política del país.

Entiendo lo que pasa por su mente, a medida que el ruedo se va abandonando mueren algunos matadores, antiguos diestros se protegen en burladeros, pero el toro bravo se niega a abandonar la querencia.

—Sí, quiero eliminarlos a todos hasta que sólo quedemos dos en el redondel: Él y Yo.

Ahora bien, la cuestión es definir, ¿quién es Él? ¿Y quién soy Yo?

Cómo no, señor Presidente, el poder hacer eficaz su propia ficción, dice el distinguido filósofo chileno Martín Hopenhayn, hablando de Kafka. Y hace ya medio siglo, Moya Palencia, a la sazón secretario de Gobernación como lo soy yo actualmente, dijo que en México Kafka sería considerado como escritor costumbrista.

Me divierte que en México llamemos "costumbres" algo que en el mundo *serio* se llama *realpolitik*, que es nada menos que la política pregonada por mi tocayo Maquiavelo: Como los hombres son naturalmente perversos y jamás te serán fieles, sé a tu vez, Príncipe, infiel y perverso. La habilidad del Príncipe consiste en emplear esta realidad maligna en provecho propio, pero hacer creer que actúa en provecho de todos.

La fisura del maquiavelismo, señor Presidente, consiste en creer que los enemigos están adormecidos por el brillo y amedrentados por la fuerza del Príncipe del momento. El poderoso cree que derramando beneficios hará olvidar viejas injurias.

—Se engaña —dice mi tocayo.

Más le valdría al Príncipe cortar de un tajo todas las cabezas enemigas, instantáneamente, para no tener que cortarlas de a poquito y correr el peligro de olvidar una que otra. "Las crueldades hay que cometerlas de un solo golpe. Los beneficios hay que otorgarlos uno a la vez."

Allí estuvo su error, señor Presidente León. En su afán de consolidar aprisita su poder nacido de elecciones (seamos claros, bastante turbias), usted derramó los beneficios, la adulación, las prebendas, los jugosos negocios, de un solo golpe. Quería ganarse aliados que lo legitimaran, sin considerar que otorgándolo todo no saciaría a una jauría que siempre quiere *más*.

Y ese *más* es el poder mismo.

Entonces usted, señor Presidente, se ha quedado sin cartas porque ya repartió toda la baraja. En cambio, como trató de seducir a tantos enemigos potenciales, perdió la oportunidad de cortarles la cabeza de cuajo. Resultado: a usted ya no lo quieren ni los amigos a los cuales les dio todo, ni los enemigos a los que les dio un poquito. Y usted mismo lo sabe.

—Hace unos minutos, era mi amigo. Bastó media hora para hacerlo mi enemigo.

Sea sincero. No lo niegue. ¿Cuántas veces no se ha dicho a sí mismo estas palabras?

Créame que soy su amigo y entiendo bien su queja:

—Ayer, todos me vitoreaban. Hoy, todos guardan silencio. ¡Si al menos me insultaran! Ayer era yo indispensable. Hoy, soy un estorbo. ¡Si al menos me expulsaran!

Que es exactamente, interpretando sus sentimientos, lo que en estos momentos estoy haciendo, señor Presidente.

Esta carta se la entrega mi colaborador, el señor Jesús Ricardo Magón. Él mismo lo acompañará a la puerta de su casa, donde lo espera una escolta militar digna de su categoría, para acompañarlo al Aeropuerto Internacional, donde le espera un cómodo asiento de primera clase de la línea aérea Qantas, que lo llevará directamente a la bella tierra del kangurú, Australia. Le ruego prestar atención allí a esos marsupiales que cargan a sus críos en una bolsa del vientre, a fin de asegurar su desarrollo posnatal, su crecimiento sano y, a la postre, su descendencia.

Con las seguridades de mi distinguida consideración y deseándole buen viaje,

Nicolás Valdivia

## 59
## General Mondragón von Bertrab
## a Nicolás Valdivia

Señor secretario y fino amigo,

Fiel a las instituciones de la República y en atención al Artículo 89, fracción VI de la Constitución, me permito informarle que esta madrugada he pasado por las armas al señor general don Cícero Arruza, culpable de sedición e intento de sublevación golpista ante el Tribunal Militar Ad-Hoc que me permití convocar de facto para hacer frente a una situación impostergable, con la seguridad de que mis acciones serían legitimadas por usted en ausencia de un Presidente Sustituto tras la lamentable desaparición de don Lorenzo Terán.

Usted sabe tan bien como yo que hay situaciones que le imponen a las fuerzas armadas actuar sin demora, siempre y cuando dicha acción tenga por objeto salvaguardar las instituciones republicanas amenazadas.

La intención criminal del general Cícero Arruza consta en las numerosas comunicaciones que a partir de las crisis de enero me hizo llegar con imprudencia que sólo puedo atribuir al entusiasmo etílico. Lector, como lo soy yo, de Clausewitz y de Maquiavelo, podemos invertir los términos del germano y decir que la política es la continuación de la guerra por otros medios. Y con el florentino, que más vale prevenir en tiempos de paz que dejarse sorprender en tiempos de guerra. La amenaza golpista del general Arruza ha sido erradicada de cuajo.

Lamento informarle que el general fue sorprendido en lecho adúltero con la señora doña Josefina Almazán, esposa del señor secretario de Hacienda don Andino Almazán. El impulsivo intento de sacar su pistola de debajo de la almohada provocó la reacción natural de los elementos enviados a aprehenderle. Por desgracia, la ráfaga no perdonó a la señora Almazán, cuyo cadáver ha sido entregado a su esposo, cuya renuncia al cargo, si no me equivoco, ya está en manos de usted.

Confío en que comprenda y apoye, señor secretario, mi decisión de retirar el cuerpo herido del general Arruza del lecho ya citado para trasladarlo, moribundo, al cuartel general de la XXVIII Zona Militar en Mérida, colocándolo de pie contra el muro a fin de poner fin a sus días de manera consecuente con sus indudables méritos militares. Quisiera decir que tuvo miedo. No lo tuvo. No por valiente. Nomás no pudo. Ya no tenía pistola para decir su verdad. Sus palabras finales en el lecho de amor fueron,

—A mí no me vacila nadie.

Y apoyado ya en el paredón, dando las últimas boqueadas, alcanzó a decir:

—¿Qué pasa? Disparen. ¿No tienen güevos?

Con respeto sea dicho y por obligación de dar cuenta cabal de lo acaecido a la superioridad, quedo como siempre a sus órdenes el día de hoy y en las circunstancias futuras que juzgo favorables para usted y la patria,

General Mondragón von Bertrab, DEM

Ps. Hay muchos cenotes en Yucatán. Arruza tiene tumba de agua.

## 60
## Onésimo Canabal
## a Nicolás Valdivia

Señor Presidente,

Cumplo con enorme satisfacción mi deber constitucional de informarle que, con apego al Artículo 84 de la Constitución Política de los Estados Unidos Mexicanos y en ausencia del pleno del H. Congreso de la Unión que me ufano en presidir, convoqué a la Comisión Permanente del mismo a fin de proceder al nombramiento de Presidente Sustituto para concluir el periodo presidencial de don Lorenzo Terán, tras de su lamentable fallecimiento la semana próximo pasada.

Reunida la Comisión Permanente y a iniciativa de la H. Diputada por Hidalgo doña Paulina Tardegarda, sus miembros votaron unánime por usted, en desempeño actual de las funciones de secretario de Gobernación, para ejercer la Primera Magistratura del País con carácter Sustitutivo.

Convocado por mí el Congreso de la Unión a sesión extraordinaria para erigirse en Colegio Electoral, la anterior decisión fue ratificada unánimemente, hecho por el cual queda usted investido, don Nicolás Valdivia, como Presidente Sustituto de los Estados Unidos Mexicanos a partir de esta fecha y hasta la del cambio constitucional de poderes el 1º de diciembre de 2024.

Al extenderle mi felicitación y la invitación a hacerse cargo del puesto en ceremonia solemne el próximo 5 de mayo a las cinco de la tarde, aprovecho la oportunidad, señor Presidente, para reiterarle las seguridades de mi más alta y distinguida considera-ción, así como mis votos personales por el éxito de la gestión que hoy le encomienda la Patria.

(fdo.) Onésimo Canabal,
Presidente del H. Congreso de la Unión.

## 61
## Jesús Ricardo Magón
## a Nicolás Valdivia

Misión cumplida, señor Presidente. Con la autoridad que usted me presta, todas las puertas se me abren. Incluso las de una fortaleza como San Juan de Ulúa, ese castillo de los candados adonde usted me envió porque yo soy confiable, porque yo sólo le rindo cuentas a usted, porque yo soy la tumba de sus secretos y si lo delato a usted me delato a mí mismo.

—Sólo tú puedes hacerme este inmenso favor —me dijiste, Nicolás—. En nadie más puedo confiar.

Miré con tristeza la propia tristeza de tu mirada, como si me dijeras:

—Es el último favor que te pido. Si quieres, después de esto no nos volvemos a ver…

En cambio, te atreviste a decirme:

—Vas a beber el cáliz más amargo.

Me miraste con un intolerable aire de complicidad filosófica. (Cómo empiezo a delatar y detestar tus tics.)

—Bébelo hasta las heces. Con este acto culmina la educación política que te prometí en tu palomar ¿recuerdas? Cumple y emprende tu propio vuelo, si quieres. Vuelve a ser un anarquista melenudo, si quieres. Tu *paideia* está completa.

Si al menos me hubieras enviado solo, Nicolás. Ese era mi único consuelo. Voy a hacer lo que él me pide. Cuando acepté el pacto con este Diablo disfrazado de Ángel que eres tú, Nicolás Valdivia, admití muy honda, muy íntima y secretamente, que no podría evadir una prueba final, esa "prueba de Dios" a la que sometían a los antiguos héroes nórdicos. Después, partiría en una nave vikinga. Aunque la nave ardiese como pira funeraria y yo fuese la víctima propiciatoria...

Iba a un funeral. Pero era mi propio funeral. Has puesto a prueba mi fidelidad hasta convertirme en un asesino. Tu mano armada. Y a pesar de todo, fíjate lo que son las cosas, mira hasta qué grado nos hemos vuelto gemelos en el hablar, en el andar, en el vestir... Me pigmalionizaste totalmente, Nicolás Valdivia, hiciste de mí el espejo que necesitabas para estar seguro de que tú también eras joven, inteligente, bello, rebelde, yo he sido tu réplica hasta en la manera de hablar, caminar... y ahora, matar.

—¿Es necesario? —me atreví a preguntarte, recobrando algo de esa antigua rebeldía que tú te has encargado de aplastar con medidas iguales de pasión y de tiranía...

—No podemos vivir con un fantasma.

—No puedes *tú*, Nicolás, no generalices.

—Está bien. Yo no puedo vivir con un fantasma.

Rumiaste tus palabras como un toro hasta eructarme a la cara.

—Un fantasma enérgico.

Me hiciste creer que iba a entrar solo al calabozo de Ulúa.

—Nadie lo sabrá, mas que tú y yo.

Quedaba sobreentendido. Tú y yo conservamos nuestros secretos.

Los guardianes de la prisión me fueron abriendo las pesadas puertas metálicas, una a una, cada una cerrándose detrás de mí como una sinfonía de fierro, como en esas viejas películas en blanco y negro de James Cagney que nos encantaba ver juntos muy de noche. Una melodía de metal escuchada por primera y última vez.

Pero era yo solo. Yo, con mi nombre propio, Jesús Ricardo Magón, hijo de archivista y pastelera, habitante único de la utopía de palomas y palabras, lector ávido de Rousseau y Bakunin y Andreiev, el Anarquista de las Nubes, el Tarzán de las Azoteas, melenudo y sin más ropa que unos jeans deshebrados y una sudadera icónica del Che Guevara. Manchada.

Yo, el muchacho puro que iba a destronar a todos los tiranos corruptos, estaba ahora aquí frente a la celda de Tomás Moctezuma Moro en Ulúa, el héroe puro, el político incorruptible y por eso incómodo para todos, intolerable para ti. ¿Un fantasma enérgico, me dijiste? ¿Tan enérgico que te convertía en un débil intrigante, un ambicioso del montón, un vulgar arribista político? ¿Por eso temías a Moro, por el contraste brutal de su personalidad con la tuya? ¿Hasta encarcelado era una amenaza?

Dime entonces, ¿lo has pensado? ¿Hasta muerto será un desafío para tu propia inseguridad, *amor mío?*

Y allí estaba yo, frente a la puerta de la prisión de Moro, a punto de darte la razón.

—No hay anarquista que no termine en terrorista. Como eres dueño de un lenguaje impotente, para compensar acabarás pasando a la acción criminal. *Quod est demostratum.*

Lo acepté. Es un crimen, pero un crimen de Estado. ¿No lo fueron todos los actos de terror de los anarquistas contra reyes, presidentes y emperatrices de la llamada Belle Époque? No sonrías. ¿No has leído a Conrad en *Bajo la mirada de Occidente?*:

—Las mujeres, los niños y los revolucionarios detestan la ironía.

Los anarquistas no tenemos derecho al humor. ¿Ni siquiera al humor negro, señor Presidente? Me detuve frente a la celda de Tomás Moctezuma Moro. Iba a entrar sólo a matar a ese símbolo de la legitimidad y de la pureza que tantos estorbos les causa a tantos.

Entonces escuché los pasos ligeros, como de mariposa saltarina si tal cosa hubiese, detrás de mí. Entonces me di media vuelta en el momento en que se abrió la puerta de la celda y a mis espaldas sentí un tufo infernal, como si este túnel subterráneo fuese en verdad el camino del Averno, el lugar de cita de todos los demonios, este túnel subterráneo del Castillo de San Juan de Ulúa, goteando del techo no sólo agua salada sino sangre licuada, sangre tan vieja que ya era parte de la circulación universal de los océanos, sangre mezclada de perro hambriento y tiburón ahogado y bucanero ahorcado y sirenas prostituidas y vastas selvas de algas marinas y ostras herméticas de perlas barrocas, todo esto me goteaba sobre la cabeza, Nicolás. Todo esto era el hondo cementerio marino de Ulúa, sólo que yo lo iba a recorrer solo, la experiencia maldita me sería privativa, nadie más la poseería.

Nadie más que tú y yo sabríamos lo ocurrido esta noche de mayo en las mazmorras del Castillo de Ulúa.

—Buenas noches, joven —me dijo el untuoso ser (su presencia se acercaba como un color de grasa de cerdo rancia) que respiraba su jadeo de toloache con una voz adormilada y por ello amenazante, como la de un sonámbulo que no sabe lo que hace...

Un olor apestoso y fuerte le salía de la voz, del cuerpo entero, hasta de los ojos malolientes. De la insolencia de la mano impúdicamente armada con una Colt .45 automática que parecía una extensión natural del brazo.

Usaba guantes negros.

Hasta en la penumbra del túnel sus ojos de mapache brillaban con una insania inapagable.

—Vamos, qué esperas, pendejo —me dijo con insolencia, enterrándome la boca de la Colt en las costillas.

—Creí que era solo —balbuceé.

—¿Solo? Solos los cangrejos de Tecolutilla, que además caminan patrás. Y tú y yo vamos palante, chicoché.

—No quiero testigos —le dije armándome de valor—. Creía que era yo solo.

—Yo también —se rió el famoso cacique tabasqueño Humberto Vidales, "Mano Prieta", como si tú, Nicolás, no supieras quién iba a ser mi compañero en el crimen...—. Pero el nuevo Preciso es bien abusado y quiere que en todo crimen haya dos testigos. Aunque los dos sean culpables. Así, dice, uno anula al otro. Como si los asesinatos fueran canicas del mismo color y tamaño, que se cambalachean unas a otras —rió monstruosamente, despidiendo por la boca ese olor de estramonio como para despertar a los muertos.

Vidales abrió la puerta de la celda.

Tomás Moctezuma Moro dormía.

La famosa "Máscara de Nopal" le cubría el rostro.

—No se la quita ni para dormir —me había advertido el carcelero obsequioso.

Es que no quería que nadie adivinara sentimientos, sorpresas, ternuras súbitas, visibles ardores, "interiores bodegones", Nicolás, "heridas frías", como nos dijimos un día aquí mismo en Veracruz —pero en qué distintas circunstancias— tú y yo.

Vidales adivinó mis sentimientos. Me enmendó la palabra sin saberlo.

—No seas sentimental. Ya sé lo que estás pensando. Mejor así, dormidito, ¿no? Ni se da cuenta. Más caritativo, ¿no?

Se carcajeó.

—Piadosas las monjas, como decía mi viejo mentor Tomás Garrido, gobernador como yo de Tabasco. Pero él ya tiene solar en el Arco de la Revolución y tú y yo, chamaquito, a ver si merecemos aunque sea un ladrillito en el Arco de la Transición, para servir a la Señora Democracia...

Volvió a reír siniestramente y le metió una pata en la espalda al dormilón Tomás Moctezuma Moro. El Hombre de la Máscara de Nopal se despertó como un relámpago, poniéndose de pie, mirándonos a través de la rendija terrible como una herida de metal cegadora, la raja a la altura de los ojos de la máscara, sin que pudiéramos Vidales y yo adivinar su semblante, pero seguros —eso sí, seguros— de que Moro no temblaba, de que su figura era como una estatua heroica, inmóvil. Y algo más: inconmovible, serena. Estatua, te digo, estatua de meter miedo de tan sereno como si estuviera muerto antes de morir...

Vidales disparó.

Moro no dijo nada.

Cayó de pie, por decirlo así.

Se derrumbó sin aspavientos.

No nos grito "asesinos".

No pidió "clemencia".

No dijo nada.

La máscara de fierro pegó secamente contra el piso.

Así murió por segunda vez Tomás Moctezuma Moro.

Así se disipó, señor Presidente, el fantasma de Banquo. Sólo que el sitio vacío en el banquete del poder no lo ocupó Macbeth. Porque aunque todo terminó como en Shakespeare, este drama era jarocho y chilango y acriollado a la tabasqueña, como me lo hizo notar, nomás "por no dejar", Vidales el "Mano Prieta".

—Muy listo el nuevo Presidente —sonrió ofreciéndome un tabaco—. Ni usted me va a delatar a mí ni yo a usted, ¿no es cierto?

Me miró feo.

—No se olvide de que si a mí me pasa algo tengo la dinastía de mis Nueve Hijos Malvados pavengarme. ¿A quién tienes tú, pendejete?

Ahora me sonrió.

—Ándale. Es un puro de Cumanguillo. No se los ando ofreciendo a cualquiera.

Miró a Moro desangrándose en el suelo.

—Ándale. Y recuerda que esto no pasó y ni tú ni yo estuvimos aquí. Yo estoy en Villahermosa celebrando la mayoría de edad de Hijo Número Ocho. ¿Y tú, cabroncete?

Cerró la puerta de la celda y salimos al frío eterno del laberinto de Ulúa. Su narrativa tampoco tenía fin.

—¿Sabes quiénes cometieron el crimen?

Negué, turbado, con la cabeza.

—El Tuerto Filiberto y don Chencho Abascal.

—¿Quiénes? —pregunté idiotamente.

"Mano Prieta" nomás se rió.

—El Tuerto y don Chencho. Ellos cometen todos mis crímenes. Son invisibles. Nadie los encuentra. Porque los inventé yo.

Dejó de reír. —Tú no te olvides. Yo no soy sólo "el señor gobernador". Soy el dueño. Y cuando yo me muera, ya te lo dije, mis Nueve Hijos Malvados se encargarán de seguir matando. Somos dinastía y tenemos nuestra divisa. "De pedrada para arriba, los Vidales siempre ganan con saliva."

Y se fue dejando ese aroma doble de puro de Cumanguillo y narcótico de estramonio dormilón.

Con razón decía don Jesús Reyes Heroles que el México bárbaro nomás dormita pero no se muere nunca y despierta bronco a la menor provocación.

Gracias, querido Presidente, por hacérmelo ver con mis propios ojos.

Gracias por dejarme ser la persona que era antes de conocerte.

Gracias por demostrarme que el anarquista termina en terrorista.

Gracias por hacerme ver que el rebelde doctrinario tiene que llevar su insurrección a la práctica como una fatalidad.

Y cuídate, Nicolás Valdivia, porque ahora soy un asesino.

Y mi siguiente víctima serás tú.

## 62
## Nicolás Valdivia
## a María del Rosario Galván

Mi bella señora, no quiero parecer insistente, pero considero que la promesa que usted me hizo al conocernos debe cumplirse ahora. Soy lo que soy y esa fue la condición que usted puso, ¿recuerda?

—Nicolás Valdivia: yo seré tuya cuando tú seas Presidente de México.

Acudo a su ventana con la promesa cumplida. Me encanta su coquetería. ¿De manera que antes de abrirme las puertas de su casa me pide que, por última vez, repitamos el rito inicial? Está bien. Yo respeto sus caprichitos. Tiene derecho a pedirme lo que quiera. Cumplió usted su profecía. Llegué a donde usted, temerariamente en enero, pronosticó. O más bien: prometió.

Me doy cuenta de que no es a María del Rosario Galván a quien le debo el puesto, sino a una cadena de circunstancias que a principios de este fatídico (o muy fausto) año no era posible prever. Otra vez, la necesidad es obra del azar. No imagine, por ello, que mi gratitud decrece. Al contrario. Llego a usted sin compromisos, limpio y libre. A usted le debo mi educación política. Soy el mejor alumno que viene a darle el premio a la maestra. ¿Puedo ahora culminar en su lecho mi educación erótica?

Sigo sus instrucciones. Hoy en la noche volveré al bosque que rodea su casa y desde allí la veré desnudarse frente al ventanal iluminado. Hágame una seña. Apague la luz, prenda una vela, como en las viejas películas de misterio —y acudiré a "lechos de batalla, campo blando".

Ansiosamente suyo, N.

## 63
## María del Rosario Galván
## a Nicolás Valdivia

Pues bien, *en noche lóbrega, galán incógnito...* ¿Incógnito, me dirás? ¿Desconocido tú? ¿Tú, mi hechura, mi plastilina, mi Galatea masculina? Sí, es mucho lo que me debes. Me lo debes todo, diría yo. Todo. Menos el premio final. El gordo de la lotería. Eso se lo debes a gente menor. Te valiste de los enanos para llegar a donde estás. ¿Por qué? ¿Me tuviste miedo a mí? ¿Temiste que debérmelo todo te iba a convertir en nadie?

Has aprendido mucho, menos las sinuosidades de la confianza. ¿A quién otorgársela en política? No nos queda más remedio, Nicolás, que estudiar el carácter tanto o más que los actos. ¿Qué dijo Gregorio Marañón sobre Tiberio? Que no era bueno y fue el poder lo que lo volvió malo. *Siempre* fue malo. Lo que sucede es que la luz del poder es tan *poderosa* que revela lo que realmente éramos desde siempre y ocultábamos en las sombras de la impotencia.

Tanto tu poder como el mío nos revelan lo que realmente somos. Un par de bandidos. Una pareja de gángsters. Chantajistas. Depredadores. Criminales. Seguramente los dos sabemos bien que el más ambicioso es el que menos se dramatiza a sí mismo.

Cuídate, pues, del menos conspicuo. Te lo dije al principio, para que no te impresionaran las estúpidas baladronadas de Tácito de la Canal, el hombre político más transparente que he conocido. Lo único confiable de Tácito era su falta de confiabilidad. ¿Cómo podía llegar a la Presidencia un hombre que a causa de su hipocresía cultivaba el aspecto de un perpetuo necesitado a punto de regresar, si no lo socorríamos, a la mendicidad?

"Séneca", el pobre, era el anti-Tácito. Lucía demasiado su inteligencia. Era eso que los fastidiosos ingleses deploran en una persona. *He is too clever by half.* El brillo excesivo ciega a quienes viven en la penumbra de la mediocridad. Séneca ofendía por su inteligencia, como Tácito por su hipocresía. Se criticaba a sí mismo:

—Mis principios son excelentes, pero mi práctica es pésima. No tendré más remedio que acabar en cínico.

No. Se suicidó. Y eso que nunca contrajo matrimonio, que es la antesala más segura del suicidio...

César León, ahí lo tienes, discreto con quien le convenía, pero brutalmente indiscreto con los que despreciaba. La indiscreción venció a la discreción. En el fondo, era un sentimental. Fuera de la política, se sentía desterrado. Como si sólo existiese la tierra que habitó como Presidente. En un drama teatral, le atribuiría este parlamento:

—Yo le hablé de tú al destino. Desafié a la fortuna. Le dije: Atrévete, cabrona. Soy invulnerable en el bien. Y lo que tiene más chiste, soy invulnerable en el mal.

¿Tú sabes que siempre trae en el bolsillo una guillotina miniatura con la que juguetea como otros hombres con el pene?

El Presidente Lorenzo Terán era, en cambio, *demasiado* discreto. No decía nada o decía muy poco. Es cierto que tenía reflejos musculares perfectos. Debió ser avión. Por eso manejaba bien las relaciones públicas. Sabía que por fortuna, en México las fuerzas de la naturaleza nos favorecen. Si no hay un terremoto, hay una inundación, una sequía o un huracán. Los funcionarios mexicanos convierten los desastres naturales en dividendos políticos. A un Presidente le basta hacer una aparición en el lugar del desastre y desaparecer de nuevo. Así se ahorra la necesidad de resolver los problemas gobernando a fondo.

Pero dime tú si había alguien más inconspicuo que Onésimo Canabal, el presidente del Congreso, ese fugitivo de los lavabos públicos. Mediocre, sumiso, acomplejado por su fealdad física y su origen humilde, como tantos políticos mexicanos. Pero, ¿no nació Jesucristo en un pesebre? Donde menos se espera, salta la liebre. Nadie iba a imaginar que el verdadero *kingmaker* de esta sucesión sería el pobre canchanchán político Onésimo Canabal.

Nadie sabía, tampoco, que estaba aliado con una víbora capaz de llevar los colores del Infierno al Paraíso, tu íntima amiga Paulina Tardegarda. ¡Y yo que me creía la doble perfecta de Madame de Maintenon, la preceptora de príncipes que acaba casándose con el Rey! ¿Retirarme, como la otra amante de Luis XIV, Madame de Montespan, a un convento a educar monjitas para que sean mejores cortesanas que yo? ¿O crees que tu poder actual, Nico, evapora el proceso sucesorio, las elecciones del 2024 que llevarán —te lo juro— a Bernal Herrera a la Presidencia? Sí, a Bernal Herrera. Por el bien del país, Nicolás. Porque Bernal es el más discreto, si la palabra "discreción" significa reserva, prudencia, pero también tacto, buen juicio y es más, uso mesurado e inteligente, pero inapelable, de la fuerza.

Vamos a pelear, tú y yo, Nicolás Valdivia, porque a mi tú no me engañas. Tú has llegado a la Presidencia como simple sustituto del 2020 al 2024. ¿Crees que no adivino tu ambición? No puedes sucederte a ti mismo. Pero puedes eternizarte. Eso es lo que temo. Una colosal treta tuya para quedarte en el poder.

Hay un arsenal de pretextos. Crisis económica, estallidos revolucionarios internos, invasión extranjera, vacíos de poder. ¡Lo que no se puede invocar para perpetuarse! Todos menos aspirar al Premio Nobel de la Paz. Eso te hunde irremediablemente. Pero en lo demás, te temo. Esta es ahora la lucha. Bernal Herrera y yo haremos lo necesario para que abandones la Presidencia en 2024. Lo necesario y hasta lo imposible. Como tú harás lo necesario y hasta lo imposible para seguir eternamente en la Silla del Águila.

No eres Lorenzo Terán, un hombre bueno y demócrata que no estaba enamorado del poder. Ah, siempre hace falta una figura noble que con su dignidad redima la abyección de todos los demás. Ese hombre es ahora Bernal Herrera, como antes lo fue Lorenzo Terán, pero él estaba enfermo. Tú te crees interminable. Y cuentas con una virtud, lo reconozco. Representas la sangre nueva. Te volverás viejo apenas empieces a derramar la sangre de los demás, cosa que harás si quieres perpetuarte. Pero recuerda el precio de la sangre. Tlatelolco, el dos de octubre de 1968, duró una noche pero se proyectó un siglo.

Hoy eres elogiado como un funcionario limpio y juvenil. Una esperanza. Digno de detentar el poder.

Pero a ti el poder te va a corromper. Te lo digo yo. Tú no resistes las tentaciones. Ya te conozco. No sabes detenerte. Lo has demostrado, eficaz pero precipitadamente, desde que llegaste a la Presidencia. Has eliminado a Tácito desde antes, ahora a César León de nuevo exiliado, a Cícero Arruza asesinado, a Andino Almazán cornamentado, a Moro enterrado para siempre en ceremonia pública de cuerpo presente y con cadáver indudable y balaceado en Veracruz, despojando de paso de toda *raison d'être* al Anciano del Portal, que sin el secreto de Moro se convierte en un lastimoso jugador de dominó jarocho. Te falta lidiar con el gabinete que heredaste de Lorenzo Terán. Y con los caciques del interior. A ver cómo le haces. Te estoy observando.

¿Sabes una cosa, Nicolás? Un hombre puede dejar de actuar en política. Lo que nunca deja de actuar son las consecuencias de sus actos políticos. Tú lo sabes y ese será tu dilema. Por más que tapes los hoyos de tus errores (¿y de tus crímenes?), por cada hoyo cubierto se descubrirán otros tres. Se llaman "consecuencias". La pasividad del Presidente Terán se debió a eso. No quiso tener "consecuencias". Quería vivir en paz al retirarse. Se le cruzó un cáncer de la sangre, una leucemia doblada con enfisema pulmonar. Pero siempre temió que las "consecuencias" de sus actos —o de su inactividad, que también es un acto, acaso el más peligroso— lo persiguieran más allá de su tiempo en la Silla del Águila. Intervino el destino. No fue así. Vamos a ver cómo lo recuerda la historia.

La historia. Para ti apenas comienza, Valdivia. Recuerda que gobernarás a un país destructivo que se protege, engañándose a sí mismo, con psicologismos postizos y sensibilidades prestadas por el sufrimiento al arte y a la muerte. Tú has querido, inútilmente, cultivar el área neutral. No te quedaba más remedio cuando no eras nadie. Pero ya habita en ti —y yo te lo adelanté, lo admito— eso que los alemanes llaman el *dunker-instinkt*, el deseo mal entendido pero profundo de tener poder y de ejercerlo con estilo.

El estilo es el hombre, dicen. El estilo lo es todo.

¿Y la belleza? ¿Es parte del estilo? No. Sólo los tontos lo creen. La belleza, como el estilo, es cuestión de voluntad. También la belleza es poder. Mírame a mí, mi rendido galán. ¿Crees que no me veo al espejo todas las mañanas? ¿Sin maquillaje? ¿Crees que me engaño a mí misma? Coquetamente, engaño sin mucho éxito a los demás. ¿Te dije que tenía cuarenta y cinco, cuarenta y siete años? Ya no me acuerdo. No es cierto. Ya cumplí los cuarenta y nueve. El caso es que cada mañana tengo que construir mi belleza como se pinta un cuadro, se esculpe una máquina o, más peyorativamente, como se pega un anuncio a la pared. La verdad es que no quiero convencer. Quiero ser admirada para salirme con la mía. Admirada pero intocable. Quisiera ser estatua. Un amante me dijo un día,

—Lo malo es que eres tan bella por fuera que debes ser espantosa por dentro.

—No —le contesté—. Lo malo de la belleza es que te condena al sexo y lo malo del sexo es que siendo un placer, no transforma las malas noticias en buenas.

—Pero quizá te salva a pesar de lo malo —dijo mi olvidado galán.

—Yo quiero salvarme a pesar de lo bueno —le dije, confundiéndolo para siempre y obligándole a huir de todo lo que no entendía, que era mucho.

¿Me entiendes tú, mi pobre, pequeño Nicolás?
Mírame bien. La edad es el asesino impune de una
mujer. Tú has de haber creído que, diez años menor
que yo, podrías gozar de mi madurez y acaso ser el
último godible de mi vida.

¿Te desengañaste ayer, tontito?

Sabes, te vi el día que asumiste la Presidencia en
San Lázaro. Vi en ti una peligrosa sonrisa que desco-
nocía. Me diste miedo. Era una sonrisa, más que de
poder, de engaño. De picardía suprema. La sonrisa
del pícaro. La sonrisa que decía, "les he tomado el
pelo a todos", "no saben a quién han elevado, güe-
yes". Decidí allí mismo que iba a hacerte sufrir por lo
que yo he sufrido en toda mi vida, no porque tú me
hayas hecho daño.

Te asumí como la razón de todo lo malo que me
haya podido ocurrir —como el saco en el que quería
meter todos mis pesares, aunque tú no fueras la causa.

Me di cuenta viéndote ceñir la banda del águila
y la serpiente.

—Nicolás Valdivia se volvió grande. Pero su amor
es pequeño. Es un hombre que no sabe amar.

Te revisé rápidamente, como a un libro abierto.
No se te conoce ningún amor. Padre, madre, familia.
Novias. Amantes. Eres como una isla cubierta de
maleza, solitaria en medio de un río caudaloso. Y tú
enredado en las ramas de tu ambición, sin contacto
profundo con nadie. Lengüeteado por las aguas del
río, pero incapaz de bañarte en ellas. Tú idéntico al
islote que no sólo te aísla: te inmoviliza para el amor.

Dime si no hay ausencia de amor que no se cure
con la presencia del ser amado. Esa era mi promesa.
Te propuse un camino para llegar a mí. Tú lo des-

viaste. Tú lo pospusiste. Tú me humillaste. Separaste "llegar al poder" de "ella me permitió llegar al poder". ¿Crees que eso te lo puedo perdonar?

Quiero que sufras lo que yo he sufrido. Mira cómo me sincero. Mira cómo me rebajo. Mira cómo me dejo llevar por la pasión, en contra de las advertencias serenas de mi verdadero hombre Bernal Herrera. Pero entiende algo. Quiero que sufras por lo que yo he sufrido desde que nací, no porque tú me hayas hecho daño. Ni porque crea por un solo instante que tú me has querido de veras, ni yo a ti.

Acudiste a la cita frente mi ventana, igual que en enero.

¿Te dolió verme anoche en la ventana?

¿Te dolió verme desnuda otra vez?

¿Te dolió verme en brazos de otro hombre?

¿Te llegaron, confundidos con el llanto agitado de los árboles, mis suspiros de orgasmo, mis aullidos de placer?

Tú me pospusiste. Perdóname. Siempre me dijiste cómo te gustaba él. No me lo hubieras dicho. Te lo quité. Manejaste bien todas tus cartas, menos esta.

¿Debo agradecerte que me hayas revelado al mejor amante que he tenido en mi vida, el más bello, el que con más impudicia me lame el culo, me lengüetea el clítoris, me mete los dedos por la vagina y me hace venirme dos veces, con la boca y con la verga, gritándome, pidiéndome que le acaricie el ano, que es lo que quieren secretamente todos los hombres para venirse más fuerte —el ano, que es lo más cercano a la próstata, el hoyo del placer más secreto, menos confesado, menos exigido?

Él sí. Él sí me lo pide.

—Tu dedo en el culo, María del Rosario, por favor, hazme gozar...

Moreno, alto, musculoso, tierno, rudo, apasionado y joven.

¡Qué buen amante me diste, Nicolás! ¡Desde el principio me tuteó!

Pero cuídate mucho de él.

Jesús Ricardo Magón está convencido de que quieres matarlo.

Este es mi último consejo. Más bien cuídate tú de que él no te mate a ti.

El crimen inspirado por el temor a ser matado es más frecuente que el crimen por la voluntad de matar.

Olvídate de mí como amante. Témeme como rival político.

Y ándate. Buscas en vano un resquicio por donde penetrarme el alma. No lo encontrarás, porque no lo tengo. ¿Acaso soy distinta de todos, hombres y mujeres? ¿Quién es dueño de su alma? El que lo crea se engaña. No somos. Estamos siendo. No nos sometemos a la realidad. La creamos. Ándale, criatura, *mon choux*...

# 64
## María del Rosario Galván
## a Bernal Herrera

Acepto tu sonrisa, Bernal, sé que hay un pequeñísimo asomo de burla en tu boca, pero tus ojos me miran con el cariño que nos profesamos tú y yo desde siempre. O desde ese "siempre" que es, o fue, o quisiéramos que fuese, nuestra juventud.

Nada nos hemos ocultado, desde entonces, tú y yo. Conocimos nuestras historias personales y también nuestras historias familiares, que una y otra son la misma historia. Más bien —tú lo sabes mejor que nadie— lo misterioso de nuestras vidas, lo más apasionante quizás, es que desde la infancia comenzamos a tejer una tela por encima (o por debajo) de los acontecimientos familiares. Siempre será fascinante la sorpresa de saberse capturado dentro del círculo familiar que nos viste, alimenta y educa, pero libres, secretamente libres, en el mundo interior que aprendemos a crear, que a menudo simplemente descubrimos esperándonos y que desde la niñez nos compromete por partida doble. Con nuestro entorno objetivo y con nuestra subjetividad. El mundo exterior que nos rodea cambia y cambiamos nosotros, interiormente, también. Ya estamos allí: midiendo fuerzas entre lo que está fuera de nosotros y nos contiene y lo que está dentro de nosotros y contenemos. Creo, a estas alturas, que toda la vida es un combate entre esas dos fuerzas. A veces es un combate en armonía, como lo ha sido, habitualmente, el tuyo. Otras, es un combate cuesta arriba, a contrapelo, rijoso, como lo ha sido el mío.

Qué ventura habernos conocido tan jóvenes, entendiendo en el acto que cada uno le daba lo que le faltaba al otro. Tu coherencia viene de tus padres. Eres hijo de luchadores sociales humildes y honestos, Bernal y Candelaria Herrera,[1] líderes en la maquila del Norte. Les debes tus ideas de solidaridad con los que más necesitan saber que cuentan y que tienen un techo político bajo el cual guarecerse. Esa es la misión de la eterna izquierda, has dicho.

—No estás solo. Aquí tienes un techo.

Viste también en tus padres que la pureza de los ideales no se basta a sí misma. Que para ganar la mitad de lo que queremos, a veces tenemos que sacrificar la otra mitad. Tus padres nunca aceptaron el compromiso. Fueron héroes del sindicalismo y su sacrificio seguramente no fue en vano. ¿Quién los engañó, quien los hizo cruzar el Río Grande de noche, haciéndoles creer que salvaban a un grupo de indocumentados sólo para caer ellos mismos como si fueran espaldas mojadas en manos de la Migra yanqui y luego ser asesinados mientras "huían"? La Ley Fuga, Bernal, la mentira injusta y dolorosa, tú que tan bien conociste a Bernal y Candelaria, tus padres. Nunca huyeron de nada. Nunca le dieron la espalda a nadie.

—La Ley Fuga. Ni la burla perdonan.

---

[1] v. "Malintzin de las maquilas" en *La frontera de cristal*.

Cuando nos conocimos en La Sorbona, me contaste tu vida y la manera como tus padres fueron victimados por la conspiración temible de los narcos del Norte, los políticos corruptos de ambos lados de la frontera —Chihuahua y Texas— y las corruptibles fuerzas del orden mexicanas y norteamericanas. Me dijiste que

—No voy a ser un idealista puro como mis padres. Voy a distinguir entre el mal menor y el bien mayor. Voy a servir al bien mayor haciendo concesiones al mal menor.

Te envidio esa paternidad, Bernal, te lo dije entonces y te lo repito ahora que evoco la mía con un sentimiento de farsa y tragedia combinadas. Yo no nací en la pobreza como tú. No tuve que escapar a la miseria. Al contrario. *Tuve que vencer a la riqueza.* Me encontré con la mesa servida. Nací con un corset puesto. Mi padre me hizo rebelde, con tal de oponerme a él, no ser como él, no escuchar sus cínicas baladronadas, su admirable falta de hipocresía para referirse con todas sus letras a sus fraudes, sus chanchullos, su colmillo para los negocios. En política se finge, Bernal. En los negocios puedes ser abiertamente brutal y cínico.

Mi padre me daba tanto miedo que me obligó a espiarlo para verlo. Empecé a oír sus conversaciones por teléfono desde una extensión en el *lobby:*

—Vende la flotilla de camiones viejos a la Compañía Subida al Cielo por el precio más alto posible...

—Pero si Subida al Cielo es nuestra, señor licenciado...

—Exacto. Reclama la ganancia de capital como ingreso y vende acciones al más alto precio.

—Los Herrera andan agitando en el Norte para que se apliquen las leyes sobre seguridad de trabajo en sus maquilas, señor licenciado...

—Vamos haciendo lo mismo que cuando quisieron preservar esa montaña ecológica llena de pájaros y ocelotes. Ni leyes protectoras del medio ambiente ni leyes sobre seguridad de trabajo, Domínguez. Tú compra al número necesario de legisladores.

—¿Comprar?

—Bueno, persuadir. Perdona mi brutalidad.

—Hay un legislador testarudo que quiere una ley de demandas contra inversiones fraudulentas..

—Mira, Ruiz, tú nomás apúrate a inflar el valor de las acciones de a mentiras para venderlas y obtener ganancias. Ese es el negocio. No te me desorientes.

—La compañía de Mérida está reportando pérdidas, señor licenciado.

—Ninguna compañía mía reporta pérdidas si yo no lo decido. En este caso, escóndelas vendiendo la subsidiaria a alto precio.

—¿Quién va a querer comprarla?

—Nosotros mismos, tarugo, la compañía de Quintana Roo...

—¿Cómo la va a comprar?

—Con un préstamo nuestro. Así todo queda en casa, nuestras compañías se financian entre sí, ocultamos las pérdidas y atraemos accionistas...

—¿Y cuando ya no podamos...?

—Mira Silva, cuando hayamos decuplicado nuestro propio dinero personal, sólo entonces nos declaramos en quiebra y que sufran los accionistas. Alarga como chicle, mientras tanto, la impresión de que prosperamos para que los accionistas sigan invirtiendo sin olérselas que vamos a la quiebra. ¿Me entiendes?

—Es usted un genio, señor licenciado.

—No, genio mi mamá que tuvo la buena idea de darme a luz. ¡Jajaja!

—¿Qué hacemos este año con las compensaciones a nuestros ejecutivos, señor licenciado?

—Maximízalas, Rodríguez. Maximízalas con opciones de valor y esconde los costos a los inversionistas. Nunca consignes las opciones como gastos. Tú asegúrate tus millones.

—¿Y los empleados?

—Al carajo.

—Le advierto que Kike, su redactor de discursos, se pasa de listo presumiendo de que él le da todas sus ideas a usted, patrón.

—A ese pinche lameculos córrelo de una vez. Sácale todas sus cosas de la oficina y pónselas en la calle.

—Le ha servido fielmente doce años...

—Un lambiscón siempre encuentra chamba...

—¿Y los inversionistas?

—A la chingada.

—¿Y los fiscales?

—Tú tranquilo. No reveles nada. Nadie nos va a mandar a la cárcel. Demasiada gente depende de nosotros.

Mi madre era mejor. Como mi padre siempre vistió de negro:

—Siento luto por México. Un luto eterno,

ella lo imitó e incluso acentuó la severidad fúnebre usando falda negra larga hasta el tobillo.

Vas a tener que imaginarme de niña, sentada a la hora de la comida entre un padre y una madre vestidos de negro que no se dirigían la palabra.

Él no dejaba de mirarla con sus ojos de gato montés.

Ella nunca levantaba la mirada del plato.

Los criados habían aprendido a no hacer ruido.

Pero había más odio en la mirada baja de mi madre que en el feroz semblante de mi padre en perpetuo acecho.

Sólo asomaba la ternura —una ternura indeseable, culpable— en los ojos amarillos de mi padre cuando me observaba a mí. Escuché para siempre su recriminación a puerta cerrada a mi madre.

—No supiste darme un heredero. Ni para eso sirves.

—Tú mandas en todo, Barroso Junior, pero a Dios no le puedes dar órdenes. Dios dispuso que fuera mujercita.

Lo dijo como si la Virgen María se disculpase con el Espíritu Santo porque le salió niña el bebé.

Ese resentimiento de mi padre obró en mi favor. No tuvo heredero varón. Mi madre Casilda Galván no pudo exponerse a una segunda gestación por orden médica. Los dos se guardaron rencor. Mi padre decidió educarme como hombre para heredar sus negocios y administrar su fortuna. Por eso pude estudiar en París, conocerte y enamorarme de ti, Bernal. Yo, la niña bien mexicana con todo pagado para estudiar en la Universidad de París y salvar la herencia millonaria de mi padre. Tú, el joven becario del gobierno, protegido y enviado a Francia casi como un desagravio por la muerte de tus padres y por las injusticias de la homonimia.

—Como me llamo Bernal Herrera, igual que mi padre, me tomaron preso y me torturaron, creyendo que era mi propio padre, hasta que entró el jefe de la policía de Juárez y les dijo: "No sean brutos. El padre ya se murió y hasta lo enterramos."

Había en tu mirada, Bernal, un sufrimiento sereno que te envidié: una mirada heredada del dolor y el valor y la fe, no sé. Tú, en cambio, viste en mis ojos un rencor hereditario y me lo reprochaste:

—Chamaca, el rencor, la envidia y también la compasión de sí son venenos y matan. Transforma lo que sientes en voluntad de amar. En libertad de acción. No te agotes odiando a tu padre. Supéralo. Sé más que él. Sé mejor que él. Pero sé distinta de él. Verás cómo lo desconciertas —reíste, mi amor.

Tú y yo enamorados, Bernal Herrera. Enamorados a primera vista. Nuestro amor nacido en las aulas y las lecturas, los cafés del Boul'Mich, los paseos a orillas del Sena, las películas viejas en la Rue Champollion, las comidas apresuradas de *croque-monsieur* y *café-lait*, la lectura apasionada del inmortal *Nouvel Obs* y Jean Daniel, el repaso compartido de los exámenes, las expediciones en busca de libros a lo largo de la rue Soufflot, las noches de amor en tu buhardilla de la rue Saint Jacques y los amaneceres con la vista del Panteón protegiéndonos. Amor a primera vista.

—Estamos en París. Aquí nada cambia. La ciudad es siempre la misma. Por eso los amores de París son para siempre.

Tralalá.

Regresé con prisa a México por dos motivos.

El primero fue que mi padre defraudó a mi madre. Se habían casado con régimen mancomunado de bienes. Mi madre era heredera de un gran consorcio cervecero y quedaba entendido que la mancomunidad no se extendía a las obligaciones de mamá para con la compañía, sino que se limitaban a su fortuna personal.

Un buen día, el Consejo de Administración de la compañía convocó a mamá y le informó que mi padre había perdido no sólo la fortuna personal de ella en sus operaciones financieras fraudulentas, sino que había falsificado la firma de Casilda Galván de Barroso para disponer de las acciones de la compañía, defraudando a todos.

Llegué a México en medio de este melodrama. No hice más que agravarlo. Le anuncié a mi padre que estaba enamorada de ti y que quería casarme.

—¡Un comunista! ¡Un muerto de hambre! ¡El hijo de mis enemigos más feroces, los alborotadores sindicales del Norte! ¡Te has vuelto loca! —gritó mi padre y me arrojó el plato de sopa hirviente a la cabeza, se levantó de la mesa y se me fue a golpes mientras yo gritaba,

—¡Déjame! ¡Pégame a mí pero no a mi hijo!

Bernal, mi amor. El melodrama es inevitable en la vida privada. No hay familia sin su propia telenovela que relatar. ¿Y qué es el melodrama sino la comedia sin humor?

—¡No quiero yernos! —explotó mi padre.

Las furias que agitaban desde siempre el alma de mi padre se desataron ante el cúmulo de desgracias, la hija "perdida" según él, la esposa que lo "arruinaba" también según él, siendo él quien nos arruinaba a ambas con esa cólera que lo desbordaba a él mismo, lo sacaba de su propia piel y lo convertía en una tormenta física, una tempestad en descampado, una agitación de árboles secos y páramos estériles y cielos encabronados, Bernal, una furia encrespada como una resurrección de todas las estaciones muertas de su propia vida, primaveras mudas, veranos sin piedad, otoños negros, inviernos descontentos, sí, Bernal, mi padre desatado, como si no le bastara envenenarse a sí mismo sin enfermar al mundo entero.

—¡Mi hija la puta de un comunista! —aullaba como un animal—. ¡Mi hija la amante de un hombre que acosó a mi familia y quiso arruinar a todos los Barroso! ¡Mi nieto con la sangre envenenada!

Puta, cerda, a la pocilga, me gritaba, me pegaba, arrancando el mantel de la mesa, destruyendo la vajilla, manchando los tapetes, todo ello ante mi madre inmóvil, fría, toda ella de negro, recriminando a mi padre con una mirada mortal, hasta levantarse y sacar de la bolsa la pistola, constatar el fugaz asombro de mi padre, que a su vez sacó su pistola del cinturón y los dos se enfrentaron como en un grabado de Posada o una película de Tarantino, apuntándose el uno al otro y yo en medio, golpeada, aterrada, dispuesta a separarlos, pero vencida por mi propio vientre, por la voluntad incontenible de salvar a mi hijo, nuestro hijo...

Me distancié de las figuras oscuras y obscenas de mis padres. Me fui retirando de espaldas, fuera del comedor. Los vi mirándose con un odio que tenía signos de dólares y de dolores en las pupilas. Uno frente al otro, armados, apuntándose, midiéndose, ¿quién dispararía primero? El duelo venía de lejos.

Grité, fuera del comedor, tapándome los oídos para no escuchar los disparos, temblando, abrazando mi vientre, sin atreverme a regresar al comedor.

Estaban muertos.

Mi padre de bruces sobre la mesa, absurdamente arañándola y con la cara medio hundida en un plato de fresas con crema.

Mi madre escondida bajo la mesa, la falda negra levantada hasta el sexo. Vi por primera vez la blancura lechosa de sus piernas. Usaba tobilleras, me dije con incongruencia.

Estaban muertos los dos.

Heredé la fortuna de ambos. Liquidé las deudas de mi padre. Salvé las acciones de mi madre. La compañía cervecera fue comprensiva y hasta generosa conmigo. Pero ganó la mala suerte. O más bien, la buena suerte llegó acompañada de la mala, como sucede casi siempre.

—¡Qué chaparra está mi fortuna! ¿Cuándo la veré crecer? —como decía el difunto general Arruza.

Regresaste a México. Me pediste que nos casáramos. Ya no había obstáculo. Mi padre había muerto. Pero el niño nació.

¿Qué es un cromosoma? Es el mensajero de la herencia. Comunica la información genética. El núcleo de cada célula somática humana contiene 23 cromosomas dispuestos en pares. Una mitad son paternos, la otra maternos. Cada cromosoma puede duplicarse: es su propio gemelo. Pero cuando en vez de la pareja aparece un cromosoma intruso —el tercer hombre— el número total aumenta a 47 y esta anormalidad nos entrega una criatura extraña, un rostro achatado con ojos mongólicos, orejas deformes, ojos con el iris moteado, manos anchas y dedos cortos, el músculo sin tensión y el anuncio de un desarrollo mental arrestado. El síndrome de Down.

¿Qué íbamos a hacer tú y yo?

¿Guardar al niño con nosotros, tratarlo como lo que era, nuestro hijo? ¿Dedicarnos a él?

¿Encargármelo a mí, la madre, devota, liberándote a ti para que siguieras tu carrera?

¿Matarlo, Bernal, deshacernos de la carga indeseada?

¿Quererlo, Bernal, adivinar en sus ojos extraños la chispa de la divinidad, la disposición de esa criatura a amar y ser amada?

Decidimos que luchar por el poder era menos doloroso que luchar por un hijo.

Qué fríos, qué inteligentes fuimos, Bernal. ¿Qué queríamos tú y yo? Lo mismo los dos. Hacer política. Llevar a la práctica lo que aprendimos en la universidad francesa. Construir un país mejor sobre las ruinas de un México cíclicamente devastado por una confabulación de excesos y de carencias: miserias y corrupción, igualmente arraigadas; demasiada competencia de los malos, demasiada incompetencia de los buenos; cursilería y pretensión arriba, taimada resignación abajo; oportunidades perdidas, culpas achacadas por los gobiernos a la pasividad ciudadana y por los ciudadanos a la ineptitud de los gobiernos; invocaciones generales a la fatalidad de los signos, como si en vez de una Ley Federal nuestra Constitución fuese el *Popol Vuh*...

Tú y yo íbamos a cambiar todo eso. Teníamos una inmensa confianza en nuestro talento, nuestra preparación en país de improvisados, la voluntad de fundar la acción en derecho pero la agilidad para adaptarnos a las circunstancias.

—La política es el arte de lo posible.

—No. La política es el arte de lo imposible.

¿Quién dijo qué? ¿Tú primero, yo después, o todo lo contrario, como dice nuestro inefable secretario de Agricultura? El hecho, Bernal, es que dejamos de ser padres de un niño creyendo que íbamos a ser padrinos de un país.

El niño fue entregado al asilo. Lo visitamos de tarde en tarde. Cada vez menos, desalentados por la lejanía física, el muro mental. Nunca escuchamos las voces que nos dijeron:

—Acérquense a él. Estos niños son más inteligentes de lo que parece. Sólo que su inteligencia es de otro orden.

—¿De qué orden nos habla usted, doctora?

—La inteligencia de un mundo propio.

—¿Impenetrable?

—Quizá. Aún no sabemos. Pero real. ¿A quién le corresponde intentarlo?

—¿Intentar qué...?

—¿A quién le corresponde, repito? ¿A ustedes sus padres o a él?

Rechazamos estos enigmas. Nos alejamos de estas opciones. Hicimos lo que teníamos que hacer sin la carga de un *idiota*, sí, te lo digo yendo a la raíz de la palabra, *idio*, lo nuestro, *idios*, lo amado, *idiosincrásico*, lo propio... ¿Recuerdas la extraordinaria cátedra de Emilio Lledó en el Colegio de Francia sobre el *Fedro* de Platón, sólo sobre ese diálogo que es el germen del lenguaje? El lenguaje que "cuando es reprobado injustamente, necesita la ayuda de un padre, ya que por sí solo no es capaz de defenderse a sí mismo". Por eso, nos enseñó Lledó, todo lenguaje necesita ser interpretado a fin de "sumergirse" en "el lenguaje que nos constituye, en el lenguaje que *somos*".

Llevamos casi veinte años, tú y yo, hablando el lenguaje convencional de la política. ¿No fuimos capaces en cambio de hablar el lenguaje creativo de un niño? Que quizá era un lenguaje poético...

¿Cuál fue el precio, Bernal? Acéptalo. No sólo nos separamos de ese niño que era lo nuestro, lo propio. Al rato, embarcados en nuestras carreras políticas, nos separamos tú y yo. Nunca dejamos de querernos, vernos, hablarnos, conspirar juntos... Pero ya no fuimos *idiotas*, ya no fuimos *lo nuestro*, ya no vivimos juntos, a veces salimos a un bar, a veces, incluso, volvimos a acostarnos juntos. No funcionó. Ya no había pasión. Preferimos abstenernos para no amargar nuestra gran amistad.

Eres un hombre bueno y por eso no podíamos vivir juntos. Sin ti, pude darle curso a la parte oscura de mi alma, la parte que heredé de mi padre, sin dañarte a ti.

Te he contado todos mis amores antes de que llegase hasta ti la ponzoña del chisme. Ya sé que en política los argumentos los gana la habilidad, no la verdad. Ya te dije en otra ocasión que "más pronto cae un mentiroso que un cojo". Mentir con éxito es una carrera de tiempo completo. Habría que dedicarse enteramente a cultivar la mentira. Que es precisamente lo que autoriza la política.

En otras épocas, el mentiroso era enviado a purgar sus culpas a un monasterio. Pero México no es un convento. Es un burdel. Y tú has sido el monje austero del prostíbulo político mexicano. Esta ha sido tu fuerza. La moral. El contraste. Los has cultivado a fin de tener toda la justificación necesaria para lo que hace años se llamó "la renovación moral". Has sido duro y pragmático cuando hizo falta, justo y legalista cuando era preciso.

Tú nunca me contaste nada de tu vida privada y a veces imagino que realmente no tuviste vida privada. O como decía cínicamente mi padre Leonardo Barroso Junior,

—Todos tenemos derecho a la vida privada. Siempre y cuando tengamos con qué pagarla.

He colaborado contigo sin reservas. Sabía de la enfermedad mortal de Lorenzo Terán desde que llegó a la Presidencia. No fue el primer hombre enfermo que ocupó el poder. François Mitterrand sabía que iba a morir en el Elíseo al ser elegido Presidente de Francia. Lo sabía Roosevelt cuando se dejó reelegir por cuarta vez. Acaso saberlo les dio la fuerza de voluntad para sobrevivir con la energía que sabemos. Guardar el secreto como Terán el suyo. En mí confió siempre y por eso preparé a un joven sin experiencia, "casi imberbe", le dije, mera arcilla en mis manos, para ocupar la Presidencia en caso de muerte de Terán —Presidente Interino si Terán muriese en los dos primeros años de su mandato; Presidente Sustituto si Terán muriese en los cuatro últimos años de su ejercicio—, pero sólo pasajero, Nicolás Valdivia sería sólo pasajero, el puente hacia tu propia Presidencia, Bernal, una vez eliminado Tácito, tu adversario.

Valdivia cumplió puntualmente con lo que yo deseaba. Siguió mis instrucciones al pie de la letra. Pero siempre creyó que cuando le dije,

—Tú serás Presidente,

me refería a un sexenio completo solito para él. No sospechaba que, sabiendo que el Presidente Terán estaba enfermo, a Valdivia sólo lo consideré como aspirante a Interino o Sustituto. Un nuevo Portes Gil. Fue obediente y fiel. No controló lo que nadie podía controlar. Las mañas de El Anciano del Portal. La pueril pasión amorosa de esa regiomontana de telenovela, la Dulce como se llame. El impenetrable misterio de Ulúa. El caso Moro que tú y yo quisimos hacer invisible eliminándolo del discurso público, como si no existiera, un secreto para siempre sellado en el fondo del mar…

En cambio, qué bien nos sirvió Valdivia para deshacer las intrigas del expresidente León, las conspiraciones del siniestro general Arruza (jamás imaginamos que Nicolás, por su parte, se nos adelantara a tener relación secreta con el general Von Bertrab y averiguar todos los movimientos de Arruza), las estúpidas pretensiones de la puta yucateca Almazán y de su pozo de ciencia económica y de imbecilidad política, Andino.

Todo bajo control y por favorecerte, Bernal. La fortuna te sonreía. El camino estaba despejado. El presidente del Congreso Onésimo Canabal navega con bandera de pendejo pero es más listo que un bucanero y sabe para dónde sopla el viento. Todos traemos nuestras propias *vendettas* entre pecho y espalda. La de Canabal era desquitarse de las humillaciones que imprudentemente le impuso César León (no hay adversario despreciable), el terrible *ex*. Eliminar a César León ha sido obsesivo fantasma interno de Onésimo. Andino le daba risa, pero la Pepa no, porque conocía los amores secretos de la Pompadour peninsular con Tácito y con Arruza. Pero buena chucha cuerera que es, Onésimo calculó que estos amores del engaño acabarían, como el cojo y mentiroso mentados, por irse de bruces… Además, Onésimo sabe aprovechar al Congreso balcanizado que padecemos para dividir e imperar.

Lo que no calculamos para nada tú y yo, Bernal Herrera, es que, más hábil de lo que creíamos, Onésimo se valdría de un oscuro agente, una vieja sin glamour, más mimética que una lagartija, confundida con el desierto de Chihuahua y con la selva de Tabasco, la fulanita Tardegarda con su pinta de monja, virgen y mártir. Tardegarda no sólo ha sido el pozo de información de Onésimo sino algo peor, algo que francamente me arde, Bernal.

Yo le prometí a Nicolás Valdivia:

—Tú serás Presidente de México.

Subtexto: —Yo te *haré* Presidente de México.

No fue así. La que llevó a Valdivia a la Presidencia fue la fugitiva del convento, Paulina Tardegarda. A ella y a Onésimo, no a mí ni a ti, le debe Valdivia el estar sentado hoy en la Silla del Águila.

Me arde, Bernal. A ti te lo confieso. Me arde y me alarma.

Nicolás Valdivia iba a ser el Don Tancredo de nuestra gran corrida monumental, el bufón inmóvil que despista al toro cuando entra al ruedo dejándose embestir para que el matador se luzca. Pues mira nada más. Ahora resulta que tú y yo hemos sido el Señor y la Señora Tancredo y que Nicolás Valdivia le debe el poder a Onésimo y a Paulina, no a ti ni a mí.

No me alarmo, sin embargo. Tú eres quien eres, mi viejo amor, y tu candidatura es la más seria y con mayor ventaja para los comicios del 2024. Pero sorpresas nos da la vida, como cantase el bardo panameño don Rubén Blades. Pueden surgir otras candidaturas. Es normal. Más bien, *debemos* provocar que surjan otras candidaturas. Oteo el horizonte. Y no veo a nadie más fuerte que tú. En todo caso, respira tranquilo. El artículo 82 de la Constitución prohibe al ciudadano que haya desempeñado el cargo de Presidente de la República, electo, interino, provisional o sustituto, volver a desempeñar el puesto. Por ningún motivo, dice la Ley Suprema. Por eso quería César León intimidar a Onésimo Canabal e iniciar el complicado proceso de reformar la Constitución para eliminar el dicho artículo y permitirle regresar al poder. Bendita reelección, Bernal. Nadie tiene derecho a jodernos dos veces.

¿Salvo Nicolás Valdivia?

Mi hechura.

Mi tapado *à la mode démocratique.*

El manipulable títere que nos iba a llevar sin tropiezos a la Presidencia.

Pues mira nomás. La criada nos salió respondona.

No, no creo que seas derrotado en comicios libres y democráticos. Ten por segura tu victoria. Lo que temo, Bernal, es que Valdivia encuentre la manera de perpetuarse en la Silla del Águila. ¿Tú crees que se va a conformar con dos añitos y pico en la Presidencia? ¿Tú crees que no está intrigando ya con la Paulina esa sobre la manera de seguir en la Silla?

Puede que no. Pero más vale estar prevenidos. Piensa siempre que en todo caso no debemos perdonarle su duplicidad a Nicolás Valdivia. Eso déjamelo a mí. Si perdonas al que te hizo mal, tus enemigos se darán cuenta y duplicarán el mal que puedan hacerte.

Te lo digo, mi buen Bernal, porque tú siempre andas diciendo,

—No puedo ser injusto con un enemigo.

Te equivocas. Selo. Porque el enemigo será injusto contigo.

## 65
## Paulina Tardegarda
## a Nicolás Valdivia

Nicolás, creo que todos tus frentes están atendidos. Has hecho bien en mantener intacto el gabinete del difunto Presidente Terán, con la excepción de los secretarios de Obras Públicas, Antonio Bejarano, y de Comunicaciones, Felipe Aguirre. Sus corruptelas eran demasiado bien conocidas. Sacrificándolos, satisfaces a la opinión pública y demuestras tu apego a la justicia. Por allí ha cojeado siempre el sistema: la justicia. No tenemos una cultura de la legalidad y nos conformamos con echarle carne a los leones cada seis años. Pero el sistema no cambia.

Creo que una obligación inmediata y redituable para ti será reformar a fondo el Poder Judicial en todos aquellos estados donde hacerlo no comprometa nuestro poder político. El público se fijará tanto en los actos de justicia que lleves a cabo en Oaxaca y Guerrero, en Nayarit y Jalisco, en Hidalgo y Michoacán, que no tendrán tiempo de pensar que en Sonora y Baja California, en Tamaulipas y San Luis Potosí, no has tocado a los viejos caciques de provincia. Con todos ellos he hablado. Con Cabezas, Maldonado, Quintero y Delgado. Todos son bien listos y entienden tu propuesta. Perfil bajo. Ningún alarde.

Invisibilidad. Los poderes locales colaborarán con ellos y harán lo que ellos digan, pero todo con la mayor discreción.

—¿Qué quieren, dinero o fama? —les advertí en tu nombre—. Porque hay que escoger, señores. Fama la tienen, mucha y mala. Dinero tienen mucho también y pueden tener muchísimo más. Y lana mala es una contradicción. Nomás no la hay. Dinero o fama. No se puede ser bígamo político.

Claro, prefieren el dinero. Serán tus silenciosos aliados. Manejan los hilos de la represión y de la persuasión también. Todo a la chita callando. Saben que tienes la mano dura. Tu decisión de extraditar al *capo di tutti capi* Silvestre Pardo les ha infundido pavor. Saben que, si lo quieres, puedes ligar a cualquiera de los otros caciques con el narco y expulsarlos a los USA, donde los espera la pena de muerte. Y a ti, la gratitud de la Casa Blanca.

Otro éxito tuyo inmediato. Los gringos nos han perdonado la vida. Tu decisión de apoyar la intervención militar norteamericana en Colombia es presentada como parte del combate antidrogas. ¿Qué sería de los centros financieros norteamericanos sin el lavado de dinero del narcotráfico? Y en cuanto al petróleo, has convencido a la Presidenta Condoleeza Rice de que dejarás que el mercado decida el precio, sin necesidad de declaraciones nuestras de apoyo a los árabes.

—La necesidad no tiene ley —le dijiste por teléfono a Condoleeza, un argumento que ella entiende perfectamente.

¡Por teléfono, Nicolás! ¿Te das cuenta? Te han bastado un par de actos de obsecuencia (de "achichincle", diría un tonto folklórico) para que Washington nos levante las sanciones. Y como el Presidente Terán tuvo la discreción necesaria de nunca protestar, lo que sucedió de enero a mayo pues nada más *no sucedió.*

—Hay páginas blancas en todos los libros de historia —te dijo doña Condoleeza.

El hecho es que desde hoy se reestablecen todas las comunicaciones y esta engorrosa tarea de escribirnos cartas ha terminado.

¿Por qué, entonces, te escribo?

Para dejar constancia.

¿Sabes? Me encanta hurgar en los archivos. Igual que tú. Gracias al distraído don Cástulo Magón le freíste los camotes al despreciable Tácito de la Canal. Desde que vi tu fólder de la ENA de París, me puse a atar cabos y como una Sherlock Holmes cualquiera, me puse a investigar. Sherlock Holmes. ¿Así está bien escrito? Porque tuve un amigo cubano al que sólo le salía decir "Chelmojones". Era uno de esos pintorescos cubanos que se reinventan una biografía con el pretexto de que todo lo pronuncian mal. ¿Cómo vas a saber quién era un actor de cine famoso que ellos pronuncian "Cagable"? ¿O un soplón literario que ellos llaman "Letamal"? ¿De dónde sacan que hay una película llamada "Ciudadano Caín"? ¡Abel, chico! ¡Abel!

Total, que me puse a inducir. De lo particular a lo general, pieza por pieza.

A México llegaste de la ENA en París y te instalaste en tu ciudad "natal", Juárez, cruzando la frontera al diario para consultar en la biblioteca de la U. de Texas en El Paso y devorarte en la hemeroteca todo lo relativo a política mexicana de Salinas para acá. Acabaste reclamando residencia en Juárez y produjiste tu acta de nacimiento difusa, confusa, hijo de padre mexicano y de madre norteamericana, ambos contadores de profesión, a sueldo de compañías maquiladoras que a su vez eran frentes de grandes empresas yanquis con doble y hasta triple contabilidad, presidida por el magnate Leonardo Barroso padre. Es decir: tu biografía familiar pertenecía a sombras irrevelables que comprometían a empresas de acá y de allá. Se justificaba el secreto. Naciste en clínica texana, pero mexicano de nacimiento en virtud del artículo 30, fracción A. II, los nacidos en el extranjero de padre mexicano. Fortuna que no tuvieron José Córdoba o Rogerio de la Selva, hombres fuertes de los gobiernos de Carlos Salinas y de Miguel Alemán, pero impedidos constitucionalmente por su extranjería de llegar a la Silla del Águila. Pero esto lo sabes porque nadie tiene más fresca la historia política de México, dado que la estudiaste tan a fondo y hace tan poco tiempo... No como los demás, que la aprendimos en la escuela primaria. O la mamamos.

Prosigo, amigo Valdivia. Tus padres fallecieron cuando tenías quince años en un accidente de automóviles del lado texano. Como tenías derecho a la doble nacionalidad, los inhumaste del lado americano. Allí están las actas con el nombre que usabas del otro lado de la frontera, "Nick Val", para encontrar trabajo, declaraste, y evitar la discriminación.

Hay un hiato entre Nick Val enterrando a sus padres en Texas y Nicolás Valdivia estudiando en la Escuela Nacional de Administración de París, muy metido con los grupos de estudiantes mexicanos en

Francia —te recuerdan perfectamente—, hablando con ellos, observándolos, averiguando sus historias de familia, reclamándote por partida doble de la orfandad y de la discriminación para cosechar simpatías.

¡Querías saberlo todo de la patria añorada!

Te preparabas para servir a México estudiando en Francia. Igualito que María del Rosario Galván y Bernal Herrera, ahora que hablar francés y haber estudiado en París se ha puesto de moda para distinguirnos de los gringos y darnos caché.

Bueno, ya ves que no eres el único que sabe darle buen uso a los archivos. Mira, Nicolás, la ficha que ya conoces porque Cástulo Magón te la mostró cuando llegaste a trabajar a Los Pinos:

ENA PARÍS
VALDIVIA NICOLÁS
Estudiante. Oyente, cursos abiertos. Escuela Nacional de Administración, París. Pasaporte mexicano. Fecha de nacimiento 12 diciembre 1986. Residencia habitual: París, Francia. Proyecto profesional: regresar México. Preparación y disciplina: óptimos. Descripción física: Piel morena clara. Ojos verdes. Facciones regulares. Cabello negro. Estatura 1.79 m. Señas particulares barba partida.

Aquí está tu ficha de París con todo y fotografía. Me picaste la curiosidad. ¿Dónde estuviste antes de ir a París, en ese interregno entre tus quince y tus veintiséis años? Como miembro del Congreso, no tuve dificultad en pasar tus datos y tu descripción a la Interpol. Bastaron tus iniciales. Allí creo que no anduviste muy listo, mi buen Nicolás. Me bastó recorrer las listas de estudiantes mexicanos en Europa entre el 2010 y el 2015. Un poco exhaustivo, aunque no con los métodos modernos de ubicación de datos —métodos que desconoce nuestro buen Cástulo.

Nicolás Valdivia en París desapareció de las listas. Apareció, en cambio, un tal Nico Valdés, con ficha de la policía suiza y una fotografía: la tuya.

NICO VALDÉS. Estudiante. Universidad de Ginebra, Suiza. Inscrito cursos Economía política y Teoría del Estado. Expulsado al comprobarse falsedad documentos relativos estudios anteriores. Domicilio desconocido.

¿Cuáles eran tus documentos falsificados? Los suizos no dejan escapar un pedazo de papel, como bien lo sabes. Resulta que "Nico Valdés" antes estaba inscrito en el registro de extranjeros —misma foto— como "Nico Lavat" y a la justicia helvética no le gustan las dobles identidades —porque pueden provocar dobles indemnizaciones.

¿Quién era este Nico Lavat injustamente detenido en Suiza? Hoy, tú sabes, puedes pasar por detección electrónica una fotografía y verla referida a una cadena de fotos que resultan interesantes para ver cómo envejece una persona. Sólo que entre las "identidades" fisionómicas así detectadas estaba una de tu gemelo, Nicolás:

NICOLÁS LAVAT, empleado español admitido como portero edificio sede principal Editorial Le Rhône 25 abril 2006. Considerado emplcado ejemplar. Dedicado lector entre obligación y obligación.

Llega a dominar lengua francesa perfectamente. Acusado de conspiración con banda asaltantes nocturnos oficinas y robo por francos suizos monto 250,000. Liberado por falta de pruebas fehacientes. Descripción física: Piel morena. Ojos verdes claros. Facciones regulares. Cabello negro rizado artificialmente. Estatura 1.79 m. Seña particular: Barba partida.

Una cosa lleva a la otra. Elemental, mi querido Watson. Basta emplear las pequeñas células grises de Hércules Poirot, otro de mis favoritos en arte de detección. Mira, por ejemplo, esta ficha extraída de los archivos de la policía de Barcelona:

NICO LAVAT: n. diciembre 12 1986 de padres catalanes en Marsella, Francia. Trabajadores migratorios. Asociado desde la adolescencia a bandas criminales Marsella. Droga, prostitución masculina, pandillas de golpeadores para deshacer manifestaciones. Activo en Frente Nacional Le Pen. Purga dos años de prisión por actos de vandalismo antisemita y antislámico, 2000-2002. Destino desconocido tras abandonar la penitenciaría. Falta obligación reportarse autoridades y renovar credencial. Descripción física. Moreno. Ojos verdes. Facciones regulares. Cabeza rapada. Estatura 1.79 m.

¡Válgame dios! ¡Una Presidenta negra y un Presidente catalán!

Te envío copias de estos documentos, cariño santo. Guardo los originales en mi oficina del Congreso, sellados y sólo abiertos en caso de violencia contra mi persona. Probabilidad remota, si me proteges tú, con tu cariño y tu comprensión. No, no creo que deba aceptar tu proposición de matrimonio. Si quieres que sea tu Evita Perón, lo seré sin tener que dormir bajo el mismo techo que tú, precisar un probador de comida como la familia Borgia o imaginarme en una película de Hitchcock cada vez que me doy un regaderazo.

No, más vale seguir como estamos, amigos cariñosos, conspiradores secretos, amantes discretísimos.

Déjame decirte, Nicolás. Nada deseo más que ser la compañera de un hombre político cuyas pasiones personales no me tocan. Yo te salvo de los peligros del amor. Conmigo no tienes que fingir, como lo hacías con tu Dulcinea de tepetate doña María del Rosario Galván.

Es difícil llegar al poder sabiendo que el ejercicio sereno y objetivo del mismo es imposible. Lo avasallan la pasión, el placer, el dolor, el amor, el miedo. Sabes, me impresiona enormemente la cantidad de conocimientos y experiencia que has logrado acumular en tu vida, viniendo de donde vienes. Con razón te la pasas citándome a tus filósofos griegos. "El poder es un esclavo arrollado por todo lo demás." (¿Protágoras? Bonito nombre. Si tuviéramos un bebé juntos...) Pero yo vivo para mi propio destino y los años que me toque vivir. Vieras que no tengo veleidades dinásticas, como tu amigo Vidales el "Mano Prieta" y sus Nueve Hijos Malvados. ¡A ver cómo te las arreglas con él!

Yo no tengo que habérmelas con la temible intimidad conyugal. No necesito a un hombre. Pierdo mi independencia. Te dilapido en la intimidad, tú me entiendes... ¿Protágoras Valdivia Tardegarda? ¿O

Protágoras Lavat a secas? Son nombres de película cómica con Joaquín Pardavé. Allí tienes un nombre: Pardavé. No ¡Nicolás Lavativa!

Conmigo no corres ese peligro. Yo te protejo de toda asechanza, Nicolás. Te protejo de los demás y te protejo de ti mismo.

Me gusta tu manera fría, expedita, sabia, de hacerme el amor. Dicen que todas las mujeres jóvenes son bellas. Yo no. Creo que he aprendido a suplir mi falta de belleza con talento y hacer que mi personalidad sea más atractiva que mi fealdad. Quiero que me envidien mi personalidad, no mi cara.

Y tú, ¿guapo? ¿Quién es realmente guapo a la hora de desnudar su alma y confrontar su verdad, su secreto, su transgresión?

Qué bueno que tú y yo no tenemos intimidad que recordar. No tenemos momentos compartidos, risas, confidencias, arrumacos. Todas esas tonterías. Lo que tenemos es política.

Lo que tenemos es la decisión de mantenernos en el poder más allá de los tres años que te otorga la ley. Tres años. Suficientes, si nos manejamos bien, para reformar la Constitución y permitir la reelección. Suficientes, si continuamos actuando con energía legalista y flexibilidad práctica. Escogiendo bien a las víctimas propiciatorias. Que son Galván y Herrera. (No sé si suena a razón social o a pareja de tira cómica.) Manteniendo la fachada de una gran seriedad, de una gran confiabilidad. Pisa con cuidado, Nicolás. Date cuenta de que el ridículo ha destruido más gobiernos latinoamericanos que la ineptitud o el crimen.

Una bruja mexicana descubriendo en su jardín los huesos de un diputado desaparecido sólo para que el peritaje los atribuyera a un abuelito de la pitonisa o algo así. (Hace tanto tiempo...)

Un brujo argentino decidiendo los actos de una bailarina de cabaret elevada a la Presidencia. (Hace mil años.)

Presidentes argentinos, brasileños, peruanos, exhibiendo públicamente sus conflictos matrimoniales.

Presidentes ecuatorianos bailando rock y hula-hoop en público alrededor del miembro viril de un gringo capado por su leonina Judith quiteña.

Y como trasfondo real, la corrupción gigantesca, los préstamos internacionales que acaban en cuentas suizas, las campañas de intimidación, las torturas, los Vladimiros y sus vladivideos... ¿Cómo va a ser respetable la América Latina? ¿Cómo evitar el escarnio, el escándalo, el repudio, el ridículo?

Con la discreción, señor Presidente. Con la libertad y la democracia. Con el horizonte abierto a la oportunidad. Con la gran consigna del más grande genio político de la era moderna, Bonaparte: Carreras abiertas para todos.

Se puede tener un origen turbio. Si quiere usted consolarse tras de leer esta desconsolada carta de su amiga consolada siempre por la verdad, le agrego dos fichas policiales a las que aquí consigné:

SCHICKELGRUBER ADOLF, llamado "Hitler". Nacido en Braunau, Austria 1889. Participa cabo Gran Guerra. Vagabundo calles Viena. Acogido Asilo para Destitutos. Se une grupos de choque extrema derecha. Asciende con encendida retórica antijudía y antimarxista. Participa golpe cervecería Munich 1923. Juzgado por traición y condenado a dos años de cárcel en prisión de Landsberg, donde escribe *Mein Kampf*. Obsesionado superioridad raza aria y eliminar parásitos judíos.

DJUGASHVILI IOSIV VISSIARONOVICH, llamado "Stalin", "Koba", "Soso". Nacido en Gori, Georgia, 1879. Encarcelado Irkutsk 1903, Campo de Volgoda, 1908. Asalta Banco del Estado, Tiflis, 1907. Pronuncia discursos antisemistas. Califica a judíos de "Judas circuncidados".

No abundo en los sórdidos detalles de las posteriores carreras de estos dos tiranos. Me basta recordar ahora sus orígenes no sólo bajos, sino criminales, para puntualizar: no fueron obstáculo para su ascenso. Les bastó fabricarse una nueva personalidad. ¿Iba a dominar a Alemania y al mundo un vagabundo llamado Schickelgruber? ¿Iba a dominar a Rusia y al mundo un asaltante de bancos llamado Koba? ¿Iba a ser Presidente de México el pequeño hampón catalán Nico Salvat?

Sí, se puede tener un origen turbio. La banda presidencial es como un detergente. Pule, limpia y da esplendor. La Silla del Águila eleva, es cierto, pero "nadie puede sentarse más alto que su propio culo". No es usted peor, señor, que Menem o Fujimori. Y ya ve usted de qué bajos fondos emergieron Hitler y Stalin, y tuvieron más poder que el soñado por usted, señor Presidente. Mucho más.

Pero tuvieron cuidado de eliminar a quienes les abrieron el camino del poder. Los co-conspiradores de Hitler en el *putsch* de Munich. Los camaradas comunistas de Stalin tras la muerte de Lenin y a pesar de las advertencias de éste ("El camarada Stalin ha concentrado poderes sin límites entre sus manos y no estoy seguro de que los emplee bien."). Ya ve usted por qué no tomaré nunca una ducha en su baño.

Bueno. Pamplinas, como decían las abuelitas. Pelillos al viento, señor Presidente. La mera neta es que la política es una cena de bárbaros. Cada azteca le entierra un puñal a su vecino tlaxcalteca y viceversa. Tú y yo, sentaditos nomás en los tronos alejados del banquete y viendo desde arriba a nuestras tribus de Atilas aborígenes que se matan entre sí. Tú y yo, apóstoles de la mesura y la mediación, mi querido Nicolás.

Mesura, Nicolás. Si quieres ganarte un enemigo, demuéstrale que eres más inteligente que él.

Discreción, Nicolás. No permitas que tus indispensables actos de autoridad ilegal se conviertan en noticia de prensa.

Modestia, Nicolás. Que sólo nos satisfaga lo mejor.

El poder es una terrible suma de deseos y represiones, de ofensas y defensas, de ocasiones perdidas o ganadas. Llevemos la aritmética secreta de nuestra contabilidad. Que no se nos convierta en noticia —te repito— lo que debe permanecer secreto. Aunque el secreto sea relativo. Es estúpido pensar que lo que le pasa a uno no le pasa a nadie más. Cada cosa que sucede le está sucediendo al mismo tiempo a millones de seres. No lo olvides. Protege el secreto. Pero recuerda nuestra fuerza. Somos humanos y nos parecemos a todos. Nuestros presidentes, nuestros secretarios de Estado, lo olvidan con frecuencia. Pero somos políticos porque no nos parecemos a nadie. ¡Que miserable consuelo! ¡Qué irritante paradoja —o parajoda, como decía uno de nuestros rústicos prohombres!

Inevitablemente, provocarás envidia. Todos quieren gozar de la intimidad del Presidente porque todos quieren gozar de sus privilegios. Ahora nos toca actuar solos, querido. Convertirlo todo en ventaja. Pero mucho cuidado con nuestras debilidades. Te lo repito como mujer. Sabes que las mujeres se odian y aprenden a disimular sus odios. Pero los hombres se quieren y aprenden a disimular sus simpatías. Nuestras virtudes son nuestras debilidades, en ambos casos.

Hay un hombre que te quiere tanto, que hasta te quiere matar. Y tú lo quieres tanto que no te atreves a matarlo. Jesús Ricardo Magón.

Decídete, Nicolás. En esto no te puedo aconsejar. La política es la actuación pública de pasiones privadas. ¿Puede haber política pública sin pasión privada? ¿Necesito a estas alturas repetirte el ABC de tu tocayo florentino?

Es más seguro ser temido que ser amado.

El amor se rompe cuando deja de convenirnos.

El miedo, en cambio, nunca nos abandona.

El príncipe debe ser temido sin incurrir en el odio de su pueblo.

Mide tus palabras. Que de tus labios no escape nada que no sea entendido como caridad, integridad, humanidad, rectitud y piedad. Los pueblos juzgan más por lo que ven que por lo que entienden.

Mide tus palabras. Mussolini, al principio de su gobierno, habló mal del último diputado independiente que quedaba, Mateotti. Sus allegados —sus lambiscones— lo oyeron y mataron al diputado. Se consolidó la dictadura fascista. Por descuido verbal. ¡Qué sabio era Obregón cuando dijo: "Un Presidente no habla mal de nadie."

Ten listas tus palabras finales, Nicolás. "Luz, más luz" en un extremo. "Después de mí, el diluvio", en el otro. La palabra del humanista y la palabra del monarca. Pero no termines como el pobre arriba citado Álvaro Obregón, el mejor militar de la historia de México (¡cómo no lo tuvimos en 1848 en vez del cojo traidor Santa Anna!), Obregón el vencedor de Pancho Villa, el brillante estratega y político, asesinado en un banquete por un fanático religioso en el momento en que alargaba la mano pidiendo,

—Más totopos...

Más totopos. Evita que estas sean tus palabras lapidarias. ¿Por qué mataron a Obregón? Porque quiso reelegirse. Obra de manera que, si ganas, puedas decir "Luz, más luz" y si pierdes, "Después de mí, el diluvio." Pero nunca, *nunca* digas "Más totopos." Me desilusionarías. Te vería de vuelta en los barrios bajos de Marsella. Te repetiría esta cita de Bernanos sobre Hitler: México ha sido violado por un criminal mientras dormía.

Elimina a tu totopo, Nicolás. Mi información está completa. El agregado militar de la Embajada de México en Francia en 2011 era el general Mondragón von Bertrab. Él te dio los papeles. Él te inventó la biografía. Él falsificó los documentos. Todo está en mi caja de seguridad en el Congreso.

Has eliminado a los totopillos. Tácito de la Canal. Andino Almazán. La Pepa su mujer. El general Cícero Arruza. El Anciano del Portal. La llorona de los cementerios veracruzanos, la monterrellena Dulce de la Garza. Y el mismísimo fantasma de esta ópera, Tomás Moctezuma Moro. Quedamos tú y yo, Nicolás. Y una sombra sobre nuestras vidas. El general Mondragón von Bertrab.

Tenemos que actuar rápido. ¿No por mucho madrugar amanece más temprano? Será cierto para un panadero. Un político tiene que madrugar desde la noche anterior. O lo madrugan a él. Y a ella.

Y no pongas en duda mi discreción. Todo lo dicho queda entre nosotros. Como dice el dicho, entre gitanos no se lee la buenaventura. Yo no creo nada de esos informes sobre ti. Son puras invenciones. Yo te tengo confianza. No doy crédito a tus enemigos. Son meras suposiciones. Y si salen a la luz, culpamos de desacato y calumnia a María del Rosario Galván y a Bernal Herrera. Recuerda lo que decía el ex César León a sus enemigos:

—No te voy a castigar. Te voy a desprestigiar.

Cuenta con mi fidelidad. Y no dejes de medir la relación costo-engaño.

**66**
**General Mondragón von Bertrab**
**a Nicolás Valdivia**

Por la razón misma de que ya no es imprescindible, te escribo esta carta. Adivinarás por lo mismo que mi motivo no es comunicar, sino dejar asentado. Todos te han hablado de mi formación militar en escuelas de alta exigencia intelectual. La Hochschule der Bundeswehr de Alemania es excelente en este sentido. Nadie sale de allí sin haber leído a Julio César y a Von Clausewitz, claro, pero también a Kant para aprender a pensar y a Schopenhauer para aprender a dudar. También es excelente el H. Colegio Militar de México. Si en Alemania aprendes a emular victorias, en México te enseñan a asimilar derrotas.

Que nadie se engañe, sin embargo. Hay los Arruza, es cierto. Son sobrevivientes del México bárbaro del pasado —o anuncios de la barbarie por venir—. Viven en el subsuelo de nuestro país.

La oficialidad mexicana culta es otra cosa, pero es tan real como la oficialidad salvaje. En toda relación humana hay un combate entre la verdad y la mentira. Sería imposible contestar la pregunta ¿qué es verdad, qué es mentira? si no aplicamos criterios absolutos y criterios relativos. Por ejemplo, en los cursos de estrategia militar es indispensable aprender a dudar de la información que recibes.

¿Conoces un viejo corrido de la Revolución, *Valentín de la Sierra*?:

> El coronel le pregunta,
> ¿cuál es la gente que guías?
> Son ochocientos soldados
> que trae por la sierra Mariano Mejía.

¿Cierto o falso? ¿Debe el coronel en cuestión aceptar la confesión del oficial capturado o ponerla en tela de juicio? ¿Cómo va a saber la verdad? Ésta puede ser terca, reservada, como el mismo corrido cuando dice,

> Valentín, como era hombre,
> de nada les dio razón…

De manera que Valentín no da razón y el otro dice que son ochocientos hombres al mando de Mariano. Ah, pero Valentín, para que rime su cuarteto, añade algo aún más despistante,

> Yo soy de los meros hombres
> que han inventado la Revolución...

¿Qué hace el oficial con toda esta información? Si le cree a la versión de "Mariano" debe comprobarla o se expone al fracaso. O puede interpretar el silencio de "Valentín" como ocultamiento de la verdad o mentira de "Mariano". Pero "Valentín" le da un sesgo ideológico inapresable a la información: él es de los meros hombres que "han inventado la Revolución".

Verdadera o falsa, la información debe significar algo. El pobre oficial que hace las preguntas puede suponer que la verdad "Mariano" es objetiva en el sentido de usar una proposición determinada para hablar de otro, el tal "Mariano Mejía". Pero "Valentín de la Sierra" no hace lo mismo. Habla de la proposición misma: él es de los meros hombres que han inventado la Revolución.

De allí, Nicolás, la dificultad de tomar decisiones sobre la base cierta de lo verdadero o lo falso. Los militares, por fortuna, actuamos de acuerdo con un código que dicta nuestra conducta. Hasta cierto punto, sin embargo. Porque incluso cuando se sigue al pie de la letra el código escrito, la paradoja de la mentira es que lo que se dice sólo es cierto si no es verdadero.

Esto es lo que quiero que entiendas, Nicolás, en esta carta que confiesa mi mentira sólo para justificar mi verdad.

Quizá el criterio para decir la verdad es una pregunta.

—Si la digo, ¿causo daño o causo alivio?

La verdad de la mentira es que significa algo. Lo que no significa nada no puede ser ni siquiera falso. Por eso lo que la verdad significa es sólo una parte de lo que la verdad oculta. La mitad de la verdad es mentira. La mitad de la mentira es verdad. Porque cuanto decimos y hacemos, Nicolás, es parte de una relación que no puede excluir a su contrario. Puedo afirmar como intelectual, por ejemplo, que todo lo creado es verdadero. Incluyendo a la mentira.

Como militar, no puedo darme ese lujo. Sólo admito la verdad como coherencia, como conformidad con las reglas que nos rigen. Pero aun obedeciendo la regla al pie de la letra —es decir, como la establece el reglamento—, tengo en mi alma una duda, un secreto, una fractura. La verdad no se reduce a lo verificable. La verdad es el nombre de una *correspondencia* entre yo y otra persona. Esa correspondencia hace relativa mi verdad.

Dale la vuelta al guante y proponte estos argumentos a partir de la pregunta opuesta:

¿Cuándo se justifica la mentira?

¿Cuándo, en vez de dañar, alivia?

Cada existencia es su propia verdad, pero siempre en correspondencia con la verdad del otro. Y cada mentira puede ser su propia verdad, si la protege la veracidad suprema del otro, que es su vida...

Cuando naciste en una clínica de Barcelona (no en Marsella, como creía la malograda Paulina Tardegarda) el 12 de diciembre de 1986, yo estaba estacionado en la Zona Militar de Ciudad Juárez, muy lejos de tu madre. Ella ya estaba casada, pero era sabido que su marido era impotente y su viejo amante, inválido. Su hijo tenía que ser, pues, de un tercer hombre. La trataron según la tradición de la alta sociedad mexicana, como si fuera una muchacha embarazada y soltera. Tuvo su hijo en una maternidad de monjas de Sarriá.

Yo no podía estar con ella. Era muy jovencito. Más cobarde que irresponsable. Y más enamorado que irresponsable. Estaba sujeto a la disciplina militar en Chihuahua. Fue mi excusa. Fue mi cobardía. Debí estar al lado de tu madre en Barcelona, recogerte, hacerte mío desde el primer día... Júzgame, condéname, pero déjame reponer contigo todo el tiempo perdido, torcerle el cuello al destino y recuperar hoy lo que pudo ser y no fue entonces...

La familia de tu madre era sumamente peligrosa. Controlaba la frontera norte, de Mexicali a Matamoros. Los Barroso, Leonardo Barroso y su descendencia, que incluye a su nieta María del Rosario Barroso Galván. Ahora sólo Galván como su madre, de tanto que le repugnaba el nombre de su padre y de su abuelo, el viejo Barroso que convirtió a tu madre Michelina Laborde en algo más que su amante. En su esclava sexual. Su odalisca encarcelada. La casó con su propio hijo, un chico sensible, tímido, decían que un poco tonto, cucho y acomplejado. Mala sangre. No tocaba a Michelina. Vivía aislado en el campo, en un rancho rodeado de liebres y de pacuaches, esos "indios borrados" de Chihuahua.[1] Leonardo Barroso el Viejo se guardó para sí a esa muchacha de belleza espléndida, tu madre, Nicolás, más sometida que nunca a los millones de los Barroso después de un atentado contra el viejo en el puente internacional entre Juárez y El Paso.

Lo dieron por muerto. Sólo quedó parapléjico, inutilizado de la mitad inferior del cuerpo, condenado a vegetar en una silla de ruedas, igual que su hermano mayor y líder comunista, Emiliano Barroso, ¡qué justicia poética![2] Leonardo inválido, pero en una silla de ruedas, conservando en la cabeza toda su energía perversa, concentrada más que nunca en humillar a su hijo, despreciar a su esposa y encadenar a su amante. Tuvo vástago de una primera unión de la mujer de Leonardo, un segundo hijo, Leonardo Junior. Este adoptado fue el padre de tu amiga María

---

[1] v. "La capitalina" en *La frontera de cristal*.
[2] v. "La raya del olvido" en *La frontera de cristal*.

del Rosario. Y era tan siniestro que empezó a empujar a tu madre a un segundo amasiato con su hijastro para poderlos espiar y sentir emociones vicarias...

¿Cómo no iba tu madre Michelina a buscar y encontrar el alivio primero y la pasión en seguida en un oficial joven, apuesto, como lo era yo hace treinta y cinco años...?

Quiero que lo entiendas, quiero que lo sepas, quiero que te preguntes, ¿hasta qué punto la separación puede más que la presencia? ¿Por qué nos inflama de pasión la ausencia hasta enloquecernos?

Y por el contrario, ¿hasta qué punto las conveniencias sociales nos obligan a abandonar la luz del amor y perdernos en la noche, la suciedad y el vicio? Y finalmente, ¿por qué el justo medio de estos extremos de la pasión —el hambre de presencia, el vicio de abandono— acaban encontrando un maligno término medio en el olvido? O peor, en la indiferencia.

Michelina Laborde no podía regresar al seno de los poderosos Barroso, que eran *alguien*, con el hijo de un *nadie* que era yo. Regresó a la frontera con su secreto guardado por todas las convenciones de la familia. Había estado "de vacaciones" en Europa. Comprándose ajuares. Visitando museos.

No la volví a ver. Murió poco después. Yo creo que murió de melancolía y de esa nostalgia de lo imposible que a veces nos invade porque sabemos que lo que deseábamos pudo ser posible.

Tú fuiste entregado a una familia catalana, los Lavat, a la que los Barroso dotaron de una suma para tu educación que jamás usaron para educarte, sino para medrar mediocremente y enviarte a la calle y al crimen, tu verdadera escuela, Nicolás, iniciada de niño en Barcelona y continuada en Marsella, a donde los Lavat se mudaron cuando tenías diez años, como trabajadores migratorios...

Y sin embargo, algo en ti, acaso esa nostalgia de lo imposible, te impulsó desde joven al riesgo pero también a la agudeza mental, a la ambición, a ser más de lo que eras, como si tu sangre clamara por una herencia oscura, inevitable, soñada como algo extrañamente luminoso. Apenas entrevista, ¿no es cierto? Te formaste a ti mismo en la miseria, en la calle, en el crimen, en la disciplina secuestrada a la necesidad de sobrevivir, en la íntima convicción no sólo de que ibas a ser alguien, sino de que ya eras algo, un desheredado, un niño despojado de su linaje. Algo. Hijo de algo. Hidalgo.

No fuiste un criminal ciego. Fuiste un niño perdido con los ojos abiertos a un destino diferente, no fatal, sino creado en partes iguales por la herencia que desconocías y el porvenir que anhelabas.

No es que yo te hubiera olvidado, hijo. Te ignoraba. Sabía que mi linda Michelina tuvo un hijo en Europa. Cuando regresó a Chihuahua, alcanzó a mandarme una nota garabateada:

Tuvimos un hijo, mi amor. Nació el 12 de diciembre de 1986 en Barcelona. No sé qué nombre le pusieron. Quedó en manos de unos obreros, eso lo sé. Perdón. Te amaré siempre, M.

Encontrarte era buscar la proverbial aguja en el pajar. Privó mi ambición profesional. Mi carrera dentro del Ejército. Mis puestos dentro y fuera de

México, hasta llegar a la agregaduría militar en París, con jurisdicción sobre Suiza y Benelux. Fue entonces cuando me pusieron en la mesa el caso de un joven que se decía "mexicano" y que había sido encarcelado en Ginebra por supuesta conspiración con una banda de asaltantes de banco.

Te visité en la cárcel de Ginebra. Llevabas el pelo largo. Me detuve alucinado. Estaba viendo a tu madre con cuerpo de hombre. Más moreno que ella, pero con el mismo pelo negro, lacio, largo. La simetría perfecta de las facciones. Un rostro clásico de criollo. Piel con sombra mediterránea, oliva y azúcar refinada. Ojos largos, negros (verdes en tu caso: mi aportación), ojeras, pómulos altos, aletas nasales inquietas. Y ese detalle que es como un sello de maternidad, Nicolás. La barba partida. La honda comilla del mentón.

¿Quién sino yo se iba a fijar en esos detalles? ¿Quién sino tu padre? ¿Quién sino el amante desvelado de tu madre, ganando horas memorizando su rostro dormido?

Te interrogué tratando de mantener la compostura. Até cabos. Tú eras tú. La fecha de nacimiento, el aspecto físico, todo concordaba. Declaré que eras mexicano y pagué la fianza. Me hice cargo solemnemente de ti, pero te pedí —como pago por mi testimonio— una etapa de estudios en la Universidad de Ginebra. Pero los suizos son perros de presa. Te expulsaron porque tus documentos anteriores eran falsos.

Intervine una vez más, jalado por el corazón pero tratando de mantener la cabeza fría. Ya ves. Nunca he querido comprometer mi posición. ¿No es mejor así, a fin de poder ejercer influencia? Te llevé conmigo a París, te inscribí como oyente en la ENA, te recomendé leerlo todo, saberlo todo sobre México, pasamos horas en vela, tú oyéndome contarte qué era nuestro país, historia, costumbres, realidades económicas, políticas, sociales, quién era quién, locuciones, canciones, folklore, todo.

Entre lo que te conté y lo que leíste, regresaste a México más mexicano que los mexicanos. Ese era el peligro. Que se notara demasiado tu mímesis. Te envié cinco años a Ciudad Juárez, a la frontera. Pergeñé con las autoridades los documentos del caso para hacerte nacer en Chihuahua en vez de Cataluña. Queda inscrito en el registro civil de Ciudad Juárez: hijo de padre mexicano y madre norteamericana. Los documentos de tus falsos padres también fueron fáciles de confeccionar. Ya sabes que en México todo lo puede la mordida. Nadie avanza sin transa.

Cuando llegué a la Secretaría de la Defensa Nacional con el Presidente Lorenzo Terán, me sentí seguro y te mandé llamar, te puse a circular, te envié con recados míos a las diferentes Secretarías de Estado, sobre todo a la de Gobernación. Allí conociste a María del Rosario Galván. Lo que siguió era inevitable. María del Rosario no resiste a un chico guapo. Y si además cree que lo puede formar políticamente, el ligue se vuelve inevitable. Ella es por naturaleza una Pigmalión con faldas.

Ella sabía que el Presidente padecía de una leucemia incurable. Yo, como encargado de la seguridad nacional, también. Obligatoriamente. Cada uno hizo su juego. Ella te hizo creer que apostaba por ti para Presidente. Ya sabes la verdad. Sí, Presidente pero

Provisional al morir Terán para preparar la elección de Herrera. Para ello había que eliminar a todo un reparto. "Los sospechosos de siempre", como dicen en las películas. Tácito de la Canal, César León, Andino Almazán, el general Cícero Arruza. Había que deshacer el complot del expresidente veracruzano y su secreto prisionero del Castillo de Ulúa. Había que vencer los accidentes sentimentales de la llorona del puerto, Dulce de la Garza. Y nada más fácil, imagínate, que neutralizar a las mujeres, peligrosamente simples y enamoradas como Dulce de la Garza, estúpidamente intrigantes y vulgarmente licenciosas como Josefina Almazán, o inteligentes, demasiado inteligentes para su propio bien, como Paulina Tardegarda, de quien, te lo aseguro, no se volverá a saber más. Detalle personal y quizás hasta romántico: sólo un tiburón puede frecuentarla en el fondo del Golfo de México, con su caja de seguridad atada con cadenas a las patas. Pues como solía decir mi general Cícero Arruza,

—¡Aguas con las viejas!

Pues agua no le faltará a tu sospechosa amiga Paulina Tardegarda, dueña de demasiados secretos que te convertían peligrosamente en su chantajeado. Aprende a desconfiar. Vamos, desconfía de mí mismo, Nicolás, de tu propio padre. Y no llores por Paulina. Se la comerán los tiburones del Golfo. Pero su corazón va a sobrevivir. La ventaja de un corazón envenenado es que se vuelve inmune al fuego y al agua. Si te consuela, piensa que el corazón de la Tardegarda va a sobrevivir como un capullo de sangre en el fondo del mar.

Quedan cabos sueltos, hijo mío, no lo olvides. Tu protegido Jesús Ricardo Magón está tan desilusionado de todo que no le quedan arrestos anarquistas ni homicidas. Lo hice expulsar del país con cargos de narcotraficante. Está en una prisión en Francia, donde fue detenido al descender del avión por elementos de la Suráté ligados a mí. No te preocupes. Le pagué el viaje en primera clase. Los padres don Cástulo y doña Serafina creen que estudia en Europa. ¡Es tan joven! Me agradecen la "beca" que, por órdenes tuyas, le di. La señorita Araceli cuenta con una suscripción de por vida a la revista *Hola!* Se ha casado (la he casado) con Hugo Patrón, feliz de tener una disco-bar en Cancún.

Y quedan nuestros contrincantes formales, María del Rosario Galván y Bernal Herrera.

Su cálculo es correcto. En comicios democráticos en julio de 2024, Herrera gana. No hay quien se le pare enfrente. Tú mismo estás anulado por tu puesto actual. No puedes sucederte a ti mismo.

Entre tu talento natural y mis orientaciones y enseñanzas, en catorce años, entre tus veinte y tus treinta y cuatro, te armaste de una cultura impresionante. Ahora tengo que darte un consejo. No seas tan precoz. No vayas a enseñar el cobre a base de tanto relumbrón. Ya ves, El Anciano te puso un par de trampas —la guerra de los Pasteles, Mapy Cortés, la conga, pim-pam-pum— pero tú no tenías por qué saber de Mapy Cortés o la Conga. Sí debías tener noticia de la Guerra de los Pasteles. Ten cuidado. No exageres la erudición reciente. No obligues a nadie a rascar tu baño de oro y descubrir que eres de metal más vil. Que no le tengan celos a tu cultura. Modérate. No abuses del crimen. No es excusa. Estamos haciendo lo indispensable para consolidar nuestro poder.

Pero párale allí. Muertitos, sólo los indispensables. Ya ves la mala fama del pobre Arruza. Tanto presumir de sus crímenes y jamás imaginarse que había alguien capaz de superarlo matando a nadie menos que al propio Cícero Arruza. Era indispensable matar a Moro. Te equivocaste enviando al "Mano Prieta" Vidales. Es un hombre vengativo y convencido de que su sucesión dinástica prolongará hereditariamente sus *vendettas*. Creíste comprometerlo con tu propia culpa mandándolo a Ulúa. No lo creas. Él te puede comprometer a ti. Nos va a dar dolores de cabeza. Hay que pensar cómo lo neutralizamos mejor. A esa víbora hay que darle regalos envenenados. De ahora en adelante, deberemos seducirlo hasta adormecerlo. Tiene sus ventajas el letargo presidencial. Terán no supo aprovecharlo. Tú ve la manera de no pasar por un hombre violento, asegurándote de que tu violencia siempre pase bajo el nombre de "justicia". Y cuídate de que no te llegue nunca la hora de tener que decir la verdad. Pero no pienses, ni por un minuto, que en México ha terminado el tiempo de la violencia...

Hijo mío, hijo de mi corazón. Seguramente entiendes la profundidad del sentimiento de un padre que perdió a tu preciosa, inigualable madre a causa de las tiranías y prejuicios brutales de su familia, los Barroso. Ella fue el frágil altar de mi pasión más fuerte. Entre los dos debemos reconstruir ese templo arruinado por la mentira, la pretensión, la avaricia, la arrogancia de una clase dominante sin escrúpulos, plenamente representada por la familia Barroso, de la cual la heredera única es la perversa María del Rosario Galván. ¿Crees que voy a dejarla maniobrar en paz? ¿Por qué hemos de tener escrúpulos con quienes carecen totalmente de ellos?

Piénsalo siempre: María del Rosario viene de allí, de la misma clase de tu madre. Ve en María del Rosario a tu madre con fortuna, dueña de la vida que Michelina no tuvo. Véngate en María del Rosario del cruel destino de tu madre.

De Bernal Herrera me encargo yo.

Eres mi hechura, Nicolás. Mi heredero. Mi cómplice. Ya verás que juntos lo lograremos todo. Lo único que importa. Llegar al poder y quedarse allí para siempre.

Entre tú y yo, Nicolás Valdivia hijo mío, el poder nos une como la nostalgia de la verdad. Vamos a adueñarnos de ella.

Sí te recomiendo una cosa. De ahora en adelante, ruega que nadie se entere de lo que piensas, ni siquiera yo. Sobre todo si piensas traicionarme.

Te lo digo yo. En política, no hay traición que no se pueda hacer. O por lo menos, imaginar.

## 67
## Onésimo Canabal a Nicolás Valdivia

Señor Presidente, con alarmada discreción me dirijo a usted. Con urgencia también. La sede del Congreso de la Unión ha sido violada. Bueno, sólo una oficina, pero el Congreso es un todo inviolable. Es el santuario de la Ley, señor Presidente. Pues imagínese que hoy mismo amanecí con una llamada urgente del conserje Serna.

Alguien, de noche, había entrado al Parlamento de San Lázaro. Alguien desactivó las alarmas, evadió a los guardias, acaso sobornó la vigilancia. No lo sé. Alguien con poder, evidente. Señor Presidente: la oficina de nuestra amiga la diputada Paulina Tardegarda la compañera a la que tanto debemos usted y yo, ha sido violada. Su caja de seguridad ha sido *arrancada*, sí señor, arrancada de cuajo, dejando un horrendo boquete en la pared que no sólo afea la oficina, sino que nos va a obligar a rehacer la pared, ¿se da usted cuenta del gasto que esto implica? (Por cierto, ¿cuándo nombra nuevo secretario de Hacienda después de la defección de Andino Almazán?)

Y lo peor no es que la caja haya sido robada. La Honorable Diputada ha desaparecido, señor Presidente. No está en su departamento de la calle de Edgar

Allan Poe. Ni siquiera llegó a dormir, nos dice su servidumbre. Hemos llevado a cabo discretísimas averiguaciones. Nomás no aparece. Se esfumó sin dejar rastro.

¿Qué será de ella? ¿Usted sabe algo? Si sólo fuera que se fue de vacaciones o a pasarla bien con alguien, bueno. Pero la caja de seguridad, señor Presidente. Lo alarmante son las dos cosas juntas.

Quiero consultarle. ¿Debemos lanzar una alerta nacional sobre el paradero de Paulina Tardegarda? Pobrecita. No era una santa, pero tampoco una pecadora. No imagino que alguien la raptara por razones de amor, tan poco agraciada. Aunque ella tenía tamaños para raptarse a alguien, se lo aseguro.

En fin, necesito que usted autorice el llamado. Yo solo no puedo. Ya ve usted las responsabilidades. Luego nunca aparecen los restos. O se encuentran en el jardín de una bruja, y resulta que eran falsos. O de repente Paulina se ha hecho la cirugía facial como aquel famoso narco, El Señor de los Cielos. Perdone la indiscreción, don Nicolás, pero yo creo que le traía ganas a usted... Perdón, perdón. Quién quita y nomás quiso verse un poquito más chula. En todo caso, buena falta le hacía una buena estiradita a la pobre Paulina, tan poco agraciada ella...

Bueno, no quiero ir más allá. Estará de acuerdo en la urgencia del caso. Espero sus órdenes para actuar o para dejar morir el asunto, como al señor Presidente le parezca más conveniente.

Su afmo. y ss. ss.
Onésimo Canabal
Presidente del H. Congreso de la Unión.

## 68
## Bernal Herrera
## a María del Rosario Galván

Tienes razón, María del Rosario. Nos han cambiado el juego. Aunque en apariencia Valdivia va a respetar los calendarios electorales, no creo que nada en su cabeza o en su corazón lo mueva a entregarme el poder el 1º de diciembre de 2024 si resulto elegido. Tenemos un problema: no aparece contrincante viable a mi candidatura. Por lo menos Tácito venía, como yo, del Gabinete presidencial. Los minipartidos carecen de personalidades con carisma. Los caciques se adaptarán a quien les ofrezca seguridades. Mi peligro es quedarme solo, destacando tanto que mi altura me vuelve vulnerable. Lo malo de ser alto, decía el general De Gaulle, es que nos hacemos notar. Y concluyó:

—Por eso los hombres altos tenemos que ser más morales que nadie.

Una vez me dijiste, a propósito de Tácito, que el odio es más inteligente que el amor. Yo voy a seguirme cuidando del señor licenciado De la Canal. Desconfío de su recién adquirida humildad. Parece comprada en el mercado de pulgas. Su amor filial no es de confiar. Sólo creo en su fidelidad gatera. Ya sedujo a la criadita de su papá, según me informan. Una que se dice "Gloria Marín". Bueno, tú misma me dijiste un día,

—¡Qué triste es la fidelidad!

María del Rosario: vamos a seguir actuando juntos, y esta vez desde posiciones desventajosas. No te rías de mí si te advierto contra una resurrección de nuestra antigua llama amorosa. Más vale hablar claro de esto. Querernos de vuelta sería una pobre demostración de que como pareja política hemos sufrido un contratiempo y compensamos la hiel con la miel. Sería una prueba de desaliento y desilusión.

Te lo digo como prevención solamente. Estoy notando en ti un sentimentalismo que acaso podría aliviar nuestra pasajera derrota. Lo comparto. Incluso me tienta la idea de que tú y yo podamos volver a querernos como al principio.

Sería una debilidad y tú lo sabes. Nos juntaríamos sólo para lamernos las heridas. Nos consolaríamos hoy. Nos detestaríamos mañana.

Recuerda con frialdad lo que fue nuestra relación inicial. Yo sólo quería darte amor. Tú sólo querías desear amor. Creo que a ti sólo te satisface un amor que sea deseo puro. No soportarías un cariño asegurado, tuyo, cotidiano. Sin riesgo. Eres una mujer que ama el riesgo. Lo llevas al extremo de lo que otros, que no te quieren tanto como yo, llamarían inmoralidad. Te hace feliz robarle un hombre a otra mujer —o a otro hombre—. Tu pasión erótica es tal que se te ha convertido en obstinación. No lo niegues.

Yo no soy obstinado. Soy constante. Y en mi constancia no entra la nostalgia de una pasión resucitada. Lo sé: para ti, ser infiel no es ser desleal. Por eso, vivir contigo me obligaría a hacer algo que no quiero nunca repetir. No quiero examinar a cada instante mi convivencia y mi corazón. Vivir contigo me expone a ese martirio interno. Marucha, ¿me es fiel o no?

Qué bueno que nunca nos casamos. Pudimos actuar juntos sin tener que soportarnos juntos. No podemos regresar a lo que fuimos algún día. No lo aguantarías. Te doy la razón. ¿Ser otra vez amantes? Tú y yo sabemos que la segunda vez no sólo sería un error. Sería una estupidez. ¿A poco no? Acabaría con lo mejor que me das: la distancia necesaria para amarte tanto que no te considere digna de mi amor.

(Tú sabes que yo te admiro por lo que otros te desprecian.)

(No te atormentes. Piensa en todo lo que no nos dijimos.)

Dejemos atrás en esta nueva situación las tentaciones o atractivos de una pasión reanudada. Recuerda que no hemos roto. Sólo nos hemos *des-atado*. ¿Qué tenemos en común? No poder *amar* pero no poder *poder* el uno sin el otro.

Quiero reafirmar, en esta hora, nuestro pacto.

Recuerda que tú y yo podemos arruinarnos el uno al otro. Más nos vale seguir juntos. Que haya paz entre tú y yo. Nuestro placer fue demasiado huracanado. Hoy, más que nunca, debemos actuar con calma.

Recuerda que tú y yo siempre hemos sabido ponernos de acuerdo aun cuando no estemos de acuerdo.

Resígnate como yo me resigno. Entrégate a mi imaginación, como yo me entrego a la tuya. Allí, en nuestras cabezas, podemos vivir para siempre la pasión.

Aunque debo admitirte que en estos momentos las puertas de mi mente son como las de una cantina: se abren, se cierran, se golpean... Sólo sé una cosa.

Tenemos que encontrar la fisura de Nicolás Valdivia. La herida por donde sangra. Su secreto más vergonzoso y vergonzante. No creo que tengamos otro recurso para vencerlo. Debemos juntar nuestras cabezas para que Nicolás Valdivia no pueda perpetuarse en el poder.

Y en última instancia, piensa que un poco de mala suerte es el mejor antídoto contra la amargura por venir. Y la mayor amargura es la de los todopoderosos: Nada les satisface, siempre quieren más y eso los pierde. Descubramos qué es lo que deja insatisfecho a Nicolás Valdivia y tendremos la clave de su derrota.

## 69
## María del Rosario Galván
## a Bernal Herrera

He caminado mucho esta tarde, Bernal, buscando un sitio alto y limpio desde donde ver nuestro Valle de México y renovar mi esperanza. Es esta la ciudad ojerosa y pintada que horrorizó (y mató juvenilmente) al excelso provinciano Ramón López Velarde. Es el "Valle de México, boca opaca, lava de baba, desmoronado trono de la ira" que azotó con una furia que lo salvaba Octavio Paz. O es la imagen exacta y equilibrada del poeta de la serenidad inteligente, José Emilio Pacheco, cuyos ochenta y dos años acabamos de celebrar, cuando se deja arrastrar por las evidencias y canta con la voz herida al "Atardecer de México en las lúgubres montañas del poniente..."

> (Allí el ocaso
> es tan desolador que se diría:
> la noche así engendrada será eterna.)

México de temporadas eternas, "primavera inmortal"...
La temporada de lluvias ha empezado, lavando la eterna noche, la boca opaca, la mirada ojerosa y pintada... Apaciguando al polvo. Devolviéndole la transparencia extraviada al aire. Es cierto que en tar-

des de lluvia, entre aguacero y chubasco, incluso desde el siniestro Anillo Periférico, se ve con nitidez el
perfil recortado de las montañas.

He preferido subir a pie hasta el Castillo de Chapultepec y mirar la Ciudad y el Valle desde esa altura
humana, intermedia, desde donde las montañas que
pude seleccionar —Ajusco, Popocatépetl, Iztaccíhua-
tl— pueden ser vistas esta tarde con la mirada personal que quisiera rescatar, Bernal, al final de esta etapa
de nuestras vidas.

¿Te das cuenta de que esta historia la hemos vivido en el encierro, como si todos representásemos en
el escenario de una prisión? Hemos contado una historia despojada de naturaleza. Tendrá razón Pacheco:
"¿Sólo las piedras sueñan?... ¿El mundo es sólo estas
piedras inmóviles?..." Por eso estoy aquí, tratando de
recordar la naturaleza olvidada, perdida en un bosque de palabras, hundida en un pantano de discursos, capada con un cuchillo de ambiciones...

¿Sabes? Antes de salir, me miré sin maquillaje en el
espejo para no hacerme ilusiones. Mantengo una figura
esbelta, pero mi rostro empieza a traicionarme. Me doy
cuenta de que fui, de joven, naturalmente hermosa.
Hoy, la belleza que me queda es un acto de pura voluntad. Es un secreto entre mi espejo y yo. Al espejo le digo:

—El mundo sabe de mí. Pero el mundo ya no
sabe a mí.

¿Por qué desperdiciamos nuestra belleza y nuestra juventud? Miro hacia atrás y me percato de que le
entregué mi juventud y mi sexo a hombres que acabaron en polvo o estatua. Toco mi cuerpo esta mañana. Nada hiere el cuerpo tanto como el deseo. No
acabo de satisfacer el mío, lo admito hablándote a ti,

que eres el único verdadero hombre de mi vida. Nada me ha satisfecho, Bernal. ¿Por qué? Porque he oficiado demasiado en altares sin Dios. Mis altares son aquellos que envejecen prematuramente a los corazones. La fama y el poder. Pero soy mujer. No me rindo a las evidencias del tiempo. Me digo convencida que mi atracción sexual no tiene nada que ver con la edad. Soy deseable sin ser joven.

Recorro las personas, los lugares, las situaciones que tú y yo hemos visitado desde la crisis de enero y en mi boca no hay sabor. Quisiera invocar alguna dulzura, la hiel también, por qué no el vómito. Mi lengua y mi paladar no saben a nada.

Consulto a mis otros sentidos. ¿Qué oigo? Una cacofonía de palabras huecas. ¿Qué huelo? Los excrementos que va dejando en el camino la ambición. ¿Qué toco? Mi propia piel cada vez menos resistente, más vulnerable, más adelgazada. ¿Con qué toco? Con diez uñas como puñales que me hieren a mí misma. No sólo no me acarician. Ni siquiera me arañan. Se hunden en mí, preguntándome qué será de mi piel, cuánta vida le queda aún, qué placer tan módico y exhausto le espera al cabo. La nada.

Tengo mis ojos. Me convierto esta tarde en mirada pura. Todo lo demás me traiciona, me hace extraña a mí misma. Retengo sólo una mirada y descubro con asombro, Bernal, que es una mirada amorosa. No necesito un espejo para atestiguarlo. Miro desde Chapultepec con amor a la Ciudad y al Valle de México.

Una mirada de amor. Se la regalo a mi ciudad y a mi tiempo. No tengo nada más que darle a México sino mi mirada de amor esta tarde luminosa de mayo después de la lluvia, cuando las bugambilias son pacientes florones de la belleza urbana y por un glorioso instante la ciudad se corona del color lavanda de los flamboyanes. El Valle tiene una luz tan poderosa esta tarde, Bernal, que me duplica la presencia, me abandona en la gran terraza de piso de mármol blanquinegro del Alcázar, pero me transporta como en un tapete mágico por toda la extensión de la urbe, por encima de los racimos de globos multicolores que venden en las avenidas, permitiéndome acariciar las cabecitas de los niños en los parques, caminar sobre las aguas del légamo del lago del Bosque y continuar sobre las aguas de jacinto de Xochimilco, como si mis pies desnudos buscasen limpiarse, Bernal, en los canales perdidos de lo que fuese la Venecia americana, una ciudad abrazada al agua como a la vida misma, una ciudad poco a poco desecada hasta morirse de sed y asfixia.

Esta tarde no, Bernal, el milagro de esta tarde que he escogido para renacer es tarde líquida, ha llovido y todas las avenidas se han vuelto canales, todos los desiertos de tepetate se han vuelto lagos, todos los tubos de desagüe se han convertido en manantiales...

Curso con la mirada rediviva la ciudad que miró tu tocayo Bernal Díaz del Castillo en 1519, resurrecta mediante la fuerza del deseo, dejo detrás toda la miseria del melodrama político que hemos vivido tú y yo y resucito a la ciudad antigua, desplegando sus alamedas de oro y plata, sus techos de plumas y sus paredes de piedras preciosas, sus mantos de pieles de jaguares, pumas, nutrias y venados. Camino al lado de las farmacopeas indias con curas de piel de culebra, quijadas de tiburón, velas de cera fúnebre y ojos de venado tierno. Entro a las plazas dibujadas de grana y aspiro los aromas de liquidámbar y tabaco nuevo, de cilantro y cacahuate y mieles. Me detengo en los expendios de jícamas, chirimoyas, mameyes y tunas. Descanso sobre asientos de tablas y bajo coberturas de tejas, entre el concierto de gallinas, guajolotes, liebres, anadones...

¿Cómo no regresar una y otra vez en nuestras imaginaciones mexicanas —a menos que las perdamos— a esa ciudad lacustre de nuestro fervor lírico, como si en ella reconociésemos la cuna misma de nuestros orígenes? "Brotan las flores, abren su corola, de su interior salen las flores del canto." Pero oh, mi amigo más querido, ¿hay un solo poema indígena que no posea la sabiduría de acompañar el canto de la vida con la advertencia de la muerte? "La amargura predice el destino... Con tinta negra borrarás lo que fue la hermandad, la comunidad, la nobleza..."

¿Sabes, Bernal, qué es lo que predice el desastre por venir? La memoria de la belleza y la felicidad que fueron o no fueron, yo no lo sé. Sí sé que belleza y felicidad fueron imaginadas y que la imaginación nos cobra un precio que es a la vez un regalo: la memoria. Porque creo esto, ruego que nada ni nadie pueda jamás arrebatarnos la memoria. Ese es el don del cielo: recordar. Porque ten la seguridad de que nuestros cuerpos serán heridos por el deseo. ¿Podemos tú y yo recobrar todo lo que dejamos de lado para ser como somos? ¿Los instantes sacrificados del amor, el deber, el sueño? Pues hasta esa pérdida la redime la memoria.

Sí, he estado mirando desde Chapultepec a la ciudad que ya no es, México-Tenochtitlan, y súbitamente veo que de sus callejuelas salen corriendo tejones y gatos monteses y súbitamente, Bernal, oigo un ladrido y luego otro y luego ya no puedo contar porque corren por el valle cientos de perros, todos mastines feroces, ladrando, disipando con cada ladrido el cacarear de gallinas, el aroma de liquidámbar, el martilleo del trabajo diario, hasta que el Valle entero se ve invadido por esa jauría de perros salvajes liberados al caer la tarde por sus perversos dueños... Una aterradora carrera de canes inmensos, sarnosos, babeantes, con ojos de hambre y olfatos de venganza, perros sin dueño, perros abandonados porque sus amos se fueron de vacaciones o los soltaron por desidia o los apalearon por vicio: la ciudad entera en posesión de los perros rabiosos, Beltrán, todos y cada uno mirándome con ojos de fuego, todos y cada uno corriendo cerro arriba, hacia mi terraza, cada vez más cerca, más amenazantes, con sus pieles tiñosas y sus garras amarillas, guiados por un solo mastín que gruñe con carcajada humana y trae una carlanca de púas asesinas en el cuello, a punto de atacarme, Bernal. Lo reconozco: es El Faraón, el perro del difunto Presidente Terán, buscando la tumba de su amo. Perros con voces espantosas, gritándome,

—Vete. No vaciles. Nunca lo vuelvas a ver.

—¿A quién, a quién? —pregunté a gritos—, ¿a quién no debería ver nunca más?

El Valle está plantado de lanzas.

El lago del tiempo se va reduciendo, no sólo el lago del Valle.

Sólo nos va quedando el polvo del tiempo.

Entonces veo la aparición del Rey verdadero. El Rey del Valle. No quiero mirarlo. Me digo que es un espejismo.

Busco desesperadamente el espacio silencioso donde oír y entender.

Del lago muerto siento que emerge mi vida olvidada.

O la vida que no viví.

Quisiera ser flecha para defenderme.

El Rey de México me mira sin párpados y abre una boca de lodo y plata:

—Vendrán tormentas.

No me dice otra cosa antes de disiparse junto con los perros que lo precedieron y la polvareda que lo sucedió.

Oh Bernal, cómo siento el corazón pesado y el alma impaciente.

Cómo me persigue la sombra del dolor y del pecado.

Cómo me pregunto por qué no me suicidé allí mismo antes de que la jauría de perros hambrientos me hiciera pedazos.

Cómo quisiera hundirme en una alberca sin fondo de agua helada que me limpie y me devuelva vigor.

Se disiparon los rumores.

La ciudad se vació.

Los perros callaron, huyeron, regresaron a sus guaridas en las montañas de basura de la ciudad.

Sólo El Faraón vaga y gime por su amo.

Y yo regreso a mi casa en Bosques de las Lomas.

Vuelvo a ser quien soy.

No tendré más la tentación del suicidio.

Porque volverte a amar es una forma de suicidio para la personalidad que con tanto esfuerzo (por un lado) y tanta debilidad (por el otro) he sabido forjarme.

No te preocupes.

Tienes razón.

¿Cómo va a ser posible un matrimonio en que los cónyuges se grillan el uno al otro?

Me entregaré de nuevo al suicidio lento que es la política.

Quise vaciarme para renacer.

En vez, me someto al mundo.

Bernal Herrera, tú serás Presidente de México.

Por esta te lo juro.

# 70
## (Lorenzo Herrera Galván)

(estoy jugando a las escondidas en el jardín me río mucho no me encuentran me escondo detrás del árbol y dicen allí está ya lo pescamos corro y me escondo detrás de otro árbol grito allí está y soy yo el que grito porque estoy solo jugando conmigo solo y creo que debí gritar aquí estoy ¿no? aquí estoy jugando conmigo solo entre los árboles de la casa donde siempre vivo ¿nací aquí? la doctora dice que no que me trajeron ¿quiénes? ella no dice nada y yo trato de recordar quién me trajo aquí a mi casa oigo hablar de la casa pero yo sólo sé decir mi casa porque nunca he tenido otra y sé que nunca saldré de aquí no me quejo tengo una imagen borrosa como los días nublados de un señor y una señora que me visitaban de niño me visitaron cada vez menos la doctora me dijo te quieren te quieren están muy ocupados son personas de pro no sé que quiere decir eso personas de pro yo también los quiero yo quiero todo lo que se acerca a mí me saluda me habla me toca eso lo quiero mucho pasa muy pocas veces estoy muy solo todo eso lo quiero mucho me cuesta decirlo oigo a la doctora así la llaman la doctora me dijo te quieren quisiera hablar como ella no puedo yo sólo hablo sin abrir la boca si

ellos supieran todo lo que digo sin abrir la boca yo
oigo a todos pero nadie me oye a mí hablo hacia adentro háblenme háblenme mucho por favor yo los oigo
yo los entiendo entiendo todo lo que dicen creen que
no entiendo porque no hablo pero sí sí entiendo todo
es muy poco lo que me dicen porque creen que no
entiendo yo no sé cómo decir lo que quiero sobre
todo decir qué pienso y sin hablar digo lo que ellos
dicen los entiendo muy bien eres inteligente dice la
doctora inteligente inteligente los entiendo muy bien
ellos no lo saben por eso no me hablan sólo hablan
de mí pero no me hablan a mí debían saber que entiendo todo aunque me cueste tanto hablar la doctora debe darse cuenta que entiendo porque si no no
reiría tanto cuando una vez por semana llamada domingo domingo domingo nos juntan a todos nos
pasan dibujos de perros ratones gatos que nos hacen
reír a todos primero no sabía qué hacer viendo al pato
enojarse y romper platos de pura rabia sólo empecé a
reír cuando vi que todos los demás niños reían estaba permitido reír no estaba prohibido reír todos ríen
mirando al pato enojado a los niños sólo los veo los
domingos domingos domingos me tienen apartado
el resto del tiempo la doctora habla en voz baja con
las enfermeras la llaman así todas de blanco color
blanco blanco ya ven cómo sí entiendo blanco domingo domingo blanco pato enojado la doctora habla en voz baja no sé qué les dice yo estoy solo excepto
los domingos ahora he cambiado porque voy creciendo como me dicen ellas ya no soy un niño cuidado
con las manos no sé qué hacer con las manos pregunto porque no veo a nadie más porque estoy siempre solo antes me acariciaban la cabeza ahora ni eso

ahora nomás cuidado con las manos pero a la doctora se le llenan los ojos de agua y dice en voz muy baja
a las otras enfermeras de blanco blanco blanco ya
nadie viene a verme como antes cuando era más chiquito y usaba las manos para jugar a la pelota quietas
las manos con las pelotas Lencho me dicen Lencho o
Lenchito ahora quiero preguntarles por qué se ven
tan pálidas qué pasa qué va a pasar no sé nada fuera
de este lugar quién sabe qué hay detrás de las paredes
por qué se ponen tristes cuando me miran por qué
mueven las cabezas así cuando cae agua ellas cierran
las ventanas no sé qué pasa allá afuera donde antes
jugaba a las escondidas ahora que me encierran en
un cuarto oscuro qué hice qué hice qué hice no sé
siento que mi cabeza me da vueltas aunque yo no
me mueva estoy solo en un cuarto oscuro y digo yo
soy cariñoso con las plantas con los animales con los
árboles los quiero huelo las plantas me detengo al pie
de los árboles soy como ellos soy ellos no tengo a
nadie más sólo el jardín antes ahora no me dejan salir más al jardín soy el árbol soy la planta soy el animal no tengo a nadie más que a ellos no veo a los
niños sí veo a las ardillas un perro unas macetas con
flores los árboles ya no ya no me dejan salir sólo tengo un cuaderno azul azul azul he oído que dicen dé-
jenlo que garabatee en su cuaderno azul cuando lo
hago dejo escritas algunas cosas como estas que voy
diciendo escribo sin tinta el cuaderno tiene letras yo
sólo tengo un dedo para escribir sobre las páginas
blancas recordando el señor y la señora que antes ve-
nían a verme y ya no les pregunto si nos volveremos
a ver a veces pienso que nunca los vi los soñé le pregunto a la doctora quiénes eran por qué ya no me

visitan ella me dice el cariño Lencho el cariño existe Lencho el cariño existe escríbelo en tu cuaderno azul así con tu dedo recuerda todo lo que piensas y sueñas porque no los verás otra vez son gente muy importante toco a la puerta ¿no me oyen? ¿no me vendrán a ver? ¿no ven que estoy muy solo? ¿no saben que un niño no olvida? ¿por qué me han atado las manos detrás de la espalda? ¿así cómo voy a jugar? ¿así cómo voy a escribir en mi cuaderno azul?)

*La Silla del Águila* se terminó de imprimir en marzo de 2003, en Encuadernación Ofgloma, S.A. Calle Rosa Blanca 12, Col. Ampliación Santiago Acahualtepec, C.P. 09600, México, D.F. Composición tipográfica: Angélica Alva Robledo. Cuidado de la edición: Marisol Schulz, Ramón Córdoba, Eduardo Mejía, Alberto Román, Carlos Gómez Carro y Valdemar Ramírez.